VEINTE AÑOS DE TEATRO ESPAÑOL
(1960-1980)

JUAN EMILIO ARAGONES

VEINTE AÑOS DE TEATRO ESPAÑOL (1960-1980)

Presentación de Antonio Buero Vallejo
Ensayo preliminar de Ricardo Landeira

SOCIETY OF SPANISH AND SPANISH-AMERICAN STUDIES

The Society of Spanish and Spanish-American Studies promotes bibliogra-
phical, critical and pedagogical research in Spanish and Spanish-American
Studies by publishing works of particular merit in these areas. On occasion
the Society will also publish creative works. SSSAS is a non-profit educa-
tional organization sponsored by the University of Colorado, Boulder. It is
located at the Department of Spanish and Portuguese, University of Colorado, Campus Box 278, Boulder, Colorado 80309-0278, U.S.A.

Library of Congress Catalog Card Number: 87-60874
ISBN: 0-89295-043-9

SSSAS: 1914

Printed in the United States of America

VEINTE AÑOS MÁS DE PACIENCIA: CRÍTICA Y TEATRO ESPAÑOLES DE 1960 A 1980

RICARDO LANDEIRA
University of Wyoming

Se dijo siempre en la España de la dictadura que el fenecimiento del régimen autoritario franquista equivaldría a un nuevo renacimiento en las bellas artes, mayormente en la literatura pero también en todo lo expresado en letras de molde o sea impreso. Esta noción de que el término de una censura de mano tan cerrada significaría tal sin par brillantez artística crecía en proporción a los años que la espera duraba: cuanto más tiempo fuese menester aguardar tanto mayor sería el número de obras maestras que se nos revelarían. Cuando muere Franco el 20 de noviembre de 1975 la expectación no podía haber sido más grande. Mas he aquí que poco o nada de lo esperado ocurrió. Sí, cesaron las prohibiciones acostumbradas de la censura, pero ni autores, ni críticos, ni público vieron por ninguna parte aquella abundancia de obras inmortales. A lo sumo, cuanto se vio fue un desmadre sexual que en el teatro algunos llamaron eufemísticamente «destape» y otros, con más descaro y no menos acierto, calificaron como «destetamiento».

Quienes, al cabo de los cuarenta años de censura que duró la presencia franquista en España, recapaciten sobre lo ocurrido concluirán que dos sencillas razones conjuntamente muy bien podrían explicar la desilusión sufrida en el período post-1975. La primera es, seguramente, que la expectación había sido alta en demasía; imposible que tantas obras maestras pudiesen nacer o siquiera germinar en tan escaso (relativo o lo imperecedero del arte) período de tiempo. Y, en segundo lugar, la existencia de una censura, por muy intransigible que sea, no cohibe automáticamente al logro de grandes obras. Con volver la mirada hacia uno de los períodos más prohibito-

rios de nuestra literatura, es decir, la época de la Inquisición y las figuras
que bajo tal amenaza produjeron lo que hoy llamamos el Siglo de Oro de
las letras españolas, tenemos suficiente prueba.

La ley de acuerdo con la cual operó la censura franquista había sido
promulgada en 1935 y conocida como «El Reglamento de Espectáculos».
Constituido por una serie de prohibiciones absurdas y arbitrarias, este reglamento estba informado básicamente por dos poderes: el eclesiástico y el
gubernamental. Aquel poder prohibía toda materia escabrosa o sexual con
tal pudor que ni desnudos femeninos ni siquiera besos, por castos que fue-
sen, eran permitidos en salas de cine y de teatro. Los cortes a las películas
de importación, sobre todo americanas e italianas, eran metódicos y espe-
rados por un público veterano de semejantes atentados artísticos, llegando
en algunos casos a alterarse por completo el guión de alguna película como
por ejemplo la popular «Mogambo» donde un matrimonio adúltero aparece en la versión española como hermano y hermana. El segundo poder ex-
tirpaba toda materia política que no apoyara o coincidiera con su triunfalismo autoritario. Así era muy posible ver libremente películas en los años
cincuenta y sesenta en los cines españoles de temas violentos y horripilantes
que hoy en cualquier país democrático y con plena libertad de expresión se
consideran verdaderamente censurables tan sólo por su mal gusto. Con la
apertura de España al exterior al fin de la década de los años cincuenta y
con el auge del turismo en los sesenta profesó el gobierno abrir la mano de
la censura. Manuel Fraga Iribarne, por entonces Ministro de Información y
Turismo, proclamó una nueva ley de prensa según la cual cualquier escritor
(reportero, novelista, dramaturgo, etc.) podría ejercer su profesión libre de
las ataduras previas. Aunque esta nueva ley no cambió para nada las cosas,
si alteró la percepción pública internacional de la situación nacional española: La «dictadura» de Franco se había convertido en una «dictablanda.»
En vez de someterse a una censura previa de sus trabajos (temas vedados),
los autores ahora debían (léase «tenían» que) entregar sus obras después de
haberlas concluido. El resultado era el mismo, si bien quizá la modificación
de Fraga no infundiese el desámino que indudablemente supone una censura previa.

No debe extrañarnos, pues, que hayan sido las materias y tramas más
vedados aquellos que primero y con más insistencia fueran llevados y traí-
dos en los escenarios, en las pantallas cinematográficas y en los kioscos ca-
llejeros. Durante meses y años España, que durante cuarenta años había sido uno de los países más pudorosos de occidente se convirtió en el más por-
nográfico. Las carteleras de espectáculos se plagaron de desnudos y peor.

¡Oh, Calcutta! en el teatro, «I Am Curious Yellow» en el cine y una versión española de *Playboy* fueron símbolos desvergonzantes de la nueva libertad de expresión postfranquista.

Si hasta la desaparición de la dictadura tanto autores como público habían venido echandole la culpa a Franco de la falta de calidad, profundidad y libertad de las obras literarias y sobre todo de los espectáculos, entre ellos el teatro, a partir de la muerte de dictador el público ha empezado a sospechar de los escritores y éstos no han tenido a quien culpar más que a sí mismos. Por ser el teatro el género literario más social de los cuatro, es decir más que el ensayo, la novela o la poesía, es aquí donde el vacío ha defraudado más públicamente, donde se ha notado más palpablemente ha mediocridad.

La crítica teatral más serena no puede menos que darle la razón al público. El año eje, el 1975, que debiera haber sido fecha inaugural de un resurgimiento artístico no tiene trazas algunas de semejante importe. En el teatro, al menos, todo sigue igual, acaso por otros derroteros, pero con las mismas carencias de trascendencia. Sigue el teatro de consumo en todas sus versiones, y reafirmación de ello la hallamos en esta colección de crónicas de teatro redactadas a lo largo de los años sesenta y setenta por Juan Emilio Aragonés.

Juan Emilio Aragónes, periodista de toda la vida, asiduo del teatro desde hace más de un cuarto de siglo, autor de nueve libros de poesía y teatro, ejerce a lo largo de las ciento setenta y seis crónicas teatrales aquí reunidas a través de veinte años una labor que bien merece una segunda lectura. Esta colección es un catálogo razonado de las obras representadas en los «amenes de un reinado»—como diría Valle-Inclán—, la mayoría de las cuales son dignas del olvido. Su valía, pues, es pareja a la de una guía teatral con la cual abrirse paso en un terreno tan superpoblado por obras adocenadas y autores de segunda fila.

El recorrido cronológico está realizado con hitos logrados en el momento, pues hay que pensar que estas crónicas fueron redactadas a vuela pluma, al calor de la inmediatez de la presencación del espectáculo, al apremio conllevado por la entrega del artículo al editor que no espera porque la imprenta se lo impide. En todo ello reside la valía de esta colección; en lo que a primera vista pudiese parecer su gran desventaja. El hecho de que ninguno de estos artículos esté retocado es su mayor virtud, pues así vemos hoy, a redrotiempo, las equivocaciones de dramaturgos, del público y del propio Aragonés en los juicios fallados. Nuestra curiosidad, no ya crítica, pues estamos al tanto de la suerte corrida por la inmensa mayoría de estas

obras, sino casi voyeurística de lo que opinaban espectador y comentarista
sobre ellas a la hora del estreno se nos satisface de manera fascinante. Este
tipo de curiosidad nos impulsa a leer crónica tras crónica de obras cuya
valía conocemos sobradamente mas cuya acogida caso desconozcamos o
hayamos olvidado. Y recibimos sorpresa tras sorpresa, salvo excepciones
dadas claro está, al hallarnos ante incongruencias tan solo adivinadas de
cómo el público aplaude en su día a obras dignas del olvido, desdeña otras
que perduran, mientras que en raras ocasiones coincide su enjuiciamiento
debidamente con el primer puesto que las menos de ellos ocupan en nuestra
literatura.

Discernimos asimismo las preferencias del cronista dadas en un estilo
conversacional, familiar, llano y salpicado de la jerga teatral. Si algún liga-
men existe en todas estas críticas, además de su inmediatez intacta, es el método con el cual su autor se aproxima a cada una de ellas. Rara vez se detie-
ne Aragonés en la trama de una obra, parece no interesarle y, sin embargo,
no es así, el argumento lo podemos hilar a pocos a lo largo de su crónica.
Lo que sucede es que su labor no es la de un *lector* sino la de un *espectador*.
A él le interesa más el teatro o sea la representación, que el drama, esto es,
que sus quilates literarios. Aragonés pone atención a la luminotecnia, a la
escenografía, a la dirección, al decorado, a la interpretación, al vestuario, a
la sonorización, a la realización, y al acogimiento que el público da a la
obra en estreno. Así trata igualmente una tragedia de Valle-Inclán que una
comedia de Mihura, para él el éxito o el fracaso de una obra teatral en la
escena depende muchas veces de factores ajenos a su calidad intrínseca-
mente literaria. Con semejante criterio, desde un punto de mira estrictamente erudito, Aragonés puede haberse equivocado según algunos críticos
literarios, como por ejemplo cuando asevera que *La zapatera prodigiosa* de
García Lorca es «la más lograda aportación lorquiana al teatro español» en
desdoro de las tragedias posteriores del poeta (Crónica núm. 46). No obstante, este tipo de juicio se deja ver con poca frecuencia por estas páginas.
Aragonés prefiere dar testimonio de una representación teatral, no pronun-
ciarse sobre sus méritos literarios. Las suyas son *crónicas* no *críticas* teatrales.

Lo que el lector tiene en sus manos es una colección que muestra lo homogéneo en pobreza de calidad de los últimos veinte años de teatro español
así como lo heterogéneo de su índole. El mayor porcentaje de las obras es-
crutadas pertenecen a lo que podría denominarse teatro de consumo o comercial, con numerosos subtipos como por ejemplo el teatro histórico, el
documental y el de realismo social (testimonial), el teatro cómico o de farsa

(primo, a veces, del vodevil norteamericano, y, otras, de raíces costumbristas). El resto, en números inferiores, cabría clasificarlo como teatro de ideas, ejercido en gran parte por aficionados en sus teatros de cámara y también un mínimo de teatro experimental. Así como la primera clasificación es en muchos sentidos un teatro de evasión por razones mayormente políticas, existen también en ella dramaturgos de gran mérito e influencia quienes al ser escenificadas sus obras en grandes e importantes teatros comerciales alcanzan un impacto negado a los pequeños teatros de cámara integrados por intelectuales de idealismo innegablemente comprometido.

Los mejores de ellos son, por supuesto, los de más difícil encasillamiento y también, gracias sean dadas, los que más frecuentan las planas de Aragonés. Después de los consagrados desde hace muchos años como clásicos, entre ellos Galdós, Unamuno, Valle-Inclán y García Lorca, aparece una fila de maestros actuales del teatro español encabezada por Antonio Buero Vallejo al que siguen, no necesariamente en mérito ni en fecundidad, Alejandro Casona, Alfonso Sastre, Alfonso Paso, Antonio Gala, Fernando Arrabal, Joaquín Calvo Sotelo, y Miguel Mihura. Una segunda hornada, más joven, entre quienes descuellan Jaime Salóm, Carlos Muñiz, Lauro Olmo y la única mujer que figura en esta colección, Ana Diosdado, completan el panorama de los dramaturgos de mérito. El resto de los comediógrafos cuyas obras son objeto de las crónicas de Aragonés no alcanzan, ni con mucho, el mérito aun a veces discutible de aquéllos. Sus nombres son conocidos pero cabe citarlos tan solo en calidad de «dramaturgos por extensión»—según la autodenominación de Pedro Laín Entralgo (Crónica núm. 60)—tan deficiente es el equilibrio entre la palabra y la acción de sus obras.

En resumen, esta gavilla de crónicas teatrales de Juan Emilio Aragonés es testimonio vivo y valioso de una época muy reciente del teatro español donde era de esperar que una revitalización de este género tuviese lugar al tocar a su fin un período cultural asfixiante. Al igual que los ingenuos habitantes de aquel pequeño pueblo provinciano de la famosa película «¡Bienvenido Míster Marshall!» (filmada por cierto en plena dictadura con su consabida censura), que cifraban sus esperanzas en la llegada de los americanos tan sólo para verse defraudados al pasar éstos (y su «Plan Marshall» claro está) de largo, así le pasó en los años post-franquistas al público y al teatro españoles. Quedamos como estábamos. Seguimos esperando. Paciencia.

PRESENTACION

ANTONIO BUERO VALLEJO

Hará unos treinta años que conozco a Juan Emilio Aragonés. Era el tiempo en que aparecían en los teatros mis primeras obras. Jovencísimo periodista por entonces, explorador, como escritor incipiente, de los misterios de la poesía —que más tarde le depararía galardones—, en el teatro y sus contornos se lo encontraba uno siempre, porque el teatro era su destino. Y en él, tantos años después, lo sigo encontrando. Unas veces me lo tropiezo en el vestíbulo del Teatro Español, o del Reina Victoria, o de cualquiera otra sala de muy otras coordenadas, como la Cadarso, en las noches triviales o sonadas de los estrenos; entonces nos saludamos cordialmente y cambiamos unas pocas palabras. Otras veces me lo encuentro en sus colaboraciones de prensa, en alguno de sus libros, en las páginas de la «Estafeta», y leo lo que nos dice: leo la habitual serenidad de lo que nos dice.

Nunca nos hemos frecuentado demasiado, pero su inesperada llamada sonaba en el teléfono de mi casa de tarde en tarde. Lo hacía cuando podía darme alguna buena noticia: quizá la de que una nueva obra mía lograba pesar al fin sin grave daño la temible aduana de la censura.

Ahora me ha pedido estas líneas para otro libro suyo y el hecho, más bien insólito, merece comentario. Pues lo más corriente es que sean las obras de los autores teatrales las que, al imprimirse, ostenten el proemio de algún crítico. Como prolongación de lo que acontece en la vida escénica misma, se supone que el crítico debe seguir enjuiciando lo que el autor edita. Y aunque cada cual, crítico y autor, lo haga mejor o peor según sus personales capacidades, esta repartición de tareas no suele alterarse. Es el autor quien pide su prólogo al crítico —eligiéndolo, claro es, entre los que ya dieran su veredicto favorable— y no al revés. Que un crítico solicite un prólogo de un autor, y de un autor al que no siempre ha juzgado favorable-

11

mente ni sabe si podrá hacerlo en el futuro, es en cambio infrecuente.

Creo que no dejará de serlo, porque la relación del criticado con el crítico tiene muy otros matices que la del crítico con el criticado. Pero creo asimismo que, de vez en cuando, al teatro le van bien excepciones a la regla como la que Juan Emilio me invita a cometer. Pues, merced a ellas, acaso pueda prosperar la idea de que el teatro es empresa colectiva que a todos nos engloba y en la que todos deberíamos ser, básicamente, solidarios. Y sería buena cosa, a partir de esa idea, llegar al convencimiento de que las relaciones entre el crítico y el autor no deben ser las del recelo y el desdén mutuos o el displicente estacazo del uno respondido por el privado improperio del otro, sino las de una radical fraternidad, aconsejable por la evidencia de que unos y otros tendríamos que luchar por sacar adelante la siempre amenazada realidad del teatro dentro del no menos difícil empeño de la cultura y el arte acosados, y en ocasiones asfixiados, por la frivolidad, la indiferencia y aun la animosidad de la metalizada y masificada sociedad contemporánea.

Una de las cosas que Aragonés sabe muy bien es que, en esa lucha por un teatro de calidad y de altura, el frente es común. Y ello vuelve grato para mí el cumplimiento de su petición. En su labor crítica se habrá equivocado también a veces, pues todos nos equivocamos; pero su notorio amor al teatro le infunde de ordinario el singular y sosegado tino que distingue a sus crónicas.

Tal vez, desde ese su interior sosiego, me pide —le pide a un autor— que presente su nuevo libro. El enjuiciado es invitado amistosamente a enjuiciar. El enjuiciado sabe que algunos de sus dramas figuran también en estas páginas y que, en general, han sido cálidamente apreciados por el crítico. El lector puede sospechar que el crítico sabía a su vez lo que hacía cuando escogió entre los autores a su prologuista. Pero el lector no debe engañarse: tampoco han faltado reparos a mi teatro en ciertas crónicas de Aragonés. Lo que sucede es que, puesto a dar un panorama representativo del teatro en estos últimos veinte años, el crítico ha seleccionado, de los demás autores y de mí, lo que le pareció mejor y ha eludido la vanidad de los dictámenes severos que, en el ejercicio de su función, hubo de formular ante otras obras. No ha querido decirnos, en suma, «vean cuán inteligente soy y lo duro que debo ser ante el teatro español que, en su conjunto, es un asco», sino que ha preferido decirnos: «vean como nuestro teatro, pese a sus deficiencias, no ha carecido de movimiento, consistencia y notable calidad».

Visión mendaz por demasiado amable, dirá alguien. No: visión equilibrada, simplemente. Visión atemporal que no configura un verdadero análisis histórico y sociológico, según él mismo reconoce en su introducción, reiterará el recalcitrante. Tampoco: limitarse a reproducir sus crónicas tal y como fueron publicadas es, además de una lealtad consigo mismo no exenta de modestia, el modo más directo de mostrar lo que ha sido y es nuestra escena en cada momento. Y su declarado propósito de juzgar las obras por sus méritos y no por sus significados sociopolíticos tampoco puede tomarse al pie de la letra, pues no faltan en sus artículos oportunas alusiones al respecto, aun cuando no lleguen a la indigesta machaconería en que a menudo ha caído el sociologismo esquemático que hemos tenido que soportar no pocas veces en sustitución de una crítica sociológica realmente dilucidadora; que tal género de crítica no es nada fácil de lograr, aunque todo el mundo quiera hacerla.

Juan Emilio Aragonés procede de campos ideológicos muy distintos de los míos, fenómeno en cierto modo forzoso entre gentes de su edad, sometidas en su juventud a las imposiciones de la ideología oficial y más tarde alejadas de ella en diversos grados. Nunca he inquirido yo de Aragonés los detalles de su posible evolución e ignoro la exacta fisonomía de ésta. Pero a esa maduración, que la sensatez —cuando la tenemos— nos dicta a todos, debemos, estoy seguro, ciertas ayudas de Juan Emilio a algún teatro imposibilitado, de las que sólo él debe dar pormenores si algún día le viene en gana. La consciencia de nuestras posibles disparidades no debe, pues, impedir nuestro recíproco entendimiento, como anteriormente no se lo impidió a él. Su actividad, sus anhelos, se hallan insertos en el empeño colectivo de servicio al teatro que es la razón de nuestra vida, y en ese empeño él es otro aliado en marcha hacia la formación de la España plural y conviviente, necesaria hoy también en nuestra escena.

Autor mudado en crítico, ¿qué debo decir, en resumen, del presente libro de un crítico? Tras lo ya dicho, muy poco más. Pues no deseo ejercer la crítica en el más concreto sentido de la palabra y no voy a criticar al crítico aunque él me lo permita. No enjuiciaré en sus detalles cada una de las crónicas y, en consecuencia, tampoco criticaré así, por vía indirecta, a mis compañeros de oficio. Menos aún criticaré los asertos de Aragonés de mis propias obras. Debo expresar aquí, solamente, mi gratitud. Y no ya por los elogios con que Juan Emilio me haya podido favorecer. Le expreso mi reconocimiento por su compañía, hombre con hombre y durante largos años, en la defensa del teatro responsable y exigente que muchos hemos procurado y seguimos pretendiendo edificar, labor a la que él ha aportado su apoyo y su generosidad —no es el único, por fortuna— a través de innumerables páginas, parcialmente recogidas en el presente volumen.

Hasta el próximo estreno, Juan Emilio. Hasta otro libro. Y que el teatro nos sobreviva a todos. Pero gracias a nosotros; a lo que por él hemos hecho y a lo que por él hagamos todavía tú, yo y tantos otros.

INTRODUCCION

JUAN EMILIO ARAGONES

Las páginas que siguen son una selección de veinte años de ejercicio crítico en *La Estafeta Literaria* y en *Nueva Estafeta*, sin retoques actualizantes, es decir, tal y como analicé cada obra en fecha inmediata a su estreno.

El entorno sociopolítico ha variado en España bastante más de lo previsible por el mero paso del tiempo, por obvias razones con origen en el 20 de noviembre de 1975, y ello incrementa el riesgo de publicar ahora en libro opiniones y análisis concebidos en muy diversas circunstancias.

Acostumbro a decir que mis «Obras Completas» están en las páginas de *La Estafeta* fundamentalmente, y si es verdad que al margen quedan nueve libros —cuatro de poesía y cinco de ensayos sobre asuntos teatrales— no es menos cierto el hecho de que en los veinte años últimos, la mayor parte de mis trabajos y días los dedico a dicha revista. O sea que lo que de hiperbólico pueda tener la aseveración primera, no lo es tanto, y hasta diría, simplemente, que no lo es.

Los editores han querido que este compendio de análisis teatrales se atuviera sólo a obras de autores españoles actuales, exigencia que no hace sino incrementar los riesgos del contenido, pues los vaivenes lógicos de las concepciones estéticas con el paso del tiempo, en la España de los años aquí examinados ha padecido un movimiento sísmico difícil de prever en 1960 . . .

Durante este tiempo han aparecido cantidad de libros parcial o totalmente referidos al teatro de nuestros autores contemporáneos, desde el tomo II de *Historia del teatro español*, de Francisco Ruiz Ramón, que se inicia en Benavente y llega hasta los llamados por él «autores para un futuro próximo», a la monografía de Ricardo Domenech sobre el teatro de Buero

Vallejo, pasando por revisiones de obras específicas —*Análisis de cinco comedias*, de Andrés Amorós, Marina Mayoral y Francisco Nieva, o *Años difíciles*, con el texto de tres obras —*Madrugada*, de Buero, *La pechuga de la sardina*, de Olmo, y *Los buenos días perdidos*, de Gala—, con un prólogo analítico y esclarecedor de Ricardo Salvat, y bastantes más de igual proyección limitada, sin que olvide otros de distinto alcance como el de Marquerie, de título idéntico al de este volumen, *Veinte años de teatro en España* . . . aunque referido a los años que van de 1939 a 1959, y hasta uno del que soy autor, titulado *Teatro español de posguerra*, de 1971. Pero tanto el de Marquerie como el mío, son análisis hechos «a toro pasado», esto es, desde después. (El libro de Marquerie, del que en lo estrictamente temporal pudiera ser continuador éste, comienza con un capítulo «In memorian», dedicado a los autores fallecidos en el lapso de aquellas dos décadas.) Y en estas páginas, no. Aquí cada estreno queda analizado al producirse, y trato a los fallecidos, Miguel Mihura y Alfonso Paso, por ejemplo, como si fueran autores vivos, puesto que parte de su producción corresponde a la época examinada.

Etapa compleja donde las haya, porque en el panorama de estos veinte años, entran partidarios de la mera reforma y los adictos a la violenta ruptura. Como he procurado siempre analizar las obras en función de sus valores escénicos y haciendo caso omiso de banderías y compromisos políticos, los que he llamado movimientos sísmicos de la situación no me conciernen, según pienso. Ustedes juzgarán.

ALGUNAS PRECISIONES ACLARATORIAS

La primera y esencial proviene, a partes iguales, de la periodicidad del medio —muchos años quincenal y mensual desde diciembre de 1978—, como de mi entrañamiento con el mundo o mundillo del teatro.

Tal periodicidad me obliga a elegir una o, a lo más dos, de las piezas estrenadas en la quincena o el mes. Lógicamente —al menos desde mi postura es del todo lógico—, elijo las piezas mejores y silencio aquellas otras cuyo análisis resultaría negativo. Claro que esto no siempre es así: hay ocasiones en que los estrenos de calidad se acumulan y el crítico se ve forzado a relegar crónicas de piezas merecedoras de ellas. Por citar dos casos recientes, tal circunstancia ha concurrido en los estrenos de *El cero transparente*, de Alfonso Vallejo, y *Contradanza*, de Fernando Ors.

La segunda tiene su origen en la limitación a autores contemporáneos, que deja fuera de enjuiciamiento a profesionales del teatro —directores, cómicos, escenógrafos, etc.— cuya ejercutoria se proyecta en los clásicos españoles o en traducciones de obras de autores extranjeros, por mucha que sea su calidad. Esta es la razón por la que no figurarán aquí estrenos tan excepcionales como los de Alberto Camus, Bertolt Brecht, Jean Paul Sartre, Peter Weiss y un largo etcétera, de los que prescindo no sin reconcomio.

La tercera precisión estriba en avisar a los lectores sobre la diversidad existente en las crónicas: en tan extenso lapso, la revista ha tenido cuatro directores: Rafael Morales, Luis Ponce de León, Ramón Solís y Luis Rosales, y si debo resaltar que los cuatro han dejado plena libertad al cronista en todo lo concerniente a los contenidos, también resulta lógico que cada uno haya señalado características propias en lo formal, buscando la coherencia con sus personales concepciones de la revista. De ahí el que unas críticas aparecieran precedidas de su ficha, en la que se dejaba constancia de artistas y técnicos participantes en el estreno, fecha del mismo y local en el que se produjo, y otras no.

Cada obra queda resueltamente condicionada por datos aparentemente inocuos y ajenos al hecho artístico como lo puedan ser la fecha de su estreno y el local en el que tuvo lugar, por lo que he creído conveniente que tales circunstancias consten en el índice final de autores. En consecuencia, he procedido a unificar las cabeceras de las crónicas. En ellas figuran el título de cada pieza y su autor. Después, en el índice dicho, vendrá la transcripción completa de datos colaterales y, sin embargo, altamente significativos.

He mencionado a dos autores entre los varios que fallecieron en el transcurso de las dos décadas comprensivas del libro y cuyas obras, no obstante, figuran en él. Habría que añadir el nombre de Alejandro Casona, cuya muerte en igual lapso se produjo a la vuelta de un prolongado exilio—personal y escénico—y, sobre todo, los de Valle-Inclán y García Lorca, tanto tiempo antes idos. Y no hay paradoja en su inserción porque, para los españoles de mi edad y circunstancias —tenía 10 años en 1936 y la guerra me situó geográficamente con los sublevados/vencedores, los teatros de uno y otro permanecían irrepresentados para los de mi generación y las siguientes.

Salvo una versión de «La enamorada del Rey» que Pérez-Puig escenificó en Torrelaguna antes de 1960, cuando ejercía la crítica teatral en la revista universitaria «La Hora», las producciones de Valle-Inclán y de García Lorca se representaron por vez primera para el firmante de esta selección de crónicas en los cuatro lustros que abarca el volumen.

Sorprenderá el hecho de que contrariamente a lo ya dicho sobre inclusión exclusiva de autores contemporáneos, la primera crítica del volumen sea la de un misterio medieval en catalán, de autoría anónima y popular: el llamado *Retaule de Sant Ermengol* (pronúnciese Armengol), estrenado a últimos de mayo de 1960 en el claustro de la catedral de Seo de Urgel. Sucede que en este caso concreto la dramaturgia —en el sentido actual del término, como creador del espectáculo— corresponde a Esteve Albert, director escénico del espectáculo y de otros igualmente populares, y es representativo de una figura que sólo se da frecuentemente en Cataluña y que ha dado opción a la existencia de grupos tan profesionales y de máxima calidad artística, aunque ajenos a los circuitos del llamado teatro comercial, como lo pueden ser «Teatro Lliure», «Els Joglars» y «Comediants».

Respecto a los autores incluidos en esta selección, el número de crónicas seleccionadas no lo es nunca al azar, sino que tiene un criterio valorativo: a más críticas, mayor estimación de la calidad creadora de nuestros autores. Y aún, otra precisión: si antes me condolía por la injusta exclusión de Alfonso Vallejo y Fernando Ors, ahora debo recalcar el talente anticipatorio por el que, en las siguientes páginas, aparecerá un análisis dedicado a una obra de Luis Riaza, *Los círculos*, cuando su estreno semiclandestino por el grupo de teatro Aguilar, antes, bastante antes, de que el autor llegase al teatro comercial, con *El desván de los machos y el sótano de las hembras*, o nada menos que al Centro Dramático Nacional, con *Retrato de dama con perrito*.

La inmediatez de cada crónica impide su análisis de causas y concausas que puedan darle una dimensión histórica/sociopolítica. O sea que cada obra es juzgada aquí por su estricto valor teatral, al margen de posibles perspectivas futuras, y de ahí lo arriscado del empeño.

Porque en tiempos de transición, como los correspondientes al lapso de esta cala en el teatro español, ¿cómo pueden compaginarse los años autocráticos con los del nuevo ordenamiento político? Los riesgos aumentan si consideramos que el franquismo periclitó antes del 20-N, y desde mediada la década de los 60, también en el teatro se establecieron fronteras separatorias entre reforma y ruptura. Este conjunto de análisis que compone el volumen no es que despreciara tal circunstancia coyuntural: es que le dio de lado, atento sólo a las intrínsecas cualidades teatrales, al margen de su militancia política.

Curiosamente, o quizás no, porque acaso sea el resultado de los parámetros occidentales que delimitan nuestra vida, el signo más evidente de cambio lo ofrece el advenimiento de una nueva especie empresarial, más atenta a los objetivos culturales del arte escénico que —como venía siendo tradicional en ella— a sus resultantes económicos.

De cualquier modo, nada satisfaría tanto al autor del volumen que sigue a esta «Introducción» como el haber logrado que del compendio de juicios a obras y dramaturgias varias, es decir, que del trabajo analítico realizado a lo largo de veinte años ininterrumpidos, pudiera extraer el lector una idea general y concreta del teatro español en estas dos décadas y de la evolución que ha seguido durante dicho lapso, aunque sin el brío y la brillantez de Diderot en su «Paradoja sobre el cómico».

Y, en fin, una última puntualización previa. Si ya he dicho que los estrenos silenciados en la revista equivalen a críticas adversas, debo añadir que en la selección de las crónicas—y esto ya con criterio en tiempo de presente—, el número de ellas dedicado a cada autor está en relación directa con el juicio cualitativo que «hic et nunc» merecen las aportaciones escénicas de nuestros autores en el período examinado. Y este requisito lo he cuidado incluso en aquellos autores polimórficos; consciente de que era necesario dar una muestra de cada uno de sus varios registros, he procurado muy en primer término que de tal diversidad no vaya a desprenderse una valoración superior a la que por el total de su producción se hace acreedor.

EL RETAULE DE SANT ERMENGOL,
con dramaturgia de Albert Esteve

Poco podíamos esperar los escritores que, cordialmente capitaneados por Gaspar Gómez de la Serna, emprendimos nuestro periplo por los Pirineos de Lérida en las Jornadas Literarias del presente año, séptimas de las realizadas a iniciativa del aula de cultura de Ministerio de Educación Nacional, el acontecimiento teatral de insólita calidad estética que en Seo de Urgel nos sería dado contemplar.

En el maravilloso escenario del claustro románico de la catedral, la ciudad de los Obispos príncipes, ofreció a los jornadistas un brillante testimonio de su sensibilidad artística —algo ya para siempre inolvidable—, con la representación de un retablo viviente, concebido por su creador a la manera de los «misterios» del teatro medieval europeo: *El retaule de Sant Ermengol.* Se trata de una fidelísima evocación de la Edad Media en la que, según guión y texto literario de Esteve Albert, se reconstruyen, en un espectáculo de indecible belleza plástica, siete momentos de la vida de San Armengol obispo de Seo de Urgel en la primera mitad del siglo XI.

Por lo que a mi respecta, puedo afirmar que muy raramente he gozado de una emoción de índole estética tan limpia y sin reservas, tan espontánea como la suscitada por la representación nocturna del *Retaule de Sant Ermengol* en el claustro catedralicio de la ciudad pirenaica. Y que nadie vea en esto aseveración hipérbole o benevolencia enjuiciadora; por el contrario, estoy utilizando para estas notas idéntica escala valorativa a la que emplearía ante cualquier otro espectáculo teatral montado por profesionales, y téngase en cuenta que la casi totalidad de cuantos intervienen en el retablo de Seo de Urgel son aficionados, habitantes de la ciudad que destinan sus ratos libres a tan admirable empeño.

Esteve Albert y sus colaboradores han logrado algo perfecto, difícilmente superable, cuya asombrosa verdad artística y gran plasticidad es natural consecuencia de una inteligentísima armonización de los varios factores utilizados: música, luz, composición escénica, acción, indumentaria y sinceridad interpretativa. Cierto que para la ambientación del retablo contaban con la más idónea escenografía: el claustro románico en primer término y las torres de la catedral como fondo pero asimismo es evidente que tan noble escenario exige de los restantes factores dramáticos una infrecuente calidad y una autenticidad sin fisuras para no desmerecer a su lado. Y dicho está que no desmarecieron.

Por el contrario, la fusión de escenario y representación fue tal que, si hubo instantes en los que las seculares piedras del claustro parecían animarse, vitalizadas como para participar en la acción, también hubo otros en los que las figuras de los intérpretes quedaban como petrificadas hieráticas, sumando nuevas columnas a las del prodigioso escenario.

Si dentro de los abundantes aciertos de plástica de conjunto conseguidos en el retablo tuviera que seleccionar uno como culminación de virtudes estéticas, señalar sin vacilar el cuadro de la comitivo funeral que a lo largo de todo el claustro acompaña al cadaver del Santo hasta el interior de la catedral: luminotecnia, música —órgano, coros de la Schola Cantorum del Seminario y las campanas, increíblemente expresivas— y composición de las figuras, coadyuvaron para la total belleza del conjunto. Entre el final de este cuadro sin texto hablado y la gran ovación con que fue premiado hubo unos segundos de silencio absoluto: los segundos que tardamos los espectadores en recobrarnos de la intensa emoción promovido por la grandeza del espectáculo.

No hay una sola concesión en el retablo concebido por Esteve Albert y, sin embargo, su verdad es tanta que aun los espectadores más ajenos al arte teatral siguen con inusitado interés su desarrollo, desde que en lo alto de una torre desmochada el coreuta —un monje— inicia en cántico de tonalidades graves la narración de los hechos, hasta el cuadro final, en el que más de cien figuras inmóviles componen, en sorprendente fusión con las columnas y los capiteles del claustro un friso de incomparable plasticidad.

Junto a Esteve Albert, autor del retablo y realizador también de otras admirables empresas teatrales —los «Belenes Vivientes», de Andorra y del Roselló, por ejemplo—, merecen ser citados, como colboradores en esta imborrable fiesta para el espíritu que nos deparó nuestra breve estancia en Seo de Urgel José Ingla, director de escena Isidro Jové, luminotécnico; Cirici Pellicer, figurinista; el doctor Antonio Cagigós, autor del guión musical y melodías del recitativo; Rvdo. A. Vives, organista, y, naturalmente, el centenar de interpretes que, entusiastas y disciplinados, actúan en el *Retaule de Sant Ermenglo*.

LAS MENINAS,
de A. Buero Vallejo

Buero Vallejo, cuya primera vocación, como es bien sabido, fué la pintura, ha querido rendir al mayor pintor de todos los tiempos su personal homenaje. No sé si por mera coincidencia o premediatamente, la obra a tal fin concebida se ha estrenado en el Español la víspera de ser inaugurada la Exposición conmemorativa del III centenario de la muerte de Velázquez. Lo que si puedo afirmar es que, en su pieza dramática, Buero ha conseguido plenamente el propósito enaltecedor del artística, brindándonos una interpretación del mismo en la que sus virtudes como tal se ofrecen íntimamente ligadas a su calidad humana.

Al término de la primera representación de *Las meninas* algunos espectadores establecían apresurados paralelismos entre esta pieza y «Un soñador para un pueblo», la obra precedente de Buero, estrenada hace un par de años. A poco que se medite, veremos que en muy escasa medida cabe relacionar ambas piezas dramáticas, pues si *Un soñador para un pueblo* se ajusta en líneas generales a las exigencias del llamado «teatro histórico», *Las Meninas*, como diáfanamente da a entender la designación que su autor le ha dado de «fantasía velazqueña», prescinde de la realidad historica—salvo en lo circunstancial—para intentar el hallazgo de una verdad más profunda y permanente. En definitiva, de una verdad tan válida en 1656—época de la acción—como hoy.

Era necesario un gran dominio de la técnica teatral para obtener de las muy limitadas posibilidades de un escenario la eficacia expresiva que Buero Vallejo consigue en esta pieza, y en tal aspecto debe constatarse cómo su habilidad constructiva ha logrado superar todas las dificultades —bien secundado por el director y el escenógrafo—dando a la acción la deseable continuidad. Al margen del mérito que esto entraña en cuanto a capacidad del autor para resolver problemas de técnica teatral, debe ser anotada la ejemplar honestidad profesional que se revela en el hecho mismo de realizar una obra que por su complicado montaje y extenso reparto no ha de poder nunca ser objeto de explotación comercial al uso. A Buero Vallejo le sobra talento y recursos para escribir comedias de cinco o seis personajes y un solo decorado, de esas que tras su estreno en Madrid pueden ser representadas por cualquier compañía sin esfuerzo. Si no lo hace, si voluntariamente sacrifica toda posibilidad de ulterior explotación de su obra, es sin duda porque entiende el teatro como un arte antes que como un negocio.

Acaso sea esta también la razón por la que la primera parte de *Las Meninas* adolezca de una cierta morosidad, si un tanto peligrosa por cuanto pudiera suscitar la impaciencia de los espectadores, plenamente justificada después, como en ella se han ido señalando, una a una, sin omisiones ni excesos, todas las premisas necesarias para llegar, en una segunda parte prodigiosa de ritmo escénico, a la conclusión que el autor se ha propuesto.

Buero Vallejo parece haber concebido y realizado *Las Meninas* como un coherente ejercicio gramático basado en el choque contrastador que necesariamente debía producirse entre un artista genial, consciente de la grandeza de su obra, y una sociedad poblada de hipócritas, cuya ambición sólo es comparable a su mediocridad. De un lado, el amor a la verdad, que se refleja tanto en la obra pictórica como en la ejecutoria personal de Velázquez; del otro, las mezquinas pasiones de quienes no se resignan a aceptar la grandeza del artista. Y, como factor de equilibrio entre uno y otro extremo, la humanísima condición de dos figuras magistralmente trazadas por Buero: Felipe IV y la infanta María Teresa.

El conflicto así planteado alcanza dimensiones dramáticas cuando el artista se ve obligado a elegir entre mantenerse fiel a su verdad o ceder a las presiones de la envidia y el despecho circundantes, que quieren hacer de él un enano más. Entre el conformismo y la rebeldía, Velázquez opta sin vacilar por esta última y es entonces cuando el talento teatral de Buero logra su más alta eficacia comunicadora, en una admirable escena que a su vigor intrínseco suma un diálogo sembrado de aciertos expresivos. Al defender su verdad, esto es la verdad de su arte, el Velázquez creado por Buero está defendiendo la libertad del artista y lo hace con razones tan válidas en aquel tiempo como hoy, porque tienen su raiz en principios inalterables. De ahí la inmediata resonancia que muchas de sus frases alcanzaron en los espectadores, aun cuando en honor a la verdad deba decir que acaso no todas ellas fueran debidamente interpretadas, al menos por el público estrenista, demasiado proclive a buscar recovecos y solapadas intenciones donde todo es recto y diáfano.

Ignoro si Velázquez fué como lo pinta Buero Vallejo en *Las Meninas*, pero es evidente que la grandeza del personaje creado por nuestro dramaturgo se corresponde con la de su genial obra pictórica.

Tamayo ha logrado, en el montaje de *Las Meninas*, uno de sus mejores trabajos, si no el mejor, resolviendo muy inteligentemente los problemas que la diversidad de lugares en los que la acción se desarrolla planteaba. También acertó en la disposición escénica y movimiento de los personajes. El decorado de Emilio Burgos, funcionalmente eficacísimo y prodigioso de ambientación en lo que se refiere al obrador de Velázquez.

Carlos Lemos incorporó el personaje central de la trama con general buen tino y respetuosa servidumbre a la concepción que de la figura de Velázquez diera Buero Vallejo. Lástima que en la segunda parte incurriese en ciertos excesos demagógicos que contribuyeron a dar a algunas de sus frases un doble sentido, con seguridad inexistente en el texto. Del resto de los intérpretes, se hicieron acreedores a mención especial Javier Loyola, en una muy afortunada creación de Felipe IV, fielmente caracterizado y exacto de apostura, gesto y dicción; Victoria Rodríguez, José Sepúlveda, Luisa Sala, Fernando Guillén, María Rus, Anastasio Alemán, Manuel Arbó y Gabriel Llopart. Desentonó lamentablemente del conjunto la desdichada intervención de José Bruguera.

LA MADRIGUERA,
de Ricardo Rodríguez Buded

Por segunda vez en 1960, Ricardo Rodríguez Buded ha logrado estrenar, tras bastantes años de entrega total al teatro. Primero fue *Un hombre duerme*, estrenada por «Dido, Pequeño Teatro», tras haber obtenido el premio «Valle-Inclán» en el concurso convocado por dicho grupo escénico. Y ahora, también representada en sesión única por un teatro de cámara, *La madriguera*, al igual que la anterior, galardonada, pues le fué otorgado el premio «Acento».

Aun admitiendo que el mundo del teatro carece por completo de lógica, uno no acaba de entender cómo Rodríguez Buded continúa sin lograr acceso a los escenarios comerciales. *La madriguera*—que, según mis noticias, fué escrita con anterioridad a *Un hombre duerme*—es obra que reúne todos los requisitos exigibles, y desde luego, bastantes más de los habitualmente exigidos, para su representación ante cualquier público. Todo en este sainete dramático revela la mano de un autor que ha dejado ya de ser novel, que conoce a la perfección su oficio: construcción dramática impecable, perfecto trazado de los diversos tipos, todos los cuales alcanzan vida propia, con sus bien determinadas peculiaridades, y, sobre todo, el diálogo. Un diálogo con fluidez y soltura, en el que todo cuanto hay que decir es dicho de la manera más eficaz y directa para que produzca el propuesto impacto en los espectadores. Pese a todo ella, las puertas de nuestros teatros siguen cerradas para este autor, como si la escena española anduviese tan boyante como para permitirse tales lujos. No es momento para indagar las razones de esta sinrazón. Baste, por ahora, con dejar constancia del hecho.

La madriguera es pieza de factura realista, con una carga satírica que en ocasiones obliga al autor a prescindir de la realidad para efectuar momentáneas incursiones hacia la farsa y si bien es cierto que en general logra su propósito sin detrimento para la debida cohesión formal de la obra, no lo es menos que alguna que otra vez, por recargar con exceso las tintas, surgen disonancias perjudiciales.

La acción de *La madriguera* se desarrolla en una pensión «con derecho a cocina» en la que, debido a la escasez de viviendas, conviven diversas familias, toda ellas

de la clase media. De esta forzada convivencia surge el conflicto dramático y en sus
varias facetas profundiza Rodríguez Buded con un certero aprovechamiento de sus
múltiples posibilidades, pero siempre procurando centrar la atención de los espectadores en aquellas de más acusada vigencia en nuestros días zafándose así de una servidumbre, que de otro moda pudiera resultar excesiva, a precedentes más o menos
gloriosos.

EL TINTERO,
de Carlos Muñiz

Casi exactamente cuatro años después del estreno de su drama «El grillo», en
sesión privada que, sin embargo, alcanzó gran resonancia, Carlos Muñiz ha logrado
—de la mano del Grupo de Teatro Realista— ver representada otra obra suya ante el
público indiscriminado de una sala comercial.

Piezas de muy distinto tratamiento técnico una y otra —drama realista, casi sainete dramático *El grillo*; en tanto que farsa expresionista «El tintero»—, su temática coincide, no obstante, en lo esencial, al extremo de que el menos avisado de los
espectadores puede advertir desde las escenas iniciales cómo este «Crock» que protagoniza la farsa estrenada en el Recoletos es aquel mismo «Mariano» de *El grillo*, si
bien aquí se nos muestra —y quizá por eso y para eso ha recurrido Muñiz a la farsa— en versión más ahondadora y universalista. Aquel «Mariano» era la corporeización de un caso particular, mientras que este «Crock» es el arquetipo del mismo caso
que, en tanto que símbolo, adquiere una dimensión más amplia y totalizadora.

Hay verdades tan ásperas que no pueden ser dramáticamente expresadas sino en
un tono de farsa que, sin eludir lo que en su exposición hay de denuncia, actúa como
elemento moderadora del carácter de virulenta requisitoria que evidentemente
posee. Pero es de advertir que la farsa, a la vez que lima aristas ensancha límites.
Creo que Carlos Muñiz ha tenido muy en cuenta esto al realizar *El tintero* como lo
ha hecho y, aún sería más exacto decir, como lo ha concebido, dado que en el curso
de la obra aparecen algunas desviaciones de vitola realista, en patente disonancia
con el procedimiento general. Cuando la realidad se nos muestra tal cual en «El
tintero», la acción pierde interés y el dialogo ve disminuida su eficacia comunicadora, sobre todo en lo que tienen de sátira social. Por el contrario, es a través del prisma deformante de la farsa cómo los espectadores logran aprehender en toda su penosa significación la verdad del drama que se manifiesta con rasgos deliberadamente
caricaturescos.

La primera parte de la obra es, a mi juicio, muy superior a la segunda, tanto por el tratamiento más coherente que el autor ha dado a aquélla, como por el hecho de que nada de cuanto acontece en ésta entraña sorpresa alguna para el público, y esto siempre es grave en estas latitudes. Incluso el lenguaje —cuyo eficaz uso constituye una de las más sólidas virtudes dramáticas de Carlos Muñiz— pierde calidad en la segunda parte, llegando a ser francamente desafortunado en la escena penúltima de la obra, acaso bien concebida, pero desde luego, erróneamente desarrollada, al extremo de que su improcedente realización puede inducir a los espectadores a confusión respecto a los móviles que llevan al pobre y en algún sentido heroico «Crock» a su desdichado final.

Con todo, hay en *El tintero* valores suficientes como para confirmar la existencia en Carlos Muñiz del buen autor ya vislumbrado cuando estrenó «El grillo», y esto es lo que importa. . . y también lo que obliga a formularle reparos que en otro caso podría disculparse.

Extraordinaria la dirección escénica de Julio Diamante, que supo dar a la acción del ritmo requerido en cada momento y dosificó muy inteligentemente los elementos expresionistas de la farsa.

La incorporación que Agustin González hace de «Crock» es tal que dudo mucho de que cualquier otro actor español lograse, en idéntico empeño, igualarla. Y si a alguien pudiera parecerle excesiva esta aseveración, añadiré que con ella no se expresa suficientemente todo cuanto Agustín González merece por su plena identificación con la criatura escénica que interpreta, cuyo proceso anímico matiza con impresionante verdad.

Al enjuiciar el trabajo de los actores, se ha hecho tópico aquello de que tal o cual comediante ha aceptado «un cometido inferior a sus posibilidades», confundiendo cantidad con calidad. Lo cierto es que para un buen actor no hay papel pequeño, como demuestra Antonio Casas en el personaje episódico que interpreta en «El tintero», impecable la incorporación que de los tipos de más acusada línea caricaturesca realizan Antonio Queipo, Enrique Navarro, Roberto Llamas, Antonio Medina, Pedro del Río y Pablo Isasi, cumpliendo el resto del reparto.

Los decorados, de José Jardiel, realizados por Manuel López, responden plenamente a las exigencias de la farsa expresionista.

EN LA RED
de Alfonso Sastre

Pública y reiteradamente han expresado Alfonso Sastre y José María de Quinto, directores del «Grupo de Teatro Realista», su resuelta postura de oposición al teatro que, al margen de la realidad circundante, se acoge a fórmulas evasivas o inhibitorias. Por su parte, conciben el teatro «como forma de lucha y de investigación de lo real». Y bien: creo que dicha finalidad sólo podrá alcanzarla el teatro de testimonio y que a tal efecto son igualmente perniciosos y reprobables el teatro de inhibición y el teatro comprometido, toda vez que, si se trata de efectuar, mediante el arte dramático, «una investigación de lo real», no cabe recurrir al teatro inhibitorio, que rehúsa toda aproximación a la realidad, pero tampoco al teatro comprometido, por cuanto éste toma de la realidad únicamente la parcela que más conviene a los intereses de la facción en la que militan sus realizadores, con lo que la propuesta investigación de lo real nunca podrá ser completa ni verdadera, sino parcial y tendenciosa.

He considerado necesaria esta breve digresión previa para centrar en sus justos límites la significación que en lo social tiene *En la red*, drama de Alfonso Sastre estrenado por el Grupo de Teatro Realista.

En contra de lo que una estimación apresurada y superficial de las circunstancias que concurren en el drama de Alfonso Sastre pudiera hacer creer, *En la red* no se halla adscrito al teatro comprometido, sino al de testimonio. El hecho meramente ocasional de que el autor sitúe la acción en una ciudad norteafricana y quizá también la sugestiva y fidelísima ambientación lograda por el decorado de Javier Clavo, han suscitado la creencia de que *En la red* implica por parte del dramaturgo su toma de partido, en la lucha que en nuestros días vienen sosteniendo dos colectividades, a favor de uno de los dos bandos contendientes. Yo no lo creo así, pese a la desconcertante inserción en el programa de un documento concretamente relacionado con la aludida lucha —y cuyo texto se pone en boca de uno de los personajes—, porque prefiero atenerme al drama mismo y de su desarrollo no puede inferirse que plantee un caso particular, sino que la situación dramática que viven los personajes de *En la red* tiene valor de universalidad y es por igual aplicable a todos cuantos, cualesquiera que sean su raza, su nacionalidad, sus creencias y su ideología, puedan ser considerados como «hombres clandestinos», según el propio Sastre los denomina.

En lo que a sus valores estrictamente dramáticos se refiere, *En la red* es sin duda la obra más sólidamente construida y mejor dislogada de cuantas conozco de Alfonso Sastre. La tensión dramática surge con las primeras frases y se mantiene sin un sólo bache hasta el final. El lenguaje utilizado es sobrio y si a veces adquiere una aspereza casi brutal es porque así lo exige la acción. Incluso los efectos especiales que han de contribuir a la creación del «clima» requerido se emplean únicamente cuando son imprescindibles a tal fin.

Juan Antonio Bardem ha efectuado una buena labor de dirección escénica. La iluminación, de Julio Baena, excepcional. Pocas veces se verá en un escenario un manejo de las luces más inteligente y eficaz.

Muy meritoria la labor de todos los intérpretes: Amparo Soler Leal, Antonio Casas, Agustín Gonzlez, Antonio Queipo, Magda Ruger y Francisco Taure.

CERCA DE LAS ESTRELLAS
de Ricardo Lopez Aranda

Si mal no recuerdo, el título inicialmente dado a esta comedía por López Aranda y con el que obtuvo el premio «Calderón de la Barca» del pasado año era *Sinfonía en gris*. Es posible que, comercialmente, resulte más afortunado éste de *Cerca de las estrellas* con el que para su estreno fué rebautizada la obra, pero no hay duda de que el anterior expresaba con mayor exactitud lo que la comedia de Ricardo López Aranda es: una sinfonía en gris, resultante de la mezcla de blancos—alegría, ternura, optimismo, bondad—y negros—frustraciones, dolor, egoismo, tragedia—.

«Cerca de las estrellas» relata las peripecias de una familia—y, circunstancialmente, las de algunos de sus vecinos—en el transcurso de una jornada dominical. En tal empeño, López Aranda acredita desde el primer instante un asombroso dominio de la técnica teatral, evidenciado tanto en el desarrollo de la trama, ateniéndose siempre a las exigencias, de la construcción escénica, como en la cabal descripción de tipos. Estos aciertos bastarían para otorgar al joven autor un amplio margen de confianza en lo que concierne a las posibilidades de su aportación futura al arte dramático español, pero es que, además, se halla en posesión de un lenguaje teatralmente eficaz y exento del lastre libresco habitual—y, en alguna medida, disculpable—en autores neófitos.

La comedia de López Aranda me trajo a la memoria unas declaraciones de Albert Camus sobre el teatro, en las que, entre otras cosas, dijo: «A partir del momento en que un autor, sin dejar de ser ambicioso en su tema, llega a hablar a todos con simplicidad, sirve la verdadera tradición del arte y se une al público directamente». Y es que esto es lo que ha hecho López Aranda en *Cerca de las estrellas*: ha afrontado la realidad con limpia mirada, para después dar estructura dramática a lo que había visto, renunciando a fáciles y casi siempre rentables deformaciones.

Lástima que a los aciertos logrados en la descripción epidérmica de la realidad no se hayan unido los que corresponden a un tratamiento en profundidad. Para mejor entendernos: si la fotografía es impecable y se manifiesta con vivos colores en situaciones y tipos, la radiografía resulta confusa, por inconsistencia del conflicto dramático planteado al único personaje que el autor quiso dotar de una personalidad bien diferenciada.

Con este único reparo, es evidente que con *Cerca de las estrellas* el premio

«Calderón de la Barca» ha servido para incorporar al teatro español un nuevo autor que sabe bien lo que se trae entre manos y del que no es en absoluto aventurado esperar logros de gran calidad. En este sentido, el estreno de la comedia de Ricardo López Aranda es únicamente comparable con el *Historia de una escalera*.

Y ahora, el obligado capítulo de elogios a José Luis Alonso. Su labor de dirección en la comedia de López Aranda supone un auténtico alarde de virtuosismo ante el que uno no sabe qué admirar más; si la perfecta dosificación del ritmo, la inteligente utilización de las luces como un elemento dramático más o el pleno aprovechamiento de las posibilidades expresivas de todos y cada uno de los intérpretes que—en número de treinta— participan en el reparto, y cuyo buen trabajo obligaría en justicia a mencionarlos a todos. Eludo el compromiso con un elogio para el conjunto.

UNA TAL DULCINEA
de Alfonso Paso

El último de los estrenos de Alfonso Paso, llevado a efecto en las postrimerías de una temporada que ha venido a ratificar su condición de muy prolífico autor, este «juego en dos partes» titulado *Una tal Dulcinea*, es una pieza estimable y, sin duda, la mejor de todas cuantas nuestro comediógrafo ha dado a conocer en el transcurso de la campaña recientemente finalizada.

Ahora bien: Alfonso Paso había dado en esta oportunidad con un tema cuyo desarrollo ofrecía a un autor tan experto como el muy amplias sugestiones, y lo cierto es que, aun habiendo salido del empeño con evidente desenvoltura, ha desperdiciado muchas de las posibilidades que la trama ofrecía, en buena parte debido a la carencia de aliento poético en el lenguaje, y acaso también por el deliberador sacrificio de las situaciones dramáticas de mayor consistencia y validez a efectos cómicos no siempre suscitados con la deseable espontaneidad.

Esto hace que *Una tal Dulcinea*, que por su prometedor plateamiento iba para farsa pirandeliana, se nos quede en juguete cómico con pretensiones, al que Alfonso Paso no ha podido liberar ni siquiera de sus insistentes chistes en torno al dinero de los americanos.

Solamente al final parece haberse dado plena cuenta el autor de las excelencias del material que tenía entre manos a juzgar por la inteligencia utilización que hace del mismo en un desenlace en el que la poesía —de la que tan necesitado estaba el tema— hace por fin acto de presencia.

Prescindiendo de consideraciones en torno a lo que pudo haber sido y no es a la que de frustración de una gran comedia o, más exactamente, de una extraordinaria farsa poética, *Una tal Dulcinea*, con su tratamiento del tiempo a lo Priestley, sus aproximaciones a Pirandello y su, en términos generales, afortunada dosificación de elementos reales y fantásticas, reclama un puesto preferente en la producción teatral de Alfonso Paso.

Según manifestaciones del propio autor, que figuran en el programa de mano, con «Una tal Dulcinea» ha pretendido demostrar, partiendo de una premisa que —del mismo modo que a Jardiel Poncela— le es entrañablemente querida «la posibilidad de lo imposible», «lo real es lo que es real para cada ser humano y —divertidamente— desecha la idea de una realidad absoluta». Aunque, a decir verdad, no siempre este propósito encuentra en la comedia de Alfonso Paso sus medios expresivos más eficaces, es indudable el esfuerzo que ha realizado para dar con ellos, así como que tal esfuezo se ha visto compensado con el hallazgo de escenas verdaderamente felices, tanto en su concepción como en su realización posterior.

Gustavo Pérez Puig ha dirigido la pieza con atención muy determinada hacia los problemas de ritmo, de importancia capital para el juego escénico de «Una tal Dulcinea», resueltos con habilidad y buen criterio. Sugeridor el decorado de Matías Montero y excelente —dentro de la buena calidad del conjunto que actúa en el Recoletos— la interpretación que de los tres personajes básicos realizan José María Rodero, Ramón Corroto y Maite Blasco.

DIVINAS PALABRAS
de Valle-Inclán

Autor y obra

Pecaría de impertinente cualquier tentativa de resumir aquí las características esenciales del teatro de Valle-Inclán, tras la inserción fragmentada del estudio que Guerrero Zamora le ha dedicado en su libro *Historia del teatro contemporáneo*.

Sí procede, en cambio, dejar constancia de cómo la reposición de *Divinas palabras* supone, por varias y muy importantes razones, un acontecimiento singularísimo dentro de la actualidad teatral española. Es muy posible que la elección de esta tragicomedia valleinclanesca para inaugurar con ella el teatro *Bellas Artes* contribuya a clarificar considerablemente el panorama de nuestro arte dramático, hoy tan proclive a toda suerte de confusiones.

Que yo sepa, en los veinticinco años últimos solamente tres obras de Valle-Inclán se han representado en España —*Ligazón, La marquesa Roslinda y Los cuernos de Don Friolera*— y ninguna de ellas en teatro comercial. No es exagerado afirmar, por tanto, que para la inmensa mayoría de los aficionados españoles Valle-Inclán permanecía absolutamente inédito en su condición de dramaturgo, pues la simple lectura de las obras no puede dar cabal medida de sus valores teatrales y esto explica la sorpresa con que muchos han descubierto ahora la patente influencia que sobre García Lorca ejerció el teatro de Valle-Inclán —muy concretamente sus *Comedias Bárbaras* y *Divinas palabras*— y la similitud de procedimiento que ofrece con la producción dramática de autores como D'Annunzio, Yeats, Synge y Ghelderode, pese a haberse señalado ambas circunstancias en los estudios que al gran autor de *Los cuentos de Don Friolera* han dedicado Torrente Ballester, Pérez Minik y Guerrero Zamora, entre otros. Menos explicación tiene el asombro experimentado ante la vigencia de *Divinas palabras*, mucho más de hoy, por ejemplo, que la pieza lorquiana repuesta el pasado año en el Eslava. Y es que Valle-Inclán levantó su teatro con materiales extraidos de la propia condición humana, expresados, eso sí, con toda crudeza, pero también a través de un lenguaje singularmente eficaz y lleno de insospechados matices, del cual se sirvió para dotar a la realidad descrita de los elementos que habían de transformarla en admirable obra de arte. Obra de arte, sí, y pieza dramática de extraordinaria calidad es *Divinas palabras*, pese a la indiferencia total de que en su realización dio muestras Valle-Inclán hacia todo lo relacionado con las reglas que tradicionalmente han venido considerandose como imprescindibles. Claro está que el hecho no supone ninguna novedad: hay de él tantos precedentes como autores dramáticos contención. Gran éxito el de José Tamayo, sin otro lunar que el de haber permitido que algunos de los intérpretos hablen con acento galaico, en tanto la mayoría de ellos dialogan sin deje alguno.

Respecto a la utilización de los efectos lumino-tecnicos, rapidez en las mutaciones y plástica escénica en general, conocida en la maestría de Tamayo con personalidad propia y obra capaz de permanecer en el tiempo. Por todo ello, es lógico que Valle-Inclán no triunfara como dramaturgo hace cincuenta años y lo es que ahora comiencen a representarse con éxito sus obras en todo el mundo: se anticipó a su época, con anticipación genial, y eso es todo.

Dirección

Sin duda de ningún género, José Tamayo ha realizado en *Divinas palabras* el mejor trabajo de cuantos figuran en su ejecutoria de registra. El texto de Valle-Inclán, su deliberado desprecio de las limitaciones que normalmente impone al dramaturgo el arte escénico, son factores que necesariamente tenian que dificultar la labor del director, Tamayo, en esta ocasión, ha sabido vencer todos los obstáculos y ofrecernos un montaje en el que se resuelven con gran sentido de lo teatral todos cuantos inconvenientes surgen. Incluso ha eludido el riesgo de incurrir en excesos espectaculares que siempre hubieran ido en detrimento del texto. Así, las escenas más peligrosas, tales como la de la feria y las dos últimas, han sido concebidas y realizadas con ejemplar al respecto, que en el montaje de *Divinas palabras* ha revalidado una vez más.

Interpretación

Realmente excepcional en Nati Mistral y Manuel Dicenta. Y conste que el adjetivo no está colocado al azar, sino que se ajusta exactamente al logro de ambos intérpretes. *María-Gaila* y *Pedro Gallo* tendrán siempre en nuestra memoria las figuras de Nati Mistral y Manuel Dicenta, respectivamente.

De los restantes intérpretes —todo el conjunto actuó muy disciplinadamente y con elogiable entrega a sus correspondientes cometidos—, deben ser citados Milagros Leal, Carmen López Lagar, Javier Loyola —admirablemente compuesto su tipo de *El cigo de Gondar*—, Carlos Ballesteros, Pilar Sala y Maria Rus. Alberto Mendoza, que con esta obra se presentaba en España, tuvo una actuación irregular.

Decorados

Los decorados de Emilio Burgos en realización de Manuel López, a tono con la calidad del gran suceso teatral que nos ocupa.

Público

Aplaudió con entusiasmo y siguió la obra con evidente interés. Sin embargo, un cierto sector se mostraba al final un tanto desconcertado, si bien no tanto como una señora que, al concluir la primera parte de *Divinas palabras*, dijo a su acompañante: Esto es una traducción ¿verdad? Andamos tan desacostumbrados a presenciar piezas teatrales de auténtica raigambre española que, cuando por fin se nos brinda una oportunidad damos en creer que la pieza es extranjera. Qué le vamos a hacer.

EL CHARLATAN
de Ricardo **Rodríguez Buded**

Tengo que suplicar me sea discuplado lo que de impertinente vanidad hay siempre en toda autocita, en gracia a lo mucho que en este caso concreto puede contribuir a revelar el verdadero alcance de un estreno teatral que, sin la esclarecedora aportación de ciertos antecedentes, puediera ser considerado como uno más, sin otra trascendencia que la que se le pueda atribuir en función de la calidad artística de la obra representada. Y no es así. No lo es, porque si tiene su importancia el hecho de que Ricardo Rodríguez Buded haya estrenado la comedia «El charlatán», la tiene más por la circunstancia de haberse producido tal suceso en un teatro comercial.

Y es aquí donde viene a cuento los precedentes y no tengo testimonio más a mano que el mío propio. El 15 de julio del pasado año incluí a Rodríguez Buded en la galería de figuras jóvenes que por entonces, acogía LA ESTAFETA LITERARIA en su última página y a la semblanza que de él hice pertenecen los siguientes párrafos:

«El mundo del teatro no es tan complejo y embarrullado como lo parece a los que seguimos de cerca sus avatares, sino, probablemente, mucho más. Uno acaba por no comprender nada y sólo entonces queda en situación de admitir que en el teatro todo es posible no lo es, según. Por ejemplo, resulta fácil estrenar piezas plagadas de situaciones archiconocidas y chistes de dudoso gusto, melodramas baratos, etc., más no lo es tanto que logre acceso al público una obra honestamente concebida y bien realizada». Explicaba a continuación cómo era éste el caso de Rodríguez Buded que con dos excelentes piezas estrenadas en sesión única seguía teniendo herméticamente cerradas las puertas de los teatros comerciales, para concluir así: «Y, en fin, por si algún empresario se equivoca y resuelve prestar atención a los que la merecen, añadiré que Rodríguez Buded tiene escritas dos obras más: *Las nubes ante la luna* y *El domador*. Acaso no fuera ninguna tontería estrenarlas y, ¿quién sabe?, a lo mejor resultaba un buen negocio, en todos los sentidos».

Y vean ustedes por dónde ha acabado ocurriendo lo que era natural que sucediese —resueltamente insólito, por tanto en nuestro desnortado teatro profesional—: Rodríguez Buded ha estrenado en el teatro «Goya» la más reciente de sus comedias, por decisión de un empresario que ha tenido el valor de arrostrar todos los riesgos inherentes, tras el buen éxito que la pieza obtuvo en una lectura escenificada que semanas antes hizo de ella el Aula de Teatro del Ministerio de Educación Nacional.

«El charlatán» es comedia que viene a confirmar, sobre todo en sus dos primeros actos, el dominio de la técnica teatral que ya acreditara su autor por dos veces ante el restringido público de los Teatros de Cámara, y lo que es más importante, la aplicación de dicho conocimiento del oficio al desarrollo de fórmulas dramáticas propias y lo suficientemente diferenciadas de todas las demás como para que en ellas se revele, sin duda alguna, el marbete de una recia personalidad escénica. En estos dos primeros actos *El charlatán* se nos ofrece como una comedia costumbrista, caracterizada por la espontaneidad de los diálogos, la cabal descripción de los personajes que en la acción interprenen y las sucesivas y bien dosificadas aportaciones líricas y satíricas que contribuyen decisivamente a crear la atmósfera de sereno equilibrio en que la trama se desenvuelve, dentro de un humorismo criticista de la mejor estirpe.

El tercer acto... es harina de otro costal. La fluidez del lenguaje coloquial es sustituida por pretenciosos discursos y algunas escenas adolecen de graves fallos constructivos. Pese a lo cual «el charlatán» es una de las más enjundiosas y bellas comedias representadas en nuestros escenarios en los últimos tiempos. Y ha permitido al público descubrir que en el panorama teatral hispano ha surgido un nuevo autor: Ricardo Rodríguez Buded.

Coadyuvaron al éxito los intérpretes, que por orden de méritos cito: Berta Riaza, Angel Picazo, Angel de la Fuente, Carlos Casaravilla y Rosa Luis Corostegui, bien dirigidos por el propio autor.

LA CAMISA
de Lauro Olmo

Al finalizar la representación que «Dido, Pequeño Teatro de Madrid» ofreció de *La camisa*, drama con el que Lauro Olmo obtuvo el premio «Valle-Inclán» correspondiente a 1961, un enardecido espectador gritó: «¡Este es el teatro que necesitamos!». Suscribo plenamente tal afirmación: quizá no sea «La camisa» el único teatro necesario, pero es sin duda alguna un testimonio cabal del género de teatro que más estamos necesitando. Y si la meta ideal a conseguir por el arte dramático estriba, como certeramente señalara Jacques Copeau, en la asociación de «un gran auditorio a un gran espectáculo», es indudable que Lauro Olmo ha escrito una pieza que, por tema, sinceridad expresiva y óptimas calidades escénicas, cumple todos los requisitos exigibles para que la ligazón preconizada por Copeau se produzca. De ahí la extraordinaria satisfacción que me ha causado el hecho de que, a los pocos días de su estreno en sesión privada, «La camisa» haya vuelto al escenario del teatro Goya para ser representada a diario.

Tengo la certidumbre de que el merecido éxito que el drama de Lauro Olmo alcanzó en la sesión ofrecida por el Teatro de Cámara que con tan buen tino dirige Josefina Sánchez-Pedreño se estará repitiendo con creces al ser dado a conocer a un público de más amplia base, pues los espectadores que asisten a las representaciones de índole experimental suelen ajustar su criterio a una equívoca escala de valores, en la que frecuentemente las novedades formales se anteponen a cualquier otra virtud dramática, incluidas las de más auténtica eficacia comunicadora.

Durante mucho tiempo, nuestros autores han venido rehuyendo sistemática y deliberadamente en la temática de sus obras todo cuanto supusiera aproximación sincera a la realidad circundante, con las excepciones de todos conocidas: Buero, Muñiz, Rodríguez Méndez, López Aranda, Rodríguez Buded y algunas piezas aisladas de otros autores. De ahí la importancia que, al margen de los valores intrínsecos de su drama, tiene la aparición de Lauro Olmo en nuestro censo teatral.

Lauro Olmo ha fijado su atención en una parcela muy concreta de la realidad española —la de la clase más humilde y sufrida de nuestra sociedad— y el resultado es un drama popular en el que se denuncia, con crudeza, sí, pero también con mucha caridad, conviene no olvidarlo, la angustiosa situación de unos seres que malviven en el extrarradio y cuya existencia no sería justo ni cristiano ignorar. Pero no es un documento fotográfico lo que Lauro Olmo nos ofrece, sino más bien una radiografía, y justamente en ello estriba el mérito mayor del dramaturgo: su capacidad de ahondamiento en la tragedia de los personajes que ha creado permite a los espectadores captarla en toda su autenticidad y hace que éstos sientan la misma sensación opresiva que atenaza a los seres de ficción.

¿Ha de deducirse de lo anteriormente expuesto que *La camisa* es un drama social? Desde luego, siempre que tal denominación se entienda en su más amplio sentido, es decir, liberándola de interesadas limitaciones partidistas.

Al acierto y oportunidad evidentes en la elección del tema ha unido Lauro Olmo un dominio del oficio dramático realmente asombroso en un novel. No sólo carece «La camisa» de fallos constructivos, sino que se advierte en su desarrollo una gran facultad armonizadora de los diversos factores participantes, con inteligente dosificación de los efectos y las situaciones. Cada uno de los personajes emplea el lenguaje que corresponde a su peculiar condición que es revelada a los espectadores precisamente por la manera de expresar sus opiniones o sus sentimientos. Ironía y pasión, ternura y sarcasmo, humor y desesperanza, ira y resignación, se manifiestan a través de un diálogo libre de toda ganga retórica, salvo en lo concerniente a un personaje, el vendedor de globos, cuya errónea concepción y trazado es el único reparo que cabe hacer a drama tan perfectamente estructurado como «La camisa».

Al gran éxito alcanzado por la obra de Lauro Olmo contribuyeron muy eficazmente todos cuantos, de un modo o de otro, participaron en la representación. Mampaso realizó un decorado de impresionante veracidad y perfecta adecuación a las exigencias de la trama. En cuando a la dirección escénica de Alberto González Vergel, supuso un verdadero alarde de cualidades armonizadoras —*La camisa*, es obra de montaje muy difícil—, tanto en lo relativo al complejo movimiento escénico como en lo que respecta a la dirección de los numerosos intérpretes, un conjunto muy homogéneo en el que descollaron Margarita Lozano, Carola Fernán Gómez, Tina Sainz, Rosa Gorostegui, Manuel Torremocha, Félix Lumbreras y Pedro Oliver.

LA DAMA DEL ALBA
de Alejandro Casona

Alejandro Casona estrenó en Buenos Aires *La dama del alba* el día 3 de noviembre de 1944. Su propio autor ha explicado el porqué de la elección de este retablo escénico para su retorno a nuestros escenarios, diciendo que *La dama del alba* es, entre todas su obras, «la más amorosamente española; la que está más empapada de mi aire y mi paisaje, de mi infancia y de mi tierra; del espíritu recio y severo de mi pueblo».

Aun cuando el tiempo transcurrido desde que la obra fuera escrita no afecta para nada a la vigencia de su línea argumental, pues la intemporalidad del tema y su vigoroso enraizamiento en determinadas constantes esenciales del talante hispano excluyen tal riesgo, no puede decirse otro tanto en lo que al lenguaje respecta. Es bien sabido que en todos los géneros literarios —pero muy especialmente en el dramático, debido a la comunicabilidad directa a que su condición de espectáculo le obliga—, nada envejece tan rápidamente como lo que fue en años inmediatamente anteriores briosa novedad. Y los diálogos de Casona en su retablo abundan en frases con un inequívoco tufillo de popularismo convencional y literario, demasiado distantes del habla popular como para que no se advierta lo que de artificioso hay en ellos.

Bien es cierto que no debe descartarse la posibilidad de que esta inadecuación del lenguaje de *La dama del alba* venga suscitada por la disparidad de los elementos que en su trama concurren —realidad y fantasía, magia y costumbrismo— y que en cuanto pasen unos años más, la extrañeza que actualmente producen en los espectadores las aludidas frases haya desaparecido. Pero esto es sólo una hipótesis hacia el futuro y uno está aquí para juzgar en tiempo de presente: para la sensibilidad del público actual, *La dama del alba* llega demasiado tarde, con el consiguiente perjuicio para la comunicaión que, sin trabas de ninguna índole, debe producirse entre escenario y sala.

Me he extendido más de lo habitual en el examen del único reparo de consideración que cabe oponer a *La dama del alba* porque la personalidad de su autor y los innegables valores dramáticos que la obra encierra exigen un rigor infrecuente en su enjuiciamiento. En definitiva, es muy posible que el único reproche que puede hacerse a Alejandro Casona, en este caso, sea el de no haber advertido que la invención dramática posee en sí misma tal dosis de poesía que cualquier lirismo coloquial tenía que resultar, además de innecesario, contraproducente.

En obra de estas características, la ambientación es factor muy importante. De ahí que estime de justicia resaltar la valiosa aportación de Emilio Burgos, creador de un decorado cuyo realismo contrasta con la magia del exterior, que se vislumbra a través de la puerta de doble hoja abierta en el foro.

La dirección de José Tamayo contribuyó a resaltar eficazmente los efectos requeridos por la trama y dio a la interpretación un sentido unitario que no siempre ha logrado en anteriores realizaciones.

Del cuadro de intérpretes deben sen mencionados: Asunción Sancho —que superó con su entusiasta entrega las dificultades de un personaje escasamente afín a sus condiciones artísticas—, Ana María Noé y Milagros Leal —cabal dominio del oficio escénico—, Julieta Serrano —más actriz en cada nueva actuación—, Rafael Arcos, Gemma Cuervo y la veteranía de Antonio Vico.

MICAELA
de Joaquín Calvo Sotelo

Un cuento de Juan Antonio de Zunzunegui ha facilitado a Joaquín Calvo Sotelo el tema de la divertida comedia que con el título de *Micaela* se representa actualmente en el teatro *Lara,* de Madrid.

El asunto exigía mucho tacto en su tratamiento escénico: los hermanos gemelos Javier e Ignacio Alcorta-Gari comparten en la intimidad a su criada Micaela. Añádase a la trama un cura vasco, un par de vecinos y el tendero de la esquina, y el censo de personajes queda cubierto.

Calvo Sotelo ha construido con todo ello una comedia desenfadada y audaz, en la que bordea constantemente zonas peligrosas. Para no adentrarse en ellas, le ha sido preciso recurrir a la utilización de factores complementarios que en los instantes de mayor riesgo dan a la pieza un aire de farsa o de guiñol, para volver en la escena siguiente al tono realista y profundamente humano que la acción requiere, *Micaela* divierte, emociona e interesa, gracias al equilibrado empleo que Calvo Sotelo ha hecho de sus variados recursos de autor.

Adolfo Marsillach, como director escénico, ha contribuido al buen éxito de *Mi-*

caela, así como los intérpretes,todos identificados con las criaturas que les habían sido asignadas, con mención aparte para Angel Picazo en su creación del cura vasco: de antología, pero demasiado tópico.

La incorporación al teatro de Emma Penella nos la ha revelado como actriz de cuerpo entero, inimaginable para cuantos conociamos sus anodinas tareas cinematográficas. Su interpretación de *Micaela* le otorga —ganado a pulso— un puesto entre nuestras mejores actrices teatrales de hoy.

Angel de la Fuente y Arturo López, bien ayudados por el maquillador, dieron la adecuada sensación de semejanza en los hermanos mellizos, y su estudio les permitió llevar a similitud a aspectos en los que el maquillaje no cuenta: el modo de andar, los ademanes... todo cuanto contribuye a catalogar físicamente a un individuo, lograron los dos citados actores sincronizarlo perfectamente.

El público, que había aplaudido varios mutis de Angel Picazo y uno de Emma Penella, ovacionó largamente a los intérpretes al finalizar *Micaela*, la más divertida comedia de Calvo Sotelo.

EL CONCIERTO DE SAN OVIDIO
de Antonio Buero Vallejo

El teatro español ha estado siempre, incluso en sus épocas de máximo esplendor, de espaldas a la tragedia. Las razones de que esto sea así son, probablemente, muy varias y complejas, pero no vamos ahora a entrar en ello —sería preciso mucho espacio y no tanta urgencia como la que nos acucia—, pues basta con dejar constancia del hecho cuando justamente acaba de ser estrenada la primera tragedia de nuestro arte dramático: la primera obra que reúne todos los requisitos exigibles para ser considerada como tal tragedia.

El concierto de San Ovidio, recién estrenada en el teatro Goya, de Madrid, ha sido calificada con humildad y acierto por su autor, Antonio Buero Vallejo, como «parábola». Según el diccionario, por parábola se entiende la «narración de un suceso fingido de que se deduce, por comparación o semejanza, una verdad importante o una enseñanza moral»; definición que, sin duda alguna, conviene a la última invención escénica de Buero Vallejo.

Pero *El concierto de San Ovidio*, siendo efectivamente una parábola, es más que eso: es también una tragedia. Y para decirlo de una vez: la primera gran tragedia del teatro español de todos los tiempos.

«La tragedia —dejó dicho para siempre Aristoteles en su *Poética*— es imitación no tanto de los hombres cuanto de los hechos, y de la vida, y de la ventura y desventura». Y agreaga más adelante: «Es manifiesto asismismo que no es oficio del poeta el contar las cosas como sucedieron, sino como debieran o pudieran haber sucedido, probable o necesariamente». Así, la tragedia que Buero ha escrito que no es tanto imitación de unas determinadas peripecias humanas cuanto de unos hechos, y que no cuenta éstos tal como sucedieron, sino como debieran haber sucedido.

LA VERDAD HISTORICA

Las dos obras anteriores de Buero Vallejo, constitutivas, con esta, de lo que pudiéramos designar como su trilogía historicista», le merecieron graves reconvenciones de algunos críticos, que en severos términos le acusaron de infidelidad a la verdad histórica, omitiendo que ya Aristóteles había conferido carta de licitud al derecho que asiste al autor de presentar los hechos no como en verdad fueron, sino como debieron ser.

En *El concierto de San Ovidio* no hay caso, pues aun cuando la trama tiene su punto de partida en un hecho histórico, todos los personajes —salvo uno, de muy breve intervención— son imaginados.

Seis ciegos recogidos en el hospicio de los Quince Veintes son contratados por un negociante sin escrúpulos para constituir una orquestina que actuará en una barraca de feria. Con esta escueta y angustiosa anécdota ha construido Buero su tragedia, con implacable utilización de todas sus posibilidades dramáticas, pero también con desbordante amor hacia unas criaturas cuya inferioridad física es utilizada para convertirlos de manera inmisericorde y despiadada en payasos, sin que les sea posible eludir su destino y alcanzar la felicidad que confusamente anhelan.

El paralelismo con determinadas vicisitudes de las relaciones humanas en las sociedades de hoy —y en la sociedad de cualquier tiempo— es evidente. No en vano se dice de los componentes de los más bajos estratos sociales que son gentes «de pocas luces» y que cubren su andadura vital prácticamente «a ciegas», siempre a merced de los que comercian con la ignorancia y con la debilidad de sus semejantes.

EL HORROR Y EL DESTINO

Si hemos calificado como tragedia *El concierto de San Ovidio* es precisamente porque sus personajes se hallan abocados a un terrible fin siendo inocente, sin culpa alguna que pudiera justificar la condena que fatalmente habrán de sufrir. Y porque la contemplación de la trama produce en los espectadores sentimientos de horror y de compasión, característicos de la tragedia.

No se produciría ésta —o, al menos, no se produciría en condiciones tales que posibilitaran un conflicto dramático— si los personajes, víctimas de su propia circunstancia personal, aceptaran resignadamente la desgracia que el destino les tenía deparada.

La grandeza escalofriante de la tragedia que ha ideado Buero Vallejo radica cabalmente en el anhelo de felicidad que anima a sus desdichadas criaturas y en la capacidad de rebeldía de una de ellas—ese David tan prodigiosamente incorporado por José María Rodero—, que resuleve enfrentarse al destino y modificarlo en la medida en que le sea factible. Como es lógico, la desigual lucha entre la fatalidad y el hombre acabará por resolverse a favor de aquélla, pero el combate no habrá sido estéril y el debilitamiento de fuerzas que en el inexorable destino ha ocasionado la tenaz lucha sostenida permitirá abrir en la situación hasta entonces totalmente cerrada un resquicio y una luz hacia un futuro mejor. Gracias a su enfrentamiento con el destino, la felicidad que le ha sido negada a David —vencer la limitación de las tinieblas de su condición de ciego: poder leer, escribir, componer música— sera alcanzada, a plazo más o menos largo, por sus hermanos de infortunio. Por eso *El concierto de San Ovidio* puede y debe ser considerada como una tragedia optimista.

LA FORMA TEATRAL

Aquí podría concluir este comentario si *El concierto de San Ovidio* fuese una obra estrictamente literaria, pero no lo es: se trata de una tragedia, de una pieza dramática, escrita para ser representada, y ello obliga a considerar, siquiera sea sucintamente, los restantes factores del hecho teatral, toda vez que, como el realizador escénico Gordon Craig ha afirmado, «el arte del teatro no es ni el trabajo de los actores, ni la obra, ni la escenificación, ni la danza; está formado por elementos que componen todo esto: del gesto, que es el alma de la acción; de las palabras, que son el cuerpo de la obra; de las líneas y los colores, que son la existencia misma del decorado; del ritmo, que es la esencia misma del drama».

Antonio Buero Vallejo posee como ningún otro dramaturgo español el instinto de lo teatral. Valora debidamente la palabra, sabe dotarla de una gran eficacia comunicadora, pero siempre acorde con las exigencias de la acción dramática. Sus textos son concebidos y realizados en función del conjunto escénico a que se destinan, y así les es posible lograr efectos de tan impresionante teatralidad como el del final del segundo acto —que produjo auténtica conmoción anímica y casi física en los espectadores— o como la escena totalmente a oscuras, en la que la tragedia alcanza su máxima tensión.

No era fácil tarea la de coordinar y fundir texto y acción dramática en *El con-*

cierto de San Ovidio, y José Osuna lo ha logrado de manera irreprochable, tanto en lo concerniente al movimiento escénico como en lo relativo a la dirección de los actores, cada uno de los cuales se expresa en el tono preciso requerido por la idiosincrasia del personaje que incorpora. He mencionado antes, de pasada, la excelencia del trabajo de José María Rodero —a tal autor, tal actor—, y como dado lo extenso del reparto no me es posible mencionar a todos los intérpretes, y sería injusta la omisión de cualquiera de ellos, quiero que estas líneas entrañen un colectivo elogio a la labor del conjunto.

EL CEREZO Y LA PALMERA
de Gerardo Diego

Gerardo Diego es uno de nuestros primeros poetas. Y si de algo esencial adolece el teatro español contemporáneo es, justamente, de poesía. De ahí que cuando, hace dos años, fué concedido el premio «Calderón de la Barca» al tríptico de Navidad titulado *El cerezo y la palmera*, de Gerardo Diego, se viera uno en la necesidad de expresar públicamente su decepción por el hecho de que la temporada del María Guerrero finalizara sin incluir en ella —como es preceptivo— el estreno de la pieza galardonada.

Pero más vale tarde que nunca, y hemos de felicitarnos de que, por fin, al navideño retablo se le haya dado generosa expresión escénica en el teatro que dirige José Luis Alonso, siquiera sea porque así se ha visto cumplido lo que se establece en las bases del certamen.

Carente por completo de acción dramática, el interés de *El cerezo y la palmera* se centra de manera exclusiva, y es posible que deliberada, en el lirismo de su texto y en la belleza plástica de alguno de sus cuadros. Consciente de ello, José Luis Alonso —un director que se las sabe todas— ha concebido el montaje de la obra en forma teatralmente heterodoxa, como una sucesión de estampas navideñas, reduciendo el movimiento escénico y el manejo de las luces contribuía a resaltar los valores líricos del poema.

En conclusión: tras el estreno de *El cerezo y la palmera*, nuestro teatro actual sigue como estaba, pues cuanto de positivo hay en el retablo de Gerardo Diego —hermosura verbal y momentos de extraordinaria calidad poética— pierde toda eficacia por el desconocimiento de las más elementales exigencias del arte dramático que patentiza el ilustre académico y excepcional poeta, pero no en vano novel autor.

EL CIANURO, ¿SOLO O CON LECHE?
de Juan José Alonso Millán

En Madrid ha estrenado un comediógrafo joven. Esto ya es noticia. Pero es que, además, la suya es una buena comedia. *El cianuro..., ¿solo o con leche?*, es el título de una bienhumorada pieza escénica en la que Alonso Millán entronca directamente con la mejor línea de nuestra literatura humorística, dentro y fuera del teatro, desde Quevedo hasta Mingote, Mihura y Azcona, pasando —no faltaba más— por Jardiel, y que, sin embargo, posee las cualidades distintivas necesarias para que el resultado sea lo suficientemente autóctono, personal e intransferible.

Juan José Alonso Millán es autor provinente de esa incesante cantera que son los TEU y otro grupos de cámara, y en ellos estrenó su primera comedia: *La felicidad no lleva impuesto de lujo.*

Posteriormente probó por dos veces fortuna en teatros comerciales, con *Las señoras, primero*, y otra cuyo título no recuerdo en este momento. De todas maneras, hay dos evidencias: que ésta es la tercera comedia que Alonso Millán estrena en teatro comercial, y que es, a mucha distancia, la más hecha de las tres: perfecta dosificación de los elementos tétricos, macabros o como quiera llamárseles que juegan en la acción: velatorio, anciana paralítica, sátiro, cadáver descuartizado en el equipaje, etc., de modo tal, que su presencia en el escenario resulta siempre contrarrestada por la eficacia cómica de frases y situaciones, lograda siempre con resortes de buena ley.

Sobre todo, en lo que respecta a situaciones, a eso que Jardiel llamó «el instinto de la situación dramática», Alonso Millán se las sabe todas; si para muestra basta un botón, en *El cianuro..., ¿solo o con leche?*, deberemos aducir el de la jota cantada a coro por tres de los personajes femeninos durante el velatorio: nada tiene el texto de la copla proclive a la risa y, no obstante, fué la escena de la comedia más hilarantemente acogida por el público y hasta aplaudida. ¿Por qué? Porque Alonso Millán *la vió* al escribirla y supo extraer de ella el máximo partido posible.

Y toda vez que esto de *ver* la obra en pie, mientras está en el horno, es una de las mayores dificultades que se le ofrecen al autor teatral en el curso de su función literaria, me parece de buen augurio el perfecto dominio que de la materia demuestra poseer el joven autor de esta divertidísima comedia.

En *El cianuro..., ¿solo o con leche?*, hay dos acciones paralelas que la voluntad del autor hace converger en un determinado instante de su respectivo proceso para, a partir de entonces, fundirlas en una sola trama: de un lado, la familia que quiere *precipitar* la muerte del abuelo, que no sólo sigue viviendo a los noventa y dos años, sino que aprovecha cualquier momento para citarse con *Pirula*; del otro, los amantes, que en su equipaje llevan —camino de la frontera— el cadáver descuartizado del marido.

Con estos factores, Alonso Millán ha conseguido un primer acto pletórico de humor verbal y de acción, en el que los incidentes se suceden. Sin embargo, en el entreacto temimos que, igual que le ocurrió a Jardiel con algunas de sus obras, allí acabase la de Alonso Millán, por incapacidad de éste para desenredar lo que tan airosamente habia enredado. Y bien; todavía Alonso Millán nos reservaba una grata sorpresa: en la segunda parte deslió cuidadosamente cuanto había dejado atado en la primera, y no hubo nada esencial que siguiera estando oscuro para el espectador cuando el telón bajó definitivamente.

Mari-Carmen Prendes, incorporando el personaje mejor trazado de la comedia, no pudo estar más indentificada con la criatura escénica que esta vez le tocó en suerte. Su éxito es parejo al logrado por Alonso Millán. De los restantes intérpretes, ninguno desentonó, y tanto en ello como en el buen ritmo a que fué llevada la comedia se advertía la dirección de Cayeteno Luca de Tena.

LA PECHUGA DE LA SARDINA
de Lauro Olmo

Tras el resonante éxito de *La camisa* era lógico esperar que Lauro Olmo siguiera su ruta dramática por senderos similares a los que tan buena candidatura le proporcionaron en ocasión de su primera salida a escena.

(Sé bien que las comparaciones siempre son odiosas, pero la verdad es que en este caso juzgo ineludible el procedimiento).

No es posible enjuiciar *La pechuga de la sardina* sino en relación al drama anterior de Lauro Olmo; de otro modo la crítica cojearía ostensiblemente, toda vez que la visión general de una y otra pieza han partido de un mismo propósito: el de llevar al teatro retazos de vida obtenidos en las zonas «económicamente débiles» de nuestra sociedad.

¿Cómo entonces se explica la diferencia con que críticos y espectadores hemos reaccionado ante una y otra?

Es sencillo: *La camisa* tenía conflicto dramático; sus personajes luchaban frente a problemas de raíz profundamente humana, en tanto que *La pechuga de la sardina* y sus criaturas escénicas, no. En la reciente obra de Lauro Olmo, éste se limita a evidenciar el desvaido gris de unas existencias sin el menor aliciente, con monotonía pareja a la de las vida que nos describe. Pero conflicto dramático no lo hay; problemas que, de una manera o de otra, acicateen la curiosidad de los espectadores y promuevan su interés, no se vislumbran. Como consecuencia, el drama, sainete trágico o como quiera llamársele, de Lauro Olmo, resulta una obra sin accidentes, una pieza en la que todo puede ocurrir de un momento a otro, pero que acaba sin que en su transcurso haya ocurrido nada.

Esto es tanto más lamentable cuanto que Olmo ha dotado a todos y cada uno de sus personajes de caracteres bien diferenciados, que interesan al público, pero sólo, y ahí está el *quid* del asunto, en sus posibles relaciones con los otros personajes. Cuando la obra toca a su fin y tales relaciones no han llegado a efecto, el público tiene que mostrar su desencanto... y también la crítica, porque, al mantener Lauro Olmo a sus criaturas en compartimentos estancos, está eludiedo la única posibilidad dramática de su invención.

Tampoco la escenografía ayudó poco ni nada a la transmisión a los espectadores del *mensaje* dramático del autor, pues el decorado de Emilio Burgos no logra diferenciar suficientemente la casa y la calle o, dicho de otra manera, la acción principal y la secundaría o de ambientación, con el riesgo constante de superposición entre una y otra, tanto más cuanto que las escenas de mayor vivacidad —vendedor de prensa y criada, viandantes, el borracho, *la renegá*— se producen precisamente en la calle.

Se salva, sí, la dignidad del intento. Su honestidad. Pero si el infierno está —según dicen los que algún motivo tendrán para saberlo— lleno de buenas intenciones, ¡qué no será el teatro, tan difícil siempre, tan pendiente de que de la conjunción de sus varios factores resulte un todo coherente!

Todos incurrimos en yerros, y Lauro Olmo no iba a ser menos. Lo lamentable es que la equivocación le haya llegado ahora, en esta su tan comprometida segunda obra dramática. No obstante, es joven y tiempo tendrá de rectificar, porque mimbres —de eso sí que estoy seguro— no le faltan.

La pechuga de la sardina es, sí, un valioso aguafuerte escénico, pero no un drama. Y no lo es justamente porque, tras haber dispuesto de todos los elementos constitutivos, al autor se le ha olvidado fundirlos en una misma acción, dotándolos así de la coherencia de que carecen y que es cualidad primera de toda obra dramática.

LA HOGUERA FELIZ
de José Luis Martín Descalzo

Martín Descalzo ha afrontado la tarea —nada mollar dados los méritos de sus predecesores en el intento— de dar una nueva versión escénica protagonizada por Juana de Arco. El drama resultante fué galardonado con el premio que la Dirección

General de Información creó el pasado año para obras teatrales, y ahora ha sido estrenado por la compañía de María Fernanda d'Ocón en el Patio de los Reyes de El Escorial, dentro del ciclo de Festivales de España, organizado para conmemorar el IV Centenario de la Fundación del Monasterio.

La obra es briosa y desigual. Su mejor acierto radica en la calidad poética del texto. Sus fallos son casi todos de técnica teatral: carencia de acción, reiteraciones verbales que en ocasiones pudieron dar al traste con el esencial dramatismo del empeño y un prurito de explicar lo que estaba ya perfectamente claro, que, como ocurre en el desenlace, resta eficacia a la acción y nada nuevo añade digno de ser considerado: *La hoguera feliz* tenía un final perfecto en el instante en que la Doncella de Orleáns resuelve elegir la hoguera, sobrando los gritos y frases entrecortadas que durante el suplicio pone Martín Descalzo en boca de su protagonista.

Con todo, el drama tiene evidentes valores, que no sería justo silenciar; así, la patente originalidad que Martín Descalzo ha logrado dar a tema tan tratado como el de Juana de Arco, y, sobre todo, la sensación que transmite a los espectadores de estar presenciando un *drama de nuestro tiempo*, puesto que, aun ambientada en la época en que vivió la Doncella, la obra tiene resonancias actuales, tanto en su problemática como en el modo de plantearla. La lucha entre la ingenua virtud de Juana de Arco y el mundo pecador del que ha de servirse en el cumplimiento de su misión, y, sobre todo, la paradoja de que para cumplir aquélla se haya de ver obligada a matar a los invasores de su tierra y el problema de conciencia que esto le supone, son cuestiones que rebasan los límites de una determinada época para convertirse en temas de permanente debate para la humanidad.

Ya en una de las primeras escenas se produce un diálogo entre Juana y el Caballero —personaje simbólico éste al que quizá el autor hubiera debido hallar una solución menos discordante con el resto de sus criaturas escénicas— que pone a los espectadores sobre aviso respecto a las dificultades que Juana ha de encontrar para el feliz término de su misión..., y especialmente en lo que concierne al origen y causas de tales dificultades; he aquí el breve diálogo, que creo haber recogido textualmente:

JUANA.—Si yo llevo un mensaje de Dios, ¿quién puede ir contra mí?
CABALLERO.—Todos.
JUANA.—¿Por qué?
CABALLERO.—Porque llevas un mensaje de Dios.

Pero no es sólo en este sentido en el que el drama del padre Martín Descalzo puede ser considerado como actual, ya que abundan en él frases alusivas o cuestiones políticas o sociales de candente actualidad, como aquella en la que Juana recuerda al Delfín sus deberes para con Francia: «El pueblo no quiere reyes legítimos, sino justos».

Martín Descalzo ha estado muy cerca de la diana, y si no ha dado de lleno en ella, bien puede atribuirse a inexperiencia teatral, pues tan cierto como que nuestro arte dramático está falto de poesía lo es que ésta ha de desprenderse de la trama y no aparecer de manera expresa en el lenguaje.

María Fernando d'Ocón fué una Juana de Arco excepcional de gesto y movimientos y bien secundada por sus compañeros de formación, todos dirigidos con experta visión de conjunto por Mario Antolin. Lástima que el uso de grabación anterior —seguramente para evitar los desaguisados que la imperfecta distribución de micrófonos promueve tan a menudo— impida una crítica total de su labor interpretativa.

HISTORIAS DE MEDIA TARDE
de Emilio Romero

Emilio Romero, sagaz periodista y buen narrador, ha irrumpido en el teatro con *Historias de media tarde*. Al estreno precede una gran expectación, la seguridad de que estamos ante algo distinto de lo que habitualmente ofrecen nuestros escenarios, y esto hace que en las apreturas del vestíbulo, junto a los estrenistas de siempre, se vean rostros también conocidos, pero no por su relación con el arte dramático: políticos, escritores, periodistas... El *todo Madrid*, vamos.

Las *public relations* asoman algo más que la oreja: fogonazos de fotógrafos en el vestíbulo y más fogonazos en la sala, antes de la representación y durante ella. Los lujosos programas de mano, profusamente ilustrados con fotografías del autor, del director, de los intérpretes. Al final, los aplausos son lo bastante intensos como para justificar un breve parlamento del autor, (Fogonazos). No sé lo que Emilio Romero dijo porque, desde la fila 16 y en localidad cercana a una puerta lateral, no resultan audibles. Pero sé que no comparto la aquiescencia algo más que cortés— que el público estrenista concede a la obra. Y en seguida voy a explicar por qué.

TEATRO POLITICO

Romero, repito, es un excelente periodista que, sin ejercer como político profesional —al menos, ahora—, se siente hondamente preocupado por las cuestiones políticas, tanto cuando redacta editoriales, como cuando escribe obras teatrales.

Historias de media tarde es, en consecuencia, por todos sus lados, una muestra de teatro político. Ahora bien, para ponerle adjetivos al teatro hay que andarse con pies de plomo y un grandísimo tiento. De otra manera, se incurre en el riesgo de que la fuerza del adjetivo sea mayor que la de la entidad por él calificada. Y es que el teatro es algo más que literatura; no es poesía, dirección escénica ni interpretación de modo exclusivo. Sin perjuicio de ver más adelante y en relación a la obra de Emilio Romero —primera obra: este dato es importante— qué es y de qué está constituido el arte dramático, añadiré por ahora que el teatro es, ante todo y precisamente, teatro. Y ésta es una perogrullada que se está olvidando con harta frecuencia. Por ejemplo, en esta caso, al igual que lo olvidó Erwin Piscator, creador del teatro ideológico en la Alemania de los años veinte y cuyo libro fundamental se titula, precisamente, *El teatro político*, como lo descuidaron sus predecesores o consecuentes: Antoine, Stanilawsky, Reinhardt Kaiser y todos los que, en direcciones opuestas o paralelas, han intentado ponerle al teatro apellidos que sólo puede conllevar tras un previo fortalecimiento de su entidad dramática.

La sagacidad periodística de Emilio Romero, sus cualidades de escritor polémico, han tenido quizá parte descollante en la elección del tema. Todo buen polemista sabe que su éxito consiste en la utilización de argumentos insospechados y, no obstante, admisibles.

Estrenar hoy en España una pieza política es algo a la vez insospechado y no por ello falto de lógica y verosimilitud. Hasta aquí, todo va bien y no tengo inconveniente en sumarme al espectador que, finalizada la obra, lanzó un viva al teatro de ideas. Con sólo una condición: que sea efectivamente teatro; que cumpla los requisitos del arte dramático. Y ahí es donde falla la pieza de Romero y procede mi fallo adverso, si bien sería injusto silenciar que la falta de tales normas —algunas de ellas imprescindibles— puede ser, simplemente, un fallo plenamente disculpable en un novel; y, en lides dramáticas, E.R. lo es.

LOS PERSONAJES Y LA IDEA

El defecto más evidente en *Historias de media tarde* es, claro está, la supeditación de los personajes a la idea. Con frecuencia se da en obras de este género, y al autor le ha faltado *oficio* para superar el escollo. Si alguna vez se ha podido criticar una obra por su carácter *discursivo*, pocas la habrá sido con tanta razón como en la presente. Los diálogos no son tales, sino auténticos *discursos* en los que los intérpretes dejan de serlo para convertirse en simples voceros del autor. Incluso en las escenas dramáticamente más logradas, como en la primera de *Cristina, Roque y Fernando*, Romero pone en labios de la actriz conceptos que de ninguna manera casan con el personaje que interpreta. Esta incapacidad que para el desdoblamiento de su personalidad en todos y cada uno de los intérpretes ha mostrado Romero es, sin duda, la que ha ido más en detrimento de la pieza en cuanto obra dramática.

ESCRITOR Y DRAMATURGO

El hecho de que, curándose en salud, Romero haya advertido en su autocrítica que él es sólo un escritor y que le asustan «esas horrendas palabras de *dramaturgo* y *comediógrafo*, no le eximen, pues, por muy escritor que sea uno; cuando decide que sus obras se corporeicen sobre un escenario ha de someterse a todas las servidumbres del arte dramático, que son muchas, como es bien sabido. Y, de no hacerlo así, el resultado es siempre igual: El escritor Emilio Romero dice en su obra cosas interesantes, incluso algunas muy interesantes y muy del día, pero cuyo sitio más idóneo no es un teatro, sino la primera página de *Pueblo* o una novela cualquiera. No debió intentar la aventura teatral Romero, si de verdad encuentra *horrendas* palabras como *dramaturgo* y *comediógrafo*, correspondientes a profesiones que honraron Shakespeare, Lope de Vega y Calderón de la Barca.

Por cierto que el último ha repuesto en el teatro Español, veinticuatro horas antes de que *Historias de media tarde* se estrenara en el Reina Victoria, su comedia *No hay burlas con el amor,* y esto ofrece ocasión pintiparada para brindar a los lectores de La Estafeta Literaria, con un ejemplo de teatro adjetivado, otro de teatro puro.

Anoten un elogio para Guerrero Zamora, cuyo montaje ha estado en todo instante al servicio de la obra, y para los intérpretes que *dijeron* sus respectivas partes.

LA BELLA DOROTEA
de Miguel Mihura

Después de ver *La bella Dorotea*, la impresión dominante en los espectadores y, sobre todo en el crítico, es la de que, cuando Mihura vuelve a ser Mihura, su teatro es el de más calidad que hoy se escribe en lengua castellana. Lamentablemente, escribe poco y estrena muy de tarde en tarde; pero cada comedia *suya* —y luego explicaré el alcance que en este caso doy al pronombre— equivale a un paso adelante en nuestra literatura escénica.

Mihura ha superado el temor a ser él mismo, que en ocasiones pude advertirle, a escribir teatro con dictados de la moda, aportando a la escena su peculiar —y tan

bienhumorada y certera— visión de las cosas, de las situaciones. Como lo hizo en
- *res sombreros de copa*,su obra de juventud, o en *Sublime decisión*, comedias con
las que *La bella Dorotea* tiene grandes similitudes de fondo y alguna que otra formal.

Ser fiel a sí mismo supuso para Miguel Mihura tener que esperar veinte años
hasta ver estrenada *Tres sombreros de copa*. Pero el tiempo nunca pasa en vano, y lo
que era en la época de su creación humorismo nuevo y difícil, está ahora al alcance
del espectador medio, para fortuna del teatro español. Mihura lo ha entendido así,
y, como consecuencia, vuelve al buen camino, a su personal sendero, ciertamente
erizado de obstáculos, pero que si logra salvarlos conduce al autor que lo sigue a una
doble meta: la de la obra en la que palabra y acción se aúnan para, de su impecable
ligazón, conseguir los más positivos valores teatrales, y la del favor de los espectadores, secundaria estéticamente, pero en manera alguna menospreciable, pues sin público no hay espectáculo, no hay teatro.

Existen numerosas obras que se sostienen merced al eficaz apoyo de algunos
frases de fortuna, hábilmente distribuidas aquí y allá para suscitar la emoción o el
regocijo del público cuando dacae el interés de la trama. Los diálogos son utilizados
en ellas a modo de bastón de ciego, del que la pieza se sirve para mantenerse erguida
y llegar a buen fin.

Pero también hay comedias —claro que son las menos— en las que la calidad
del verbo no se emplea como bastón para que la trama, pese a sus deficiencias, puede llegar a buen puerto, o al modo de muletas con las que simular de qué pie cojea,
sino que la acción se sustenta en la palabra y ésta deja de ser recurso de emergencia
para convertirse en fundamento, plinto, pedestal que sustenta firmemente la peripecia escénica y cuanto lo que los personajes dicen está en función de lo que les ocurre,
y no al revés.

¿Será preciso decir que *La bella Dorotea* pertenece a este último género de
obras teatrales? ¿Será necesario agregar que es comedia en cuya construcción se han
utilizado los más idóneos elementos verbales, y que a la originalidad de su estructura
hay que sumar la de los diálogos, que refuerzan aquélla y la sostienen sin discordan-
cias ni disociación?

Sí, habrá que decirlo bien claro: *La bella Dorotea* es una comedia armónica y,
al tiempo, revolucionaria; una comedia de concepción y trama increíbles, que el
diálogo torna verosímiles.

Esta Dorotea, al igua que el Dionisio de *Tres sombreros de copa*, y lo mismo
que la protagonista de *Sublime decisión*, son disconformes, seres que se están libe-
rando de todo convencionalismo social para mantenerse fieles a sus ideas y sentimientos. De ahí nace esa tendencia al absurdo que se advierte en las mejores comedias de Mihura, y que proviene de la ruptura deliberada de sus protagonistas con los

usos y costumbres de la sociedad circundante.

La acción de su última comedia la sitúa Mihura «en su pequeño pueblo del norte de España, junto al mar, y en el transcurso de cualquier año anterior a la primera guerra europea» Mihura ha aprovechado bien los factores humorísticos que el escenario de la trama le ofrecía y, con la ironía a flor de labios y una soterrada y eficacísima ternura —presentes ya en la primera parte, de carácter costumbrista—, la maledicencia de los pequeños burgos, los paseos por la calle Real en busca de emparejamiento, la crisis de novios provocada por la nueva iluminación del alcalde, los primeros veraneates y el tiempo nada veraniego...

Pero pronto comienza la acción propiamente dicha y se produce la ruptura hacia el supuesto absurdo: cuando ya se ha puesto el vestido nupcial, Dorotea es plantada por su novio. Y viene la sorprendente y a la vez lógica reacción del personaje de Mihura: no se quitará el traje de novia —su «uniforme», dice— hasta que encuentre otro que la lleve a la iglesia. Y cuando sus amigas ven que va a salir con el «uniforme» nupcial y le preguntan dónde va, Dorotea dice, sencillamente, que a dar «un paseo más por la calle Real».

Lo que en la comedia hay de descripción de la pequeña vida de los pueblos, con su cacique y las solteronas envidiosas, con las menudas rencillas de los convecinos, podría emparentarlas con cualquier de las piezas benaventianas cuya acción sucede en «Moraleda». No es así. Y no lo es porque, aun desenvolviéndose en el mismo ambiente, el tratamiento que Benavente y Mihura dan a sus respectivas obras es no sólo distinto: antagónico. De encontrarle a *La bella Dorotea* un antecedente, habría que buscarlo, por ejemplo, en *La señorita de Trévelez,* pero, sobre todo, en dos obras del propio Mihura, ya mencionadas: *Tres sombreros de copa y Sublime decisión.*

No asistí al estreno, sino tres días después, un domingo por la noche. El teatro está lleno de un público no invitado que, al finalizar la comedia, permanece en sus butacas: los insistentes aplausos hacen que Mihura salga a saludar, en su doble condición de autor y director, junto a los intérpretes.

EL RIO SE ENTRO EN SEVILLA
de José María Pemán

Meterse —una vez más— con don José María Pemán es algo que me repugna hacer: es demasiado fácil y está al alcance de cualquier fortuna enjuiciadora. Para colmo, don José María acoge con excelente talante todo género de críticas; con él no hay riesgo de que el Aristarco reciba la visita de los padrinos... y ni siquiera una carta más o menos insultante y menospreciativa, en la que los vocablos *resentido* y *re-*

sentimiento se insertan una y otra vez. Pero también los lectores merecen un respeto y tienen derecho a ser informados con objetividad. Voy a intentar hacerlo, planteándome el caso como un problema deontológico..., y a quien Dios se la dé, San Pedro se la bendiga.

UN APROPOSITO

El río se entró en Sevilla es una comedia en dos partes que Pemán ha escrito por encargo de doña Lola Membrives y para ella. Comedia de ambiente andaluz, con dos protagonistas: Lola Membrives, que dice casi la totalidad del texto, y el Guadalquivir, cuyas aguas desbordadas justifican el encuentro de los personajes de la trama y su convivencia en una finca aislada por la inundación. Pemán ha escrito, por tanto, una obra de las llamadas «de encargo», un apropósito, que el diccionario define como «breve pieza teatral de circunstancias» y que conviene a esta pieza, salvo en lo de la brevedad, pues su extensión es la normal. Pero su cualidad de apropósito no sirve de atenuante para el autor, pues la historia del teatro universal está llena de apropósitos pletóricos de virtudes dramáticas y, para no citar sino un ejemplo, apropósitos fueron todos los autos sacramentales, concebidos y escritos para ser representados en la festividad del Corpus.

EL TALENTO Y LA MEMORIA

En *El río se entró en Sevilla* no existe un argumento que propiamente pueda ser considerado como tal. Es un mero alarde de ceceante verborrea a cargo de la pontificia marquesa *Doña María*, que el autor ha inventado para Lola Membrives. La interpretación que la eximia actriz hace de este personaje es algo que produce asombro: sea por falta de ensayos, sea porque en su gloriosa vejez le va fallando la memoria, Lola Membrives ignora la letra por completo y, sin la apoyatura del apuntador, *Doña María* hubiera sido una marquesa muda. Pero si la memoria le falla, sigue pimpante y vigoroso su talento de actriz, y un estudio previo —y probablemente muy concienzudo— del personaje le es suficiente para hacer diana en la almendra misma de su idiosincrasia. Constituye casi un gozo para los espectadores la comparación entre la monocorde voz del apuntador narrando el texto y la forma en que la actriz para inmediatamente a la misma letra el máximo partido, con reflexiones matices, silencios... en una estética, lección interpretativa, que alcanza también a la manera de estar en la escena y de moverse por ella, incluso con algo de canturreo.

Lo que no es Lola Membrives en *El río se entró en Sevilla*, viene a ser algo tan tenue y quebrantadizo que escapa a toda posibiidad de análisis.

Doña Lola Membrives prueba aquí cómo a los intérpretes más que *vivir* su personaje, les importa entenderlo, conscientes de que están *representando* algo que les será por completo ajeno en cuanto el telón caiga y la comedia concluya.

¿DISTANCIAMIENTO BRECHTIANO?

Mi compañero José María Rincón, hablando de todo esto, me insinúa la posibilidad de que la clara percepción de la voz del apuntador no se deba a deficiencias en la memoria de la actriz, sino al propósito deliberado de, siguiendo las normas brechtianas y su doctrina del «distanciamiento», eliminar el riesgo de que el público «entre» en la peripecia dramática, teniéndolo en todo momento perfectamente consciente de que está asistenido a una «ficción escénica». No entro ni salgo en la cuestión, pero en cualquier caso la tesis es pintoresca.

...Y PEMAN

Por lo demás, la comedia prueba de nuevo algo que ya está demostrado hasta la saciedad: la osadía de Pemán para plantear problemas peliagudos... y su habitual destreza para salirse por la tangente y dejarlos como estaban y donde los ha tomado. Ya sé que el teatro no tiene necesariamente que dar soluciones, pero no hay que confundir: una cosa es no solucionar problemas y otra muy distinta «escurrir el bulto», para decirlo con frase que probablemente le será grata al autor.

SI, QUIERO
de Alfonso Paso

A mí también, sí. También me parece, *Sí, quiero* la mejor comedia de Paso en los últimos años, comparable a *Los pobrecitos* y a *La boda de la chica* en lo mejor de estas dos ya lejanas piezas del multíparo autor, pero superior a una y otra —nada más lógico— en dominio de recursos dramáticos, construcción, lenguaje, eficacia en el empleo de medios expresivos y, en fin, todas las varias ciencias del teatro.

El lector, tras el anterior párrafo y sin necesidad de ser malintencionado, pensará: «Vaya, otro que se ha pasado».

Y no. Ninguno de los críticos que, con esa sola excepción confirmatoria siempre de la regla, hemos elogiado en esta comedia casi todo —luego vendrá el tío Paco con la rebaja— nos hemos pasado y la crítica, si quiere ser consecuente, no hace otra cosa que registrar un hecho. Que lo haga gozosamente, también es comprensible, por dos razones:

1ª. Porque si «a nadie le amarga un dulce», a los críticos suele amargarnos el acíbar que, con harta frecuencia, utilizamos para el cabal condimento de las crónicas de estrenos, no con sinsabor subjetivo, pero sí con objetivo disgusto. Nadie desea más que los juicios pudieran ser positivos siempre, para comodidad nuestra y beneficio del teatro.

2.ª Alfonso Paso abastece una parte muy considerable de la materia prima empleada en el espectáculo teatral hispano. Cuando tal materia prima es de la calidad adecuada, hay motivos para repicar gordo: el producto terminado, es decir, el espectáculo teatral, resulta directamente beneficiado. Sabía que Paso puede darnos buenas obras—y en estas mismas páginas lo he proclamado retieradamente—, porque ningún otro autor español de hoy reúne tan excepcionales cualidades innatas para el arte escénico. Hasta ahora no se han advertido bien, por su propia facilidad, por precipitación e irresponsabilidad; pero a Paso también las cañas se le han tornado lanzas, y lo que empezó simplemente como juego se ha convertido en algo tan serio como lo es el buen teatro.

En estas circunstancias, *¿he de callar, por más que con el dedo...?*

Si, quiero tiene, todavía, alguna desigualdad en el tratamiento dado a las distintas situaciones de que se compone, pero es firme y total el trazado de las personas dramáticas —este es uno de los contados casos en que es desaconsejable escribir personajes, la acción se desarrolla llanamente, sin intromisiones de la voluntad de autor, y el lenguaje, dentro de un comedimiento desusado en Paso, sirve bienhumoradamente a la acción, cuyos múltiples escenarios son sugeridos al público por el *Narrador* que cuenta la peripecia escénica a la vez que participa en ella.

Pero las grandes cualidades que para el ejercicio del arte escénico atribuía antes a Paso se advierten, sobre todo, en su manera de pisar terrenos nunca hollados por autor alguno. Así, la síntesis de la noche nupcial; para representarla ante el público como en esta comedia se hace, es necesario un dominio extraordinario del oficio. Y la escena de los preliminares del parto, inconcebiblemente, estirada hasta segundos antes de su culminación. Y, en fin, la divertidísima bronca matrimonial, adobada por el autor con todos los elementos de un combate pugilístico..., excepto los puñetazos, claro. En *Sí, quiero*, Alfonso Paso ha encontrado la fórmula del buen teatro que él puede hacer: profundidad temática, intencionados rasgos de humor e impecable factura escénica. Cualquier paciente lector hallará en la colección de esta revista pruebas irrefutables de que siempre he criticado en este autor no tanto lo que hacía —con ser tan criticable— como lo que dejaba de hacer, estando en condiciones de realizarlo: esto de ahora. Porque también es cierto que tanto va el cántaro a la fuente... que a veces vuelve de ella pletórico de agua. Y entonces se dan por bien pagados los que con anterioridad se hicieron añicos. Lo que ya tiene menos disculpa es que se rompan los venideros. Ahora más que nunca puede exigírsele a Alfonso Paso. Victor María Cortezo ha realizado para. *Sí, quiero* la escenografía neutra que la comedia requería y que en este caso contribuye a dar a la palabra toda su fuerza persuasoria.

Lástima que Alfonso Paso no haya estado en cuanto director a la misma altura del comediógrafo. Resulta errónea la selección de la primera actriz, y de ello se resiente la comedia en muchos momentos. Los movimientos mecánicos —casi, casi, de robot— y, sobre todo, los gritos de María Cuadra suponen una lección de cómo no se debe interpretar en el teatro. La voz le sale siempre de la garganta y, claro, a las pocas representaciones se había quedado afónica, aunque no al extremo de anular su propensión a los gritos, que el director no desautoriza. Las actrices no se dan por generación espontanea, aun teniendo bonita figura, y a María Cuadra le falta escuela. El resto del conjunto, mejor entonado, y muy bien Rafael Arcos.

LA PAREJA
de Jaime de Armiñán

Jaime de Armiñán, anticipándose ligeramente a las esferas oficiales en la conmemoración, nos ha dado en *La pareja* una visión de los veinticinco años de paz española, particularizada en la vida de una familia de la clase media, desde el estreno de su piso por una pareja de recién casados (1939), hasta el mismo 1963, ya con tres hijos casaderos.

Pero la comedia no tiene alcance político alguno, y si gran entidad humana. A título anecdótico, consignaré que en la primera escena Armiñán incurre en un error histórico-político, tomando el rábano de los vencedores por las hojas derechistas. Pero es piña cada vez más frecuente y no vamos a llevarnos ahora las manos a la cabeza por el hecho de que un alférez provisional sobre cuyo uniforme asoma un cuello de camisa azul mahón se resista a entrar en su nueva casa con el pie izquierdo, y si, al fin, lo hace, es a requerimiento de su dulce carga femenina y «contra sus convicciones políticas».

Esto ocurre en el prólogo. Lo demás —el meollo mismo de la comedia— no vuelve a incidir en la política; su trama va por muy otros derroteros: la historia de una familia española, con sus venturas y sus infortunios, tratada con buen humor y talante jovial, que no excluyen la imprescindible profundidad; hasta roza el problema generacional entre padres e hijos. Y todo ello sin mojigatería, amablemente, como quien juega al variopinto deporte de vivir.

La pareja, sin quizá pretenderlo su autor, establece una fórmula nueva para las «comedias de Pascuas», eliminando de ellas cuanto de frivolidad habían adquirido en los últimos años para sustituirla por un «tono» más adecuado. A las escenas de franca comicidad suceden otras de emoción soterrada, todas sustentadas por la trama. El equilibrio sería perfecto sin algún que otro desfase coloquial, que no sé si atribuir a una táctica de concesiones al público o a falta de sentido autocrítico en Jaime de Armiñán. No descarto la posibilidad de que hayan influido una y otra circunstancia.

Comedias como *La pareja*, tan lineales en su concepción y desarrollo, tan exentas de momentos culminantes, exigen del director escénico un gran tino en la creación del clímax. Cayetano Luca de Tena logra su desarrollo impecable y da a la acción su más propicio ambiente, si bien es cierto que en su éxito han tenido buena parte los siete intérpretes, corporeizando con riqueza de matices sus respectivos papeles. Mari-Carmen Prendes y Guillermo Marín, en la pareja, y Amparo Baró, Alicia Hermida y Fernando Marín, en los tres hijos, son actores con auténtica escuela, buen dominio del oficio y riqueza de medios expresivos, y ello les permite matizar sutilmente personajes que apenas si tienen variedad de características. A Mara Goyanes le ha sido adjudicada una sirvienta —quizá el único personaje falso de la comedia— con un permanente temor a quedar embarazada, y se desembaraza bien del *embolado*. El séptimo intérprete, Manuel Andrés, crea en su corta intervención un suficientemente definido tipo de tímido novio de una de las hijas de esta familia media y acaso un poco mediocre que Armiñán ha llevado al escenario.

LOS ARBOLES MUEREN DE PIE
de Alejandro Casona

Han transcurrido quince años desde el estreno de esta comedia en Buenos Aires; demasiado tiempo para que una pieza de circunstancias conserve su vigencia..., pero este no es el caso, porque *Los árboles mueren de pie* es teatro edificado —sólidamente, por cierto— con elementos tan intemporales como lo son la ilusión y la verdad, la realidad y el sueño, lo poético y lo cotidiano, en amalgama hecha con tanto tino que el resultado es la historia de una verdad ilusionada o de una ilusión verdadera.

El de Casona —hemos visto escrito repetidas veces— es un «teatro de evasión». No es así. No lo es *Los árboles mueren de pie*, aunque la fantasía sea en esta comedia factor esencial, ya que en ningún instante pierde de vista su autor las estructuras de la sociedad actual, y lo que en ella hay de fantasía y pura invención tiende a mejorar los supuestos de la convivencia humana. Lo que no quiere decir que esta pieza deba adscribirse al teatro social o de consigna, sino todo lo contrario: Casona se alista únicamente en el ancho bando de la humanidad, y su compromiso no responde a los dictados de esta facción o de la otra, sino al más simple y honrado de una limpia postura solidaria. Un doctor, Ariel —lo mismo que en *Prohibido suicidarse en primavera*—, combate las enfermedades del alma: la infelicidad, sobre todo, y en su tratamiento, en su terapéutica, juega un importante papel la fantasía. Y cuando la invención resulta insuficiente, porque la verdad es una, y ni el autor ni los espectadores pueden saltársela a la torera, Casona —buen prestidigitador del teatro— se saca de la manga ese personaje inefable, «la Abuela», que no se resigna a aceptar «las cosas como son» Casona enseña a los espectadores —es inevitable aludir a lo que de pedagógico tiene siempre su teatro— que es posible otra realidad que la a simple vista perceptible, sin ocultarles que para llegar a ella es necesario que alguien se sacrifique.

Casona es un autor optimista. En tal grado optimista, que cuando no le sirve lo vivo se queda con la pintado..., pero sin olvidar que lo vital sigue existiendo, aunque sea para mal. Es el suyo, por tanto, un otpimismo aparente, que no engaña a los espectadores, y mucho menos a él. Casona nos abre una ventana que da directamente a la esperanza, pero la mantiene abierta tan de par en par que da tiempo a los espectadores para que se percaten de que el dolor —como la procesión— va por dentro, y que sólo mediante la aceptación de ésta será posible el arribo a la alegre comarca, cuya visión se nos depara.

En la autocrítica de *Los árboles mueren de pie*, Casona se pregunta si el posible «organizar técnicamente un mundo de *felicidad dirigida*». Vista la comedia, ha de ser afirmativa la respuesta, aunque sólo resulto válida para teatro... materias no se demuestra lo ?????.

LOS VERDES CAMPOS DEL EDEN
de Antonio Gala

El teatro María Guerrero inicia muy tarde la actual temporada: el 20 de diciembre, y también con bastante retraso queda estampada en estas páginas noticia del hecho. Ambas demoras están justificadas: la de La Estafeta Literaria, porque el abundantísimo material del anterior número extraordinario —segunda entrega del *Mapa Literario*— aconsejó eliminar de él todo cuanto no se refiriese al área geográfica objeto del mismo; la tardanza del teatro en abrir de nuevo sus puertas se debe a la gira que su compañía titular ha hecho por las principales ciudades de provincias, llevando a la periferia obras estrenadas ya en Madrid con gran éxito. Así ha dado comienzo el proceso de descentralización del teatro.

Algo más que el ser Antonio Gala autor de *Los verdes campos del Edén* induce a calificar su estreno como «función de gala»: también porque las muchas virtudes de la obra galardonada con el último premio «Calderón de la Barca» autorizan a predecir que a nuestro teatro le ha nacido otro autor. En los veinticinco años de posguerra, sólo en dos ocasiones me fué posible lanzar tal augurio con idéntica seguridad anteriormente: en los estrenos de *Historias de una escalera* y *El grillo*.

Antonio Gala nos trae un teatro esencialmente poético, sin sensiblería ni otras zarandajas. Un teatro humanisimo, en el que la poesía va por dentro y de manera no sólo compatible, sino complementaria, con valores sociales que también más formulados implicitamente. Y como de nada estaba tan falto nuestro arte escénico como de poesía... insisto: poesía en profundidad, no en lo externo—, me parece justo desechar toda cautela en el juicio que merece Gala como autor; el teatro es un arte tan complejo y dificil, que en él, cuando se acierta a las primeras de cambio de tal forma, si que basta para muestra con el botón resultante.

Ternura solidaria, humor de la mejor estirpe y lenguaje *hecho a la medida* para todos y cada uno de los muchos personajes de la obra, son valores a cotizar en el haber del autor que ya es Antonio Gala, tras el precitado de la poesía, que descuella sobre los demás, y en todos ellos está desde la menor palabra al ambiente en su conjunto.

Junto a la propia aportación hay que reconocer que Antonio Gala ha dispuesto de todo lo necesario para que la obra se representara con las máximas garantías. En la página 3 del número 281, y a modo de introducción a una serie de articulos sobre el teatro, escribía: «El arte dramático es, efectivamente, uno y vario. Vario, por la diversidad de factores que en él participan de modo activo: uno, por la perfecta ensambladura que han de tener todos sus elementos funcionales para que como resultado aparezca la obra dramática». Pido perdón por la autocita, pero es que el texto transcrito coincide en todo con lo acontecido en la representación de *Los verdes campos del Edén*. En el María Guerrero, la exigida ensambladura se ha producido con perfección insólita. Vamos por partes:

La dirección de José Luis Alonso es un prodigio de equilibrio, sensibilidad y realce de matices. En su extraordinaria carrera como coordinador escénico éste es su cimero logro. No hay hipérbole en la afirmación, ni olvido de títulos anteriores tan positivos para él como *la loca de Chaillot* y un largo etcétera. (Me ha saltado a las teclas, antes que ningún otro, el titulo de la obra de Giraudoux, porque es pieza con la que tiene no poco que ver —y siempre para bien— esta primera obra de Antonio Gala.)

La ejemplar dirección tenía forzosamente que reflejarse en la interpretación. Los veinticinco artistas del María Guerrero que en la obra intervienen logran dar la razón a cuantos denominan «conjuntos» a las compañías teatrales.

Y, para concluir, el escenógrafo: Pablo Gago ha realizado los decorados que el drama exigía; no es posible ya concebir *Los verdes campos...* con otra ambientación que la verificada por Gago. Ese cementerio, más proclive a la meditación y a la ternura que a cualquier sentimiento negro; ese panteón, que sin dejar de ser lo que es, tan hecho a la medida, parece para vivir (Miguel Buñuel tiene una novela titulada precisamente *Un lugar para vivir*, cuya acción transcurre también en un panteón; lo apunto porque la coincidencia es curiosa), y los paneles, y hasta las proyecciones cinematográficas, contribuyen en la escenografía de Pablo Gago, a dotar de un ámbito adecuado el drama por el que Antonio Gala ha obtenido el premio «Calderón de la Barca», y por el que nuestro teatro cuenta con un autor más.

RETABLO DE LA AVARICIA, LA LUJURIA Y LA MUERTE
de Ramón del Valle-Inclán

El SEU organiza de nuevo el Festival de Teatro del Siglo XX, iniciándolo con tres de las cinco piezas breves que Valle-Inclán agrupó bajo el común apelativo de *Retablo de la Avaricia, la Lujuria y la Muerte*. Con buen criterio, se ha prescindido en esta revisión del *Retablo* de *Ligazón,* representada años atrás, en función única, y *El embrujado*, tragedia de dimensiones normales. Quedan, por tanto, *La rosa de papel, La cabeza del Bautista* y *Sacrilegio*.

A estas alturas, resulta quizá inoportuno volver sobre la teoría valleinclanesca del esperpento —visión de la realidad circundante a través de un deformador espejo cóncavo—, y mucho menos buscarle antecedentes en el arte y en la literatura de España: Goya, sí, pero también Fernando de Rojas, y gran parte de la novela picaresca, y Quevedo... También es fácil vislumbrar precedentes cercanos o inmediatos epígonos en Arniches, Solana, Buñuel, Cela y Azcona, por ejemplo.

Pero la ocasión viene pintiparada para insistir en algo que con frecuencia se olvida, pese a ser tan elemental como esto: el esperpento es, por principio, una deformación grotesca de la realidad.

Valle-Inclán lleva a la escena en este *Retablo* unas situaciones-límite de la sociedad española o, más concretamente, de una parcela cuidadosamente elegida de esa sociedad su valor no puede ser, por tanto, testimonial. Los valores del teatro de Valle-Inclán no son de índole social, sino estética, y entre ellos predomina la sorprendente adecuación de un lenguaje de riquísima gama expresiva a los elementales personajes que lo utilizan.

El Teatro Nacional Universitario ofrece una versión sumamente irregular de las piezas esperpénticas. No se me ocultan las dificultades que este tipo de sesiones casi improvisadas deben superar, en lo económico como en lo artístico, y más en prueba tan escasamente mollar como el *Retablo*; de las tres piezas elegidas para la ocasión, la más lograda es *Sacrilegio*, acaso por su mayor estatismo. En *La rosa de papel*, un fallo de luminotecnia deja al público sin el efectismo de la cremación final, reparo que se hace más evidente al contrastarlo con el bien logrado efecto de la última escena de *La cabeza del Bautista*, con La Pepona apurando su instinto sexual en la boca del hombre que, con su complicidad, acaba de matar Don Igi.

Del mismo modo irregular, la interpretación: junto a la buena labor de Antonio Medina —quizá falto de escuela, pero con excelentes condiciones histriónicas— y la aceptable incorporación que de sus respectivos personajes hacen Francisco Merino, Julia López Moreno y Pilar Pereira, desentona demasiado la inexperiencia de los restantes intérpretes. Del director, Vicente Amadeo Ruiz, nos quedamos sin saber si es capaz de hacer el cesto: en la presente ocasión carecía de los mimbres necesarios.

EL PROCESO DEL ARZOBISPO CARRANZA
de Joaquín Calvo Sotelo

Posiblemente una frase de Marañón, inserta en los programas de mano, haya decidido a Calvo Sotelo a intentar el teatro histórico en *El proceso del Arzobispo Carranza*. La frase transcrita dice que «cuando en una nación ocurren grandes Procesos en los que el Estado es protagonista, nada como el estudio de estos Procesos nos aclara la conciencia colectiva de la época», y añade: «En el reinado de Felipe II hubo tres Procesos transcendentales: el de la muerte del Príncipe Don Carlos... el Proceso de Antonio Pérez... y el Proceso del Arzobispo Carranza, que todavía no ha sido estudiado con la prolijidad y, sobre todo, con la ecuanimidad que requiere».

Joaquín Calvo Sotelo ha intentado en la pieza recientemente estrenada cubrir una de las lagunas señaladas por el doctor Marañón, si no con la prolijidad que éste exige, sí con el talante objetivo que acontecimiento de tal índole require, al extremo de que el espectáculo resultante supedita a los valores documentales los propiamente dramáticos, aun sin estar la obra tan desasistida de éstos como para que llegue a promover la desatención del público durante las dos horas y pico de representación. Gran mérito el de Calvo Sotelo, teniendo en cuenta, de una parte, «la cólera del español sentado», y de la otra, la circunstancia de que, por la índole misma —esencialmente teológica— del conflicto planteado, la acción dramática subyace tras una maraña de sutiles digresiones en torno a la anterior conducta del arzobispo en materia religiosa.

Sólo el certero trazado de la sicología del personaje central y de otros tan hábilmente delineados como Martín de Azpilcueta, Fray Juan de la Regla y el Cardenal Reviva compensan en la pieza el pesado lastre que para ella supone los alegatos del proceso. Así y todo, es significativo el hecho de que el ritmo de la pieza se aligere y «teatralice» más justamente en escenas secundarias, como la del puerto de Cartagena, en las que el autor, liberado de las limitaciones impuestas por sucsi textual respeto a la Historia, utiliza un lenguaje más vivaz y, por supuesto, mś ingenioso.

Porque si de algo adolece la obra de Joaquín Calvo Sotelo es justamente de excesiva fidelidad histórica; el conflicto tratado se presta a una apasionante actualización, más que nunca oportuna ahora, cuando de Roma llega hasta las páginas de los periódicos, pasando por el Concilio, un viento unificador de las Iglesias separadas. Tal y como Calvo Sotelo ha concebido su comedia dramática. *El proceso del Arzobispo Carranza* es en realidad «el proceso de la España del XVI», a los pocos lustros de la herejía luterana. Un país en el que «se cree y desconfía con igual violencia» y, por ello, una nación «erizada de temores y suspicacias». La situación es muy distinta hoy y es seguro que lo que pudieran ser reacciones lógicas en los inicios de la Contrarreforma no lo sean ahora. ¿Cuál hubiese sido la sentencia de los Pontífices Juan XXIII o Pablo VI ante las *desviaciones* o *vanguardismos* del arzobispo Carranza? Cualquier intento de actualización en tal sentido habría incrementado considerablemente el interés de la obra de Calvo Sotelo.

El interés dramático, se entiende, Calvo Sotelo no se hace tales preguntas ni da ocasión a que el espectador se las haga, limitándose a levantar acta del voluminoso atestado de aquel histórico proceso, sin omitir nada. Incluso insiste en las circunstancias que al margen de lo religioso, influyeron en el litigo: por ejemplo, la enemistad que hacia el procesado sentía don Fernando Valdés, arzobispo de Sevilla e inquisidor general del Reino; la pugna de jurisdicciones entre el rey Felipe II y el Pontificado; ni siquiera omite el autor una referencia a los intereses terrenos de ciertas personas a las que interesaba prolongar el proceso tanto como disgustaría el cese en la administración de prebendas y bienes del Arzobispado de Toledo.

Pero todo eso es Historia. El mismo Calvo Sotelo lo reconoce así en su autocrítica: «La fidelidad histórica tiene muy escasos quilates literarios, alguno tiene, y de poco sirve que los episodios que se representan en un escenario sean ciertos si no son, a la vez, interesantes. Yo creo que los de mi obra lo son». Lo son —a mi juicio—, aunque no en medida suficiente. De las últimas tentativas de teatro histórico en España a la obra de Calvo Sotelo hay un gran trecho en favor de ésta, limpia de ringorrangos y latiguillos patriotiqueriles, lo que ya es algo... y hasta mucho. Pero no satisface del todo, quizá porque el tema hubiese dado para más con sólo una mayor libertad de espíritu —o un mayor ahondamiento— en la interpretación de los hechos. Calvo Sotelo ha visto la trama más en historiógrafo que en dramaturgo, y sólo de cuando en cuando se vislumbra éste: así, en la fusión en una misma escena de dos fechas capitales en la vida del arzobispo —la publicación de la sentencia ambiguamente condenatoria y su muerte—, separadas en la realidad por dieciocho días.

En cambio, esta misma intuición le falla cuando, en las escenas iniciales de algún cuadro, se sirve del añejo recurso de una conversación entre dos alguaciles del Santo Oficio que, a telón corrido, pone a los espectadores en antecedentes sobre la trama y los personajes que en ella intervienen, a la manera en que, en las comedias «de chaqueta», lo solía hacer la servidumbre. Puesto a condensar en dos horas de representación los veintitrés volúmenes en que se ha recogido aquel largo proceso, creo que el autor podía haber prescindido de las disquisiciones alguacilescas sin daño alguno para el cabal entendimiento de las peripecias del presunto hereje.

Quiero hacer constar que si extremo los reparos lo hago en atención a la importancia del empeño. Calvo Sotelo ha apuntado esta vez tan alto que era muy difícil dar en la diana; y tampoco anduvo tan lejos del blanco el tiro.

La representación, verdaderamente excepcional. José Luis Alonso está logrando poner el «María Guerrero» al nivel de los mejores teatros de por esos mundos. Al acierto en el montaje, que en él es habitual, suma su certera elección de los intérpretes y del escenógrafo. Admirables los decorados de Emilio Burgos, resueltos para cada uno de los ocho cuadros con poquísimas y rápidas mutaciones, y prodigiosa la interpretación de Manuel Dicenta en el personaje central, al que dan adecuada réplica José Bódalo, Amelia de la Torre, Antonio Ferrandis, Agustín González, Fernando Nogueras.. y el resto del numeroso reparto, en el que sólo desentonan levemente Vicente Soler y Valeriano Andrés. Aquél, que no llega, y éste, que se excede.

DIALOGOS DE LA HEREJIA
de Agustín Gómez-Arcos

Usted, doña Carmen, se ha retirado del teatro. También le han dado el retiro en la Escuela Superior de Arte Dramático. Y sospecho que los alifafes de la edad le obligan a salir menos de lo que quisiera de su casa de la calle del Noviciado. Sólo a eso se debe el que no estuviera presente en el teatro Reina Victoria la noche del 23 de mayo. Voy a intentar explicarle lo que allí ocurrió, porque sé que le va a servir de satisfacción, a la vez que hilvano la crítica de *Diálogos de la herejía*, obra del joven Agustín Gómez-Arcos, estrenada esa noche.

Con frecuencia se me dice que están de más en las críticas de teatro de *La Estafeta Literaria* los comentarios sobre la interpretación; que el «Fulanito hizo una creación de su personaje», o el «Mengano, bajo de tono, frío y artificioso», son circunstancias menores, más propias de la reseña informativa de los diarios que de una crítica con miras intelectuales como la que corresponde a esta página, en la que debo prestar atención exclusiva al texto escrito y a su inserción dentro del panorama general de nuestro teatro.

No suelo hacer caso a quienes así me aconsejan, porque entiendo al teatro como un arte complejo en el que el texto poco supone en tanto no se ha corporeizado en las figuras de los intérpretes, que le prestan voz, acento, intuición, gestos y, en fin, personalidad, coordinados por el director, movidos todos ante una escenografía que sitúa al espectador, con más o menos propiedad, en el lugar de la acción dramática. Usted sabe bien hasta qué punto una dirección errónea, una interpretación equivocada, pueden hacer que la representación sea otra que la concebida por el autor. Y también tendrá experiencia de cómo un brillante intérprete se ha bastado para sacar a flote una obra en trance de inmersión.

Algo de esto hubo en el estreno de *Diálogos de la herejía* la noche de su estreno.

Como usted no pudo estar presente, se lo cuento aquí, para su alegría y enseñanza de cuantos consideran que en el teatro sólo el texto es lo que cuenta.

Y conste que no escribo estas líneas para la intérprete que fué primera actriz con otro de los contados actores que tiene «don» en nuestro teatro —don Ricadro Calvo—, aunque no me faltaran razones para hacerlo, sino a la profesora que durante más de cuatro lustros desempeñó la cátedra de Declamación, primero en el Conservatorio y después en la Escuela Superior de Arte Dramático, muchos de cuyos alumnos triunfan hoy como intérpretes en los escenarios profesionales: Berta Riaza, Ricardo Lucia, Juan José Menéndez, Miguel Angel, Fernando Fernán-Gómez, Blanca Sendino, Alicia Hermida...

Alicia Hermida figura en la joven compañía que ha estrenado *Diálogos de la herejía*. Y no como protagonista. Pero usted, doña Carmen, usted sabe mejor que nadie aquello de que «no hay papel pequeño...».

Bien. La pieza de Gómez-Arcos, cuya primera parte va a más y tanto promete, acabó desmoronándose en una segunda mitad discursiva e inhábil. Cuando la compañía salió a saludar, el público dividió sus opiniones, y sólo se acallaron las protestas cuando Antonio Gandía —perro viejo en el oficio— hizo adelantarse a Alicia Hermida. Tal había sido la actuación de su ex alumna, doña Carmen, que los aplausos sonaron unánimes y vibrantes para ella... y, de rechazo, para el estreno. Lo que en un tris estuvo de acabar como dicen que finalizó el Rosario de la aurora, tuvo un término placentero. El prodigio lo hizo esa joven y menuda actriz, que todo cuanto sabe, y es mucho, lo aprendió de usted.

Como imagino que arderá en deseos de conocer las virtudes —no escasas— y los defectos —bastantes— de esta obra con la que un joven autor hace su ingreso en el teatro comercial, voy a extenderme en su examen antes de volver a los otros factores de la representación escénica: dirección, interpretación, escenografía...

Diálogos de la herejía es una excelente primera obra teatral de Agustín Gómez-Arcos.

La idea ya es importante y revela una fina intuición dramática en este almeriense de treinta y un años. Se trata de dar la vuelta al tema de la colonización, mostrando la cruz de la moneda. De la colosal empresa americana de la España del XVII se ha escrito mucho: su fecunda labor colonizadora, la expansión de la fe y todo eso. Pero la aventura americana y su colonización tenían un reverso: el despoblamiento masculino de los pueblos de España; en uno de ellos sitúa su trama escénica Agustín Gómez-Arcos, que comienza cuando ya sus hombres faltan de él largo tiempo y las mujeres anhelan su retorno. Hablan de licencias reales que conseguirán el pronto regreso de los maridos o de los novios metidos a colonizadores. Como usted habrá ya adivinado, como el público comprobó desde la primera escena, nos hallamos ante un drama «de mujeres solas en un pueblo español», con inevitables, pero sin duda excesivas, reminiscencias lorquianas: *La casa de Bernarda Alba*, por la soledad de las féminas; *Yerma*, por la angustia de la forzada infecundidad que muchas de ellas padecen.

En estas circunstancias, llega al pueblo un hombre joven, un supuesto «Peregrino», acompañado de la «Madre Asunta», Bridiga medio monja y borrachina, que usa sayas «litúrgicas» y que está dispuesta a quitárselas en cuanto se le presente ocasión propicia. La sensualidad, ya usted sabe, es una de las constantes del pueblo, en cuyo haber literario cuentan *La Celestina* y *Don Juan Tenorio*. La mística religiosa era una de sus características esenciales en el siglo XVII. Gómez-Arcos ha acertado, en la primera parte de sus *Diálogos...*, a presentarnos un caso de colectivo histerismo místico-sensual de indiscutibles posibilidades dramáticas. El «Peregrino», es un iluminado que en sus momentos de «trance» recibe de Dios revelaciones sobre el futuro de las mujeres solas. «Madre Asunta» se las ingenia para usar en provecho propio la credulidad... y el deseo de aquéllas, y logra que «Doña Tristeza de Arcos», la más hidalga de todas, se entregue a su joven acompañante y prevalezca en el ánimo de la ilustre desmaridada la idea de que haciéndolo cumple un designio divino, cuando en realidad está dando satisfacción al por tantos años reprimido instinto carnal.

La noticia de que la hidalga va a tener un hijo produce en las restantes mujeres una profunda conmoción y un histerismo colectivo. «¡Se ha hecho el milagro!», dicen, y piden que sea el pueblo «Tabernáculo eterno para este Santo»; lo abrazan en la plaza pública mientras le piden: «¡Visítame!» Pero el «Peregrino» también tiene su corazoncito y éste le impulsa hacia la única muchacha del pueblo que todavía no siente la obsesión sexual, ni siquiera disfrazada de misticismo. Y pretende seducir a «Ursulina», encarnada aquí por Alicia Hermida, quien descubre la doblez del supuesto «santo». Cuando esa gran actriz que usted ha formado sale de la alcoba gritando enronquecidamente «¡Confesión!», concluye lo positivo de la obra. La segunda parte carece de valores teatrales, a no ser una afortunada frase de «Sor María de los Angeles» cuando le confiesa a la hidalga que cometió pecado de envidia, lamentando que el prodigio no se hubiera hecho en ella...

Salí del teatro con mezcla de alegría y de tristeza: alegre, porque la primera parte de *Diálogos de la herejía* descubre una posibilidad de gran autor en Agustín Gómez-Arcos. Tristeza, por el desangelamiento y los enormes fallos de concepción y desarrollo de esa segunda mitad, que acaso con sólo haberla repensado un poco habría permitido el logro de un drama impecable.

La mayoría de los intérpretes, mal. No tienen idea de la vocalización; no saben cómo es preciso impostar la voz para que el tono de confidencia que a veces tienen que emplear resulte, además, audible para los espectadores; les sobra envaramiento y artificiosidad... y les falta escuela. Esa escuela que usted proporcionó a Alicia Hermida y que le hizo ser, en un personaje secundario, la gran triunfadora de la noche. Por cierto que su breve biografía inserta en los programas de mano comienza así: «Alicia Hermida estudió en el Conservatorio de Madrid con Carmen Seco y obtuvo el permio Lucrecia Arana».

El joven director José María Morera movió bien la escena, pero no acertó a dar a los intérpretes —sobre todo a los protagonistas: Gemma Cuervo y Julián Mateos— el tono conveniente para que resultara audible su parte. El decorado, muy bien concebido por Enrique Alarcón, resultó embarullado en su realización, como si se hubiera hecho pensando en un escenario de mayores dimensiones.

Eso es todo, doña Carmen. Eso y hacerle saber que usted no se ha retirado del teatro. Que sigue triunfando en él lo mucho que enseñó a sus alumnos; en esta ocasión ha sido Alicia Hermida, como en otras lo fueron, y lo seguirán siendo, Berta Riaza, Fernando Fernán-Gómez, Juan José Menéndez, Ricardo Lucia, Miguel Angel..., intérpretes todos de su escuela.

Los espectadores que la noche del 23 de mayo prorrumpían en jubilosos gritos de «¡Bravo, bravo!», redoblando sus aplausos cuando Alicia Hermida —astutamente impulsada por Gandia— se adelantaba hacia las candilejas, ratifican lo antedicho.

LA FERIA DEL COME Y CALLA
de Alfredo Mañas

Desde marzo de 1960, *Los Títeres*, Teatro de Juventudes de la Sección Femenina, ha representado en sesiones dominicales doce obras para niños y seis piezas de teatro clásico para adolescentes.

Es muy posible que, por ver primera, nuestros chicos puedan familiarizarse con el arte escénico asistiendo a la representación de obras concebidas y montadas especialmente para ellos durante cinco años consecutivos. A la tenacidad y a la resolución femeninas de mujeres que han comprendido su papel en el desarrollo de una política cultural debemos este prodigio.

El día 18 de octubre inicia el Teatro de Juventud *Los Títeres* su actual temporada escénica, con el estreno de una pieza de Alfredo Mañas, titulada *La feria del come y calla*.

Mañas ratifica aquí sus espléndidas cualidades para la recreación escénica de temas populares, manifestada en aquella *Feria de Cuernicabra*, para mayores, con tanto éxito estrenada años atrás. Si entonces basó su trama en *El sombrero de tres picos*, de Alarcón, y en las versiones populares de las que dicha novela corta provenía esta *Feria del come y calla* es un tabloide en el que entran motivos de muy varia índole, pero buscados todos en las expresiones más populares de la literatura. Alfredo Mañas acredita de nuevo su extraordinaria habilidad para hilvanar textos o temas dan dispares como los del Romancero y Oscar Wilde, Lope de Rueda y Alberti —fundidos éstos con los de Lorca y Villalón—, pero, sobre todo, demuestra su agudizado instinto teatral para dar dimensiones de gran espectáculo a la suma de materiales utilizados, de tal manera que *La feria de come y calla* divierte por igual a grandes y a chicos.

Hasta se da la circunstancia —que podría suscitar serias meditaciones sobre las características propias del teatro para niños— de que justamente el cuadro que más interesa a la gente menuda es aquel en el que no intervienen personajes de suyo considerados como hechos a la medida de los niños, tales como Caperucita Roja, los payasos, «Charlot», etc., sino el titulado *Toros y cañas*, construido —en lo que al texto concierne— con romances lorquianos y versos taurinos de Alberti y de Villalón, y recreado por Mañas con utilización de los varios elementos que habrían de contribuir a dotarlo de sugestividad: ritmo, colorido, movimiento, bullicio pantomímico...

Y la música, claro. La música —de Carmelo Bernaola— contribuye decisivamente a dar al espectáculo la brillantez y amenidad requeridas, al igual que los decorados, de muy estudiada policromía y todos ellos admirablemente concebidos por Rafael Rendondo, Carlos Ballesteros, José Guinovart, Víctor María Cortezo, Sainz de la Peña y Manuel Viola. Para mi gusto, los decorados de Guinovart y de Viola superan el buen promedio escenográfico de *La feria del come y calla*. La Sección Femenina da una muestra más de su sensibilidad artística con la incorporación de estos dos personalísimos pintores a las tareas escenográficas. Los figurines de Cortezo son un prodigio de imaginación y fantasía; facilitan grandemente la voluntad de poetización de la realidad perseguida por el autor.

De los cuadros que configuran el espectáculo sólo hay uno ante el que el público infantil se queda en ayunas: el titulado *Villancicos gitanos*. Creo que la variopinta poética y divertidísima pieza de Alfredo Mañas ganaria suprimiéndolo... o reservándolo para el día en que, con algún alma coloquial y un vestuario más sucinto, pase a un teatro para mayores.

Angel Fernández Montesinos, director de escena, da al espectáculo todo lo que solicita en cuanto a gracia y ritmo de los movimientos, matización, de las voces, luminotecnia, etc.

EL CABALLERO DE LAS ESPUELAS DE ORO
de Alejandro Casona

Con *El caballero de las espuelas de oro*, que el teatro Bellas Artes ha dado a conocer ahora a los madrileños, Casona se ha metido de hoz y coz en la arriscada tarea de encerra la coruscante —por fuera— e intensa vida de don Francisco de Quevedo y Villegas, a quien el autor califica como «el gran solitario entre el estruendo barroco de un siglo con más oro ya de otoño que de gloria».

Una vida demasiado turbulenta, dispar y apasionada para caber entera en dos horas y pico de representación es la de Quevedo, y más si parte de tan breve tiempo lo ocupa la escenificación del *Sueño* —prolongada en exceso, quizá con voluntad de homenaje a Quevedo, pero que produce la normal ruptura de la acción escénica propiamente dicha.

A la obligada síntesis que toda obra teatral supone tenía que sumarse en esta ocasión una cuidadosísima selección de peripecias que no siempre ha conseguido Alejandro Casona. Y de ello adolece el «retrato dramático» que pretende hacer de Quevedo. El buen tino y el sentido de la medida con que en el primer cuadro presenta a Quevedo y, de paso a los personajes y costumbres de la Corte española del XVII, se pierde más tarde al incrustar escenas como la de «La Moscatela», de indudable eficacia teatral, pero que no añade un sólo trazo nuevo en el retrato moral de Quevedo, aquel solitario con tantos enemigos en su época como verdades en su pluma. (El autor ha pasado por alto su tardío matrimonio para más resaltar la soledad circundante.)

Algo más acertado parece Casona en la escena fundamental de la obra —el imaginario diálogo que sostienen Quevedo y el conde-duque de Olivares antes de encerrar éste al poeta en su última prisión de San Marcos—; aunque la verdad histórica no responda a la escenificación del episodio, los caracteres de Quevedo y de su antagonista quedan imparcialmente reflejados en su duelo verbal.

En efecto, no es verosímil que el conde-duque mandara a Quevedo a la mazmorra de San Marcos sólo por el «Memorial» que el poeta logró hacer llegar al monarca en una servilleta, y en el que el «doctor en desvergüenzas» denuncia los excesos del valido, y los historiadores dan como más cierta la participación de Quevedo en una conjura cuyos hilos manejaba Richelieu, aun cuando entrara en ella convencido que así servía a los intereses de España.

Pero el trueque del Quevedo con vocación política y popular por el poeta epigramático y satírico queda compensado por el acierto que acompaña a Casona en esta escena, presentándonos al poeta avergonzado por el envío del anónimo «Memorial» en un minuto de debilidad y, sobre todo, dando del conde-duque una versión más realista e imparcial, sin las crueldades y sadismos con que lo hizo aparecer Eulogio Florentino Sanz en su drama romántico *Don Francisco de Quevedo*. Nuestro autor presenta a un Olivares inteligente y hábil, que sabe valorar a los intelectuales, y que da a elegir a Quevedo entre una Embajada en Italia —desde la que podría ser muy útil a España— o la fría mazmorra de León, quizá porque entre Eulogio Florentino Sanz y Alejandro Casona publicó Marañón su *Conde-Duque de Olivares*, libro en el que se puede leer que «la rabiosa tenacidad de Olivares contra Quevedo es, por tanto, puramente legendaria». Marañón sostiene que el último encierro de Quevedo no pudo deberse a «la chiquillada» increíble del «Memorial» en la servilleta regia, y algo dice en abono de tal tesis el hecho de que, caído Olivares, Felipe IV tardó varios meses en liberar al autor de *Los sueños*, pese a las insistentes peticiones que en tal sentido le llegaban.

Pero esto es historia, y Alejandro Casona hace teatro, o, en todo caso, dramatización histórica: desconcierta un poco, eso sí, que Casona haya dado a su pieza el subtítulo de «retrato dramático»...

En las escenas finales, ya en Villanueva de los Infantes —donde Quevedo fué a morir—, Casona se desliga de ataduras históricas y tiende a una total recreación de los hechos. Así, la invención del personaje «Sanchica» —tan convincentemente encarnado por María José Goyanes—, cuya presencia alivia las últimas horas de Quevedo y lleva a su agonía una cordial representación del pueblo y de lo popular, tan añorados por el poeta que pudo escribir:

...y no hallé cosa en que poner mis ojos que no fuese recuerdo de la muerte.

Alejandro Casona ha querido que don Francisco de Quevedo muriese contemplando esa criatura llena de candorosa vitalidad de su exclusiva invención: «Sanchica».

En *El caballero de las espuelas de oro* no está, naturalmente, todo Quevedo. Pero si «el Quevedo de Casona». Sería ilógico pedir al autor que diera del personaje otra versión que la propia.

Y es también natural que el desgarro y la insolencia del autor del *Buscón* encuentren aquí su contrapunto en la imaginación poética de Casona, de esta Casona que ha vuelto a España y se ha encontrado con la sorpresa de que su teatro gusta más que nunca a los espectadores. Pudo creer que su momento cenital lo había alcanzado con el estreno de *Nuestra Natacha, La sirena varada* y *Otra vez el diablo,* en la anteguerra, y resulta que no, que su verdadero *momento* le es concedido ahora por el público de esta España que conmemora sus XXV Años de Paz.

Al éxito contribuyeron la espléndida escenografía de Emilio Burgos —varios decorados corpóreos que inverosímilmente caben en el reducido escenario del Bellas Artes—, el montaje de Tamayo y la interpretación del conjunto, buena en general, enriquecida por la descollante tarea de José María Rodero, actor que otra vez da el «do de pecho», como lo hizo en su inolvidable corporeización de *Calígula,* encarnando magistralmente al Quevedo físico, cojitranco, derribado de hombros y miope, y al otro: el de la irrestañable herida espiritual, satírico y místico, solitario y popular, tan pletórico siempre de pasión española.

NUNCA ES TARDE
de José López Rubio

El título de la comedia estrenada en el Lara por López Rubio —*Nunca es tarde*— podría aludir a la tardanza, a la parsimonia con que el autor entrega su producción dramática a las empresas. Lo dice él mismo: «Van a cumplirse, pronto, tres años de mi último estreno. No puede decirse, pues, que abuse de la atención del público ni dé que hacer a la crítica. A falta de otras virtudes, reclamo que se me conceda la de la discreción».

Discreción elogiable..., si el teatro de López Rubio careciera de «otras virtudes». Como no es así, resulta perniciosa para el teatro español de hoy tanta discreción. Porque ninguno de nuestros autores contemporáneos domina como él la técnica del lenguaje dramático. Sus diálogos escénicos tienen auténticas calidades litera-

rias, pero tal virtuosismo coloquial va siempre empleado en función de la peripecia escénica.

Por otra parte, López Rubio no traslada al escenario la realidad, sino que la inventa y recrea sin traicionarla Así en *Nunca es tarde*, comedia en la que comedidamente pasa de la vulgar anécdota de un amor tardio a las trascendentes consecuencias que rozan lo sobrenatural. Los espectadores del Lara saben que semejante proceso amoroso jamás ha ocurrido, pero no están seguros de que no pueda suceder. *Nunca es tarde* es comedia basada en una previa convención con el público, pero en modo alguno puede encasillársela como perteneciente al «teatro de evasión» —con acento peyorativo sobre la palabra «evasión»—, porque López Rubio no se evade de la realidad, sino que la hace distinta, la inventa diferente, agregándole aticismo y fantasía.

Nunca es tarde y *La otra orilla* son las comedias de López Rubio en las que de forma más evidente aparece su recreación de la realidad, porque en ambas tiene intervención activa la muerte —al fin y a la postre, realidad trascendida—, el más allá.

El primer acto de *Nunca es tarde* resultará antológico suprimiéndole la escena inicial, accesoria y de relleno. La comedia está realmente constituida por el contraste de las dos parejas protagonistas y nada perdería si comenzase con la entrada en escena de «Flora», ese fabuloso personaje de López Rubio tan fabulosamente encarnado por Amelia de la Torre.

Enrique Diosdado, ayudado por Victor A. Catena, dirige bien la comedia. En su labor de intérprete actúa con la sobria naturalidad que le es característica y que su parte requiere. Ana María Vidal y Rafael Guerrero realzan adecuadamente el contraste entre dos visiones del amor tan dispares como la de la pareja joven que ambos corporeizan y la de los maduros «Flora» y «Miguel».

López Rubio ha probado una vez más cómo teatro y literatura no son artes antagónicas. ¡Qué más quisiéramos, sino que todos nuestros autores teatrales fueran, a la vez, tan buenos escritores como es López Rubio!

EL CARRUSEL
de Victor Ruiz Iriarte

En la inconsútil frontera de la tierna fantasía y el costumbrismo un tanto desenfadado se desarrolla la mejor y mayor parte de la producción teatral de Ruiz Iriarte, y en esta misma linde ha situado *El carrusel*, su última comedia, recientemente estrenada en el teatro Lara.

El autor se desenvuelve bien en comarca que le es tan conocida. Su ágil juego de

verdades y mentiras, de mentiras que acaban siendo verdad para que los personajes vuelvan a considerarla infundios y falsedades, es usado por Ruiz Iriarte con la maestría que ya demostró en *El aprendiz de amante* y que ha ratificado en algunos comedias posteriores, de la misma manera que cuanto en *El carrusel* hay de comedia de costumbres... un poco frívolas, tiene antecedentes directos en dos piezas del mismo autor: *Cuando ella es la otra* y *La vida privada de mamá*.

En la cabal coherencia con que Ruiz Iriarte funde estas dos diversas parcelas de la creación dramática, para dar al argumento resultante plena unidad artística, radica la mayor virtud de *El carrusel*, y quizá también en el tratamiento dado a las escenas de amor entre los personajes Mónica y Tony, muy bien resueltas, con ese dominio del lenguaje teatral que permite a Ruiz Iriarte descripciones de tan seguro efecto cómico como la del descubrimiento del *Metro* o las fáciles parodias del «teatro del absurdo», concebidas tan a la medida para los espectadores del Lara.

He querido empezar por lo positivo porque me parece, en extensión y en interés, superior a los reparos que puedan hacérsele a esta buena comedia de Ruiz Iriarte y que justamente estriban en los *materiales de acarreo* de que se ha servido, en lo menos personal, en las influencias —Priestley y Benavente, por ejemplo.

¿No ha considerado Ruiz Iriarte la posibilidad de suprimir las intervenciones de ese fantasmagórico «comisario»? Aun cuando la inteligente dosificación de las mismas evita que su presencia en escena llegue a ser enfadosa, no logra eludir reiteradas rupturas en la peripecia que importa sin que añada nada sustancial a la acción, ni siquiera ese parlamento final que, aparte de justificar el título, supone una innecesaria moraleja y da al público *masticada* la tesis que se desprende de la trama: cuatro jóvenes hermanos se encuentran desasistidos, abandonados por unos padres superocupados o superdistraídos, inventan una serie de pesadas bromas —que luego se tornan veras— para sacarlos de su frivolidad, de sus compromisos sociales, a fin de *comprometerlos* en la vida familiar.

Claro está que sobre las peroratas del comisario —¿conciencia, ángel de la guardia...?— y sobre los buenos propósitos de enmienda del matrimonio Sandoval el final de la doncella puede más y, a fin de cuentas, deja las cosas como estaban. Pero así suele suceder en la realidad, y Ruiz Iriarte ha escrito una comedia, no un sermón.

No es una sorpresa que Amelia de Torre y Enrique Diosdado corporeicen sus respectivos personajes a la perfección. Sí lo es, y muy grata, como para un gozoso repique de campanas, la presencia en el escenario del Lara de cinco intérpretes jóvenes —tres actrices y dos actores— que muestran un dominio del oficio y un *saber estar* en escena propio de profesionales hechos y derechos: María del Carmen Yepes, Ana María Vidal, María Jesús Lara, Mauel Galiana y Rafael Guerrero acreditan una extraordinaria calidad interpretativa; saben expresar con naturalidad convin-

cente las diversas tesituras de sus personajes. Enhorabuena a todos ellos.. y enhorabuena al teatro español.

EPITAFIO PARA UN SOÑADOR
de Adolfo Prego

El pastor más alertado en la conducción de su rebaño, el que mayor cuidado pone en evitar que las ovejas se pierdan, desmanden o caigan al insospechado precipicio, no puede evitar el riesgo de un propio traspié en una de las infinitas quebradas del monte. Y más en el teatro, donde abundan los despeñaderos y es poco el orégano. Algo de este sabe ya Adolfo Prego, que, tras haber ejercido con buen tino la crítica, se ha pasado al campo de los autores, y no ha podido eludir algún que otro tropiezo en un drama bien pensado y excelentemente construido...

Epitafio para un soñador, drama que obtuvo el premio de «Lope de Vega» 1963, fué presentado por Adolfo Prego al concurso con el título provisional y, a juicio del propio autor, poco afortunado de *Los justicieros*, recibe al pasar a la escena «otro más acorde con lo que en él se quiere decir». Y llamo la atención de los lectores sobre este cambio en la rotulación de la obra porque me parece esclarecedor del significado del drama.

En efecto, el título inicial era de inequívoca resonancia política. *Epitafio para un soñador* es epígrafe que corresponde más a una concreta característica humana del protagonista. Claro está que el protagonista es un hombre «de ideas». Y el autor también. ¡Pues no faltaba más! Sin ideas no hay teatro posible, igual que ocurre en cualquier otra actividad creadora. Pero ahora se trata de ideas que se le susciten en cuanto a ser pensante, no de las que le vengan dictadas por una determinada adscripción política. Y esto es válido para las restantes personas dramáticas, que hablan y actúan, no en virtud de unos principios solidariamente compartidos, sino por causas tan enraizadas en la personalidad de cada cual como puedan serlo el instinto de conservación, la seguridad personal, el egoismo y hasta el amor al terruño.

Al idear este *Fuenteovejuna* al revés, Adolfo Prego ha tenido más en cuenta las debilidades del hombre —como individuo o en colectividad— que la relación posible hoy día entre el Estado y el pueblo (¿Acaso encierra novedad alguna el hecho de que la masa acabe pidiendo la crucifixión del que ha intentado redimirla?) Sin embargo, Prego introduce una variante esencial entre el redentor, con minúscula, de su drama y Aquel otro, con mayúscula —y está claro que comparo Uno y otro para la mejor comprensión del asunto, salvando unas distancias que bien sé insalvables: si en la tragedia del Gólgota se lavó Pilatos las manos, en el drama de ese pueblo condenado

a desaparecer bajo las aguas de un pantano el Poder Público quiere un culpable e incita a la delación del cabecilla de la revuelta.

Aquí sí que el drama de Adolfo Prego puede encasillarse dentro del llamado «teatro político», pero la desviación se produce únicamente en el segundo acto, el más endeble del drama, con un inicial digresión política y las fatigosas entrevistas sucesivas. ¡Qué puerilidad la de los razonamientos expuestos en su transcurso! En la ingenuidad constructiva de este acto central ha dado Prego el traspié al que aludía en el párrafo inicial.

Hubiera ganado en profundidad dramática la obra y habría resaltado más el choque de las pasiones humanas sin esa incursión de carácter político, demasiado atento a fórmulas envejecidas para el arte dramático desde que Piscator las puso en circulación. El mismo autor lo reconoce tácticamente en la invención de ese delator salido del pueblo que, premeditadamente, aparenta unirse a los revoltosos a la vez que da el soplo para sacar del conflicto beneficios personales.

No se trata de enfrentar al Estado y al pueblo sobre la escena, sino, sencillamente, de hacer un teatro de ideas al alcance de las mentes populares. Y mucho de eso ha logrado Adolfo Prego en esté su primer drama, que él mismo ha calificado como más social que rural y en el que, para que no esté ausente ninguna de las pasiones humanas, ha hecho figurar —y voy a decirlo con sus propias palabras— «el contrapeso de un acontecimiento mínimo, cotidiano y vulgar: un hombre y una mujer se aman, y esto sí que escapa a las direcciones de la sociología, y esto sí que nos hace conservar la fe en nuestro propio destino».

MILAGRO EN CASA DE LOS LOPEZ
de Miguel Mihura

Lo diré pronto y sin circunloquios porque es de justicia: *Milagro en casa de los López* es una gran... media pieza de Miguel Mihura. Justamente en su mitad, la comedia —hasta entonces pletórica de originalidad, intención poética, humor dialogal y de situación— da un brusco cambio y comienza a estructurarse a la manera rutinaria del teatro de humor al uso. Y, la verdad, andamos muy escasos de autores con poderosa y singular inventiva como para no manifestar el disgusto producido por este abandono —posiblemente deliberado— de su propio ámbito creador que Mihura efecúa, para conducir la comedia por senderos transitadísimos, por los concurridos paseos imaginativos a los que el teatro corriente y moliente nos tiene acostumbrados.

El primer acto de *Milagro en casa de los López* constituye un alarde de originalidad en el desarrollo de una situación tan vulgar como lo pueda ser el hastío conyugal, «la soledad de dos en compañía». La señora de López quiere a su marido, pero no lo aguanta. López la adora, pero se le ha atragantado. De estas contrastadoras verdades saca el autor posibilidades insospechadas de hilarante comicidad, con su mera confontación coloquial: «Podemos hablar», dice un cónyuge. «Ya lo hicimos la semana pasada», replica el otro con toda la razón del mundo. Para romper tan mortal aburrimiento, a uno de los López se le ocurre la ida a de acoger huéspedes, y al momento les llega, llovida de Plasencia, una señorita a la que cierto taxista misterioso ha conducido hasta allí, asegurándole que en aquella casa admitían huéspedes. Y, poco después, un señor que viene de Barcelona y trae idéntica solicitud. La repentina novedad hace que el aburrimiento de los López desaparezca como por ensalmo.

En su primera mitad, el acto central mantiene la misma atmósfera de ilógicos acontecimientos cotidianos. El público ha entrado muy gustoso en la irrealidad descrita por Mihura cuando, inesperadamente, le entra al autor el prurito de explicarlo todo, de inventar viejas historias—cierto robo de joyas cometido años atrás por López, en complicidad con un delincuente profesional— para justificar la presencia en aquella casa de los misteriosos huéspedes, Mihura no logra su propósito y la comedia se viene abajo, sin que baste para hacerle recuperar la temperatura lírica anterior la vuelta al tono que le es propio que supone ese milagrero final con el que Mihura echa por tierra su despliegue lógico y realista de la segunda parte.

Miguel Mihura ha construido un primer acto de la firma. Los otros dos podían pertenecer a cualquiera de nuestros comediógrafos, y no es lo mismo.

EL CERCO
de Claudio de la Torre

En la pared frontera del bar del Ateneo, según se va a la redacción de *La Estafeta*, hay un cuadro de Alfonso Fraile, abstracto, muy elaborado por el pintor a base de diversas tonalidades grises, y como único elemento de contraste aparece en su centro una mancha roja, que no logra evitar el predominio de la materia gris.

Mediado el primer acto de *El cerco*, establecí inconscientemente un paralelismo entre dicha obra y el cuadro de Fraile. Cuando finalizó la pieza, en un cambio de impresiones que sobre ella hice con nuestro colaborador Fernando Ponce, advertí que tal paralelismo se producía sin lugar a dudas: desde los grisáceos y apropiados decorados de Emilio Burgos hasta el lenguaje contenido y sobrio, más rico en valores literarios que en eficacia dramática, de Claudio de la Torre, el gris es la tonalidad casi única en la pieza estrenada en el «María Guerrero». Y para que la semejanza con el cuadro de Fraile sea completa, también en la obra de Claudio de la Torre aparece un elemento de contraste: el estigma, la roja pata de pato que los agotes se ven obligados a llevar, cosida sobre la espalda, para mejor diferenciarlos de los restantes habitantes del valle pirenaico en el que los miembros de la presunta «raza maldita» han vivido perseguidos durante siglos.

Pienso que el autor ha desaprovechado en parte las posibilidades dramáticos de tal elemento de contraste, desviando la atención de los espectadores, que debió centrar en el conflicto entre opresores y oprimidos, tan viejo como el mundo, hacia incidencias circunstanciales, como el supuesto iluminismo de la muchacha Jezabel, párrafos meramante informativos de la historia de los agotes —de los que se podía haber prescindido, pues en los programas de mano hay al respecto notas de diversas fuentes, desde Pilar Hors a Pío Baroja, que pueden servir de referencia al espectador sin detrimento de la acción—, y la intervención del conjunto coreográfico.

Claudio de la Torre, veterano del teatro como autor y como director, ha debido darse cuenta de la improcedencia de tales desvíos», y al final de la obra vuelve a la «carretera real» del arte escénico: el sacrificio del protagonista para poner a salvo a su familia hace que la obra termine «en punta», con otro espectacular enrojecimiento del magnífico ciclorama que finge el cielo del valle.

Con más rojos —o negros—, *El cerco* hubiera podido ser una gran tragedia. El predominio de grises deja la pieza reducida a un monocromo poema dramático, en el que más que la acción importa el lenguaje, siempre de gran dignidad literaria.

Acaso por delicadeza, Claudio de la Torre sitúa la acción de su pieza «en un valle fronterizo del Pirineo», sin concretar más. Pero no hace falta ser un lince para identificarlo como el valle de Baztán, en el que residieron los agotes. La opresión de que éstos fueron víctimas debió singularizarse hacia finales del siglo XVI, y por eso el autor ha trasladado a dicha época su peripecia escénica.

LA TETERA
de Miguel Mihura

La tetera no es —vaya esto por delante— una de las mejores comedias de Mihura. Pero justamente por ser de Mihura es una buena comedia. Y más todavía: una pieza que, en su nonada argumental, pone al descubierto el *arma secreta* del teatro de nuestro gran autor. O, si se prefiere, el *punto de apoyo* simplicísimo del que parte para que la palanca de eso indefinible que es *lo teatral* resulte de eficacia reiteradamente probada ante el público... y ante la crítica.

Tras haber presenciado ese prodigio de lenguaje, ritmo y sentido de la medida

que es *La tetera*, hay algo que no ofrece la menor duda: Mihura ha encontrado aquello que Arquímedes pedía para mover el mundo, siquiera en el caso de nuestro autor
se trate del tan reducido como complejo mundo del teatro.

Y el lugar fijo sobre el
cual estriba la palanca de su humor no es otro que un portentoso sentido de los contrastes que lo cotidiano brinda a su agudeza observadora hasta lograr que, partiendo
de una situación vulgar, lleve la peripecia por vericuetos insólitos en los que cada re-
codo es una sorpresa y cada réplica suscita un torrente de risas.

A decir verdad, sólo un resorte le ha fallado al autor en su última comedia: el de
la sonrisa, el de la emoción, el de la ternura aquella de *Tres sombreros de copa, ¡Sublime decisión!, La bella Dorotea, Ninette y Maribel.*

Pero aun esto es algo que pasa inadvertido durante la representación: tal es la
eficacia coloquial y de situaciones; sólo después, al reflexionar sobre lo visto, se cae
en la cuenta de ello. Y hay que lamentar este fallo, aun cuando el crítico confiesa que
sumó sus carcajadas a las que el público prodigó con toda justicia, porque *La tetera*
es comedia más comercial que mihuresca. Lo que tiene de Mihura es su envidiable
facilidad para convertir en materia teatral el más nimio episodio que puede ocurrírsele. A veces, como en la ocasión presente, tenemos la sensación de que esta comedia, tan admirablemente estructurada, prodigiosa de ritmo, cabal en sus medidas y
de un diálogo hilarante que permite al autor pasar con todo desembarazo de la realidad a la fantasía y de lo inverosímil a lo natural, ha surgido simplemente del enunciado del objeto que le da título.

Una tetera es, aquí, el *punto de apoyo* que ha bastado a Miguel Mihura para
construir *La tetera.* La potencia, el impulso preciso para tal logro proviene de la facilidad antes dicha, mediante la que Mihura convierte en teatro cuanto toca, como
una especie de Midas del arte escénico. Posee, como ningún otro autor español contemporáneo, el secreto de un diálogo en el que cada réplica, sorprendente e inesperada, es a la vez absolutamente verosímil en labios del personaje que la pronuncia.

Todo es accesorio y circunstancial en la última pieza de Miguel Mihura —y todo
muy divertido, eso también—, excepto una breve escena de la segunda parte entre
los personajes «Alicia» y «Juanito», que, además de dar sentido y trascendencia la
complicada trama, nos devuelve, por un par de minutos, al Mihura del emocionado
humor.

EL CRIMEN AL ALCANCE DE LA CLASE MEDIA
de Juan José Alonso Millán

«Salvo error u omisión», como se dice al término de facturas y otros documentos no menos espantables, en los que raramente hay errores y jamás omisiones, *El crimen al alcance de la clase media* es la novena comedia que estrena Alonso Millán. Lo que no está nada mal para un autor que todavía no ha cumplido veintinueve años. Menos bien parece su proclividad a repetir situaciones y efectos cómicos que, con notoria similitud, había ya utilizado en sus anteriores piezas: tal reiteración de medios puede revelar o cierta pereza en su inventiva teatral o —lo que sería peor— los primeros síntomas del agotamiento de dicha inventiva. Por ahora es prematuro hablar de sequedad, de manera que achacaremos a pereza mental o excesiva comodidad su vuelta a efectos anteriormente usados.

Sus patentes dotes miméticas le han hecho incorporarse a la mejor línea de nuestro humor negro, desde Quevedo hasta Mihura, Mingote y Azcona, pasando —no faltaba más— por Jardiel. Esta capacidad mimética, que en principio y dada la juventud de Alonso Millán dista de ser un valor negativo, hace que su teatro adolezca del confusionismo suscitado por tantas influencias, contrarrestado por su buen dominio de la situación dramática. Hablando de dicha cualidad, horas antes del estreno recordaba a los compañeros de Redacción el ejemplo de la jota navarra cantada a coro por tres de los personajes femeninos de otra comedia suya —*El cianuro, ¿solo o con leche?*— durante un velatorio. Pues bien: en *El crimen al alcance de la clase media* repite el recurso de la copla popular —y lo que es demasiada casualidad: también navarra— cuando los personajes están planeando un horrendo crimen. Con esta sola tilde, el primer acto de la última comedia de Alonso Millán —magistral y mesocráticamente ambientada por el decorado de Pato— es perfecto, tanto en el trazado de los caracteres como en la dosificación de los elementos tétricos, y rico en hallazgos coloquiales de indudable eficacia cómica.

Acaso peque de exceso en las referencias a las costumbres provincianas, y digo acaso porque la reiteración se debe más a lo mucho que el recurso ha sido gastado y malgastado por nuestros comediógrafos que a su utilización en esta comedia, en la que es imprescindible elemento de contraste para el logro de los fines perseguidos, de igual modo que la insistida radiomanía del personaje encarnado por Luchy Soto contribuye a perfilar lo insoportable del carácter del Marcelina.

En el segundo acto el autor ha perdido los papeles. Lo sostienen algunas frases, réplicas y contrarréplicas de seguro efecto hilarante, muy bien disoficadas a lo largo de una acción desvaída con el solo y sabio fin de mantener la atención de los espectadores. Alonso Millán se ha dado cuenta, y de ahí su esforzada búsqueda de factores de sorpresa que devuelvan a la acción el interés que en el primer acto tuvo, pero lamentablemente no lo consigue.

Y es una pena, porque la idea inicial y el propósito de construir una comedia de humor negro inserta en costumbres y tradiciones provincianas merecían una pieza más equilibrada en aciertos. Pero quede bien claro que la primera mitad de la comedia abunda en ellos.

LA SIRENA VARADA
de Alejandro Casona

La sirena varada es la primera comedia escrita por Alejandro Casona. Se estrenó en el teatro Español, de Madrid, en marzo de 1934. Antes de entrar en el enjuiciamiento propiamente dicho de la comedia, es conveniente apuntar dos circunstancias tangenciales que se dan en esta reposición: la primera de ellas es su condición de absoluta novedad, de riguroso estreno —porque la lectura no cuenta en el teatro—, que la comedia tiene para todos los espectadores de menos de cuarenta años, y la otra, el hecho de que nos sea dada a conocer después de haber estrenado Casona en España obras escritas posteriormente, y en algunas de las cuales —*Los árboles mueren de pie*, especialmente— sigue mostrándonos su prodigiosa facultad para saltar de la comarca de la magia a la de la realidad.

De la primera circunstancia se deduce que para la imnensa mayoría de los espectadores del Bellas Artes *La sirena varada* constituía estreno, y podíamos apreciar mejor las huellas que el paso del tiempo había dejado en esta primera comedia de su autor.

Del segundo hecho resulta una espontánea tendencia a comparar el supuesto trasnochamiento de *La sirena varada* con el de otras obras posteriormente escritas en América y que aquí hemos conocido antes. Y la verdad es que del cotejo sale bastante bien librada *La sirena varada*, pues sólo *La dama del alba* tiene y retiene valores más permanentes, en tanto que *Los árboles mueren de pie, La barca sin pescador, La tercera palabra...* resultan más prematuramente envejecidas que esta comedia con la que Casona obtuvo el premio «Lope de Vega» y el acceso a las empresas teatrales, hace más de treinta años. Quizá esta permanencia de la comedia hubiera sido más evidente si el autor hubiese resuelto cambiar alguna frase que se ha quedado en desuso, pero ha preferido dejarla en su texto primitivo —acaso como propia experiencia—, y sus razones tendrá.

Ya en *La sirena varada* inicia Casona el conflicto entre el mundo de la magia y el de la realidad, que seguirá cultivando luego, aunque con una diferencia básica: en tanto que en *Los árboles mueren de pie* y *Prohibido suicidarse en primavera* los elementos fantásticos son obra consciente del doctor Ariel, como sistema terapéutico para lograr la felicidad de sus semejantes, en *La sirena varada* los factores mágicos provienen de la real alienación de su protagonista, aun cuando en su aceptación consciente por el personaje central masculino hay ya indicios del puerto al que más tarde llegaría Casona, al igual que en ese vendaje con el que Daniel encubre su auténtica ceguera. Hay un momento en el que Ricardo, contestando a las sensatas reflexiones de don Florín —único personaje que se aferra a la realidad—, dice: «Sirena es una deliciosa mentira que no estoy dispuesto a cambiar por ninguna verdad». Es posible que en esta frase quede definida la probable tesis de *La sirena varada*, y suponga una constante en el teatro de Casona, con la única excepción de *Nuestra Natacha* —obra oportunista y de propaganda que quita más que da a su autor.

Desde el instante en que —con la llegada de Samy, ese payaso borracho que corporeizó insuperablemente Roberto Font— Sirena empieza a ser llamada María, y a su demencia suceden ráfagas de lucidez, la comedia pasa de la fantasía a la realidad, aunque perdura el poético lenguaje, para que el trueque resulte al espectador normal, dentro de lo posible en este género de teatro.

El inteligente tino de Mario Antolín movió con destreza a los intérpretes: María Fernanda d'Ocón —conmovedora Sirena—, Pedro Porcel —en un personaje creado por el autor para fundir en él lo mágico y lo real—. Félix Dafauce, José Segura y Ricardo Merino. En tono menor, Carlos Estrada y Antonio Canal completan el reparto de *La sirena varada* en su nueva salida a la escena española.

NOCHES DE SAN JUAN
de Ricardo López Aranda

Noches de San Juan ha titulado Ricardo López Aranda esta obra que, como *Cerca de las estrellas* —su precedente estreno—, ha sido representada en el María Guerrero, tras haber merecido accésit en el premio *Lope de Vega*, que se llevó Adolfo Prego. Es posible que en el ánimo del joven autor santanderino, al injertar en su acción escénica las costumbres sanjuaneras y darles el preponderante papel que se deduce del título, haya habido no poco de finta que desviara la atención de los espectadores de lo que en verdad encierra la almendra de su trama. Porque en esta pieza, con patentes y nada recusables influencias —de Saroyan, en el lenguaje y en el bondadoso trato dado a todos los personajes: de Buero y de Arthur Miller, en la estructura general de la obra—, lo secundario es justamente la ambientación de la fábula en dos noches pueblerinas de San Juan. Y lo esencial, el conflicto familiar que el autor plantea: ese distanciamiento entre la mentalidad de los padres —muy en especial del padre, como sucede en *Muerte de un viajante*— y de los hijos.

Un tema de gran tonelaje... que López Aranda ha dejado ir para abordar las innumerables barquichuelas accesorias de nuestro folclore sanjuanero. Error lamentable, porque el joven autor pone a prueba, en el tratamiento dado a los ajilimójilis episódicos un gran dominio del oficio: coloquios simultaneados, acciones paralelas e independientes y ráfagas de costumbrismo. La mejor prueba de que en López Aranda hay un autor al que se le deben dar nuevas oportunidades la capté en un comentario oído en el entreacto; una dama decía a su acompañante: «Pero esto ¿no es continuación de *Cerca de las estrellas*? No recuerdo bien aquella comedia, pero...» Y sí. Es verdad que una y otra obra tienen un algo común, y es buen síntoma, por que, por lo pronto, revela en López Aranda un autor que, al margen de las influencias ya dichas, tiene estilo propio.

En cuanto al meollo de la trama, ya es otro cantar. Ahí radica la cruz de esta medalla.

El conflicto queda planteado así: Pedro, un empleadillo que durante toda su vida ha soportado los malhumorados flujos de su jefe inmediato y que acepta la sordidez cotidiana a cambio de unas monedas en su jubilación, se manifiesta contrario a las aspiraciones de sus dos hijos mayores, Carlos y Miguel, de salir de la rutina diaria. La presencia, en la casa de Claudio, un soñador derrotado, tío de los muchachos, presta fuerza a la postura inmovista del cabeza de familia, recrecido ante la facellonería de las salidas intentadas por sus chicos: uno quiere ser cantante ye-ye y el otro futbolista profesional. La cosa acaba de lo más desastrosamente: el de las melodías modernas vuelve fracasado, tras una incipiente tentativa, y el futbolista, ve truncada en ciernes su «carrera» por un accidente físico. Así, la familia seguirá en la mediocridad con jubilación asegurada que Pedro preconiza... y los legítimos sueños juveniles de sus chicos irán a parar a Babia.

Acaso López Aranda haya querido dar a su pieza un acento de ironía que no adquirió entidad suficiente para ser advertido por los espectadores, un tanto mareados por la excelente animación sanjuanera que Fernández Montesinos dió a las escenas de la calle, con hogueras, chiquillos correteantes, futbolistas del barrio y un precoz idilio entre la hija menor de los protagonistas y un niño mudo. Si es así —y ¡ojalá! que así fuese— no quedó patentizado. La juventud es pujanza, rebeldía y paso adelante, y disgusta la tesis conformista que parece advertirse en la obra del joven autor Ricardo López Aranda.

Como de costumbre en este teatro, la interpretación alcanzó una excelente calidad media. Y, como de costumbre, descollaron José Bódalo, Irene G. Caba, Antonio Ferrandis y Alicia Hermida.

UN PARAGUAS BAJO LA LLUVIA
de Víctor Ruiz Iriarte

Un paraguas bajo la lluvia es una eutrapelia divertida, muy bien dialogada, muy «made in Ruiz Iriarte», portentosamete interpretada. Para que la dicha sea completa, sólo adolece de carencia de estructuración escénica. La última comedia de Ruiz Iriarte no es tal, sino la sucesión de cuatro situaciones idénticas, protagonizadas por cuatro generaciones sucesivas del tercerto «él», «ella» y «la otra», en cuyo desarrollo el autor prueba, con una vaga reminiscencia priestliana a la que Ruiz Iriarte ha dado su personalísimo sello, que «todo ha sucedido antes otra vez». (Incluso esta frase, procedente de la antecrítica, es casi idéntica al título de una de las más logradas piezas de Priestley).

Acaso Ruiz Iriarte pensó, al concebir la trama, que eran suficientes los diálogos que, resguardados de la lluvia por un paraguas, sostienen la protagonista y su madre para hilvanar los diversos cuadros y darles la precisa unidad dramática, pero no lo ha conseguido, y resulta que cada uno de los cuatro cuadros tiene entidad dramática de por sí y, sin desdoro alguno, podría representarse independientemente de los demás. Las trabazones entre cuadro y cuadro de los diálogos bajo el paraguas resultan insuficientes, y sólo la oración final del fantasma de «Doña Florita», pidiendo la continuidad del amor, parece una última tentativa del autor para que su pieza pueda entenderse como algo inconsútil y perfectamente estructurado... pero demasiado tarde pará disimular los costurones entre episodio y episodio.

He querido empezar mencionando el único reparo —eso sí, de bastante consideración— que a mi juicio tiene *Un paraguas bajo la lluvia* porque, los malos tragos, cuanto antes se pasen, mejor. Vamos ahora con lo mucho bueno que tiene, a la manera de un postre endulzador de los anteriores acíbares, y con creces; entre ello me parece de justicia resaltar la dignidad literaria del texto, el ingenio que le permite resolver de manera diversa cuatro historias de idéntico planteamiento y la entrañable ternura de sus bienhumorados diálogos. Y es que, para Ruiz Iriarte —él mismo lo ha declarado así— el humor no es tal si en su consecución sólo intervienen la ironía y el sarcasmo. A estos dos factores une, prevalenciando sobre ambos, la ternura para con el débil, la preocupación para el que se siente víctima de cualquier inferioridad con respecto a los demás. En este caso, esas cuatro «Floritas» enamoradas que emplean diversos ardides y varias tretas hasta derrotar a «la otra» —a las sucesivas «otras»—, no obstante ser físicamente inferiores.

Gracita Morales da reiterado testimonio de su personalísima gracia en el personaje central de los cuatro episodios. El parentesco existente entre los cuatro, de bisabuela a biznieta, justifica su falta de ductilidad en la encarnación de los tipos. Algo semejante cabe decir de Alfredo Landa y de Mabel Karr, que sin esfuerzo alguno incorporó a la guapa enemiga. (Mabel, claro, no Alfredo.) Julia Caba Alba y Antonio Vico probaron una vez más su cualidad de grandes actores. *Un paraguas bajo la lluvia* es pieza fácil, pero muy bien hecha, que atraerá al público. Sobre todo —ya lo habrán ustedes adivinado— al público femenino.

EDUCANDO A UNA IDIOTA
de Alfonso Paso

A nuestro prolífico Alfonso Paso hay una cualidad que nadie osará negarle: astucia en la estructuración de sus comedias. Es un autor que problemas de construcción se los sabe todos. O, como reiteradamente pone en boca del mejor pergeñado de sus tipos en *Educando a una idiota*, «las ve venir».

Desde su concepción misma, comprendió que el *pigmalionismo* pretendido en su comedia no era factible, y de ahí ese feo gerundio que condiciona desde el título el intento de refinamiento de la folclórica en trance de interpretar a Isabel la Católica. Es posible formar a una ignorante, como magistralmente demostró Shaw en su *Pygmalion*, pero no a una idiota, porque idiotez, según la Academia, es igual a «trastorno mental caracterizado por la falta congénita y completa de las facultades intelectuales». O lo que es lo mismo: la «Lola» de su comedia, en sacándola de su folclore y de sus impulsos primarios, queda reducida a una caricatura, a un ente de ficción sin calidades humanas. O «Lola» es la arrolladora y bravía andaluza que descubrió el avispado productor de cine —ése que «las ve venir»—, o no es nada. Como también se venía venir —nuestro redactor-jefe me lo dijo en el entreacto— el fracaso de la película mayestáticamente interpretada por la otrora jaranera «Lola» y con un guión que, por imposición de los «intelectuales» y de los «puros», responde en todo a la verdad histórica, tras haberse impuesto a los deseos del desaforado productor. (Los vocablos entrecomillados los ha puesto Alfonso Paso en boca de dicho personaje; lo aclaro para que nadie se llame a engaño.)

Pero el que a la comedia se le vea el intríngulis y se adivine el desenlace, no son reparos mayores en una pieza bien construída y con un tipo que figurará entre los más relevantemente logrados en todo el teatro de Alfonso Paso.

En esta tercera obra de las que —a ritmo vertiginoso— el autor lleva estrenadas últimamente, se ha quitado la espina que por partida doble le clavaron las anteriores, según pueden ustedes ver en la página 10 del anterior número. Y, por contera, ha sumado la prodigiosa interpretación de Pepe Calvo, bien secundado por Juanjo Menéndez, Conchita Núñez y Félix Navarro.

Como es usual en el autor, no faltan en *Educando a una idiota* aciertos colo-quiales de gran actualidad, pero en esta ocasión con una mesura que, como el propio Paso habrá comprobado, no resta calidad hilarante a las frases, y dota a la pieza de una mayor dignidad artística. La contención, aquí, añade decoro artístico sin men-gua de su eficacia humorística.

LOS GATOS
de Agustín Gómez Arcos

Que en Agustín Gómez-Arcos tiene España un nuevo autor se había patentiza-do ya en su primer estreno, *Diálogos de la herejía*, representado en Madrid en 1964. Que en la construcción de sus fábulas escénicas carece casi por completo de cualidad tan esencial para el dramaturgo como es el «sentido de la medida», también se evi-denció en aquel drama y lo ha reiterado más extremadamente en su segunda obra re-presentada: *Los gatos*.

Dice en ella cosas importantes, verdades olvidadas de puro sabidas que era preciso reiterar..., pero la desaforada medida que utiliza el autor —quizá por excesi-va influencia del teatro de las «situaciones limites»— quita hierro a la trama y la deja huérfana de su intención docente.

Junto a cabales aciertos dramáticos como el de la sarcástica «lección de catecis-mo», al comienzo del segundo acto, que nos presenta a una de las solteronas con los ojos puestos en la Virgen y en cercanas inquietudes la imaginación, junto a esto y al cuidado del autor para situar al público ante los precedentes necesarios para que no sorprendan los acontecimientos ulteriores —tales como el festin feroz de los gatos en el primer acto y la marginal referencia al bastón del abuelo—, junto a dichos acier-tos, insisto, Gómez-Arcos incurre en descomedimientos verbales y de la acción que restan muchos puntos a su obra e invalidan el propósito que le movió a escribirla.

Los primeros provienen de una —hasta cierto punto jusitificada— proclividad a emplear un lenguaje más literario que teatral, inadecuado no pocas veces en boca de los personajes que lo emplean. Algunos ejemplos servirán de ilustración: Una vi-sitante de la casa se despide diciendo: «No quiero que mi desgracia sirva de pasto a vuestra mala fe». Y la muchachita «Inés», al relacionar los nombres que proyecta para su futuro hijo, dice: «Otros días la llamará Eugenio, que significa el bien en-gendrado...» y así muchos.

En cuanto a los desaciertos de la acción escénica, habrá que atribuirlos a la falta de «sentido de la medida» mencionada al principio, causante, por ejemplo, de desa-rrollo de una escena amorosa absolutamente convencional y más parecida a la célebre «del sofá» en *Don Juan Tenorio* que a cómo se desarrollan hoy parejos idilios, que se despega totalmente de la tónica general del drama.

Pero no ha de deducirse de lo anterior que *Los gatos* es una mala obra, sino una pieza frustrada. Si la ferocidad de su desenlace no está suficientemente justificada, pese a los visibles esfuerzos del autor para conseguirlo —no se puede pasar impunemente de la «comedia de costumbres» al «desgarro esperpéntico»—, si están totalmente perfilados los tres tipos centrales: las solteronas «Pura» y «Angela» —trasuntos en versión libérrima de la lorquiana «Bernarda Alba»— y su sobrina «Inés», que introduce en la enrarecida escena una corriente de auténtica vitalidad. La excelente interpretación que de los citados personajes hacen Cándida Losada, Luchy Soto y Alicia Hermida, contribuye a darles veracidad. Gracias a su incorporación puede captar el público las frustraciones de las dos primeras —a las que sirve de lenitivo, en «Pura», el acendramiento de sus creencias religiosas, y en «Angela», la evocación de los años irrecuperables—. Alicia Hermida da a su personajes toda la vivacidad y alegría que requiere, en certero contrapunto escénico al desolador ambiente creado por sus tías y esos simbólicos gatos... de turbia simbología.

QUERIDO PROFESOR
de Alfonso Paso

Las quisicosas del arte y de las letras, desde la perspectiva de una revista como *La Estafeta Literaria*, nos ha hecho conocer —cuando no padecer— hasta qué extremo pueden llegar algunos de nuestros semejantes para satisfacer su chiquirritaja vanidad, apropiándose con el mayor descaro de obras ajenas. En las «Correspondencias» de este mismo número encontrará el lector algún ejemplo de lo que digo.

No veo que, siendo así la condición humana, haya nada censurable en el despliegue de justificada vanidad promovido por Alfonso Paso ante su estreno número cien y la publicidad previa de que lo ha rodeado. Si a lo antedicho se añade que la comedia estrenada en el teatro Infanta Isabel ha sido cuidada con esmero infrecuente en la mayoría de las producciones del caudaloso autor, ¿puede extrañar a alguien los alardes publicitarios previos y la treta de esa antecrítica firmada por Alfonso Paso como intérprete de *Querido profesor* y no como su autor?

Sin entrar ahora en dibujos sobre los pros y los contras de la incontinencia creadora de Alfonso Paso, parece justo señalar cuanto en ella hay de pasión por su oficio y de mantenida laboriosidad. Con todas sus limitaciones —que acaso él conoce mejor que el crítico más avisado—, entiendo que un hombre que a los treinta y nueve años de edad y doce de autor profesional alcanza el centenar de estrenos, tiene algún derecho a proclamar a los cuatro vientos —y hasta a los treinta y dos, si a mano viene— la marca conseguida. Como nadie pretenderá negar el derecho que tiene —él, que durante los últimos doce años ha dado ocupación constante a un alto porcentaje de nuestros intérpretes en activo— a representar el personaje central de *Querido profesor*. En tales circunstancias, el acto de intrusismo resulta considerablemente atenuado.

Querido profesor ha sido dotada incluso de melodía propia, en esa pegadiza canción del maestro Montorio que antes de empezar la acción dejaron oír los altavoces de la sala. Sin duda, la letra guarda relación con el desarrollo de la trama, pero alguna deficiencia del sonido impidió su captación al público.

Desde la primera escena es de advertir el denodado esfuerzo que Paso ha efectuado en *Querido profesor* para evitar las réplicas de seguro y fácil efecto hilarante a las que tan proclive se muestra en la casi totalidad de su producción. A los fuegos verbales de artificio ha preferido en esta obra un suave humor sustentado por las cambiantes situaciones de la trama. Al estreno número cien de Alfonso Paso le falta sólo una miaja de autenticidad para llegar a ser tragicomedia en la línea de *Los pobrecitos* o de *La boda de la chica*. La veteranía a la que tan apresuradamente ha llegado el autor sustituye esos acentos de sinceridad necesarios en la tragicomedia por aguadas referencias a temas de candente actualidad. Además, la acción queda fortalecida por ingeniosos cambios de perspectiva que dan imprevisto interés a uno de los asuntos más manidos, en el teatro y fuera de él: el tardío enamoramiento del profesor por una de sus juveniles alumnas. Una de las aludidas variantes —a mi juicio, la más afortunada— da ocasión a Paso para, en sobrias y veraces pinceladas, ofrecernos un estudio sobre el talente —no sé si será exacto adjetivarlo como «conciliar»— de los jóvenes de hoy, sin rastro de convencionalismos vigentes hasta ayer mismo.

Un tanto al margen de la obra, pero como un elemento más de interés para los espectadores, figura en ella la incorporación por el propio autor de su protagonista, experimento no tan insólito para quienes recordamos su iniciación dramática en el grupo «Arte Nuevo», junto a Sastre, Gordón, Medardo Fraile, Carlos José Costas y otros. Paso es un actor —perdón por el retruécano— «pasable», y como el papel es una auténtica *perita en dulce*, lo defendió bien. Muy bien, incluso en la escena de una borrachera inteligentemente contenida. Lo cual no es óbice para que algunos espectadores recordaran nombres de intérpretes ilustres y dieran en pensar: «¡Qué papel para Fulano!»

Es posible que el primer acto resulte algo largo y reiterativo: en él utiliza el autor, con minuciosidad y paciencia ejemplares, los mimbres que le son precisos para la brillante segunda parte, hasta llegar a esas escenas finales en las que la extraña

—y, sin embargo, lógica— actitud de la mujer del profesor asegura un último aliciente a la obra, cuando parecía que ya no daba más de sí. Esta vez, Alfonso Paso no se ha permitido más libertades que las de forzar alguna que otra salida injustificada de sus personajes, quizá como estratagema para que Irene Gutiérrez Caba y Elisa Ramírez puedan ser aplaudidas como se merecen tras sendas intervenciones propicias al lucimiento, aprovechadas al máximo por las dos actrices. Especialmente Irene Gutiérrez Caba logra una interpretación de antología.

Creo que ha llegado para Alfonso Paso la hora de un general examen de conciencia: el autor de *Los pobrecitos. Una tal Dulcinea, Sí, quiero, La boda de la chica* y *Querido profesor* tiene que exigirse lo suficiente como para no estrenar piezas del corte de *La caza de la extranjera*, por citar sólo un título entre más de noventa.

LAS MONEDAS DE HELIOGÓBALO
de Marcial Suárez

También las circunstancias cuentan en el ser de una obra dramática. Y dos circunstancias adversas han concurrido en el estreno de *Las monedas de Heliogábalo*: la sombra que sobre el escenario proyectaba durante toda la representación el recuerdo demasiado próximo del *Calígula*, de Camus, que era también una diatriba feroz contra la tiranía, encarnada igualmente en un emperador romano, y del mismo modo «obra para pensar», con abundante literatura dentro... pero mucho más teatral; la otra circunstancia adversa es la inevitable relación comparativa que es preciso hacer al enjuiciar la pieza de nuestro novel autor —premio «Isaac Fraga» 1965—, con *A Electra le sienta bien el luto*, de O'Neill, comentada en estas mismas páginas. Así quedará establecida entre ambas piezas la necesaria valoración jerárquica y evitaré que el lector tenga la sensación de que Marcial Suárez es un autor de primera categoría —no digo que, con tiempo y una caña, no llegue a serlo—, en tanto que O'Neill se queda en currinche del teatro, como bien pudieron deducir los lectores que, en dos días consecutivos, leyesen la crítica que de una y otra obra publicara algún diario madrileño.

La sombra de *Calígula* y el estreno casi coincidente de *A Electra le sienta bien el luto* son circunstancias a tener presente en la hora de enjuiciar *Las monedas de Heliogábalo*, obra que su autor ha dividido en dos partes y cinco cuadros, dando a cada uno de éstos un título adecuado a la condición literaturizada del drama: *El terror, El tirano y su lógica, Dignidad y vileza en el pueblo, La divinización del tirano* y *El tirano sólo es un hombre*.

En esta primera pieza teatral estrenada por Marcial Suárez —tiene escritas otras, de las cuales dos lograron el premio «Calderón de la Barca», pero en ambas ocasiones compartido, por lo que se desistió de su estreno—, lo más estimable es la invención que da origen al drama: la puesta en circulación de unas monedas en las que figura grabada, no la cabeza del tirano, sino la de la última víctima de su autocracia, con propósito de aterrorizar al pueblo y disuadirlo de posibles tentativas de rebelión. La idea es buena, pero insuficiente, si se la utiliza como meollo exclusivo de una pieza teatral. Marcial Suárez lo ha advertido y procura complementarla dotándola de un diálogo ambicioso y digno en el que la tiranía de Heliogábalo se contempla atemporalmente. Otro positivo acierto es el de la consciente humanización del tirano, sólo en parte lograda, porque el autor ha cuidado mucho cuanto sus personajes dicen... en detrimento de lo que hacen. El resultado es una obra dignamente escrita, pero no propiamente una «acción dramática».

Tan notorio desequilibrio entre palabra y acción hace de la obra que el Teatro Nacional de Cámara y Ensayo ha estrenado en el Beatriz una pieza discursiva y literaria, con sólo algunas escenas de auténtico teatro, y el resto, una acumulación desordenada de pensamientos sobre la tiranía, los oprimidos, los excesos del autócrata y la cobardía de los aterrorizados súbditos. Junto a aislados aciertos que revelan quizá el autor que Marcial Suárez podrá ser, son muchos los minutos que transcurren sin que la trama «traspase la batería» para «llegar» al público. Y no puede atribuirse el hecho al distanciamiento que siempre implica el hacer expresarse a personajes del Imperio Romano como hombres de nuestros tiempo, pues bien reciente está el ejemplo de cómo largó Camus tal simbiosis en *Calígula*.

Carlos Larrañaga resulta convincente en su Interpretación de un Heliogábalo irónico y displicente, pero no cuando el texto requería de él un Emperador en el ejercicio de la tiranía. En el resto del largo reparto, alcanzan descollantes actuaciones María Luisa Merlo, José Luis Heredia, Ana María Vidal, José Montijano, Nela Conjiú, Erasmo Pascual y María Paz Molinero. Como director de escena, Modesto Higuers cuida más los complejos problemas del movimiento de la acción que el no menos intrincado de la «unidad de estilo» interpretativo. Cada actor corporeiza a su aire al personaje que le corresponde.

¿QUIEN QUIERE UNA COPLA DEL ARCIPRESTE DE HITA?
de José Martín Recuerda

Sin duda, Martín Recuerda, Adolfo Marsillach, Carmelo A. Bernaola, Alberto Portillo, José Caballero y Víctor María Cortezo, con la ayuda de casi un centenar de intérpretes o figurantes, han querido que el retablo *¿Quién quiere una copla del Ar-*

cipreste de Hita? constituyese un espectáculo de teatro total y popular. Hay que decir de inmediato que la intención no podía ser mejor, como también que lastimosamente sólo han cumplido su propósito a medias. Espectáculo popular sí lo es el que ofrece el teatro Español —ahora dirigido por Marsillach— en el primer estreno de la actual temporada. Para que además sea teatro total (y a quien dude respecto al significado que tiene tal expresión, me permito remitirle al número 280 de *La Estafeta Literaria*, págs. 3 a 7), sólo le falta un elemento: coherencia argumental, expuesta en lenguaje de calidad literaria no empalidecida por el bullicio espectacular.

Los mismos desesperados esfuerzos de Adolfo Marsillach para situar en primerísimo plano unos determinados factores del teatro —danza, música, policromía ambiental y despliegue de figurantes—, con el objeto de que pase inadvertida al público la escasa entidad del texto hablado, hace que ésta resulte más patente para los espectadores avisados, conozcan o no *El Libro de Buen Amor*, fuente de inspiración de estos «sucedidos imaginarios sobre Juan Ruiz» que Martín Recuerda ha zurcido muy deshilvanadamente.

No puede calificarse como teatro total a una obra en la que el texto carece de la precisa ensambladura con los demás factores y queda poco menos que oculto tras la cortina de humo alzada por los elementos meramente espectaculares, porque ocurre una vez más eso de que las ramas no dejan ver el bosque, hecho que revista alguna gravedad si por «bosque» entendemos las «palabras», es decir, el meollo mismo de toda obra dramática.

Creo que el propio Martín Recuerda se ha desorientado ante las muchas incitaciones halladas en el texto del Arcipreste, vertido unas veces —a mi juicio, las más afortunadas— en todo de farsa y simplemente glosado otras, con la grave rémora de que el glosista resulta inferior en invención creadora y aliento poético al escritor glosado.

Mayor fortuna ha acompañado a Marsillach y sus colaboradores en el propósito de ofrecer una muestra de teatro popular. *¿Quién quiere una copla del Arcipreste del Hita?* es un buen espectáculo de folclore popular, con acertadas dosis de cuanto constituyó la sociedad medieval española y participación de elementos religiosas y profanos, y algún que otro deliberado anacronismo, como el de los carteles pintarrajeados en las tapias de un convento de monjas.

Martín Recuerda testimonia su visión de autor en algunas pinceladas ambientales de firme trazado, tales como la del clima creado por la prolongada Reconquista —«Los hombres, en la frontera, y las mozas, encendidas», creo que se dice textualmente—, ya llevado a su situación límite por Agustín Gómez Arcos en *Diálogos de la herejía*; los mesoneros y medievales «guateques» de estudiantes y mozas de fortuna, en los que tan a sus anchas se encontraba el goliardesco Juan Ruiz; el coro de viejas pesquisidoras, y la muerte de la Trotaconventos en pleno «acto de servicio» al

Arcipreste. No tan afortunado parece su empeño de llevar a Juan Ruiz a tierras béticas, como si Andalucía monopolizara la jovialidad a que tan dado era el famoso «doñeador», su propensión al bullicio y a la jarana...

Adolfo Marsillach ha puesto todo su saber —que es mucho— en el montaje del variopinto espectáculo. Su único yerro radica en la elección de intérprete para el protagonista. Tanto por su físico como por sus cualidades histriónicas, José María Rodero —tan excelente Caligula, tan eficaz Quevedo— no podía ser Juan Ruiz. (¡Si al menos hubiese desaparecido del texto el bienhumorado autorretrato en el que el Arcipreste se nos presenta como «peludo», «pescozudo», «ancho de espaldas», «nariz larga» y «labios gruesos»!) Consciente acaso de su inadecuada planta para tal personaje, Rodero lo corporeizó sin convicción, desmayadamente. Del resto del fabuloso reparto merece mención especial Terele Pávez, por su corajuda interpretación de una montaraz «serrana», y Mari Carrllo, que da vida a la Trotaconventos con pasmosa variedad de matices.

Contribuyen al colorido y al son del espectáculo los estilizantes decorados de José Caballero, los policromos figurines de Cortezo, la elemental y jugosa música de Bernaola y los bien conjugados cuadros coreográficos de Alberto Portillo.

Lástima: lo que pudo ser una vibrante muestra del teatro concebido como arte total ha quedado en gran espectáculo folclórico. Juan Ruiz merecia más...

LA ZAPATERA PRODIGIOSA
de Federico García Lorca

Superados los inconvenientes que habían surgido para la reposición en Madrid de *La zapatera prodigiosa* —véase *La Estafeta* número 333—, la farsa lorquiana ha desplegado sobre el escenario del «Marquina» su pimpante abanico de colores y pasiones populares, diestramente movido por Alfredo Mañas, quien, lo mismo como autor que como director, tan identificado se halla con los elementos folclóricos. Mañas ha dado a la pieza el ritmo vivaz que le correspondia, valorando debidamente todos los factores que el autor incluyó en ella, desde el cromatismo de los figurines —basados en los bocetos del mismo García Lorca— hasta las acotaciones musicales y coreográficas, pasando por el señalado contraste entre el mundo de ensueños de la protagonista y el asentado en la realidad del pueblo circundante.

La zapatera prodigiosa, aunque estrenada en 1930, fué escrita cuatro años antes. Su reposición llega a nosotros, por tanto, a cuarenta años vista, y he de decir en seguida que conserva plena vigencia, cosa que no ocurre con obras posteriores del mismo autor. ¿Por qué? Posiblemente, porque *La zapatera* está dialogada en lenguaje popular, sin las audaces metáforas poéticas que incluyera en otras obras, de gran interés en aquel momento, pero que hoy resultan periclitadas e impropias de los personajes a los que se les ocurren.

La pieza que Lorca calificó como «farsa violenta» no es tal, sino una jocunda e ingeniosa «farsa popular» en la que la poesía no se muestra explícita en parlamentos y frases, sino que es una consecuencia más de la acción imaginada por Lorca, y creo que, sin arriesgar mucho en el juicio, puede considerarse como la más lograda aportación lorquiana al teatro español. El propio autor parece entenderlo así cuando, al estreno efectuado por Margarita Xirgu en el teatro Español —1930—, en versión de cámara que él mismo dirigió, prefiere el montaje de la representación bonaerense, «con las canciones del XVIII y XIX y bailada por la gracia extraordinaria de Lola Membrives con el apoyo de su compañía».

No es necesario haber visto ninguna de las dos versiones para aseverar que el montaje actual de Mañas se aproxima más al de Buenos Aires que al de Madrid.

Prodigiosa la incorporación que Amparo Soler Leal hace de La zapatera prodigiosa, esa criatura de vivaz temperamento y honesta a carta cabal, en intimo y persistente conflicto con su destino. Marca muy agudamente los contrastes entre le realidad de pobre mozuela casada con un viejo, abandonada por el marido y acosada por la sensual varonía del pueblo, a la vez que por la maledicencia femenina, y su otro mundo, el ideal y ensoñado, pero que ella vive con no menor pujanza.

Guillermo Marín es un buen actor, pero tan falto de ductilidad que en todas sus interpretaciones recuerda demasiado... a Guillermo Marín.

Pedro Mari Sánchez, el niño actor, resulta más convincente en las escenas de prematura malicia que en las de normal ingenuidad.

El resto de la compañía cumple disciplinadamente y con mucho garbo la misión coral que por el autor le fué confiada.

EL SOL EN EL HORMIGUERO
de Antonio Gala

El teatro nacional María Guerrero, en el que Antonio Gala había irrumpido en la dramaturgia española con su obra Los verdes campos del edén, ha sido escenario de la «segunda salida» del autor segoviano-cordobés. El sol en el hormiguero es pieza revalidadora de las posibilidades de Gala como autor dramático..., y reveladora —más acentuadamente acaso que en su comedia inicial— de virtudes y defectos dramáticos.

Opino que existen entre las dos piezas más similitudes de procedimiento de las que el autor parece advertir. Y es bueno que así sea, porque justamente en tales semejanzas radica la originalidad de su teatro, en lo demás influido, pero no más allá de lo prudente, por autores (con autoridad) que le son bien conocidos: dese Brecht e Ionesco hasta Giraudoux y Anouilh.

Sobre una situación ciertamente ingeniosa y brillante edifica la trama de sus obras. El papel que en la primera obra cumplió la ocurrente —y quizá, quizá, catártica— idea de transformar un panteón en vivienda habitable por la felicidad de los humildes, a la vez que el césped del cementerio cumplía las veces de lo que el clásico designó como «campo de plumas», propicio a ciertas batallas, queda cumplido en *El sol en el hormiguero*, mediante el ingenioso lance de corporeizar en un gigantón de lecturas infantiles el popular anhelo de una vida mejor, libre de dos lastres igualmente pesados: la miseria y la autocracia.

Y lo demás, en *El sol en el hormiguero*, es «bla, bla, bla», generalmente talentoso, abundante en replicas felices, agudas, en las que el ingenio de Gala recobra la demasiado dispersa atención de los espectadores, pero poco acorde con las exigencias dramáticas. Hay exceso de barroquismo en la concepción escénica y sobra exuberancia verbal, en detrimento de la capacidad de síntesis precisa en el arte escénico.

En cambio, hay poesía a raudales: poesía coloquial —de la que pueden servir como ejemplos el primer encuentro entre la Reina y el Idealista, y algunas intervenciones del Pueblo— y poesía conceptual— la mágica corporeización en el gigante Gulliver de los anhelos populares—, y tal presencia supone un indudable elemento positivo en nuestro teatro, tan carente de lirismo verdadero.

Respecto a la parla de los numerosos personajes, conviene una distinción que, a mi parecer, responde al deliberado propósito del autor, entre la desgarrada autenticidad de los representantes del pueblo y el notorio tono de farsa operetística en el que se expresan los personajes de la corte. A poco que se ahonde, patentizaremos hasta qué punto el distingo es producto de la intención política más o menos soterrada que Gala ha querido dar a su obra: farsa cómica en el palacio y sainete trágico en la plaza. La Reina sirve de nexo —no del todo convincente— entre los dos mundos.

El segundo acto se inicia, como el primero, con un monólogo del Rey, de efectos pretendidamente distanciadores, a la manera brechtiana, para conseguir que el público, que acaba de fumarse el cigarrillo del descanso, escuche y vea la obra reflexivamente. (En este caso, el orden de los verbos es jerárquico: *El sol en el hormiguero* se escucha en mucha mayor medida que se ve, porque la palabra no sirve a la acción, sino que ésta ocupa siempre un lugar accesorio. Sólo en las escenas animadas por la invisible presencia y la voz estereofónica de Gulliver cobra la acción primacía).

Escribí al comienzo que *El sol en el hormiguero* revalida las posibilidades de su autor como dramàturgo. Y es verdad. En cuanto aprenda a sintetizar texto y acción, dominando su natural propensión al barroquismo verbal, Antonio Gala será el gran autor teatral que ya apuntaba en *Los verdes camos del edén*. De ahí que este comentario esté redactado con todo rigor y la máxima eficacia, procurando, como está mandado, decir los porqués de las deficiencias anotadas. Que sólo así puede la crítica ser constructiva.

El waltdisneyano decorado de Wolfgang Burmann, en adecuada realización de Manuel López, excepcional. Repitámoslo en versales, porque el adjetivo está puesto irreflexivamente; EXCEPCIONAL. A una fábula milagrera, un decorado milagroso (permítaseme la hipérbole).

Con tales mimbres en la mano, es de suponer el cesto que habrá logrado ese virtuoso de la dirección escénica que es José Luis Alonso, que pone todo los elementos del teatro —luminotecnia, ritmo escénico, voces y movimientos de personajes... todo— al servicio del texto, en su más sugestiva interpretación plástica. Descuellan en el numeroso reparto, por la mayor extensión de sus partes. Narciso Ibáñez Menta y Julia Gutiérrez Cába, pero todo el conjunto alcanza una gran calidad interpretativa.

LOLA, SU NOVIO... Y YO
de Emilio Romero

En el entreacto alguien puso ante mí un micrófono y la solicitud cortés de algunas palabras sobre la comedia estrenada en el teatro Arlequín. Más o menos, dije algo así: «A juzgar por este primer acto de *Lola, su novio... y yo,* advierto una notable diferencia, en mejor, con respecto a las precedentes obras de Emilio Romero. Pero... hay que esperar a la segunda parte».

Pues bien: el primer cuadro de esa segunda parte es, con mucho, el más teatral de la cuarta comedia de Emilio Romero, y el único en el que, al chisporroteo de agudezas verbales, se une el interés —superior en la valoración dramática— de la situación. Dicho cuadro es una prueba de todo lo bueno que puede aportar al teatro un escritor... cuando advierte que, en el arte dramático, la literatura no lo es todo. En la situación allí planteada hay humanidad, enfrentamiento de caracteres y conflicto escénico. Romero ha escrito ese cuadro con un certero instinto de esa indefinible cualidad que es «lo teatral». La situación es insólita, pero perfectamente verosímil: quiero decir: insólita para las «reglas del juego» que habitualmente respeta la sociedad, y verosímil en unos personajes, como los de esta comedia, que entre los convencionalismos sociales y sus sentimientos, optan por éstos. A los mojigatos —y también a aquellos que se escandalizan cuando ven reflejado en toro espejo su propia intimidad—, la situación de ese cuadro podrá parecerles un alarde de cinismo. Y, sin embargo, no cabe mayor autenticidad anímica que la expresada por las tres figuras del consabido «triángulo», cuando el protagonista accede a la petición de mano que de la mujer que él tenía en usufructo le hace el novio. Lo demás... es anécdota intrascendente.

Y no por lo que ocurre, sino justamente porque apenas pasa nada y porque lo poco que sucede resulta desplazado ante la maraña de ingeniosidades coloquiales que, en agobiante sucesión de diálogos entre dos personajes, ha escrito Emilio Romero. Su mayor acierto —junto a la concepción del tan reiteradamente citado cuadro inicial de la segunda parte— radica en haber llevado al escenario un conflicto sentimental tan viejo como la humanidad, para ofrecérnoslo prescindiendo de todo ropaje hipócrita o convencional.

Y tras la de cal, la de arena. Que, lastimosamente, es superior en extensión y produce el consiguiente demérito en la estimación total de *Lola su novio... y yo.* Dice el autor en su autocrítica: «Yo seguiré entregado —cualquiera que sea mi fortuna— a la exigencia de que no sobre nada de lo que dicen los personajes y de que no falte lo necesario para una situación». Y eso está muy bien dicho: hay en tan buen propósito como una síntesis de las dos condiciones esenciales que ha de cumplir el arte escénico. Por falta de pericia, por exceso de autoexigencia, o vaya usted a saber por qué, hay mucho trecho del dicho al hecho, del proyecto intelectual a la realidad escenificada. Para «que no sobre nada de lo que dicen los personajes», están de más, por ejemplo, las insistentes referencias a espacios televisivos —*Los intocables, El fugitivo, Punto de vista,* etc.—, que constituyen un elemento de hilaridad impropio de un escritor de tan sobrados recursos dialécticos como lo es Emilio Romero. Y para «que no falte lo necesario para una situación», la acción es insuficiente en nueve de los diez cuadros de que la comedia consta.

En lo que el teatro tiene de estrictamente literario, Emilio Romero se las sabe todas. Pero tiene todavía ante sí un amplio campo de posibilidades inexploradas en factores tan propiamente dramáticos como puedan ser «el movimiento, el truco, el tráfico de personajes, la insustancialidad de salir para volver a entrar y hacer de lo insustancial un obra maestra de carpintería», como el propio Romero dice: la experiencia de autor le llevara a descubrir que esas limitaciones teatrales tienen bastante más intríngulis del que él les confiere describiéndolas en un tono incisivamente peyorativo. Con las limitaciones propias del teatro pasa algo semejante a lo que en la poesía ocurre con los «pies forzados», el ritmo o «la fuerza del consonante»: que si con causa de ripios en los poetas mediocres, proporcionan los mejores hallazgos líricos a los que dominan eso tan injustamente denostado que es «el oficio».

En resumen: *Lola, su novio... y yo* dista de ser una gran comedia, pero hay en ella el oportuno planteamiento de un tema que está en la calle y que nadie ha osado tratar tan rectilíneamente en los últimos años de nuestra escena... y diez o quince minutos de lograda eficacia teatral. Por eso el crítico ha de ratificarse en la apresurada opinión dada en el entreacto: Supone «una notable diferencia, en mejor, con respecto a las precedentes obras de Emilio Romero».

Y Romero, al que ya no parece desagradarle tanto como en sus comienzos de autor el apelativo «dramaturgo», tiene en su mano los triunfos precisos para seguir sorteando con habilidad y talento los incontables y ocultos escollos del quehacer dramático. La comedia estrenada en el Arlequín madrileño es un corto, pero decidido, paso adelante. A juzgar por ella, su autor no ha echado en saco roto las advertencias que en ocasiones anteriores le hicieron algunos críticos, aunque en su primera y ofuscada reacción dijera de ellos que traslucían resentimiento.

CEREMONIA POR UN NEGRO ASESINADO
de Fernando Arrabal

Gran expectación en el Ateneo de Madrid la noche del 8 de marzo. Justificada expectación ante el estreno de una obra de Fernando Arrabal: *Ceremonia por un negro asesinado*. Expectación defraudada porque el frondoso montaje ideado por el equipo de dirección de «Los Goliardos» deja muy en segundo término el texto arrabaliano, hasta reducirlo poco menos que a excusa de la cual brota una maraña de aparatosas invenciones seudodramáticas, dentro y fuera del escenario, de tal modo que resulta imposible delindar la obra de Arrabal del barroquístico montaje que la envuelve.

Distinguir las voces de Arrabal de los múltiples ecos de frases escatológicas, potentísimas ilustraciones musicales y efectos «pánicos», es algo que recomiendo como insuperable ejercicio mental, mas resulta inadmisible en buena técnica escénica y poética, que algo de esto nos dijo don Antonio Machado.

Con todo, «Los Goliardos» han acertado en la surrealista escenografía, desde esa escalera de mano sobre la que, a horcajadas, la vecina de la buherdilla grita insistentemente que su padre ha riverto hasta la gran jaula de tela metálica que separa a inéterpretes de espectadores, con dos puertas de papel transparente que, en determinado momento, los actores rompen para proseguir la acción entre el público. También es de elogiar la esforzada interpretación de Gabriel Azcárate, Alberto Omar, José Camacho, Ninón Dávalos y Paco Carrasco.

En cuanto al autor, es preciso aplazar el juicio para cuando la obra se represente limpia de polvo y paja, porque en el montaje de «Los Goliardos» sólo pudimos percibir algún atisbo de su innegable instinto escénico en frases sueltas y situaciones bien concebidas.

Los numerosos miembros del grupo «Los Goliardos», estratégicamente distribuidos entre el público, aprovecharon los oscuros entre cuadro y cuadro para establecer los ensayados gritos turnantes de «partidarios» —«¡Arrabal, Arrabal, Arrabal!»— y «discrepantes» —«¡Fuera, fuera, fuera!»—. Su vocerío ha contribuido grandemente a animar el espectáculo, más goliardesco que arrabaliano.

EL PRECIO DE LOS SUEÑOS
de Carlos Muñiz

Hay obras teatrales cuya vigencia resiste a todos los embates del tiempo, y otras que envejecen pronto. *El precio de los sueños* pertenece al segundo grupo y el autor lo sabe. Quizá por eso dice en su autocrítica —curándose en salud, pero no del todo— que la pieza estrenada ahora en el «Arniches» fué escrita hace casí diez años y que, posteriormente, ha abandonado el teatro de escuela naturalista iniciado con *El grillo* y proseguido en *El precio de los sueños*. En tales circunstancias, ¿por qué ha consentido el demorado estreno de esta pieza? Muñiz da una razón plausible: «Porque yo creo que un drama sólo lo es después de haber sido estrenado y constatado ante el público». Así es.

Pero ocurre que *El precio de los sueños* nació ya desfasado. Tan naturalista como este drama lo era *El grillo*, escrito y estrenado antes, y pienso que resistiría mucho más airosamente la prueba del tiempo, si algún empresario se decidiera a reponerlo ahora. Y es que no puede darse por periclitado todo el teatro naturalista por el mero hecho de serlo, de igual modo que no todo drama ha de resultar válido en atención únicamente a sus módulos expresionistas.

El precio de los sueños es obra de inferior entidad dramática a la de su antecesora *El grillo*, justo en la medida en que se aleja del sainete trágico para dar paso a resonancias de un naturalismo anacrónico. De las dos herencias perceptibles en el drama de Carlos Muñiz, mantiene sus buenas cualidades la que proviene directamente de Buero —y más, atrás, de Arniches— y queda desvigorizado e ineficaz el uso de los varios elementos del «quiero y no puedo» benaventiano insertados en la trama. Quizá el propio Muñiz se sorprenda del parentesco entre *El precio de los sueños* y el teatro de don Jacinto, pero las cosas son como son, y como son hay que enjuiciarlas.

La familia venida a menos que se ve obligada a aparentar una posición económica superior a la que en verdad le corresponde, por el «qué dirán» de la sociedad provincial en que se desenvuelve —parecida como un huevo a otro de la de aquella

«Moraleda» tantas veces utilizada por Benavente—, el tipo de la tía Matilde, soltero-
na, a la que ya sólo le quedan dos distracciones: «el cotilleo y la novena»; los silencios en la conversación sobre problemas de dinero cuando pasa la criada, para que se
entere el pueblo: la perorata mediante la que el hijo mayor hace a la sociedad responsable de su propia nulidad..., y hasta el decorado de casa mesocrática, son elementos todos procedentes del autor de *Los andrajos de la púpura*, de muy difícil en-
samblamiento con otros valores de diversa progenie: el problema de la jubilación laboral y su secuela de «hombres pasivos»: el desfalco del hijo empleado: la frustración de la carrera del que estudiaba en Deusto; la resignación del padre, y el inconformismo de los jóvenes, pueden muy bien ser parte de un sainete trágico, en tanto
que la chica que no se casa es de evidente estirpe arnichesca.

Nos queda el tipo mejor delineado: el de la madre con manías de grandeza que
encubre la chatez de su existencia con los sueños de una fantasía siempre alertada.
Es un personaje con el que han utilizado el doble juego fantasía-realidad autores de
tan varia escuela como Saroyan, Inge, Casona, Mihura... Muñiz lo trata con gran
dignidad y buen concocimiento de los recursos escénicos.

El drama causa la impresión de haber sido concebido con una timidez inadecuada al valeroso temple de que su autor ha dado pruebas en *El grillo* y *El tintero*. Como si él mismo dudase de la verosimilitud de la acción. Y la verdad es que raro será
el interventor de un Banco español que no gane más que para «patatas guisadas todos los días»..., pero, en fin, son exageraciones lícitas para suscitar un conflicto dramático de protesta.

AGUILA DE BLASON
de Valle-Inclán

Por fin se ha estrenado en España, *Aguila de blasón*, primera en orden de publicación de las tres invenciones que don Ramón María reunió bajo el título común de
Comedias bárbaras. Han tenido que transcurrir exactamente cincuenta y nueve años
y darse la circunstancia de conmemorar ahora el I centenario de su nacimiento, para
que pueda escenificarse esta abracadabrante visión de una Galicia casi feudal, anacrónica y marginada del mundo circundante que ya no existe. El propio Valle-Inclán
dira: «En mis comedias bárbaras reflejo los mayorazgos, que desaparecieron en el
año 33. Conocí a muchos. Son la última expresión de una idea, por lo que mis comedias tienen un cierto valor histórico...» La hirsuta timidez de Valle-Inclán le impidió
añadir que, además, tenían sus comedias un permanente valor teatral. Pero lo sabía.
Como sabía que los avances de la técnica harían representables aquellas piezas —con

atisbos aún del modernismo y anticipaciones patentes de lo esperpéntico— que escribió sin concesión alguna a las normas escénicas vigentes en 1907 y 1922, fechas que cubren el lapso de publicación de la serie.

El protagonista de *Aguila de blasón* es don Juan Manuel de Montenegro (Montenegro es uno de los apellidos secundarios de Valle-Inclán), antítesis del marqués de Bradomín, y ambos se complementan para lograr la contrafigura del propio autor. Don Juan Manuel es un tenorio rural que se burla de capellanes y de escribanos, de las leyes divinas y de las humanas, para hacer sólo su voluntad, que de santa no tiene nada, y él es consciente de ello. Por tanto, nada tiene en común con el despreocupado y simplote tenorio rural que Benavente —por la misma época— refleja en su *Señora ama*. Lo que en don Jacinto es obra del oficio y de la experiencia, en don Ramón María es resultado de un genio impar.

Mayor semejanza hay en la coincidente actitud de resignación de la Dominica benaventina y esta doña María valleinclanesca, pero no hasta el extremo de que el personaje femenino pueda con el varonil, como ocurre en *Señora ama*. En *Aguila de blasón*, pese a una acción necesariamente diluida entre 51 personajes, no hay más protagonista que don Juan Manuel, que ejerce con bravuconería su ilegal derecho de pernada a la vez que siente un gran respeto para el comportamiento de su mujer ante las continuas humillaciones de que la hace objeto. Es vociferante, sacrílego y amo y señor de vidas y haciendas, pero también generoso, cordial y, cuando se tercia, conmovedor. Es un rufián-caballero que llora cuando advierte que ha olvidado cómo se reza.

Junto a él, don Galán, un bufón contrahecho que le canta las verdades divirtiéndolo —como el capellán se las dice a doña María, aunque éste las rocíe con agua bendita y el deforme hombrecillo lo haga con vino—, es personaje que supone una notable anticipación del teatro de Ghelderode. (Pero esto nada tiene de extraño: en el teatro de Valle-Inclán casi todo es anticipación de elementos que luego utilizarían los mejores autores, de aquí y de fuera.) José María Prada hace una incorporación definitiva, casi heroica, de don Galán; gran actor, matiza debidamente todos sus parlamentos y se identifica en grado tal con el personaje que es de agradecer incluso el esfuerzo físico que supone su figurada y permanente deformidad.

Sensual, blasfemo y contumaz, don Juan Manuel se amanceba con su propia ahijada —¡qué patético personaje el de Sabela!— y engaña una y mil veces a la mujer por la que siente un recóndito respeto, si de engaño hay algo en lo que se hace tan descaradamente y con la anuencia del pequeño mundo rural galaico que en torno a él vive, sin tapujos hipócritas.

Aguila de blasón es un antecedente claro del esperpento, que llegará a su cénit en *Divinas palabras, Luces de bohemia* y *Los cuernos de don Friolera*, más el consabido *Retablo de la avaricia, la lujuria y la muerte*. Muerte, lujuria y avaricia están presentes ya en *Aguila de blasón*, aún sin la única escena suprimida, que nada nuevo añade, si bien viene a realzar plásticamente el triple móvil valle-inclanesco: es aquélla en la que don Farruquiño y «Cara de Plata» se dedican respectiva y simultáneamente, a dejar mondo el esqueleto robado, hirviendo la carroña, y a practicar el amor con «La Pichona».

La dirección escénica de Adolfo Marsillach, impresionante, a nivel de los mejores montajes de París, Londres, Moscú y lo que quiera echársele por delante, con una sola mácula: demasiado identificado quizá con las literariamente espléndidas acotaciones del autor, la luminotecnia es del tal modo fiel a la penumbra de las noches galaicas... que los espectadores apenas ven sobre el escenarto otra cosa que bultos en movimiento durante gran parte de la representación. Y el teatro requiere también el concurso de la vista, aun en estas obras en las que lo fundamental entra por el oido, porque el sentido auditivo se distrae ante el esfuerzo que realizan los ojos para descubrir lo poco menos que inescrutable.

Admirables los decorados de Mampaso y la interpretación de la numerosa compañía. Y una gran fiesta para el teatro hispano.

EL CUERPO
de Lauro Olmo

Lauro Olmo ha estrenado en el teatro madrileño «Goya» su tercera obra *El cuerpo*, que él califica como tragicomedia. Para serlo de verdad le falta meollo trágico y le sobra convencionalismo escénico. Según confesión propia, el autor de *La camisa* ha intentado ahora hacer «una crítica del *machismo* a escala doméstica». El tema puede ser sugestivo, como Lauro Olmo cree, pero no ha conseguido su adecuado desarrollo escénico; de él hubiera podido salir un buen cuento, un excelente artículo periodístico y hasta un interesante ensayo. Pero el teatro es otra cosa —parece presentirlo Lauro Olmo cuando en la nota del programa dice: «Si me he quedado corto, discúlpenme».

Sin embargo, no se trata de dimensiones, sino de profundidad. Mucho más que el conflicto del narciso cincuentón, interesa ese otro insuficiente, pero cordialmente apuntado, «entre la fuerza que, sin proyección hacia el futuro, decae, y un nuevo empuje de juvenil espontaneidad y con fe en el porvenir», aunque carece Olmo de la lealtad precisa para admitir que esa fuerza nueva la han creado los hijos de la otra que decae. ¿O es que la nueva generación no tiene padres conocidos?

Dramáticamente, el enfrentamiento del narciso en decadencia y la briosa juventud circundante, es impecable. Por eso, de las dos partes de que *El cuerpo* consta, es muy superior la segunda. Tienen más entidad dramática Cuquina y Quique —y hasta la sofisticada Natalia, en la que hay no pocos destellos de autenticidad vital— que el granguiñolesco forzudo en bajamar. Y en cuanto a patetismo trágico, también le gana a los puntos esa mujer paciente, bondadosa y enamorada que a su lado ha soportado todo lo soportable, muy bien corporeizado por María Luisa Ponte.

Es posible que Lauro Olmo haya querido hacer una «comedia de figurón», eligiendo como figura central un petrimetre peludo y que hace lo inimaginable para mantenerse «en forma», pero con síntomas —que él cree secretos y no lo son sino a voces— de inminente decadencia física. Andrés Mejuto, tan convincente en sus alardes hercúleos como en los jadeos y toses en que concluyen, realiza una meritísima labor en un personaje falso desde su misma concepción.

La mayor intervención de los personajes jóvenes en el segundo acto hace que el ritmo de éste sea más vivaz y teatral, sin perjuicio de que justamente en su transcurso dé Lauro Olmo la medida exacta de sus cualidades literarias.

Considerada en su conjunto, en *El cuerpo* hay mucho más entre líneas de lo que se dice en el texto, y tal cosa, que puede justificarse en un escritor —que cuenta siempre con la atenta colaboración del que lo lee—, es notable defecto en un dramaturgo. Las piezas teatrales pueden tener «acción interior», claro, pero no hasta el extremo de que no se vea el fondo.

Ana María Vidal, a la que ha caído en suerte el personaje más elaborado de esta pieza que adolece de plana y falta de contrastes, pone a su servicio un buen despliegue de facultades artísticas. también Marisol Ayuso, en un cometido de inferior cuantía. (Es curioso que sea su personaje el que dice las frases de más calidad literaria, junto réplicas de chiste cuartelaro, como aquélla en la que avanzando ostensiblemente el busto, pregunta: «¿Despechada, yo?»).

Excelente la dirección de Julio Diamante, a quien no podemos culpar de la lentitud de ritmo escénico de la primera mitad.

Y bien concebido el decorado de Emilio Burgos, con el único defecto de que el piso superior de la casa frontera queda casi al ras de la escena, y como los personajes reiteran frases alusivas a subidas y bajadas, en sus diálogos de ventana a ventana, y la cosa resulta un tanto chocante, aun admitiendo cuanto de convencional tiene el teatro.

RONDA DE MORT A SINERA
de Salvador Espriu

Ante un público heteróclito, cuyo único lazo unitivo era el conocimiento de la

lengua catalana, en mayor o menor grado, se ha estrenado en el Beatriz el espectacu-
lo de Salvador Espriu y Ricard Salvat, titulado *Ronda de mort a Sinera*, confeccionado sobre textos dramáticos, poéticos y narrativos de Espríu, sin más ensamblaje
que el que les confiere la unidad de estilo del escritor catalán... y la prodigiosa tarea
coordinadora de Salvat, que maneja con seguro pulso y admirable concepción escénica el complejo espectáculo, bien llevado por los más de cien intérpretes de la Escuela de Arte Dramático «Adría Gual» que en él intervienen. Dentro de la notable
calidad media de estos alumnos, a los que sólo falta la profesionalidad para ser profesionales, descuellan Juan Urdeix, Alicia Noé —en su doble cometido de «Ariadna» y «Esther»—, Manuel Trilla, Félix Formosa y Juan Tena.

El montaje de *Ronda de mort a Sinera* acredita sobradamente los merecimien-
tos de Ricard Salvat para ese «Premio Nacional de Teatro» que en el actual año se le
ha concedido.

Los decorados de Cardona Torrandell, simples y sugestivos.

Y vamos con el toro, que en este caso estriba en el idioma. Fuí al Beatriz ilusio-
nado, como a un reencuentro, en la ingenua creencia de que iba a entenderlo todo,
de igual manera que en los años de infancia comprendía el catalán doméstico que
mis mayores utilizaban. Y no. Sin duda, del muy elaborado y lírico lenguaje de Espríu al catalán hogareño que mis padres hablaban para andar por casa, hay abisma-
les diferencias. Algo sí entendía, naturalmente, pero no todo, y los pasajes en sombra dificultaron grandemente la comprensión de una pieza confeccionada con muy
diversos retales, que no especifica el programa, pero que, por los títulos de sus libros, deduzco que Salvat lo ha compuesto con fragmentos de *Ariadna al laberint
grotesc* (prosas, 1935), *Cementiri de Sinera* (poemas, 1946), *Cançons d'Ariadna*
(1949), *El final del laberint* (1955) y *Llibre de Sinera* (1963), además de una porción
de su obra expresamente escrita para el teatro, *Primera història d'Esther*. Acudí en
solicitud de ayuda a un amigo catalán, ¡pero también a el se le escapaba la significación de muchos vocablos! Al parece, la variedad y riqueza expresiva de Salvador Espríu exige, para su plena comprensión, una preparación idiomática —en catalán—
muy superior a la del común dominio dentro del ámbito regional.

Por todo ello, el comentario al espectáculo de Espríu y Salvat estrenado en el
Beatriz adolecerá de involuntarias lagunas en lo relativo al texto. Afortunadamente,
Ronda de mort a Sinera tiene suficientes calidades plásticas como para compensar
esas zonas ininteligibles de que hablaba.

Ricard Salvat ha ido hilvanando los diversos pasajes elegidos mediante los rela-
tos salmodiados del personaje «Altísimo», que cumple la función habitualmente en-
comendada al «Narrador» en el teatro contemporáneo.

Entre las dos partes de que consta *Ronda de mort a Sinera* va inserto un Entre-
més o paso de comedia sin conexión alguna con el espectáculo. Se trata de un sainete

que Espriu califica de «popular» y, con una considerable dosis de sarcasmo, «edificante». Y eso que se le ha quitado hierro convirtiendo en «Sacristán» a un personaje que quizá inicialmente tenía profesada la orden sacerdotal, siquiera fuese indignamente. (Pero eso escandaliza ya muy poco.) Sorprende el comprobar cómo en esta pieza breve el lírico Espriu se desdobla en sainetero de ingeniosas réplicas. Así, cuando un moribundo se niega a recibir los Sacramentos porque él «no cree en nada», el supuesto «Capellán» dice a los espectadores, dentro de las normas del teatro épico: «Este hombre es muy poco español». Y en todas las intervenciones de «Rossenda», personaje lleno de brío y desgarro, en cuya incorporación llegó María Aurelia Capmany a la caricatura que convenía para su mayor eficacia.

Juan Tena, autor de las pantomimas, va del sumo acierto —como en la lucha de los dos ciegos, escena justamente aplaudida— a errores plásticos de movimientos risiblemente mecánicos que restan intención simbólica a determinadas escenas. Cuando los hombres se comportan como títeres ante el público, éste no tiene por qué conmoverse si como títeres son tratados...

Con todas las reservas originadas por el insuficiente conocimiento del catalán, creo que en este espectáculo montado sobre textos de Espriu, los valores poéticos son superiores a la intención ética de su mensaje. Más que cuando irónicamente nos dice que los conspiradores «no deben exponerse a las iras —siempre justas— de los de arriba», o cuando expone la elemental táctica de ganar voluntades por la adulación, asegurando a todos que cada uno de ellos «es el mejor», nos convence Salvador Espriu en la riqueza expresiva de *Primera histórica d'Esther* y en sus versos de espléndido poeta; como cuando habla de «estos ojos tan cansados / del que llega a la calma».

Y, desde luego, ahí está el mejor Salvador Espriu, y no en la populachera escena de la «investigación sexual» de una profesora alemana, con reiterada mención de vocablos, tales como hormonas, testículos, ovarios, etc., que producen la consiguiente y fácil hilaridad del público. Quizá esta escena proceda de *La pell de brau*. No sé... Me guío tan sólo por indicios y deducciones.

Ronda de mort a Sinera tiene valores más que suficientes para justificar la iniciativa del Teatro Nacional de Cámara y Ensayo. LA ESTAFETA, que de vez en vez publica artículos en catalán, ve con satisfacción estos intentos de habituar al público del resto de España a los módulos expresivos del idioma que se habla en Cataluña.

NINETTE (MODAS DE PARIS)
de Miguel Mihura

Para hacer buen teatro, Miguel Mihura no necesita nada de nada, porque le basta con su talento, con su intuición, con su humor de la mejor estirpe. Y puede incurrir en reiterados cortes de la acción sin que el argumento se resienta de ello. Cuando un autor es tan de los pies a la cabeza autor como Mihura, todas las heterodoxias teatrales le están permitidas: digresiones monologadas cara al público, el epílogo en el que usa la técnica narrativa, bien que sustituyendo épica por poética y todo lo que ustedes quieran.

Ninette (Modas de Paris) nos sitúa, ya de entrada, ante un problema que sólo los empecinados podrán considerar de menor cuantía: la readaptación a la vida española de un matrimonio exiliado, y el choque psíquico que el encuentro con la patria de sus padres tiene que producir en la parisiense Ninette, ya casada con aquel «señor de Murcia».

Mihura conoce como ningún otro autor español las infinitas posibilidades del humorismo para profundizar en la anécdota, y las aprovecha todas con una economía de medios realmente asombrosa. Burla, burlando; dice verdades como catedrales por boca de sus criaturas de ficción. Sólo dos personajes nuevos agrega a los que ya conocimos en Ninette y un señor de Murcia, y ambos tienen su por qué: son imprescindibles para que el público capte el meollo de la trama, al jugar como elementos de contraste con la familia regresada a España. Mihura busca la verdad por caminos paradójicos y sin englorar la voz; con amor que oculta la pedagogía.

El contraste entre la honestidad de Ninette y las veleidades del hirsuto ibero, que es su marido; la escena de antología entre el viejo socialista que, por su capacidad profesional, está muy considerado en la empresa donde trabaja, y el sacerdote que va a verlo no para recriminarle por su apartamiento de la iglesia, como el yerno teme, sino para pedirle una recomendación para su sobrino, porque a él el director de la empresa le va dando largas. Y es que, razona el cura, «haber pasado años en Francia y ser un poco rojillo supone una gran ventaja. Nosotros ya estamos muy vistos»; la muchachita murciana, «blanca por fuera y verde por dentro» —permítaseme la paráfrasis del título del Jardiel—; las espaciadas, pero siempre oportunas, referencias a la actualidad..., todo en Ninette (Modas de Paris) acredita la sensibilidad de su autor, el dominio de todos los recursos humorísticos a que ha llegado Mihura y su gran calidad literaria.

Los siete intérpretes, bien dirigidos por el propio autor, realizan un trabajo perfecto. Sin demérito para los restantes, me parece justo resaltar el trabajo de los veteranos Rafael L. Somoza y José Alfayate. Sus respectivas corporeizaciones son de tal

verosimilitud que los espectadores tienen que recordar sus nombres en los programas para ahuyentar la idea de que están ante un auténtico socialista vuelto del exilio
y ante un sacerdote de los que no pierden comba.

MISTERIO DE DOLOR
de Adria Gual

La Escuela de Arte Dramático «Adrià Gual», de Barcelona, que la temporada
anterior estrenó en el teatro Beatriz —y en catalán— aquel extraordinario espectáculo de Salvador Espriu *Ronda de mort a Sinera*, vuelve a Madrid, ahora en el María
Guerrero, para presentar las versiones castellanas de su repertorio de teatro catalán,
empezando con *Misterio de dolor*, del propio Adrià Gual, quizá la mejor de sus
obras, sobre cuya falsilla escribió Benavente *La malquerida*. Ricard Salvat, director
de la compañía barcelonesa y hombre que ha sabido compaginar su amorosa fidelidad a Gual con una permanente atención a las tendencias actuales del teatro contemporáneo, ha querido que a la representación de *Misterio de dolor* precediese un espectáculo, titulado *Adrià Gual y su época*, en el que las técnicas narrativas de hoy
mismo se ponen al servicio de una evocación de la Barcelona finisecular. Es un prodigio de dirección, de concepción, de selección de textos —debida a Josep A. Codina— y de armonía escénica. *Misterio de dolor* acredita que el tiempo no pasa en
vano. El espectáculo que lo precede resulta de una sorprendente novedad, y da la
sensación de agilidad de movimiento incluso cuando todos sus personajes permanecen quietos en escena. La inteligente interpolación de parodias del teatro modernista
coadyuva al logro del «efecto de alejamiento», aquí imprescindible. Desde 1888
hasta el estreno de *Misterio de dolor* (1904), pasando por el movimiento artístico de
Els 4 gats, se ha conseguido simbolizar en escala los acontecimientos más importantes de una significativa época barcelonesa: menestrales, burgueses y señoritos; sociedad estratificada, parodias del naturalismo y del modernismo, ironía y sarcasmo,
atentado del Liceo, guerra de Africa —los ricos se libran; los pobres, a guerrear—;
huelgas; el anarquismo y las feministas. Y de sus personas y personajes: Adrià Gual,
Maragall, Pijoan, D'Ors, Sagarra, el señor Esteban, la Ben Plantada... y la advertencia de don Miguel de Unamuno: «¡Levantinos!, os ahoga la estética...»

LAS VIEJAS DIFICILES
de Carlos Muñiz

Hace justamente diez años, Carlos Muñiz obtuvo, con *El grillo*, el premio «Teatro Nacional de Cámara y Ensayo», conjunto que le estrenó la obra el 31 de enero de 1957. Doy la fecha exacta porque el acontecimiento fué tal, que sus trés únicos comparables desde 1940 son los estrenos precedentes de *Historia de una escalera* y *Escuadra hacia la muerte*, con el posterior de *Los verdes campos del edén*, tambien obras primerizas de autores noveles, que con ellas entraron por la puerta grande en el teatro hispano. Después estrenaria Muñiz *El tintero* y *El precio de los sueños*. Aunque inferiores ambas en calidad escénica y unidad de estilo a su fenomenal logro anterior, había en ellas méritos suficientes como para mantener de par en par abierto el amplio margen de confianza que se lo otorgó a Muñiz tras el estreno de *El grillo*.

La presentación de *Las viejas difíciles*, efectuada también por el Teatro Nacional de Cámara y Ensayo, viene a ratificar el puesto preferente que por derecho propio ocupa Muñiz en la dramaturgia española contemporánea. En esta obra, que su autor califica como «tragedia caótica», consigue una fusión inteligente —aunque no siempre hábil— de las dos tendencias a las que pudieron ser adscritas *El grillo* y *El tintero*, drama realista, casi sainete dramático, la primera, en tanto que descoyuntada farsa expresionista *El tintero*.

La fusión es inteligente, porque, mediante ella, la caótica tragedia se distancia del expresionismo a lo George Kaiser, en la misma medida en que logra aproximarse al esperpento valleinclanesco. Y no es hábil, porque ambas fórmulas requieren tratamiento muy distinto y un ciudado especialísimo para conseguir que la unión se produzca sin fricciones peligrosas para el desarrollo de la trama. El empeño era arriesgado, y Carlos Muñiz, no sé bien si por falta de oficio o por sobra de audacia, incurre a veces en error de cálculo al emplear las dosis de elementos correspondientes a una y otra tendencia. Por ello, lo que debería ser fusión perfecta se queda en amalgama de sustancias heterogéneas.

La acción de *Las viejas difíciles* transcurre en una ciudad cualquiera, «donde la maledicencia es omnipotente y los oídos estúpidos», según hacía constar Muñiz en la edición impresa, y es de suponer que los cambios introducidos en aquel texto para su representación no alcancen a dicha acotación preliminar. En esta obra Muñiz acentúa su decidida inclinación hacia la sátira social. La finalidad fustigadora es evidente, pero resultaría más eficaz, creo, si el autor hubiera evitado la tentación de algunas frases de indudable comicidad, mas poco adecuadas en una obra cuyas características son: violencia, sarcasmo, denuncia implacable de prejuicios y militante hipocresía.

La índole caricaturesca de la pieza queda reforzada por los decorados y figurines de Pablo Gago: singularmente expresivo el vestuario de las intransigentes beatorras, constituidas en una especie de «ejército de salvación» a la española. Pese a su extremosidad, no hay en *Las viejas difíciles* humor negro, sino, simplemente, humor. Eso sí, humor hondamente enraizado en la realidad circundante de las pequeñas ciudades.

Porque —todo hay que decirlo— la sátira de Muñiz no encaja más que atribuida a determinadas zonas quietistas o retrógradas. Las mismas a las que se dirigía Máximo en una de sus viñetas, cuyo pie, si mal no recuerdo, era: «El Concilio podrá resolver lo que sea, pero aquí todos nos conocemos...»

En la fecha de su estreno —y ya en la de su redacción, hace seis años— se da la paradoja de que, de los dos problemas paralelos que la pieza de Muñiz presenta, resulta más vigente la desaforada diatriba social que la obsesión por la observancia ajena del sexto demostrada por las damas que dan título a la pieza.

Muy intencionada y plástica la dirección de Julio Diamante. Entre los intérpretes, descuellan Julieta Serrano y Anastasio Alemán —la pareja acosada—, Társilla Criado y Lola Gaos —dos de las viejas—, Margarita Calahorra, Francisco Merino y Fernando Sánchez Polak, así como Venancio Muro, en sus breves intervenciones como «guarda cazaparejas».

OFICIO DE TINIEBLAS
de Alfonso Sastre

Hay que saludar con alborozo el regreso a nuestros escenarios de un dramaturgo tan capacitado e incisivo como Alfonso Sastre, sin competencia que lo valga en el teatro testimonial. Para encontrar un precedente a *Oficio de tinieblas*, es necesario acudir a los esperpentos valleinclanescos. Y no sólo por el tema. También por sus excelencias coloquiales. En los diálogos dramáticos de Sastre no hay vocablo de más ni de menos. Y el efecto catártico que de sus tenebrosos personajes se desprende no ofrece lugar a dudas.

La pieza ha sido concebida con absoluta honestidad teatral, incluso cuando parece acudir a recusoso fáciles. Ultimamente venimos presenciando en los teatros madrileños una excesiva propensión hacia gratuitas concesiones revisteriles. Sin embargo, el *strip-tease* que se produce en el drama de Sastre está sobradamente justificado por la situación.

Quizá influido por el nombre del teatro en el que ha sido estrenada, Sastre ha calificado a su obra como «comedia». No es tal, sino drama con sus ribetes de tragedia. Vamos a llamar a las cosas por su nombre..., y a quien Dios se la dé, San Pedro se la bendiga. Que la lujuria —y más cuando se representa también en el llamado «vicio nefando»— y la hipocresía no puede escenificarse sino como Sastre lo hace, en tono de lo más sombrío.

Oficio de tinieblas es pieza sin recovecos, fácilmente aprehensible por todos los públicos.

José María de Quinto ha cuidado meticulosamente el ritmo creciente del drama, hasta su tensión final. Su labor se deja ver sobre todo en el primer acto, primorosamente concebido.

De los seis intérpretes, Julita Martínez se hace acreedora a una mención especial.

MARIANA PINEDA
de Federico García Lorca

Mariana Pineda se estrenó durante la Dictadura del general Primo de Rivera. ¿Qué finalidad tiene su reposición ahora? Para el director de escena, Alfredo Mañas, la de dar a conocer al público actual una «tragedia política» de García Lorca. Para los espectadores, la de contemplar escenificado un romance popular —como tal denominó a su obra el propio autor—, mucho más cerca del folclore y de las románticas tonalidades que cercan a la patética protagonista que del compromiso político.

No sin cierto sonrojo, porque la totalidad de los tratadistas del teatro lorquiano han catalogado a esta pieza y a *La zapatera prodigiosa* entre sus obras menores y prematuras, y a no pocos de tales teatrólogos los tengo por maestros, he de confesar que, en lo que a mí respecta, concedo más autenticidad y mayor vigencia a las tildadas «obras menores» que a todo el posterior teatro lorquiano. Por eso, de nada ha servido que Mañas concibiera este romance popular como una «tragedia política»..., porque de la reposición del Marquina se desprende que *Mariana Pineda* es, en Lorca, la simple y un tanto ingenua exaltación de una desventurada mujer que por amor —y sólo por amor— se encontró en una encrucijada política. La verdad histórica es distinta, claro, pero ahora no se trata de juzgar acontecimientos del revuelto XIX hispano, sino una obra escrita en 1925. Y si Lorca deformó deliberadamente la verdad de los hechos, parece absurdo enmendarle la plana al autor.

Un autor que no tuvo reparo para incrustar en la acción de su trama romances tan antipódicos como lo son el de la descripción de la corrida en Ronda y el del fusilamiento de Torrijos.

Más que la lucha entre realistas y liberales, entre fernandinos y republicanos, importaba al autor resaltar el patetismo de una mujer apasionada que hace suya la ideología del amado y borda clandestinamente la bandera de la facción a la que él pertenece, al tiempo que se defiende de las asechanzas eróticas del juez Pedrosa. Claro, que si éste despertara en ella sentimientos amorosos, Marianita hubiese bordado con pareja abnegación una bandera de signo opuesto.

A fuer de sincero y de consecuente, debo proclamar que este Lorca popular e ingenuista de sus primeras obras me parece más veraz que el de *Yerma, Bodas de sangre* y *La casa de Bernarda Alba*.

Seguramente no hay otra actriz en España capaz de corporeizar tan delicada y penetrantemente la protagonista de la obra como María Dolores Pradera, perfecta de dicción y asombrosamente expresiva de los diversos estados de ánimo vividos, desde las inquietudes iniciales hasta el creciente delirio de la estampa final, pasando por la contagiada exaltación conjurante del segundo acto. En su única escena, Manuel Arbó da con el tono ingenuista y sencillo que personaje y situación requerían.

Acertada la dirección de Alfredo Mañas y lógica la supresión del decorado preliminar, bien suplida la escena de la plaza Bibarrambla por las voces infantiles que al paño entonan el romance de la muerte de Marianita.

De los tres decorados concebidos por Concha F. Montesinos —y muy bien realizados por Manuel López—, todos buenos y primorosamente ambientados, quizá sea el último el más conseguido.

VERDE DONCELLA
de Emilio Romero

Emilio Romero, que desde el periódico y en sus libros tiene demostrada una innata propensión a tomar los asuntos de que trata por donde más queman, no podía renunciar a tal cualidad en sus salidas teatrales. Y no lo hace. Aquí ha quedado constancia de cómo, en precedentes ocasiones, los excesos polemizantes —espléndidos, pero usados sin moderación— iban en detrimento de la acción dramática propiamente dicha. En *Verde doncella*, el simbólico gallito de Romero modifica sustancialmente —y para bien— la entonación de sus quiquiriquíes.

Después de aquellas virulentas reacciones —públicas o privadas— que suscitaron en él algunos comentarios adversos a raíz de precedentes estrenos, se echa de ver ahora que eran hijas de una obcecación pasajera y, desde luego, muy humana; porque a la hora de proyectar nuevas salidas escénicas, Emilio Romero, bien sea por posterior aceptación tácita de los reparos apresurada y explícitamente rechazados en

su dia, o bien por la paulatina y lógica acomodación de su incuestionable talento literario a los condicionamientos teatrales, el autor ha ido incorporando a sus piezas
escénicas elementos conferidores de mayor entidad dramática.

Verde doncella es una comedia ágilmente dialogada y sus tres personajes funda-
mentales son criaturas con vida propia y perfectamente diferenciada, aun cuando la
vivacidad con que Romero sigue los acontecimientos culturales de nuestros días le
induzcan a poner —muy de cuando en cuando— en sus labios referencias a cuestiones minoritarias, que traslucen cierta impropiedad...

Pero éste es un reparo de menor cuantía, sobradamente compensado por aciertos que prueban una rápida asimilación de la técnica teatral.

En su antecrítica, confiesa el autor: «Si la vida como es no me diera tejido celular para hacer política o literatura, periodismo, o teatro, cambiaría de oficio». Nada
más correcto. Ya no lo parece tanto el hecho de que, para el tejido de *Verde doncella*, haya empleado Emilio Romero, alternativamente, cañamazos de muy distinta
procedencia. Como resultado, el conflicto básico de la trama, de indudable trascendencia dramática —el precio de la corrupción humana—, se ve amenazado de envile-
cimiento por otro accesorio y sostenido un tanto artificiosamente mediante la inven-
cisón de un fantasmal personaje —sin directa participación en el esquema—, que lleva treinta años en permanente reposo y se relaciona con los otros a golpe de cencerro.

Acaso en la concepción de esta personaje tangencial radique algún residuo de la
proclividad de Emilio Romero a diversificar el alcance de sus piezas dramáticas.
Bien que la vida le proporcione «tejido celular para hacer política o literatura, periodismo o teatro»... pero cada género a su tiempo. Inconscientemente, Romero ha
sustituído la disyuntiva «o» que figura en su antecrítica, por la copulativa «y». La
consecuencia es que hace teatro sin renunciar a la política, al periodismo y a la literatura. Son divertidas, ingeniosas y llenas de fustigadora intención satírica muchas de
las frases suscitadas por el sonido del cencerro republicano, todas ellas alusivas a
problemas que están en la calle, pero minimizan la comedia, al distraer la atención
del espectador respecto al conflicto fundamental, en el que Romero trata problemas
tan de siempre como el de la corrupción y el sentido del honor, con planteamientos
muy de nuestros días.

En este preciso aspecto importa dejar bien claro que las cualidades dialécticas
del autor le permiten superar los naturales escollos de un tema que está en los mismos antípodas del género «rosa».

Dignísima la dirección de José María Morera, que en lo que a interpretación
respecta contaba con mimbres de la mejor calidad artística: Antonio Vico —insuperable «Señor de la maleta», truhanesco y soñador—, Jorge Vico y María José Goya-

nes. Y excelentemente concebidos los decorados de Sainz de la Peña, en realización de López Sevilla.

CUANDO SE ESPERA
de Pedro Laín Entralgo

Don Pedro Laín Entralgo, profesor, médico y humanista, posee una de las inteligencias más lúcidas en la parcela del pensamiento actual español. Por eso, al decidirse a dar ese salto en el vacío que siempre es la aventura teatral, lo hace con humildad y consciente de sus limitaciones de origen. Laín no pertenece a la casta de dramaturgos innatos, en los que no es concebible otro módulo expresivo que el teatral, sino a esa otra raza de escritores intelectuales que, «ya avanzado el curso de su vida, y después de haber lanzado al mundo una obra más o menos valiosa, sienten en su alma la comezón de dar figura escénica a alguna de sus ideas sobre la vida humana». El propio Laín, al que pertenece el párrafo entrecomillado, califica a tales autores como «dramaturgos *por extensión*». Y entre ellos se incluye.

Nada de particular tiene, por tanto, que esta pieza teatral —la primera que escribió, en el verano de 1964— adolezca de verosimilitud dramática y de otros valores propios del arte teatral, como a su tiempo se ha de ver.

OBRA PARA LEER

Cuando se espera tiene el rango intelectual que de su autor cabía esperar. («Esperar» es un verbo que Laín Entralgo ha conjugado en toda su profundizadora dimensión humana, según acreditara en el libro *La espera y la esperanza*.) Como ha explicado él mismo, la intensa documentación que pasó por sus manos para la estructuración del volumen de meditares sobre espera y esperanza, comprendía textos teatrales de Unamuno, Gabriel Marcel y Sartre. Y de estas lecturas provino la idea de teatralizar el devenir humano, entendido como una sucesión de esperanzadas esperas. El resultado de aquel sugestivo proyecto es la obra que ahora han estrenado Fernando Fernán-Gómez y Analía Gadé. Obra importante... para leer. Y no por las causas que ha creído vislumbrar el notabilísimo ensayista e ingenuo dramaturgo, al advertir en el programa de mano que el suyo no es un drama «de ideas», sino «de realidades». Lo que ocurre es que en *Cuando se espera*, las ideas —que las hay, cómo no— carecen del mínimo revestimiento dramático necesario.

VESTIGIOS DE BUEN TEATRO

Sería aventurado afirmar que un dramaturgo «por extensión» carezca de las condiciones precisas para llegar a ser dramaturgo a palo seco, y menos en el caso de Laín Entralgo, que ya en esta inicial obra —no conozco la segunda, *Entre nosotros*, estrenada en Barcelona, más que de lectura, que es un modo muy imperfecto de conocer una obra dramática— hay vestigios que inducen al optimismo: la incorporación del coro de emigrantes, que simbolizan otra espera de signo distinto a la de los protagonistas, pero no menos dramática; el hallazgo del Jefe de Estación —quizá el personaje con más encarnadura dramática de la obra— y el alegato final contra la violencia política, que viene a enriquecer la estructura demasiado simplista de la trama con nuevos elementos de indudable eficacia escénica.

A mi juicio, es en esos últimos instantes cuando, al empaque intelectual que el diálogo posee desde el primer parlamento, se unen calidades escénicas de primer orden. Los espectadores, que hasta aquel momento habían permanecido en actitud de oyentes, descubren de inmediato que también la acción les interesa y la conferencia dialogada adquiere cualidades de espectáculo, de apasionante trama escénica, pese al apresurado fusilamiento de la protagonista, que resulta poco verosímil porque al autor le falta oficio o intuición para justificar dramáticamente el hecho.

Otro de los aciertos dramáticos de *Cuando se espera* es la invención expresionista y simbólica de un personaje que el autor sitúa como elemento de contraste entre los seres que esperan y la anticipación de lo esperado. Porque el aludido personaje no es otro que El Futuro... Y no deja de asombrar la circunstancia —que nos conduciría a muy extensas y generales digresiones sobre la entidad del arte escénico— de que un autor teóricamente tan empeñado en que sus dramas sean obras «de realidades», recurra a la apoyatura de un ente simbólico para clarificar la intención de su drama. ¿Habrá que considerarlo como un testimonio de que Laín ha intuido la existencia de variantes decisivas entre la realidad vital y su reflejo en el teatro?

MAS VERBO QUE ACCION

Hay en el drama una visible preponderancia del verbo sobre la acción, desde luego, pero esto no supone detrimento alguno para la pieza cuando los diálogos tienen tan inusitada calidad y están poblados de sugestiones más que suficientes para que la parquedad de «acción externa» pudiera ser suplida, incluso con ventaja, por una fecunda gama de Procesos psicológicos. Para que esto ocurra, el desarrollo de los hechos adolece del sentido de la medida que tan imprescindible es en el teatro. A escenas innecesariamente prolongadas siguen otras cortadas de sopetón, cuando aún podían dar mucho juego dramático. Resulta irregular el estudio de los caracteres, de tal modo que están mejor definidos los personajes secundarios que los esenciales, acaso porque en éstos se advierte en demasía la intromisión del autor. Si Pirandello instaló su teatro en la sutil raya que separa el territorio de la realidad del de la fantasía, Laín parece querer situar el suyo entre la tesis y la realidad. Para lograrlo en *Cuando se espera*, le ha faltado instinto de la situación escénica en la misma medida en que le sobran pensamientos generalizadores

ESPECTACULOS CATAROS 67
textos refundidos de varios autores

Concluye la temporada teatral y es tiempo de ir pensando en efectuar balance. Entre lo más alentador de ese recuento estará la gran tarea de revitalización y de inquietud que ha caracterizado la programación del Teatro Nacional de Cámara y Ensayo.

No todos los espectáculos presentados fueron éxitos, claro está, porque es imposible acertar siempre con la ruta conducente al camino real cuando se intenta llegar a él desbrozando inexploradas vías de acceso. Pero es de justicia considerar que, por fin, el TNCE ha renunciado a cuanto implique rutina, conformismo y concesiones mercantilistas, para presentar espectáculos que, en su conjunto, han convertido la sala del Beatriz en un hervidero de nobles pasiones por el teatro.

Si la temporada anterior concluyó con el espectáculo de Ricard Salvat, basado en textos poéticos de Salvador Espríu, *Ronda de mort a Sinera*, interpretado por la Escuela de Arte Dramático Adrià Gual —suceso del que queda constancia en el número 345 de *La Estafeta*—, en las postrimerías de ésta ha sido otro centro barcelonés de didáctica teatral, el del Instituto del Teatro, el invitado a presentar ante el público madrileño los resultados de una concepción distinta —y muy distante— de las fórmulas al uso en el teatro, con lo que cumple al pie del espíritu el requisito primero de todo conjunto experimental.

Quizá la característica descollante del espectáculo ofrecido por los alumnos del Instituto del Teatro barcelonés sea la sistemática eliminación de todos los factores secundarios: ni apoyaturas escenográficas ni vestuario o caracterización: a escenario vacío los intérpretes actúan cubiertos por uniformes mallas negras. De tal manera consiguen situar en primerísimo plano a los dos elementos básicos del teatro: palabra y acción. Cuando, por imperativos del texto, la acción no es necesaria, un inteligente juego de luces sustituye ventajosamente el estatismo posicional con efectos plásticos de gran calidad, como puede comprobarse en la fotografía que ilustra este comentario.

Esta norma de absoluto respeto a la elementalidad de medios justifica sin duda el nombre dado al espectáculo, pues «cátaros» es el nombre «común a varias sectas heréticas —copio la definición del Diccionario de la Lengua— que pregonaban una extremada sencillez en las costumbres como principal culto religioso». Efectuada la traslación del ámbito devoto al teatral, la denominación cuadra en todo a la fórmula utilizada. Es evidente que a los valedores del teatro habitual no habrá de parecerles fuera de lugar el sambenito de «heréticas», pues, en lo que a la dramaturiga concierne, el desarrollo del espectáculo se aparta un mucho de la ortodoxia excénica. O, para ser más exacto, de su rutina.

En este punto se habrá preguntado el lector: «Bueno, todo eso son generalidades. ¿Puedo saber de qué trata *Espectáculos cátaros 67?*» Claro que sí. Lo que sucede es que la trama tampoco tiene argumento propiamente dicho, sino que se basa justamente... en generalidades de difícil reducción concretizadora, por la misma amplitud de los asuntos tratados: *La guerra* —primer espectáculo— y *El hombre* —segundo espectáculo—. Para el enfoque de temas tan amplios, el Teatro Experimental del Instituto del Teatro de Barcelona ha recurrido a la refundición de textos de épocas tan distanciadas que en la sucesión de cuadros esquemáticos entran desde fragmentos del poema de autor anónimo *Danza de la muerte,* compuesto probablemente a principios del XV, hasta la poesía social de Manuel Pacheco, de ahora mismo.

El hecho de que los textos hayan sido seleccionados con mirada tuerta hay que disculparlo, en gracia a la inclinación que por la llamada «angustia vital» sienten nuestros jóvenes. Su visión de las cosas es, ciertamente, parcial y de manera resuelta, negativa. Pero una vez más conviene resucitar el axioma que Alberto Camus dejó escrito en las páginas iniciales de *El hombre rebelde*: «¿Qué es un hombre rebelde? Un hombre que dice no. Pero si niega, no renuncia; es, además, un hombre que dice que sí desde su primer movimiento».

A pies juntillas pienso que estos muchachos del Instituto del Teatro de Barcelona otorgan un carácter positivo a su postura de denuncia frente a lo que no les satisface de la sociedad actual: desde las matanzas bélicas a las discusiones egolátricas, pasando por las consecuencias del encasillamiento técnico y el arte de la vana retórica.

Inteligentemente, hizo especial mención Guillermo Díaz-Plaja, director del Instituto, a la mentalidad juvenil que se había impuesto en la concepción del espectáculo al presentárnoslo.

En lo que respecta a los valores escénicos de la representación, el criterio es del todo favorable: tanto la dirección de escena de Alberto Miralles como la calidad interpretativa de todo el conjunto —incluída la muchacha que con precisión asombrosa proyectaba las diapositivas requeridas en cada momento desde la embocadura del escenario— atestiguan una profesionalidad... que para sí quisieran no pocos profesionales.

LA DECENTE
de Miguel Mihura

Días antes de la comedia de Mihura se estrenó otra, de Arturo Coca —*Un paraguas en la cama*—, en el Arniches, pero no puede ser considerada sino como aperitivo poco prometedor de la temporada que para la historia del teatro hispano empezó, de verdad, el 7 de septiembre, con el estreno de Mihura en el Infanta Isabel. Y si no, démosle tiempo al tiempo.

La decente es otro ejercicio más de virtuosismo escénico a añadir en la ejecutoria de nuestro primer humorista teatral.

El día en que se haga un estudio concienzudo sobre las particularidades del teatro de Mihura, habrá que dedicar muchas páginas a sus inusitadas dotes de observador de la vida, y a la portentosa facilidad que posee para otorgar características generales a los casos particulares y hasta particularísimos que se le ocurren.

Para sus producciones, Mihura parte con frecuencia de la comarca de los más recónditos deseos y los encarna y da configuración de hechos sobre el escenario. El contraste entre la realidad y el deseo es su punto de partida humorístico. Luego..., y además ocurre que tiene un superior instinto de las situaciones escénicas, un lenguaje ceñido y relampagueante, de comicidad mucho más radicada en el ingenio satírico de las réplicas a frases cotidianas que en agudezas coloquiales.

Como *La decente* es comedia policíaca, no quiero desvelar el argumento y mucho menos el desenlace. Admirablemente escrita y construida, es pieza humorística para ser tomada muy en serio.

EL TRAGALUZ
de Buero Vallejo

A un mes fecha del estreno de *La decente*, la temporada actual madrileña ha deparado otra gran noche al teatro español, con el «experimento dramático» de Antonio Buero Vallejo, titulado *El tragaluz*. En líneas generales, la última producción del autor de *En la ardiente oscuridad* es un prodigio de inteligencia teatral, desde la concepción misma de la trama —que por eso es calificada por su autor como «experimento»— como una visión que del presente obtenemos desde un futuro remoto, como una investigación de lo acaecido en nuestros días, que en tiempos venideros hace posible el avance de la técnica y en la que aparece, explícita ya, la pregunta que una una vez y otra se formula el viejo y alienado habitante del semisótano ante las figuras humanas que aparecen en amarillentas postales: «¿Quién es éste?» En esa distanciada crónica de un semisótano madrileño, Buero ha querido expresar lo que hay detrás del cúmulo de convecionalismos sociales que impide una visión «en profundidad» de nuestros coetáneos.

Lo consigue... con las limitaciones propias de una visión del mundo efectuada a través del insuficiente punto de mira que supone uno de esos ventanucos con barrotes. Justamente, el que da título a la pieza.

Si el crítico practica esa «religión de la rectitud» que para sus personajes quiere Buero y desea responder en tono de exigencia insólita a la singular autoexigencia del propio dramaturgo, no ha de pasar por alto algunos reparos nimios: cierta radicalización de los personajes, intervenciones prodigadas en exceso de los seres del futuro que dirigen la «historia rescatada» y la acumulación melodramática de sucesos desdichados.

Con todo, es tanta la intuición dramática allí contenida que, lo que Buero particulariza en un tiempo y unas circunstancias muy concretas, tiene vigencia para siempre, porque afecta a constantes de la débil naturaleza humana.

A poca sensibilidad que demuestre el público madrileño, el teatro Bellas Artes no modificará el cartel en toda la temporada.

NOVIEMBRE Y UN POCO DE YERBA
de Antonio Gala

Antonio Gala sabe —ahí están *Los verdes campos de Edén* y *El sol en el hormiguero* para patentizarlo— que el teatro tiene sus propias fórmulas lingüísticas, supeditadas siempre a la situación dramática, y que cuando no existe tal servidumbre del texto a la acción, el resultante podrá encerrar grandes méritos poéticos y mucha calidad literaria... pero no es teatro, porque le falta la acción —incluso la sugerencia de una acción interna—. Este es, a mi juicio, el básico error de que adolece *Noviembre y un poco de yerba*. Una obra muy poética, muy literaria, pero de muy escasa teatralidad. Para no andarme por las ramas del eufemismo: soporífera. Acaso leída resulte soportable; seguramente sí, porque su autor hace juegos malabares con el idioma, y es para él un vehículo expresivo que domina a la perfección.

Pero el teatro es más que la palabra. Una obra no se mantiene en pie sin la apoyatura de la acción, del ritmo escénico, etc. Y Gala, por esta vez, parece haberlo olvidado.

Su «historia dramática» tiene mucho más de «historia para ser contada» que de «drama para ser representado». Transgrede gravemente las leyes del teatro, tras una primera escena prometedora —la de «Paula» y «Tomás» en el mundo exterior—. En cuanto la protagonista desciende al aislado sótano en el que su madre y su marido viven incomunicados ella por su demencia y él por el temor a las responsabilidades penales —absurdamente prolongadas— que podría reportarle su actuación en la guerra civil española, el dramatismo se desvanece tras una espesa cortina verborreica. Lo de menos es que el argumento haya sido suministrado por una determinada peripecia vital. Lo de más es que, para manifestarla dramáticamente, el autor se ha apartado de los condicionamientos teatrales.

En la certidumbre de que Gala es uno de los más positivos valores con que cuenta la dramaturgia española, y de que pueda aportar a ella la poesía de que tan carente está, me atrevo a recordarle que no eche al olvido los otros elementos escénicos, que no sólo la palabra no lo es todo en el teatro, sino que existen expresiones escénicas que prescinden total o parcialmente de aquélla, sin mengua de su comunicabilidad.

¡AY... INFELIZ DE LA QUE NACE HERMOSA!
de Juan José Alonso Millán

A raíz del estreno de la comedia de Alonso Millán *Gravemente peligrosa*, escribía en el número 359 de *La Estafeta*, el 17 de diciembre del año pasado: «Alonso Millán está explotando una veta que, afortunadamente, tiene ya pocas posibilidades. La fórmula dará dinero, pero por poco tiempo, me parece. Es un error rentable a corto plazo...»

El estreno en el teatro de la Comedia de esta producción de Alonso Millán confirma el vaticinio aquél y prueba que el autor es consciente de la caducidad de lo que por un tiempo fue su fórmula. *¡Ay... infeliz de la que nace hermosa!* es una comedia bien construida y con excelentes rasgos de humor —coloquial y de situaciones—, afortunadamente antipódica en su concepción y desarrollo de piezas como *Mayores, con reparos; El plan Manzanares*, y *Gravemente peligrosa*, para citar sólo tres títulos de la resbaladiza etapa erotizante de Alonso Millán, y supone una confirmación de que el más joven de nuestros autores —tiene treinta y un años— con frecuente acceso a los teatros comerciales ha rectificado su andadura escénica.

En la comedia enjuiciada se advierte, además, una superación del excesivo mimetismo que había en las iniciales obras de este autor y, como consecuencia, una más concreta ligazón con los temas de actualidad, cuyos aspectos criticables resultan enérgica y parcialmente vapuleados —aun cuando no penetre en le meollo de la cuestión social—, desde la desmesurada imaginación con la que la protagonista pretende extinguir el aburrimiento de su vida en un pueblo de mala muerte participando en toda suerte de concursos, hasta la caricaturización de los excesos publicitarios.

No soy, ni con mucho, partidario a ultranza del aherrojamiento del teatro en las lindes estructurales que propugna la preceptiva a la vieja usanza: exposición, nudo y desenlace. De ahí que no pare mientes en si Alonso Millán se atiene o no a tales reglas, toda vez que parecen factores de mayor consideración valorativa el ingenio del lenguaje y —sobre todo— el instinto de las situaciones.

Por la relampagueante e insistida ingeniosidad del diálogo, el auditorio aplaudió frases alusivas a temas de actualidad, agudas réplicas y ocurrentes parodias costumbristas.

En cuanto al instinto de la situación teatral —básica cualidad en un comediógrafo—, queda bien de manifiesto en el tratamiento dado a la escena central del segundo acto: hay en ella frases —ovacionadas por el público— que, dichas en otro momento, nada tienen inducente a la risa. Sin embargo, fue la escena más hilarantemente acogida por los espectadores. ¿Por qué? Sin duda porque el autor la escribió con plena adecuación del lenguaje a su circunstancia teatral, y ello hubo de permitirle extraer de la situación todo el partido posible.

A decir verdad, este segundo acto de la comedia es un buen botón de muestra que prueba las dotes inventivas de Alonso Millán, con su punzante sátira de la pueblerina en su lanzamiento como modelo publicitaria, muy sofisticada y la mar de «sexi».

Ya el acto inicial concluyó «en punta» —otra virtud de experto autor—, por lo que, aun cuando satisfecho, el público no veía clara la continuidad de la trama. Pero he aquí que Alonso Millán riza el rizo de la invención escénica, en un sorprendente acto central pletórico de hallazgos humorísticos.

Y el hecho de que el desenlace sea un tanto convencional, con inclusión de algunos versos de «If», el más divulgado poema de Rudyard Kipling, como es bien sabido, no logra aminorar el triunfo definitivo.

Buena prueba del viraje copernicano que ha dado a su producción escénica el autor es que Amparo Soler Leal luzca mucho más sus excepcionales dotes de actriz cómica que su anatomía; corporeiza su cambiante cometido con calificación de sobresaliente, bien secundada por Pedro Osinaga, Verónica Luján —aplaudida en el mutis de su única escena—, Guillermo Marín, María José Román y el resto de los intérpretes, bajo la dirección del autor, que como director del TEU inició sus actividades teatrales.

De los decorados de Viudes, muy ambientadores, excepcional el del segundo acto, funcionalista y satírico.

CARA DE PLATA
de don Ramón María del Valle-Inclán

El «gran don Ramón de las barbas de chivo» está saliendo, en los tres años últimos, a estreno por temporada. En el 66, *Aguila de blasón,* dirigida por Marsillach en el María Guerrero. El año pasado en el mismo teatro, José Luis Alonso montó tres piezas breves: *La enamorada del rey, La cabeza del Bautista* y *La rosa de papel.* Y ahora el Beatriz ofrece *Cara de Plata,* por la misma compañía que llevó a efecto su estreno mundial en el Moratín barcelonés hace unos meses a los cuarenta y cinco años de su publicación en la revista *La Pluma.* Significa esto que Valle-Inclán ha dejado de ser un esteta saboreado en sus logros estilísticos por muy pocos paladares, para poner su teatro al alcance de todas las fortunas expectantes y espectadoras.

Importa concretar estos datos cronológicos, ya que en el caso que nos ocupa sí que el orden de los factores altera el producto: cuando Valle-Inclán escribió *Cara de Plata* en 1922, se hallaba ya muy distante de la retórica modernista y en los aledaños de su gran invención deformadora de la realidad el esperpento —vocablo que muy recientemente ha sido admitido por la Academia en la acepción de «género literario creado por Ramón del Valle-Inclán»—. También las dos anteriores comedias bárbaras tenían mucho de esperpento, pero en *Cara de Plata* se produce un más depurado equilibrio entre los elementos grotescos y deformadores de la realidad galaica escenificada y la dignificación del lenguaje con que nos es descrita. La Galicia aquí reflejada, con sus tipos y sus costumbres, es más el resultado de la excitada imaginación de Valle-Inclán que de la realidad. Pero siempre es difícil al propio autor distinguir lo que en su obra es invención y lo que se queda en simple reflejo de lo existente. De ahí que atribuyera a sus comedias bárbaras «un cierto valor histórico» como testimonio de la idea de los mayorazgos que él conociera, y cuya desaparición concreta en 1933. No. Sus comedias bárbaras son mucho más que eso. Hay en ellas la novedad de una expresión que no por esperpéntica deja de ser obra de un esteta. Afinado el juicio, hasta pienso que en ellas lo «bárbaro» es simplemente un nuevo camino estético, sin precedentes en nuestra literatura y emparentado con la visión pictórica de Goya.

Cara de Plata es un buen testimonio de cómo el teatro de Valle-Inclán se encuentra en las antípodas de la escuela de Benavente, por entonces en todo su esplendor: en lugar de la sala mesocrática con mesa-camilla en torno a la cual nacían cabildeos, chismes, y murmuraciones, Valle saca sus personajes a plaza pública y a los tenebrosos caminos de «sus» noches galaicas, en una especie de retablo monstruoso —a la vez que humanísimo—; como de romance de ciego. Por eso el protagonista, don Juan Manuel de Montenegro, es el arquetipo de rufiáncaballero, vociferante, sacrílego, amo y señor de vidas y haciendas, pero también generoso, cordial y a veces conmovedor.

EL INFANTE ARNALDOS
de Juan Antonio Castro

El Teatro Municipal Infantil del Ayuntamiento de Madrid, que dirige Antonio Guirau, ha puesto en escena *El Infante Arnaldos*, obra para niños, de Juan Antonio Castro, cuya acción comienza en el momento justo en que concluye el bellísimo romance anónimo del que, además, toma prestado el título.

A Juan Antonio Castro le ha faltado audacia para desarrollar la totalidad de la obra de acuerdo con sus propias convicciones sobre lo que ha de ser el teatro para niños, o, al menos, así se deduce de la mezcla de factores pertenecientes a lo que, para entendernos, llamará «fórmula tradicional», y de elementos más racionales, adecuados y nobles, más diestramente dirigidos al público infantil, después de haber sabido, de la mano de Perogrullo, que la del niño es simplemente una mentalidad en formación, lo que no equivale a una mentalidad podada. La finalidad del teatro para ellos ha de radicar en el apresuramiento de etapas hacia el logro de la total formación y no en una especie de servidumbre a limitaciones que con el transcurso de los años desaparecen.

Por si de algo sirve, convendría que tanto Juan Antonio Castro como Guirau tomen buena nota de las contrapuestas reacciones de los chicos. En la representación a la que yo asistí, pude advertir dos bien significativas: las primeras escenas del espectáculo resultaron absolutamente inaudibles, por el guirigay organizado por un numeroso sector de los pequeños espectadores, del todo desentendidos de cuanto ocurría en escena, a pesar de la galera de opereta que simulaba surcarla y todo lo demás. Pero hubo una escena que los chiquillos siguieron sin rechistar y con la máxima atención: aquella en la que Castro, en el relato de algún episodio de la vida del Cid, resuelve incorporar una escenificación del poema *Castilla*, de Manuel Machado. A la segunda estrofa —*El ciego sol, la sed y la fatiga./Por la terrible estepa castellana...*—, el auditorio era todo oídos.

Y es que el teatro para niños, aparte de la calidad requerida a todo buen teatro, sólo exige dos condiciones previas: autenticidad y claridad expresiva. Lo demás... es volver a *Caperucita Roja*. El texto de *El Infante Arnaldos* es, en general, diáfano; la claridad expresiva resulta bien lograda. En cuanto a la autenticidad, no tanto; al menos, la autenticidad deseable para los niños, que poco tiene en común con el verismo, en la misma medida en que la que los chicos llaman «vida real» tiene poco que ver con la realidad de la vida. Aquí estriba la esencial dificultad para los autores adultos que hacen teatro para la infancia: los chicos, unas veces ven las cosas como a juzgar por su aspecto externo parecen ser, y en otras ocasiones no, acuciados por su insólita capacidad para la fantasía. Sucede que el mismo niño al que le parece una intolerable tomadura de pelo eso de que los animales hablen, encuentra naturalísimo convertir en caballo cualquier palo de escoba.

Quizá por eso el Teatro Experimental Infantil «El ratón del alba», que funciona en el Pozo del Tío Raimundo, ha resuelto cortar por la calle de en medio y programa sus sesiones, generalmente, con obras escritas por niños de nueve a doce años. Pero tampoco es solución definitiva, porque sé de un crío que a los diez años escribió un pequeño drama cuyo tema central era ¡el divorcio! De lo que se desprende que tampoco la «solución niño» es siempre buena para el teatro infantil.

Antonio Guirau realiza en la dirección de *El Infante Arnaldos* una labor muy positiva, habida cuenta de las limitaciones que supone el montar una obra para sólo dos sesiones semanales, con actores que deben acumular este trabajo sobre el de las dos sesiones diarias en otros teatros y con una decoración supeditada a la de la pieza que en sesiones normales se representa en el mismo escenario. Si, con todos los impedimentos citados, la interpretación se lleva bien y al ritmo requerido, hay que conceder un amplio voto de confianza al director... y un distintivo especial de buenos profesionales a los intérpretes, entre los que descuellan Esperanza Alonso —juvenil delicadeza—, la galanura de Miguel Aristu, Francisco Merino, Ramón Corroto, José Montijano, Margarita Calahorra y Javier de Campos, que da a su personaje de «Jefe de la Guardia» el punto de caricaturización exigile en un teatro para niños.

UNA NOCHE DE LLUVIA
de Joaquín Calvo Sotelo

Un sucinto examen dedicado a la ejecutoria dramática de este autor, en el número 394 de *La Estafeta*, comenzaba así: «En dos vocablos podría definirse la ya extensa obra teatral de Calvo Sotelo: diversidad y ambición. Diversidad temática y de tratamiento; ambición en su desarrollo».

Una noche de lluvia puede servir como ejemplo de la primera de dichas definiciones. Estrenada en el escenario de algunos de sus grandes éxitos —*La visita que no tocó al timbre*, de un lado, y de otra parte *La muralla*—, ésta resulta ser una pieza equidistante entre aquellas dos, de tan diversa concepción y antipódico tratamiento.

Se aleja de los riesgos hacia una fácil sensiblería, hábilmente superados en la primera de las comedias traídas a colación, en igual medida en que hay un acercamiento al prodigioso trazado de los personajes, tan bien perfilados como los de *La muralla,* pese a su muy diversa proyección dramática.

Sin embargo, perdura en ella un factor unitivo, algo así como la marca de fábrica, perceptible en todas las obras del autor y, por supuesto, también en esta comedia, «construida a espaldas de los grandes dramas colectivos de nuestra hora —confiesa Calvo Sotelo— y excavada en esa pequeña parcela de tierra en la que viven los mínimos conflictos individuales»: la dignidad del lenguaje, bienhumorado, certero, expresivo, pletórico de frases felices y con una intuición muy de dramaturgo para poner en boca de cada personaje las modalidades idiomáticas correspondientes a su manera de ser.

En esta comedia escenifica Calvo Sotelo la aparentemente frívola historia de un empresario de espectáculos musicales que resuelve mediar en la iniciación amorosa de su hijo único, con la involuntaria complicidad de una corista revisteril bastante maltratada en sus relaciones íntimas. No cede el autor a las tentaciones que semejante trama convoca para caer en situaciones extremadas, frases soeces y escabrosidades a granel. Por el contrario, la acción discurre por cauces más bien apacibles, sin más reparo de cuantía que el abusivo uso del teléfono, al punto de que bien puede calificarse al artilugio inventado por Bell como un personaje más, que interviene siempre con plena oportunidad.

Alberto Closas dirige irreprochablemente la escena, salvo algunas desmesuras de pronunciación a cargo del protagonista..., corporeizado por el mismo Closas, que igualmente se muestra proclive a esa artificiosa naturalidad suya —y conste que sólo con cierta artificiosidad puede resultar natural una interpretación—, tan del gusto de los espectadores.

Sin embargo, en lo que a interpretación respecta, descuella sobremanera el trabajo de ese viviente milagro teatral que es la actriz Julia Gutiérrez Caba, tan expresiva cuando habla como cuando escucha —y siente de forma muy visible— lo que sus interlocutores escénicos dicen. En inferiores cometidos, dan una buena medida de sus posibilidades artísticas Manuel Collado, Clara Suñer y Ana Carvajal.

Calvo Sotelo calificó a *Una noche de lluvia* como una muestra de «nuestro particular *Marat-Lara*». Portentosa definición: cuando no es factible alcanzar la excepción, lo aconsejable es acogerse a la decorosa eficacia de la regla.

CATAROCOLON O VERSOS DE ARTE MENOR POR UN VARON ILUSTRE
de Alberto Miralles

Deliberadamente he omitido en la ficha precedente los nombres de los intérpretes, porque entiendo que uno de los postulados de este sensacional grupo surgido del Instituto de Teatro de Barcelona ha de ser el de la absoluta prioridad de la labor de conjunto sobre las individualidades. Al menos, actúan como si asi fuera. Y preciso es corresponder en la misma moneda, aun a riesgo de que padezca la individual vanidad de alguno de estos jóvenes actores. Todo sea a la mayor gloria del conjunto... Sé bien que no está de más la existencia de «monstruos sagrados» y de primerísimos intérpretes en el teatro, pero ocurre que de éstos se halla bastante bien servida nuestra escena —y la crítica anterior a ésta es un claro ejemplo—. De ahí que cualquier esfuerzo tendente a fomentar la coherencia conjuntada de toda la compañía merezca nuestros parabienes y haya de ser debidamente realzado.

Otra de las caracteristicas esenciales del grupo —junto a la disciplina de que dio reciente prueba en la ejecutoria coral que se le encomendó en el *Marat-Sade*— es la desnudez escénica de sus actuaciones, liberados de apoyaturas escenográficas, para que sean la acción y la palabra los dos únicos factores que imperen sobre el escenario.

Esta vez, la palabra corresponde a una invención dramática del mismo director que ha de coordinar la acción. *Versos de arte menor por un varón ilustre* es una risueña y aburlescada tentativa de evidenciar los aspectos más vergonzantemente silenciados en España —esos que con tanta algazara y exageración fueron difundidos por el mundo adelante— del descubrimiento de América. No falta en esta libérrima versión de la gesta colombina audacias y falacias, pero como en ningún momento se proclama Miralles heraldo de la verdad histórica, la obra queda reducida a sus adecuados limites de juego escénico sin más trascendencia que no sea la de dar perfiles humanos a la legendaria figura del descubridor. «El tiempo mitifica y el mito, ya se sabe, es un tapaverdades», se autojustifica Alberto Miralles, y, si bien se mira, no deja de tener su poquito de razón el argumento.

Cierto que, en su libérrima versión del descubrimiento, Alberto Miralles recurre en ocasiones a reprobables efectos hilarantes, tales como la interpolación de anacronismos escasamente justificados —al menos en la forma que él los incrusta—, y también es verdad que en la pintura de los Reyes Católicos abusa de las tintas negras..., pero, con todo, la por él mismo denominada «antibiografía de Colón» es un buen revulsivo para quienes todavía se alimentan exclusivamente de glorias pretéritas.

En lo que al enjuiciamiento propiamente teatral respecta, ha de ir por delante la afirmación de que el espectáculo de los cátaros guarda escasas similitudes con cuanto un día si y otro también nos es servido en los teatros comerciales. Y lo bueno del caso estriba en que la diferencia favorece en todo y por todo a este joven conjunto.

La burlesca invención de este descubridor entre avariento y visionario, cuyo mentor espiritual es nada menos que Marco Polo, se queda a medio camino entre el distanciamente brechtiano —parte de las referencias anacrónicas tienden a lograr el tan traido y llevado «efecto V»— y el *happening*, intentado haciendo que Colón acceda al escenario procedente del patio de butacas y en la generalidad de las intervenciones del coro, prodigioso de ritmo, gestos, movimientos y eficacia expresiva.

En definitiva, con la programación de este espectáculo, el Teatro Nacional de Cámara y Ensayo cumple de lleno la misión experimental que le compete.

EL DIARIO
de Alberto Boadella

La idea generadora de este espectáculo, que sólo con muchas reservas puede catalogarse en el estadio de la pantomima, no puede ser más incitante ni mejor. «Els Joglars» aspiran a una denuncia dramática, y, para ello, nada más adecuado que la escenificación de un periódico, página por página y sección por sección, salvo la portada, cuya sátira tiene efecto en el mismo panel —reproducción a gran tamaño de un rotativo—, en la que la noticia que merece mayor alarde tipográfico viene rotulada con un expresivo «Al asalto del gol» y futbolera fotografía, que ocupa dos tercios del espacio disponible. Al lado, en caracteres menos destacados, puede leerse: «Es vital que el país...»

Ahora bien, sucede que el teatro es el género del que con mayor razón puede decirse aquello que nuestras madres señalaban del infierno: que está empedrado de buenas intenciones. Boadella ha pretendido poner en acción dramática una radiografía de la actualidad..., y le ha salido un apunte de retrato, a duras penas delineado y siempre carente de profundización. La sátira de nuestra sociedad, con base en un prototípico diario, peca de ingenua, superficial y, a veces, facilona, con mengua de su eficacia. Por ejemplo, la crítica de las relaciones laborales en una empresa de carácter administrativo llega con muchos años de retraso. El humorista «Pablo» la reflejó con mayor gracia y más oportunidad en sus chistes de «La oficina siniestra», publicados en *La Codorniz*. Hoy por hoy, la dicotomía jefe-empleados es mucho menos frontal, aunque el resultado sea idéntico o registre variantes de menor cuantía.

Y el contraste entre la información de alborotos políticos fuera de España con las noticias dadas de los que aquí se producen, sobre ser expresada utilizando burdos trazos, no responde a la realidad actual —lo que no quita para que así haya sido años atrás—, y en una espectáculo de tan exclusiva proyección satírica semejante asincronía va en grave detrimento de la finalidad catártica que el autor pretende conseguir. En la sección de sucesos la mediocridad es la tónica dominante.

El espectáculo resulta mucho más logrado en su segunda mitad, la relativa a deportes y espectáculos, acaso porque en ella se ha otorgado mayor intervención a la eficacia del gesto y a la expresividad puramente corporal, y a uno y otra se entregan con portentosa disciplina los jóvenes componentes de «Els Joglars», bien dotados para la pura mímica, aun cuando en esta ocasión se hayan visto forzados a introducir en su labor factores impropios de la pantomima, tales como voces, música y elementos decorativos. El director del grupo y autor e intérprete de *El Diario* razona la inserción de modalidades expresivas ajenas a la mímica, aseverando que «voluntariamente hemos abandonado ceñirnos al *Arte del silencio*». Y ofrece un espectáculo híbrido: ni carne ni pescado, ni pantomima ni drama hablado.

La interpretación —ya lo indiqué— raya a gran altura, igual que la dirección. Sobrios, y en tanto que tales, bien resueltos, el decorado y el atrezo. Mención especial merecen los efectos sonoros que refuerzan la expresividad de la trama y el cuidado de su perfecta sonorización.

LA CASA DE LAS CHIVAS
de Jaime Salom

Treinta años ofrecen ya perspectiva suficiente para que los dramaturgos puedan llevar al teatro, con la imprescindible objetividad, temas con base en nuestra guerra civil, como antes lo hicieron novelistas y escritores de libros de ensayo. Porque la inmediatez con que la obra dramática repercute en los espectadores justifica sobradamente este retraso del teatro sobre los otros géneros en el abordaje del tema, por igual distante del triunfalismo y del resentimiento. Tras *El tragaluz*, de Buero, nos llega ahora el drama de Jaime Salom.

Uno de los personajes de *La casa de las chivas* anuncia, cuando ya la acción dramática ha concluido, que su trama argumental se basa en un hecho verídico que aconteció, hace poco más de treinta años, en un lugar cualquiera de la Cataluña republicana, durante la guerra civil. Jaime Salom insiste en su antecrítica respecto a la veracidad de los hechos que relata en su drama. No quiero caer en la trampa urdida por el autor: el enjuiciamiento de una pieza dramática ha de ir en consonancia con sus valores teatrales antes que con su veracidad histórica, aun cuando, como en el presente caso ésta tenga su importancia. Porque lo que definitivamente importa no es la veracidad de la pieza, sino sus cualidades dramáticas.

Y éstas abundan en la última obra estrenada por Salom en Madrid en número tal como para que apenas importe el hecho de que está relatando un suceso acaecido realmente. *La casa de las chivas* habría sido un definitivo ejemplo del «teatro testimonial»..., aun cuando jamás existiera; bastaría para ello con que Jaime Salom la hubiese puesto sobre un escenario con verismo semejante. Creo que, en una justa valoración escénica, el realismo de situaciones y criaturas dramáticas da al resultado artístico más categoria que la proporcionada por su misma realidad.

La mejor prueba de ello nos la ofrece el autor —acaso con espontánea sabiduría teatral— en la habilidad con que elimina de su obra todo lo que pueda resultar contingente, para ir en derechura a lo esencial, a lo que está por encima de las circunstancias, merced a las cuales el desarrollo de la trama tiene efecto como allí se ve, y no de otra manera.

Y el resultado es óptimo: en la trama argumental de Jaime Salom hay factores positivos más que suficientes par interesar a toda suerte de público, haya participado o no en los hechos históricos escenificados.

Los avatares bélicos dejan a quienes los viven huérfanos de cualquier valoración estimativa que no tenga fundamento en elementos meramente funcionales: las criaturas dramáticos de Jaime Salom —con dos excepciones, que otorgan a su historia escenificada valores permanentes— alientan con la provisionalidad dada por unas muy determinantes circunstancias, en las que los limites entre vida y muerte resultan imperceptibles. Y, consecuentemente, los que separan al odio del amor, al perdón de la autenticidad, al miedo del heroísmo.

De las nueve criaturas que participan en el drama, las cuatro básicas concilian muy cabalmente su acción con las cinco que —no sin alguna reserva— denominariamos accidentales, pues todas ellas están trazadas con sus perfiles característicos propios.

Sin prejuicio de que más adelante entremos en su examen forzosamente sintético de esta división en personas dramáticas esenciales y accesorias, conviene ahora resaltar la intensidad dramática de las escenas sucesivas, hábilmente dirigidas hacia un lógico final. Es como si la veracidad de sus criaturas escénicas hubiesen exigido a Salom una paralela verdad en la invención de las peripecias vitales que les asigna, desde la fabulosa Petra —que ha de pasar, sin duda, a engrosar la relación de personajes dramáticos antologizables en el teatro español contemporáneo— hasta el patético Padre, pasando por el inquebrantable Juan —el único personaje que logra transgredir las circunstancias ocasionales de la situación en que se encuentra— y por los espisódicos huéspedes de la requisada casa de las chivas.

El drama está construido milimétricamente, y en este sentido únicamente podemos asignar el «debe» del autor la vehemencia rayana en inverosimilitud de la quizá prematura conversación de Petra, muy de sobra compensada con el realismo de los personajes accesorios y la sublimación paulatina del protagonista.

José Maria Loperena consigue una perfecta coordinación ambiental y humana, en su mejor tarea como director escénico. El balanceo de las criaturas escénicas de Salom entre vida y muerte, repulsión y deseo, encuentra en la sucesión de escenas su acento preciso y su más oportuna expresividad.

De la interpretación, globalmente impecable, es justo resaltar a Terele Pávez, que da a su cometido el desgarro evidente y la soterrada ternura que pide la corporeización de Petra, y a Francisco Valladares, más por lo que sugiere que por lo que dice, tal y como exige el personaje que incorpora. Sincerísima y en posesión de muy variados recursos expresivos, Maria José Alfonso. Erasmo Pascual, Manuel Torremocha y los restantes actores completan una interpretación de las que no caerán muchas en este 1969. Y si no, al tiempo.

El decorado, de Emilio Burgos, muy ambientador y realista, ha logrado mágica realización en la habitual pericia de Manuel López, tan acreditada ya en anteriores oportunidades.

HISTORIA DE UN ADULTERIO
de Victor Ruiz Iriarte

El arte dramático exige, como ninguna otra manifestación artistica, el perfecto dominio de una técnica muy precisa. De eso que se denomina «oficio» y también «carpintería», y que entrecomillo tras dejar desprovistos a ambos vocablos de todo matiz peyorativo. Pero hay algo más: el teatro es un género complejo y difícil, en el que la mera habilidad constructiva, con suponer tanto, resulta insuficiente a veces.

Historia de un adulterio es un ejemplo, especialmente en lo que respecta a su primer acto. A estas alturas, sería ridículo negar a Ruiz Iriarte el dominio de un oficio patentizado en el estreno de unas cuarenta piezas teatrales. En esta comedia, el primer acto está concebido de manera muy similar a la del segundo. Pero, una vez puestos en pie sobre el escenario, entre uno y otro media la sima que separa a la narración dialogada de la acción escénica.

Quizá sea que el autor, ganado por la trascendencia del «sobresalto intimo» que padece su protagonista, Ernesto Luján, al observar bifurcada su personalidad en el «magnate Luján», por un lado, y el «hombre Ernesto», por el otro, y el grave riesgo de que la primera asfixie a la esencial, quiera hacernos un relato completo de las dudas de tal criatura en detrimento de la acción.

Sea como sea, el crítico debe atenerse a los resultados. Y lo cierto es que la obra de

Ruiz Iriarte comienza de verdad en el segundo acto, y que el primero no es otra cosa que una habilísma cortina de humo mediante la que el autor elude la cuestión de fondo y convierte en *Historia de un adulterio* lo que debería haber sido la historia de un sociológico examen de conciencia.

La segunda parte, liberada en parte de priestlianas transposiciones de tiempo, está infinitamente mejor resuelta en lo dramático, al extremo de que el público acepta de buen grado la sustitución del problema esencial suscitado por un conflicto más de alcoba, porque en su transcurso estallan los caracteres de los cuatro personajes centrales, deliberadamente contenidos antes, y todos ellos —incluso ese otro espectador de excepción que dentro de la escena incorpora Joaquín Roa— encuentran ocasiones propicias al lucimiento.

La comedia, que pudo haber sido la escenificación de un problema sociológico, se queda en el conflicto sentimental que el título señala. Con todo el diálogo abunda en frases ingeniosas, con certeros alfilerazos hacia una situación socialmente insatisfactoria y hasta cierta incisiva prospección de infamantes privilegios personales. Ruiz Iriarte no es sociólogo y sería ilícito pedirle más, pero también fuera deshonesto no reprocharle el que, tras haber apuntado un problema de evidente raíz social, lo envuelva en cortinas de humo, aunque éstas sean —que lo son— teatralmente válidas. Cuando un autor de talante propenso a la evasión suscita problemas reales, ha de hacerlo de manera realista.

El decorado refleja con exactitud el medio ambiental en el que los personajes se desenvuelven.

La dirección de Diosdado, correcta en el segundo acto. En el primero, pudo evitar acaso la monotonía de ciertas situaciones, con movimientos exasperadamente repetidos.

Amelia de la Torre se mantiene en su linea de gran actriz, para la que resultan fáciles las más insólitas matizaciones. Enrique Diosdado —al que un accidente ha tenido alejado de la escena un par de temporadas—, seguro y convincente. En perfecto profesional, muy veterano y siempre eficaz, Joaquín Roa. Alberto Bové —actor de mérito, incomprensiblemente marginado— aprovechó crispadamente su única escena con posibilidades. Bien Gloria Cámara y aceptables Ana Isabel Diosdado en los minutos finales, de manifiesta artificiosidad.

TE ESPERO AYER
de Manuel Pombo Angulo

En *Te espero ayer* hay, a mi juicio, méritos sobrados para hacerse acreedora al premio «Lope de Vega» 1968 que ostenta. Había que decirlo de entrada: al fin y a la postre, nuestro teatro contemporáneo no depara al crítico excesivas oportunidades de reconciliación con el arte escénico.

También hay que decir en seguida que la farsa trágica de Pombo Angulo no altera los habituales moldes de la invención dramática en los escenarios españoles. No hay ruptura de procedimientos ni innovación alguna, pero si proyección escénica de una serie de tragedias íntimas, correcta y concretamente teatralizadas por el autor. Creo que es suficiente, porque lo otro —la exigencia de que año tras año el «Lope de Vega» nos revelase a autores de tan personal voz como Casona y Buero Vallejo— resultaría excesivo. Y parece suficiente el hecho de que el premio haya distinguido obra tan dignamente concebida y desarrollada como *Te espero ayer*, que sin desdoro puede compararse a las que habitualmente estrena un elevado porcentaje de nuestros dramaturgos profesionales.

Pombo Angulo ha probado en *Te espero ayer* su capacidad para construir una farsa trágica con criaturas muy humanamente vivificadas, sobre todo en lo que atañe a las dos demenciales ancianas —un tanto esperpénticas— en torno a las que gira el eje de la trama. Dos mujeres desvalidas, dos hermanas de varia suerte e idéntico final infortunado, a las que la vida les arrebata su último asidero sentimental. Por ello, resuelven acogerse, cada una a su manera, a vivencias imaginarias, a rememoraciones del pasado y a todo cuanto les aleje de la realidad. Con lo que está dicho que las protagonistas llegan a la tragedia real por los vericuetos de una ensoñación imaginada.

Ya el tratadista y dramaturgo Torres Naharro dividió los géneros teatrales, hace cuatro siglos, en comedias «a noticia» y comedias «a fantasía». Lo que, traducido al lenguaje de hoy, corresponde a «teatro testimonial» y «teatro de evasión», con la variante de que ciertos autores han optado por situar sus obras en el límite mismo de la realidad y la fantasía, participando, según convenga a la acción dramática, de una y otra. Dentro de dicha técnica puede encuadrarse la obra de Pombo Angulo, oscilante entre el arraigo de los jóvenes Mary y Eduardo y la alienación —deliberada o influida— de las dos viejas hermanas.

Naturalmente. *Te espero ayer* adolece de fallos: por ejemplo, le falta a su autor un esencial entendimiento de la síntesis dramática o, al menos, de la medida del tiempo escénico, y esto lleva a Pombo Angulo a incluir en el reparto de su obra dos pesonajes —Don Fernando y Caballero— no sólo episódicos, sino contraproducentes. Las intervenciones de uno y otro desvían la atención del espectador del conflicto dramático en su meollo, y sobre todo la del segundo —un taxidermista perfilado algo groseramente— supone un añadido que nada agrega a la trama y demora en fuegos de artificio dialécticos su desenlace.

El director del teatro Español, Miguel Narros, y su adjunto, María López, han desechado toda tentación al «vedettismo», para, con difícil humildad, limitarse a clafificar el texto y a una exactísima labor coordinadora de todos los elementos que en la obra participan. Su función sólo se advierte porque pasa inadvertida... y acaso no cabe mayor elogio a una dirección de escena.

En el capitulo interpretativo resalta la antológica corporeización que de Elena hace Mari Carmen Prendes. En un cometido de perfiles chaplinescos, la actriz se produce tan eminenetemente como para alternar sus registros cómicos y trágicos, de modo que no se me ocurre otro término de comparación que el del mismo Charlot en sus cimeras creaciones. Dicho sea, sin la menor hipérbole.

Luchy Soto no desmereció a su lado, dándole la réplica muy dignamente. Del resto del reparto —todos a muy buen nivel—, es de justicia mencionar a José Luis Pellicena y a Ana Belén.

Los decorados de Burman dan a la obra el justo ambiente de irrealidad realista —valga la paradoja— que su trama requiere.

SOLO DIOS PUEDE JUZGARME
de Emilio Romero

En la noche del 20 de septiembre de 1963, Emilio Romero estrenaba *Historias de media tarde*, iniciación de una ejecutora teatral que en poco más de un lustro cuenta ya con siete títulos originales y una adaptación escénica. Emilio Romero debe ser considerado, por tanto, además de escritor, periodista de muy buida pluma y buen novelista, autor de obras teatrales. Autor, ya, de hecho y derecho. Que tiene cosas que decir y que ha encontrado el medio de expresarlas dramáticamente, sin resabios atribuibles a sus otras —y simultáneas— dedicaciones. Justamente porque en estas mismas páginas de *La Estafeta* hice serios reparos a Emilio Romero en su presentación como autor teatral, puedo proclamar ahora, sin reservas mentales de ningún género, la paulatina y segura, la inteligente y firme adecuación del autor a las exigencias y a las limitaciones expresivas del teatro, hasta llegar a la directa teatralización que se advierte en *Sólo Dios puede juzgarme*.

Obra más coloquial que de acción, digámoslo pronto. Pero cuando el diálogo pertenece a pluma tan penetrante y ágil como la de Emilio Romero, el dato ha de anotarse como un elogio más, y supera convincentemente las dificultades que ofrece toda acción pretérita, pues sus escenas básicas nos son contadas como recuerdos del protagonista, salvo una que supone la representación onírica de un conflicto interior.

¿Qué es *Sólo Dios puede juzgarme*? Antes que nada, la escenificación del enfrentamiento de dos generaciones, y no por su diversa ideología, sino más en profundidad, por su contrapuesta actitud vital. Del problema básico surgen lógicas y bien ponderadas derivaciones sociales, que Emilio Romero no elude, sirviéndose de ellas para situar la pieza en el espacio y en el tiempo, aquí y ahora. Entonces, ¿puede adscribirse esta obra en el llamado «teatro testimonial»? Sí, pero especificando que el testimonio dramático no tiene por qué encapsularse en el área de los acontecimientos reales; entra en tal adjetivación cualquier suceso escénico que, dados los condicionantes de nuestra estructura social, resulten verosímiles.

Y la actualidad que, ahondadoramente, nos ofrece el autor de *Sólo Dios puede juzgarme* es no ya verosímil, sino plenamente posible. Esa «razón de amor» que surge entre la joven pareja, contra cuya consumación se alza el «pecado de amor» de sus ascendientes inmediatos de los mimbres necesarios para tramar una tragedia como la que Romero ha escrito, aunque éste la califique, con modestia ejemplar, simplemente como «obra en dos actos y doce cuadros».

Técnicamente, el desarrollo de la obra trae de inmediato a la memoria la penetradora y cambiante agilidad de un Arthur Miller y, al igual que en el autor estadounidense, se ve en Romero la propensión a encuadrar la aventura personal de sus criaturas en el marco de un actualizador ámbito social circundante, contemplado y descrito con agudeza coloquial y profundidad de concepto.

También se advierte cómo Emilio Romero, sin prescindir de certeros puyazos dialécticos que ponen en carne viva y al descubierto la hipocresía vital reinante en ciertas esferas sociales de nuestra época prosigue su trayectoria —ya apuntada en *Lola, su novio... y yo* y en *Verde doncella*— de dar a cada uno de sus personajes la expresión verbal que corresponde a sus varias mentalidades, sin pretensión alguna de poner el paño al púlpito.

Ricardo Lucia, en su dirección escénica, ha acertado a ver que, en obras como ésta, más que el movimiento importa el texto, y a procurar que los intérpretes lo digan con total riqueza de matices e inflexiones orienta su labor, con más que satisfactorios resultados: Vicente Parra, en el atormentado e idealista central de la pieza, cuya rebeldía ha de medirse en intensidad y no en extensión, da la cimera expresión del actor que es; algo semejante ocurre con Encarnita Paso, capaz de arrancar ovaciones por la sinceridad con que dice una sola frase, y en todo instante compenetrada con el arriscado y personaje de Azucena, María Luisa Ponte y Armando Calvo, prodigiosos de voz y actitud escénica. En tono algo menor, cumplen Luisa María Payán y los restantes intérpretes.

El decorado de Sigfrido Burman, escueto y múltiple —con la mera apoyatura luminotécnica—, es el que requería una trama como la de *Sólo Dios puede juzgarme*, en la que Emilio Romero ha fundido su periodística visión de la actualidad con una profundización de inequívoco cuño teatral.

UN GOLPE DE ESTADO
de Manuel Alonso Alcalde

El aula de teatro del ateneo estrenó una breve farsa política de Manuel Alonso Alcalde, que ofrece inequívocos datos de la capacidad del autor para hacer un teatro muy al día. Desde que Alonso Alcalde inició la aventura teatral, hará unos diez años —siendo ya conocido poeta y cuentista—, ha obtenido algunos premios, tales como el «Ateneo», el «Ciudad de Barcelona» y otro en Montevideo, indicativos de su buena disposición para las exigencias del arte escénico. Los aplausos ateneísticos ratificaron la justicia de dichos premios.

Un golpe de Estado es la incisiva y directa escenificación de la lucha por el poder que desencadenan algunos cortesanos ante el nacimiento póstumo de un hijo varón del fallecido emperador, hijo burlescamente llamado «Neroncín II». El lenguaje utilizado por el autor se aproxima al habitual en obras pertenecientes al «teatro del absurdo», sólo que aquí, por debajo de las incoherencias coloquiales y la extremosidad situacional, se advierte la intención humorísticamente fustigadora de ambiciones políticas desorbitadas y personalistas, expuestas con gran sentido de la síntesis teatral.

De la media docena de intérpretes, tres manifestaron dotes artísticas infrecuentes en estos grupos no profesionales: Carmen García Maura, Javier de Campos y Patricio López.

Prodigiosos en su simplicidad los bocetos de decorados.

CAF-TEA'69
de José Ruibal

Para la segunda experimentación de «café-teatro» en Madrid se habían elegido tres piezas breves de José Ruibal —autor joven y prácticamente desconocido en España, aun cuando otra obra suya haya sido premiada por la importante revista *Modern International Drama*, de la Universidad de Pensilvania—. Las piezas anunciadas eran *La secretaria*, *Los mutantes* y *El rabo*. Tras el ensayo general, sólo pudieron representarse las dos primeras, y, aun faltando «el rabo por desollar», las piezas breves estrenadas proporcionan suficientes indicios para el enjuiciamiento de autor, director, intérpretes y equipo técnico.

La secretaria, en el que una chica narra su proceso moralmente degradatorio. María José Torres, perfectamente dirigida por Gerardo Gimeno, pone a prueba con nota sobresaliente su ductilidad artística.

En *Los mutantes* intervienen un marido supertécnico, del que sólo escuchamos la voz, y su mujer embarazada, que únicamente solicita sol y aire libre para el hijo que va a nacerle. Es un contraste espeluznante y muy bien jugado entre el planteamiento tecnólógico del marido y el acontecimiento humano que va a protagonizar su mujer. En el cometido de ésta, Clara Heyman pone de relieve la elemental humanidad requerida —con matices que van de la esperanza a la desesperación—, en tanto que Paco Benlloch aporta una voz fria, metálica, cuyo único registro es la más acongojante indiferencia. He asistido a interpretaciones anteriores de esta jovencisima actriz que es Clara Heyman, en montajes de Daniel Bohr, y ninguna tan pletórica de aciertos como ésta, en la que ha sido dirigida por Gerardo Gimeno, ayudante de dirección del mismo Bohr en las ocasiones antedichas.

Con respecto a la primera modalidad del café-teatro en Madrid, la de ahora supone un avance incuestionable. Esperemos que ni siquiera el anticuado Reglamento de Espectáculos promulgado, creo, en 1935, y todavía vigente, venga a entorpecer o interrumpir su trayectoria.

José Ruibal ha probado más que suficientemente que es autor capacitado para introducir elementos renovadores en nuestro teatro.

MANICOMI D'ESTIU
de Jaume Vidal Alcover

Procede este espectáculo de la «Cova del Drac» barcelonesa, y para su presentación en Madrid le han sido incorporados algunos textos en castellano. Con todo, la mayor y mejor parte de la invención escénica del escritor menorquín Jaume Vidal Alcover está escrita en la lengua de Maragall. Concha Llorca, directora artística de *Lady Pepa*, asegura en su nota de presentación que a los intérpretes de *Manicomi d'estiu* «se les entiende todo». Y así es.

Aun para los que ignoran el catalán, la interpretación del espectáculo de Vidal Alcover —que dirige José A. Codina— logra tal expresividad,que resulta diáfana para todos, con sólo —quizá— la pérdida del alcance correcto de algunos modismos forzosamente oscuros para quienes no estén familiarizados con los giros coloquiales de aquel idioma. Pérdida en parte compensada por la inteligente recarga expresiva que a su dicción añadian los intérpretes, mediante gestos y actitudes.

Manicomi d'estiu (Manicomio de verano) es un espectáculo en el que, mediante diálogos y canciones, Vidal Alcover realiza una aguda —sin mengua de comedimiento— parodia del turismo en España, en una España presuntamente inmovilista que la propaganda presenta como paradisíaca en verano. Aunque, dicho así, podría entenderse que nos hallamos ante algo con afiladas aristas subversivas, la realidad es que el espectáculo resulta tener una tesis más bien reaccionaria, con acalorada defensa del «seny» catalán y acerbo talante criticista para los zánganos estivales, o quienes fundan en la venta de tierras a extranjeros la base de su bienestar, o para los que confunden libertad con libertinaje, o a cuantos viven al día..., al lado de logradas parodias de la moda —con balidos coredos—, y de lamentables discriminaciones sociales, y hasta cuadros escénicos en torno al marqués de Sade, en una tentativa de obtener la definición del disipado personaje.

Claro que no faltan frases cáusticas: «La propaganda es una mentira autorizada», o la incisiva réplica a quien dice: «La felicidad no es de este mundo.» «¡Por eso queremos otro!»

Al parecer, un reglamento de espectáculos, aprobado allá por 1935, y todavía vigente, impide que estos espectáculos de café-teatro —o, como quizá sea más exacto calificar a *Manicomi d'estiu*, de cabaret-teatro— se representen sin separación alguna entre intérpretes y asistentes. Consecuencia de este anacronismo es un ridículo tabladillo en el que tiene lugar la acción. Lástima, porque los diálogos y canciones de Vidal Alcover requerían un más directo contacto con el público.

La armonización y música de las canciones de Vidal Alcover se deben a José Cercos, en cabal compenetración con los textos.

De los intérpretes, excelentísima Elisenda Ribas, que dio a su parte el tono brillante, picarón y un tanto charlotesco que le era esencial. Vistosa y eficaz, Carmen Sansa, y certeros, Enric Casamitjana y Josep Torrents en sus intencionados coloquios.

LOS DELFINES
de Jaime Salom

Para su presentación de Madrid, la compañía titular del Teatro Nacional de la ciudad de Barcelona ha elegido la obra de Jaime Salom *Los delfines*, pieza eminentemente discursiva en la que, en el breve lapso de dos horas, se nos ofrecen las características esenciales de tres generaciones, con ahondamiento mayor en la central, definida por Salom como «una generación puente de hombres casi en blanco». Es una escenificación de la tragedia de los herederos, de los delfines incapacitados para la rebelión, a la que con facilidad propenden los nietos del patriarca.

Salom ha querido escenificar su historia rehuyendo los fáciles caminos del anecdotario. Y, entusiasmado en exceso por las posibilidades dialécticas de la trama, olvida que el teatro es «acción representada» y concede a la palabra una prioridad en ocasiones atosigante, de manera que la insistencia en soliloquios percutados llega a producir cansancio en el auditorio, pese a la importancia de lo que se dice y a la galanura literaria del lenguaje empleado. Es como si el argumento siguiera el mismo ritmo sincopado de la música serial que sirve de fondo a las palabras, compuesta por José María Mestres Quadreny.

El expresionista y un tanto alucinante decorado de Burman, en prodigiosa realización de Manuel López, contribuye a acentuar lo condición simbólica de los personajes y de su peripecia, y en este mismo sentido maneja Loperena los efectos luminotécnicos. En el capítulo interpretativo, muy bien Carlos Lemos, Carmen Carbonell y Paquita Ferrándiz.

HAY UNA LUZ SOBRE LA CAMA
de Torcuato Luca de Tena

Torcuato Luca de Tena llega al teatro procedente del periódico y de la novela. Es de elogiar su voluntad renovadora de las fórmulas teatrales en ésta su primera salida al género dramático, en la que pretende lograr una síntesis de los predios anteriormente cultivados: diálogo e introspección, aun cuando en el desarrollo de *Hay una luz sobre la cama* se produzca un tan visible como quizá involuntario desequilibrio favorable a la introspección, hábilmente compensado por un prodigioso montaje para el que Tamayo no ha regateado medios: efectos luminotécnicos, fondos musicales, utilización de máscaras y un insólito despliegue de efectos dramáticos contribuyen a aligerar el ritmo de una acción prácticamente inexistente en el texto, que no es sino el prolongado y —a las veces— sugestivo monólogo del introvertido personaje central —¿o acaso único?— de la pieza.

El autor ha querido escenificar el proceso psicológico del joven Jaime, cuando se halla justo en la frontera de la hombredad, y su conflicto íntimo entre el recuerdo más o menos idealizado de una infancia aún cercana, y que él simboliza en su madre muerta, y las acuciantes exigencias de la sociedad circundante. Acaso resulte demasiado simplista la atribución del Bien a los momentos idos y la del Mal a los presentes. Pero, en cualquier caso, ello permite a Torcuato Luca de Tena la utilización de un recurso de indudable eficacia escénica cuando se emplea, como en este caso, con moderada cautela.

Sorprendentemente, la atmósfera de maldad que el autor ha querido introducir en el tiempo presente adquiere aristas enormemente emparentables con circunstancias tan de actualidad como el estallido del «caso Matesa» en el mundo de nuestras finanzas. Y digo que la coincidencia resulta sorprendente porque la obra se estrenó en la I Campaña Nacional de Teatro, hará más o menos un año, en Sevilla, mucho antes de que el escándalo financiero de los telares sin lanzadera fuese del dominio público.

Torcuato Luca de Tena ha escrito una primera obra dramática digna y ambiciosa, a la que, para poder saludarla como anticipo del acceso de un prometedor dramaturgo a nuestra escena, le sobran sólo algún ingenuo alarde poetizante —en el teatro actual, la poesía ha de ser un ingrediente implícito de la acción, y no una adherencia versificada en el diálogo— y la escena de las alucinaciones que, pese a la espléndida realización teatral que supo darle Tamayo, se despega muy mucho del tratamiento escénico dado al resto del conflicto.

Con todo, resulta por demás reconfortante el hecho de que un autor novel en el teatro haya dado en su pieza los mimbres necesarios para que un actor de tan bien pobada calidad como Manuel Galiana consiga, en la corporeización del personaje central, la mejor de sus interpretaciones, y aun dé lugar a que Amparo Pamplona manifieste su fina sensibilidad matizadora, así como al lucimiento de Gabriel Llopart, Francisco Pierrá, José Sancho Sterling, Victor Blas y Jaime Segura. Claro que también es de justicia admitir que raramente se da el caso de un autor novel que disponga, para su primer acceso al teatro, de un equipo artístico y unos medios económicos similares a los que han prohijado la entronización teatral del director de *ABC*.

EL JUGLARON
de Juan Antonio Castro (sobre versos de León Felipe)

El Teatro Municipal de Madrid coopera activamente en tan ardua tarea como es la de hallar la difícil fórmula que aproxime a los niños al teatro, con insistencia sólo comparable al antecedente ejemplo de la Sección Femenina y su grupo «Los Titeres».

En esta concreta oportunidad la pretensión es mayor, pues a la de aficionar al teatro a la chiquillería une el afán de hacerla entrar en contacto con textos escenificados de uno de los mejores poetas españoles del siglo XX: León Felipe.

Juan Antonio Castro, afortunado autor de la obra titulada *Tiempo del 98*, partícipe en la II Campaña Nacional de Teatro, y montada sobre textos noventaiochistas que dan una cabal idea de lo que era España entonces, ha reunido aquí, junto a tres cuentos de León Felipe —*El soborno, El abad de San Gaudián y Tristán e Isolda*—, su versión escénica de un chispeante relato tradicional —*Los tejedores de la tela de viento*— y la glosa de un poema de León Felipe, a la que ha dado el título de *El*

Nigromante, finalizando el espectáculo con un emotivo homenaje al recientemente fallecido poeta de *Versos y oraciones del caminante,* en el que se transcriben literalmente no pocos versos del *Autorretrato* de León Felipe. Y todo ello pespunteado para su escenificación reunida por el juglaresco personaje que da título a la obra.

Hay que resaltar el excelente trabajo del conjunto constitutivo del Teatro Municipal de Madrid, desde la ágil dirección escénica de Antonio Guirau a la plasmación escénica —muy ingenuista y cromática— de los intérpretes, cada vez más en la línea de cómo debe actuarse ante los niños, para establecer entre espectadores y escena la deseada comunicabilidad.

Y, sin embargo..., la fórmula no llega a buen puerto. ¿Dónde están las causas del fallo? A júicio del crítico, no en la calidad del texto —que es magnífica—, ni en la propiedad del trabajo de los intérpretes —que se esfuerzan en potenciar la vivacidad de los personajes corporeizados—, sino en la inadecuación del léxico y en la consiguiente falta de receptividad del público infantil al que va dirigida la obra. Porque, en teatro para niños, la calidad filológica es valor que debe supeditarse siempre a la capacidad de comprensión; a los niños —ya lo he dicho alguna vez— se les ha de dar un teatro como la verdad misma... a condición de que la escenificada sea una verdad, no como es, sino como ellos la ven. A título de prueba, pregunté a tres pequeñas espectadoras del estreno el significado de la palabra «nigromante». Dos lo ignoraban y la otra dijo que equivalía a «mago» o «adivino», acertando sólo por aproximación. ¿Qué sabrá ella de «magia negra»?

Por ahí hace agua *El juglarón,* y es abismo que no logran salvar la dinámica dirección de Guirau, los cambiantes decorados y modélicos figurines de María Jesús Laza, las melodías alegres de Felipe Cervera, los mimos de Emiliano Redondo ni la dúctil interpretación del mismo Redondo y de sus compañeros Javier de Campos —que da a sus personajes el punto caricaturesco requerido—, Mary Paz Yáñez, Beatriz Carvajal y Miguel Aristu, eficazmente complementados por Antonio Requena, Francisco Cecilio y Juan Antonio Gálvez. Y es que el error es de concepción. Por ahí no se va a parte alguna, y lo confieso con digusto, pues me consta la buena voluntad puesta en el empeño por Antonio Guirau y sus colaboradores.

EL CUBIL
de Juan Alfonso Gil Albors

Resulta elogiable el interés del Aula de Teatro del Ateneo y de su director, Modesto Higueras, por dar a conocer en Madrid —siquiera sea en sesión única— obras de autores jóvenes residentes en provincias. Es un camino por el que puede producirse el tan necesitado ensanchamiento del campo de la creación dramática en España. Y, en el caso presente, habia indicios suficientes para ceder el Aula a la obra elegida: *El cubil* obtuvo el premio Valencia de teatro correspondiente a 1968, y su autor, Gil Albors, lo es también de otras piezas ciertamente considerables.

Sin embargo, *El cubil* es farsa deficientemente construida, en la que sobreabundan resonancias tan dispares como lo puedan ser *Prohibido suicidarse en primavera*, de Casona, y *Los físicos*, de Max Frisch, todo ello sometido a un tratamiento tan lineal e ingenuo que las escenas pretendidamente demagógicas suscitan en los espectadores más risas que indignación. La resolución de la trama en un *happy end* indefendible e inverosímil es como la gota que rebosa la puerilidad contenida en esta farsa de locos y cuerdos, en cuyo transcurso sólo una escena puede salvarse: aquella en la que el boxeador «sonado» mima la incidencias de su último combate, siguiendo en sus movimientos el relato que de la pelea hace un locutor. Dicha escena proclama que no faltan al autor condiciones y cualidades para el teatro, aun cuando en esta ocasión se haya equivocado. Tino Díaz incorporó muy eficazmente al tipo del boxeador. De los restantes intérpretes merecen citarse Josefina Calatayud, Julia López Moreno, Javier de Campos, Miguel Aristu y José Luis Barceló, en su defensa de unos personajes de cartón piedra. José Francisco Tamarit se nos quedó inédito. Habrá que pasarle el tanto de culpa que le corresponda por haber permitido el insoportable sonsonete utilizado por el actor que interpretaba al cura.

EL HIJO DEL JOCKEY
de Pedro Beltrán

El hijo del jockey, de Pedro Beltrán, puede muy bien señalar uno de los caminos susceptibles de conducir a lo que ha de ser el café-teatro rectamente entendido.

En la brevedad de su pieza, el autor consigue encapsular los instantes decisivos de una invención original y los hace desfilar ante el auditorio con agilidad, aceptable instinto de la situación escénica y eficacia coloquial. La trama está cabalmente urdida y, burla burlando, expone el enfrentamiento de una voluntad testamentaria con las leyes de la naturaleza y de la vida —pero sin transcendentalismos ni nada semejante—, en el que Beltrán no exige de los espectadores más que la normal dosis de complicidad participadora.

Manuel Vidal ha llevado a efecto una tarea de dirección innovadora, con situaciones cambiantes que sirven perfectamente a la peripecia. De los intérpretes, acaso merezca mención descollante Mimi Muñoz, por la prodigiosa adecuación rítmica y tonal con que expresa su personaje, sin que ello signifique demérito para Luis Lasala, en su opresor Amo de la cuadra, y Aparicio Ribero, el «hijo del jockey» que se rebela contra el mecanismo ideado para evitar su natural tendencia al crecimiento. Conchita Gregory y Chelo Villaseñor cumplen, con sólo salir, la función decorativa que se les ha encomendado.

EL SUEÑO DE LA RAZON
de Antonio Buero Vallejo

En los veinte años cumplidos que van desde el estreno de *Historia de una escalera* a este de *El sueño de la razón*, Buero Vallejo ha escenificado, me parece, 17 obras. A ritmo de menos de obra por año, pero compensa parquedad con calidad media, y es que Buero sólo escribe cuando tiene algo que decir. En *El sueño de la razón*, el protagonista es de nuevo un pintor de renombre universal. Tras el «Velázquez» de *Las Meninas*, este «Goya». Y escribo entrecomillados los nombres de ambos pintores porque en uno y otro caso lo que Buero ha trazado no es una semblanza históricamente fidedigna de los artistas, sino el tratamiento dramático —con amplio margen para la invención— de sus peripecias vitales que le resultaron más sugidoras.

Tal reiteración en traer al teatro a maestros de la pintura posiblemente tenga su origen en la inicial vocación pictórica de Buero. Antes de la guerra cursó estudios en la Escuela de Bellas Artes y aunque la contienda le obliga a interrumpir sus clases y ya no la reanuda, él siguió su primera vocación hasta que, en 1946, al filo de los treinta años, comienza a escribir teatro. Y, al igual que años antes le ocurriera a Alberti con la poesía, el arte escénico sustituye en Buero aquella tendencia inicial hacia la pintura. Si el poeta del Puerto de Santa María supo «la sorprendente, agónica, desvelada alegría / de buscar la Pintura y hallar la Poesía», Buero puede cantar también a los pinceles su «amor interrumpido», aunque de otro modo a como lo hiciera Alberti en su capital libro poético *A la Pintura*.

Pero el dramaturgo se muestra, tanto en *Las meninas* como ahora, más atento a la verdad creadora que a la verdad histórica; sabe bien que —Aristóteles lo dejó dicho en su *Poética*— «la tragedia es imitación no tanto de los hombres como de los hechos, y de la vida, y de la ventura y desventura... Es manifiesto asimismo que no es oficio del poeta el contar las cosas como sucedieron, sino como debieron o pudieron haber sucedido, probable o necesariamente». Este es el criterio que sigue Buero, tanto en *Las meninas* como en *El sueño de la razón* y en el que, a mi juicio, se produce con mucha mayor efectividad teatral en el caso de este «Goya» anciano e impulsivo, sordísimo y alucinado de esta pieza estrenada ahora en el Reina Victoria, con portentoso empleo de todos los elementos que la moderna técnica teatral pone a su alcance, al extremo de que *El sueño de la razón* puede calificarse como el primer espectáculo del llamado «teatro total» producido por un autor español. Por este Buero que crea sin prisas y pausadamente y que, pese a cuanto de él se ha dicho, es político en tanto que hombre, y hombre de teatro, pero no se sirve del escenario para hacer politiquilla de tres al cuarto, sino para pregonar desde él, muy honestamente, sus más firmes convicciones.

Sitúa la acción de esta tragedia asainetada o trágico sainete del gigante cercado por pigmeos intelectuales, políticos, afectivos o gamberros en la Quinta del Sordo, calificada por Gaspar Gómez de la Serna en su libro *Goya y su España* como «muro de lamentaciones por una España imposible», en diciembre de 1823, y supone una recreación dramática —y lícita— de los «Desastres», «Disparates» y «Pinturas negras» de Goya, en el tiempo que el mencionado autor de *Goya y su España* ha designado como el del «proceso de la desesperanza», con el «Deseado» al fondo, como símbolo de cualquier absolutismo.

El público asiste a un pleno empleo de todos los valores plásticos, de tal manera que cada espectador es otro Goya y participa de su sordera y de sus alucinaciones —aquellas «vocecicas»—, plásticamente escenificadas mediante efectos sonoros, labios que modulan frases inaudibles y espléndidas diapositivas de Gyenes, en las que se reproducen las pinturas goyescas que a la acción dramática conviene: «Saturno devorando a su hijo», «La Leocadia», «Dos mujeres», «Lucha a garrotazos», etc. O en el aquelarre fantasmagórico en el que, con iluminación sicodélica, cobra vida el «Capricho» que da titulo a la obra. O en la escena sensacionalmente concebida y realizada de los cacareos y rebuznos de la amante y la nuera, contrapunteados por las carcajadas de Goya.

Buero traza con firmísima mano los rasgos esencialmente inconformistas de la personalidad de Goya, con una notable idealización en la que apenas cuenta su claudicación final. Y de nuevo utiliza una insuficiencia sensorial como testimonio escénico de primera calidad.

La escena de mayor lirismo es aquella que sigue a la más arriscada: doña Leocadia, en un largo parlamento, intenta justificarse ante Goya. Y cuando concluye su alegato, el pintor le dice algo así como: «Ignoro lo que has querido decirme, pero te comprendo.»

El sueño de la razón es obra de grandes dificultades para intérpretes y director escénico, en la que tanto como la palabra importan los silencios, el juego de luces y los efectos sonoros, factores todos al servicio del personaje y su circunstancia. Admirable la dirección escénica de José Osuna en su tarea coordinadora de tan varios elementos. De los intérpretes —todos bien—, es de justicia resaltar a José Bódalo y a María Asquerino, por su entrega absoluta a cometidos de incontables escollos. La acción se vio interrumida por constantes ovaciones en mutis, parlamentos, frases y hasta escenas mimadas.

A poca sensibilidad teatral que tengan los madrileños, es de esperar que la prolongada permanencia en cartel del drama de Buero compensará a cuantos participan en él de su denodado esfuerzo profesional para poner en pie un espectáculo tan de «teatro total». La del 6 de febrero fue una gran noche para la escena española.

ORATORI PER UN HOME SOBRE LA TERRA
de Jaume Vidal Alcover

Casi nadie lo sabía fuera del área de influencia de expresión catalana, fuera de los que, por razones familiares y voluntad de aproximación, comprendemos el idioma de Verdaguer. Casi nadie lo sabía, pero el menorquín Juame Vidal Alcover es, desde hace algunos años, un autor importante en el teatro español contemporáneo. No se debe culpar del tal ignorancia sino al hecho de que Vidal Alcover utilice normalmente en la redacción de sus obras su lengua catalana. Ya en el curso de la anterior campaña tuvieron conocimiento los lectores de *La Estafeta Literaria* de la inteligente sátira que con el título de *Manicomi d'estiu* estrenó nuestro autor en el café-teatro «Lady Pepa», y también figuraba una escueta referencia a él en el artículo que en nuestro «Mapa Literario de Baleares» se destinaba al capítulo *Dramaturgos de hoy*.

En aquella crítica de *Manicomi d'estiu o la felicitat de comprar y vendra* —número 422— se apuntaba algo de cuanto ahora ha estallado en el deslumbrante espectáculo representado durante la Semana Santa en el Español, que supone un acontecimiento como para señalarlo con piedra blanca en el teatro religioso. Bien es cierto que, en esta ocasión, Vidal Alcover no ha intervenido tanto como autor como en su condición de hombre de teatro al que Josep Montanyès, director de este animoso Grup d'Estudis Teatrals d'Horta, encomendó la tarea de coordinar textos sagrados y profanos, de manera que el resultado fuese una humanización de la Pasión de Cristo, un Cristo de verdad humana —sin mengua de divinidad— y en contacto directo con los otros hombres. En definitiva, una *Pasión* posconciliar. Sólo un hombre tan conocedor de los entresijos del teatro como Vidal Alcover podría haber cumplido con tanta exactitud y brillantez semejante empeño Concibió un espectáculo dividido en dos partes: la primera está compuesta fundamentalmente por transcripciones de *El libre de Job*, antecedida del recitado de un fragmento del *Génesis* y con la interpolación de un salmo evangélico y un poema de Salvador Espriu. El conjunto muestra —en la figura de un Cristo humanado entre sus jueces y un coro de contra-

dictores— la soledad del hombre, su rebeldía y final sumisión y muerte. La segunda
parte, de radical originalidad, ofrece un aspecto totalmente insólito en las representaciones de la Pasión meramente históricas, y revela como la muerte del Hombre-
Cristo es, también, Redención y Amor paran nosotros. En la expresividad de esta
nueva y más completa visión de la tragedia del Gólgota se incluye un fragmento de
La exaltación del amor de Lucrecio y un poema propio de Vidal Alcover, aunque el
texto fundamental corresponde a *El Càntic dels Càntics,* todo ello recitado o canta-
do con ilustraciones de música rítmica —trompeta, batería y órgano— e iluminado
con alucinantes luces sicodélicas.

El conjunto resulta una cabal expresión del dolor del hombre y de su capacidad
de amor, a la que contribuye en gran medida la música de Arrizabalaga. Perfecta la
dirección de Montanyès, bien auxiliado por Segarra y por Maria Aurèlia Capmany,
responsable de la impecable dicción del estos 33 muchachos de una barriada barcelonesa, que constituyen un confortable y reconfortante ejemplo de entrega, vocación y
entusiasmo. Su impecable vocalización hace que resulte inteligible incluso para
quienes hemos perdido el hábito de oir hablar en catalán.

TRES TESTIGOS
de José María Pemán

La producción escénica de don José María Pemán se caracteriza por la variedad
de temas y pretensiones, que van desde el compromiso religioso o político —*El divino impaciente* y *La Santa Virreina,* obras escritas, además, en verso que se presta a
toda suerte de latiguillos emocionales— hasta piezas tan desenfadadas, irónicas y
chirigoteras como *Los tres etcéteras de don Simón, La coqueta y don Simón* y *La
viudita naviera.*

Sin embargo, tal variedad no ha de confundirse con veleidad ideológica, pues,
como el propio Pemán dijo en uno de sus intransferibles artículos, él toma tan en
serio cuatro o cinco verdades esenciales, que puede permitirse el lujo de hacer chaco-
ta de las demás. Cito de memoria, pero creo que si no eran ésas las literales palabras
de Pemán, sí responden al espíritu de aquel comentario sobre los meandros advertidos en su fluyente producción.

A los setenta y dos años de vida y muy pocos menos de incesante creación literaria —teatro, periodismo, oratoria, poesía, novela, etcétera— pocos dudan ya del talento dramático del autor gaditano. De ahí que, si hubiera que buscar un denominador común al estado de ánimo en que la generalidad de los espectadores acude a sus
estrenos, diría que es la esperanza. Esperanza de que sea ésta la pieza que, por fin,

dé medida exacta de las posibilidades de un autor que domina el lenguaje plenamente y cualquier día puede darnos la gran obra de que es capaz, a juzgar por los atisbos y por los aciertos parciales advertidos.

Y esa pieza que esperamos todos —mejor dicho, casi todos, pues Pemán tiene sus detractores impenitentes—, y la esperamos con fruición, por muy poco no ha sido *Tres testigos*. Sin el error último de hacer explícita una tesis que se desprendía del desarrollo de la trama, *Tres testigos* acaso hubiera sido la obra que esperábamos de Pemán, después de tan habituados como nos tenía a ver cómo en su teatro aborda problemas de interés y autenticidad incuestionables, para luego eludirlos como por arte de birlibirloque, haciendo que criaturas dramáticas con una convincente carga de pasiones humanas pasaran a ser títeres sin propio albedrío, muñecos movidos a voluntad del autor. No así en esta pieza, en la que sus personajes se mantienen —con inequívocas resonancias pirandellianas— fieles a la verdad de cada uno de ellos. De no haber sido por esa final rociada de «moralina»...

Con todo, en *Tres testigos* se dan dos cualidades totalmente positivas: la expresividad de un diálogo con eficacia dramática superior a la lograda por Pemán en obras anteriores y la valentía de afrontar situaciones erizadas de dificultades. Y, ciertamente, una tercera, que acaso sea la mejor; los personajes tiene vida y autenticidad propias. Parece poco, pero es casi todo para el análisis de una obra dramática.

Tres personajes —que a la postre son cuatro, merced a un lícito ardid de experto dramaturgo— revisan su compartida peripecia ante una especie de juez destogado que acaso sea la conciencia de cada cual, planteándose preguntas sin respuesta. En el refugio de alta montaña hay desde el equívoco de un incesto hasta el surgimiento de una juvenil pasión amorosa. Y abajo, en el valle, rumores de maledicencia y lejanos entremetimientos. ¿Es peligroso bajar al valle? ¿Qué es lo natural y qué lo artificial?

La obra de Pemán es como una «moralidad» puesta al día..., y apta sólo para mayores. Está bien que el Juez-Conciencia diga que los personajes son, no tres testigos, sino tres islas incomunicadas, tres partes de la verdad. Dramáticamente, está menos bien que agregue que la última palabra corresponde a Dios, porque es tesis sobrentendida, y debería advertirlo autor que tanto juega —en el curso de la acción— con los sobrentendidos.

Cayetano Luca de Tena, una vez más, ni se nota. Y hay que ser un excepcional director escénico para lograr que su labor pase inadvertida.

El decorado único no planteaba complicaciones, y Emilio Burgos calza puntos más que bastantes para suscitárselas, en funcional realización de Manuel López.

Respecto a los intérpretes, de veras, no sé qué anteponer: si la autoridad profesional de Angel Picazo, la versatilidad expresiva de Ana María Vidal —en doble cometido—, el saber estar y decir pausado de Pablo Sanz o la corriente de simpatía del joven edafólogo corporeizado por Manuel Toscano. Los cuatro, a nivel de sobresaliente.

EL AGUJERITO
de Luis Peñafiel

Quizá cuando, hace siete años, fue estrenada en el mismo escenario del Lara la comedia *Aprobado en inocencia,* existían razones atedibles y válidas para que su autor empleara el seudónimo de «Luis Peñafiel». Ahora, Ibáñez Serrador ha alcanzado notoriedad bastante como para firmar sus obra teatrales, al igual que hace con los guiones televisivos o en sus tareas como director e intérprete. Por otra parte, es secreto a voces que «Luis Peñafiel» y Narciso Ibáñez Serrador constituyen una sola persona...

Tras estas consideraciones marginales, es llegado el momento de decir que aquel jovencísimo autor de *Aprobado en inocencia* ha reincidido. *El agujerito* es una farsa muy desenfadada de Narciso Ibáñez Serrador. Divertida en lo más de su acción; en lo menos —digámoslo sin ambages—, bochornosa.

El indudable ingenio de la mayor parte del diálogo padece el corrosivo efecto de la zafiedad de algunas frases y por situaciones de burda invención, en las que únicamente aspira el autor a provocar la hilaridad del público, sin parar mientes en los medios. Aunque en el reparto de su delirante farsa intervienen seis personajes, sólo dos —la actriz inglesa a la que han obligado a retirarse crítica y público y su huésped, de cambiante personalidad— tienen auténtica carnadura de criaturas escénicas. Los otros cuatro son meros fantoches del pim-pam-pum verbenero, que el autor utiliza sabiamente, pero sin la más mínima consideración hacia sus imaginables apetencias, sentimientos y cualquier otra manifestación de humanidad.

Como comedia, califica su autor a *El agujerito.* No es tal, sino farsa, y farsa disparatada con anárquica participación de elementos que, así, de memoria, cabe enumerar: espiritismo basado en un conjuro perteneciente al cuarto acto de *Macbeth:* viuda arruinada y con tres hijas casaderas; huésped que sucesivamente aparece como deportista, obseso sexual, pastor protestante, ruso pasional y astrólogo confeccionador de horóscopos para *The Times,* y criada cuyo buen palmito permite a la singular familia vivir de prestado. Hay *strip-tease* turnante, minivestidos y vestimentas monjiles: champaña, descoco, partida del extraño huésped y vuelta a la sesión espiritista inicial.

Mari Carmen Prendes hizo una auténtica creación de la protagonista. Hoy por hoy, es la mejor característica cómica de nuestro teatro, y su actuación del Lara alcanza calidades auténticamente chaplinescas. La siguió en méritos Narciso Ibáñez Serrador, en un Nicholas al que dotó de las matizaciones requeridas para sus distintas caracterizaciones. Beatriz Savon, Marta Puig, Conchita Goyanes y Bárbara Lys, decorativas, lucieron un variado e imaginativo vestuario de Dolores Salvador. El decorado, de Ramiro Gómez —en realización de Manuel López—, reflejaba bien la sala de estar de una vieja casa inglesa que la acción pedía. Y muy apropiadas las ilustraciones musicales de Waldo de los Ríos. Magnífica la dirección escénica de Narciso Ibáñez Serrador.

CASTAÑUELA 70, creación colectiva del grupo «TABANO» y la orquestina «Las madres del cordero»

El espectáculo *Castañuela 70* —cuyo autor, director, intérpretes, escenógrafo y coreógrafo se ocultan en el humilde anonimato de la colectividad, sin personalismo alguno— comienza muy positivamente, con el cuadro *Cada mochuelo a su olivo*. En él, con música de la pintoresca orquestina «Las Madres del Cordero» y excelente expresividad de los componentes del grupo «Tábano», se satiriza y desenfada justamente el desequilibrio socio-económico producido por el latifundismo en la zona olivarera jiennense. Es la jocunda escenificación del lema «la tierra es de quien la trabaja», potenciado con música, coplas e ingenio de raigambre popular, sin caer en fáciles deslizamientos a la parodia simplista o a una caricatura de nulos efectos catárticos, por descomedimiento.

Riesgos ambos en los que incurren, en mayor o menor medida, los restantes cuadros de la denominada —a título publicitario— «Revista de Cámara y Ensayo», pero que, a veces, más parecía una de esas fiestas de fin de curso en las que los alumnos escenifican sintética y bienhumoradamente las actividades docentes, y en las que están permitidas algunas extralimitaciones en la crítica del profesorado. Sólo que en *Castañuela 70* el ámbito objeto de sátira alcanza al más ancho predio de la vida nacional o, mejor dicho, pretende alcanzarlo.

Al final de la primera parte, en el cuadro *La caída del imperio romano*, crece de nuevo y muy ostensiblemente la estatura artística de la pseudorrevista, aun cuando —seguramente contra la voluntad de sus autores— se desprende de él un cierto tufillo patriotero y nacionalista.

La segunda parte resulta frustrada, tanto en su intención crítica como en los elementos estéticos utilizados, pues incluso los episodios bien concebidos, como la dramatización de un peculiar *Don Alvaro, o la fuerza del sino* con fondo de tendidos taurinos, pierden eficacia por el empleo de factores heterogéneos y deshilvanados.

En resumen, *Castañuela 70* es una bienintencionada tentativa de hallar cauces nuevos a la expresión dramática, con mayor mérito en su concepción que aciertos en el resultado.

OLVIDA LOS TAMBORES
de Ana Diosdado

Ana Diosdado es hija de actor y, como quien dice, ha pasado toda su joven vida en el teatro. Pero eso parece justificación insuficiente para que, a las primeras de cambio, acredite la posesión conjunta de tantas excelencias de autora. El éxito fue inmenso y para corresponder a las ovaciones y ¡bravos!, Ana Diosdado —aplaudida también desde la escena por sus esforzados intérpretes—, tras un amago de dirigirse al público frustrado por la timidez, sólo pudo decir, conmovidamente: «Muchas gracias... sobre todo por haber venido».

Olvida los tambores es una pieza de ambiente actual, temática juvenil, caracteres diestramente definidos y tesis nada banal, con un ritmo perfectamente adecuado a la acción y unos diálogos eficaces y expresivos a carta cabal, que paulatinamente revela las diversas facetas psicológicas de cada una de seis personas dramáticas —en casos como éste, resulta peyorativo llamarlos «personajes»—, ¡y hasta define a la sociedad de la que forman parte!

En las primeras escenas, parece que la comedia va a plantear, una vez más, el manido tema del conflicto generacional, a base de inconformismo juvenil, etc. No sería exacto decir que no lo haga, pero de tal modo enriquecido en la visión de su problemática, que paralelamente surgen en ella procesos depuradores de la autenticidad del ser y hasta una digresión ahondadora y en modo alguno gratuita sobre la cuestión racial.

Ana Diosdado ha escrito, en fin, una primera comedia que, sin estar exenta de algunas lógicas ingenuidades expresivas —como la del inconformista al que le es imposible prescindir del coche—, da pie para sugerencias analizadoras de muy varia y legítima raíz. No hay en la joven autora de *Olvida los tambores* solamente intuición, sino también talento natural y seguridad del terreno que pisa: el teatro. Y no vale pensar que para ella es fácil, porque —según la imagen deportiva— «juega en terreno propio», ya que con la misma seguridad y conocimiento igual se adentra en el mucho más extenso territorio de la vida y de las humanas pasiones que lo pueblan.

En cada gesto, en cada movimiento, en cada palabra de todas y cada una de sus personas dramáticas hay autenticidad. *Olvida los tambores* es una impecable fusión de teatro y vida. Y uno lo constata con la alegría que produce siempre al crítico la oportunidad de dar un juicio positivo.

Que ha de serlo también en los capítulos de dirección, interpretación, música y escenografía, aun cuando ésta resultara enturbiada por una mácula, en forma de publicidad a dos «boites» madrileñas en funcionamiento. ¡Lástima de detalle!

EL JOC
de Alberto Boadella

A la participación española que, como apertura del Festival, supuso *La estrella de Sevilla*, hay que añadir dos espectáculos más, ambos catalanes: el de «El Joglars», que presentó *El joc* —pantomímico espectáculo de voz y movimiento, sin palabras—, y el de la Companya Adrià Gual, en la versión escenificada que Biel Moll hizo de la novela del gran narrador mallorquín Llorenç Villalonga, *Mort de dama*.

Albert Boadella, director del grupo «El Joglars», ya conocido en Madrid merced a una sesión del Teatro Nacional de Cámara y Ensayo, ha dado una prueba más de eclecticismo satírico. No hay más unidad en los seis *juegos* que componen el espectáculo que la proporcionada por la intención crítica y el tratamiento humorístico con los que expresan su repudio —entre amable y violento— a la sociedad circundante y a cuanto con ella tiene que ver: enseñanzas, prohibiciones, costumbres y todos los etcéteras imaginables, para llegar a una sátira que no por humorística deja de ser grotesca, de lo divino y lo humano, desde la creación del mundo terrenal hasta las relaciones sociales, el castigo a la delincuencia y el trato laboral, en una auténtica antología de lo grotesco.

Es obligado citar a los cinco intérpretes de *El joc*, por su excelente labor y porque, de algún modo, son coautores del espectáculo: Benvingut Moyà, Glòria Rognoni, Jaume Sorribas, Montserrat Torres y Josep María Vallverdú son sus nombres. Actúan convincentemente en un espectáculo en el que la virginidad del gesto mimado se ha visto complementada con el ruido, la música, las risas, los gritos y balbuceos. Aleccionador y aleccionante espectáculo el ofrecido por «El Joglars», por cuanto entraña tantas aperturas hacia posibles nuevas andaduras para la dramaturgia.

MORT DE DAMA
de Llorenç Villalonga

En cuanto a *Mort de dama*, su adaptador, Biel Moll, traslada al escenario, con amor y rigor, el memorable, irónico y ahondador friso costumbrista mallorquín presente en la novela de Llorenç Villalonga. Y Ricard Salvat, uno de nuestros más inteligentes y totales hombres del teatro, ha procurado la estructuración del espectáculo, de manera que cada cuadro y cada personaje alcancen las precisas dimensiones que les son propias para la clasificadora visión del total. Es posible que la tarea del gran director catalán adolezca de un entendimiento excesivamente rígido de las posibilidades expresivas —limitación ya advertible en sus anteriores montajes— y que, como consecuencia de tal criterio, la representación aparezca falta de movimiento. Acaso un montaje menos adicto a la técnica brechtiana hubiera dotado a la acción de vivacidad mayor, pero, a cambio, le habría restado hondura en la percepción de Doña Obdulia de Montcada y su acompañamiento.

Desde mediado el primer acto, la obra mereció manifestaciones desaprobatorias de algunos espectadores situados en las localidades altas. Uno de ellos gritó: «¡Queremos teatro!», y no dudo en afirmar que aquella era la interrupción más extemporánea de cuantas he podido testificar en toda mi experiencia de crítico teatral. Y lo triste del hecho es que, probablemente, no se trataba de un «reventador» profesional, sino de un aficionado de buena fe y deficiente formación. O, simplemente, de quien no tuvo la preocupación de alquilar un aparato de traducción simultánea y, por desconocimiento de la lengua catalana, le resbalaron los prodigios de sátira social y de mordacidad humorística procedentes de labios de los personajes de tan penetrante retablo como el que configura *Mort de dama*. En cualquier caso, las interrupciones sobrepasaron el límite de la mala educación para alcanzar el de un extremado bochorno.

En torno a la antecámara en la que agoniza la protagonista se reúnen no menos de cincuenta personajes procedentes de todos los estamentos sociales palmesanos, y ya se comprenderá que es imposible la cita pormenorizada de sus intérpretes, aunque algunos hagan «doblete». Baste afirmar que todos actúan con la disciplina y buena adecuación que es característica de la «Adrià Gual», si bien, dentro del perfecto tono medio, cabe resaltar las actuaciones de Montserrat Carulla, Elisenda Ribas, Marta Martorell, Montserrat Julió, Carmen Sansa, Jordi Serrat, Josep Torréns y Joan Vallès.

ROMANCE DE LOBOS
de Don Ramón María del Valle-Inclán

Verdaderamente ha sido una lástima que, por considerar José Luis Alonso que no estaba en sazón de ensayos esta «comedia bárbara» de Valle-Inclán, haya sido excluida del pasado Festival Internacional de Teatro, perdiéndose de tal modo una propicia ocasión de mostrar a los participantes extranjeros hasta qué punto resulta actual y hasta vanguardista una pieza escrita por nuestro don Ramón hace más de sesenta años. Tanto en sus «comedias bárbaras» como en sus «esperpentos», Valle-Inclán inventó un teatro vigente hoy... y mañana.

Lastimoso por partida doble, habida cuenta de la gran labor coordinadora de José Luis Alonso que, a partir de una portentosa escenografía inventada por Francisco Nieva, nos ha ofrecido una impecable versión dramática de *Romance de lobos*; una versión por muchos conceptos inolvidable, que hubiera podido configurar una aspecto inédito y valioso de la aportación española al Festival.

José Luis Alonso ha concebido para la pieza vallinclanesca una escenificación deliberadamente anacrónica, con tanto de retablo medieval como de montaje vanguardista, a cuyo servicio pone todos los avances mecánicos con que ahora cuenta el escenario —tan inteligentemente remozado— del María Guerrero; y —tan perspicaz siempre en la elección de sus colaboradores— ha requerido la cooperación de Francisco Nieva, cuyos decoradores y figurines dan cabal idea de la atmósfera espectral y sanguinaria que corresponde a la acción de *Romance de lobos*. En los figurines ideados para los personajes de esta noche walpurgiana con el viculero presa de remordimientos por la muerte de la más inocente de sus víctimas, el trabajo en colaboración de José Luis Alonso y Francisco Nieva alcanza logros plásticos rememorativos de Ribalta, Goya y Solana. El tenebrismo español puesto al servicio de la peripecia agónica de don Juan Manuel de Montenegro, reforzado todavía por los efectos propiamente teatrales que más convenían al genio de Valle-Inclán: el canto del gallo en la lívida madrugada, las campanas que tañen, el piafar de los caballos..., todos los efectos sonoros exteriores fueron utilizados para acentuar el dramatismo de la acción.

Aquí asistimos atónitos al empleo de elementos escénicos cuya existencia no pudo conocer Valle-Inclán, aunque sí intuir, para la mayor fidelidad al espíritu de una pieza escrita en 1908...

Y resulta curioso comprobar cómo del anacronismo a que antes hice referencia, cómo del contraste entre lo medieval y lo de hoy nace una intemporalidad que acentúa, si cabe, la carga trágica de esta peripecia teatral.

La lealtad del director del María Guerrero al texto escenificado lo lleva a resca-

tar —aunque abreviadas— las acotaciones escénicas de Valle-Inclán, es una prueba
más de su entendimiento del autor, pues tales acotaciones son imprescindibles para
resaltar ciertos elementos plásticos de la acción que —todavía hoy— no puede expresarse verbalmente o mediante la aportación de mecanismos escénicos. Cristóbal
Halffter ha compuesto algo así como salmodias de acento medievalista para ser en-
tonadas por tres campesinos de bien contrastadas voces.

La interpretación está a la altura el espectáculo. En la imposibilidad de mencionar a todos los componentes del conjunto —más de cincuenta, entre brujas, mendigos, criados, etcétera—, debo resaltar la fascinante interpretación que del personaje
central hace José Bódalo, todavía tonante pero ya agónico, y la de José María
Prada, calurosamente ovacionado por su encarnación del loco Fuso Negro, que acaso fuese creado por Valle-Inclán como personificación del diablo. Muy bien igualmente Félix Dafauce, Margarita García Ortega, Julia Trujillo, Arturo López, Ricardo Merino y Gabriel Llopart.

LA TIENDA
de Germán Ubillos

O mucho nos equivocamos, o esta obra que obtuvo el premio «Juan del Enzina» y que ahora ha estrenado en el María Guerrero el Teatro Nacional de Cámara y
Ensayo, que dirige Mario Antolín, es la primera señal de un autor joven considerablemente dotado para el arte escénico: Germán Ubillos.

Pieza de una sola situación y un escenario único —primorosamente ideado por
Pablo Gago—, se representa ininterrumpidamente y con sólo tres intérpretes —aunque sean más los personajes—, ha sido dirigida por Vicente Amadeo con un
poderoso alarde de virtuosismo coordinador. Junto al joven y novel autor, el gran
triunfador de este acontecimiento teatral es, sin duda, el director de escena.

Ubillos manifiesta en su obra inicial, como es lógico, diferentes —y selectas—
resonancias: desde L'auca del senyor Esteve, de Rusiñol, hasta Esperando a Godot,
de Becket, con parada y fonda en el costumbrismo tragicómico del mejor Arniches.
Pero no está exenta de acentos propios y de un entendimiento personal del teatro,
sin más tilde que la de incurrir en innecesarias reiteraciones. Una ligera poda dejaría
a la pieza en su precisa dimensión.

PROCESO DE UN RÈGIMEN
de Luis Emilio Calvo Sotelo

Luis Emilio Calvo Sotelo ha estrenado en el Español, como es preceptivo, la obra con la que obtuvo el premio «Lope de Vega» correspondiente a 1970. En *Proceso de un régimen*, el novel autor ha dramatizado la figura de un personaje histórico tan próximo y controvertido como Benito Mussolini, con la acción escénica preferentemente centrada en la última etapa de su vida y en las circunstancias en que murió. Tres estudiantes de Derecho deciden investigar en torno a tal acontecimiento, como ejercicio de una presunta tesis doctoral: ¿Asesinato? ¿Ejecución? Naturalmente, el autor no se pronuncia; aporta datos, testimonios, entrevistas, discursos y una relación sintetizada de los hechos.

Creo que Luis Emilio Calvo Sotelo ha querido seguir la línea de un Diego Fabbri en sus dos famosas piezas, *Proceso a Jesús* y *Proceso de familia*, pero a la manera brechtiana del teatro épico o narrativo.

Admito igualmente su objetividad y desapasionamiento. Dice en su antecrítica: «No he intentado escribir una apología», y no hay razón alguna para poner en tela de juicio su afirmación..., a no ser el hecho de que el mero protagonista de Mussolini en la historia que se narra induce a los espectadores a la creencia de que el dramaturgo le otorga un trato de favor.

Es notable el esfuerzo documental previo al propósito, y notables también los medios escénicos que el teatro Español ha puesto a disposición del autor para dar expresividad y verismo histórico al relato, desde la escenografía de Burmann a las ilustraciones musicales de Tomás Marco —como suyas, excelentísimas en uno y otro caso—, sin olvidar las proyecciones fílmicas, la documentación cinematográfica y las alucinantes fotografías de la plaza Loreto, de Milán.

Y con todo, el resultado no es satisfactorio. Le falta todavía capacidad de síntesis al autor para expresar con la suficiente claridad los confusos acaeceres de aquella última etapa mussoliniana, aderezados con los indispensables antecedentes justificativos. Claretta Petacci, Ciano, Edda Mussolini... pasan como sombras por el escenario, sin adquirir entidad de criaturas dramáticas. Quede a salvo la buena voluntad del autor. Y también, la ambición del intento. No es frecuente ver una obra primeriza que apunta a diana tan elevada.

Habrá que esperar nuevas salidas dramáticas de Luis Emilio Calvo Sotelo para dictaminar formalmente respecto a sus posibilidades como autor.

JULIETA TIENE UN DESLIZ
de Julio Mathías

Desde ese anacrónico *desliz* que en el título califica el embarazo prematrimonial de la damita joven, se advierte bien a las claras que Julio Mathías ha querido ofrecernos, muy zumbonamente, no tanto un «juguete cómico» al uso... de usos pretéritos, sino una muestra paródica del género. Mas no una parodia caricaturesca, nada de eso. *Julieta tiene un desliz* supone un ejemplo escénico de la sabiduría teatral de Julio Mathías —apasionado estudioso del arte dramático, como lo testimonian sus serias biografías sobre Benavente, Echegaray y su paisano, el dramaturgo malagueño Francisco de Leyva—, sabiduría que le ha permitido utilizar los factores y recursos más usados en este género de mera diversión, de tal modo que los espectadores rían espontáneamente..., a la vez que evidencia ante ellos la falsedad de las peripecias escénicas.

Para lograrlo, procede a una ruptura de la trama lógica con insertos de inequívoca raíz jardielesca —la doncellita enlace de unos amigos de lo ajeno, etc.—, con lo que al en cierto modo desfasado problema del desliz se unen elementos de intriga que acrecen la atención del público.

Esta dicotomía entre el juguete cómico proclive a la españolada y una latente voluntad de aproximación actualizadora queda de manifiesto en las dos criaturas escénicas que aparecen en la foto: el varón es la expresión del género superado; la muchacha manifiesta una innegable tendencia hacia modos y modas de hoy...

El diálogo sirve muy eficazmente a la acción, y son muchos más los hallazgos humorísitcos de inmediata repercusión en el auditorio que los escasos deslices —aquí, sin eufemismos— hacia chistes de sal gorda o referencias provinciales un tanto manidas.

El dicotómico juguete cómico de Mathías requiere una dirección escénica por igual atenta a transparentar su doble intención. Y Carlos Vasallo, que con él se estrenaba en funciones coordinadoras, ha sabido dar a la acción el ritmo necesario, desde la vivacidad de las escenas picaruelas a la suspensión de las situaciones de intriga.

De los intérpretes, Lili Muratí y Adrián Ortega, tan eficaces como siempre, pero también tan iguales a sí mismos como de costumbre. Son intérpretes con mucho oficio y de comicidad indudable, mas incapaces de cualquier índole de desdoblamiento. Pedro Valentín, en cambio, logra dar matices propios a su personaje, al igual que, en menor medida, lo consiguen María Móntez y Charito Cremona. Manuel López ha ideado un simpático marco para el juguete muy acorde con la acción.

LA MADRE

de Hermógenes Sainz

Hermógenes Sainz, conocido guionista de televisión, ha logrado con esta lacerante obra testimonial el accésit al premio «Lope de Vega» de 1970. Singularmente afortunada parece la iniciativa del Teatro Nacional de Cámara y Ensayo de incluir en su «Ciclo de autores españoles» a la pieza finalista, y hasta sería de desear que la idea tuviese continuidad, para que autores de tantas posibilidades, como Marcial Suárez —el finalista de 1971— no quedasen sin ver sus obras escenificadas. Es una sugerencia a Marío Antolín...

Sainz, para realizar esta pieza nada convencional, ha extendido antes su aprensiva y aguda mirada hacia el panorama que nos ofrece la actualidad política internacional.

Desde la primera escena se advierte que la visión no le ha producido satisfacción alguna. La obra es la plasmación escénica de tal alarma, llevada a su intencionalidad límite. Diriase que es el producto de una desesperada búsqueda de la esperanza, y desde luego pone de manifiesto la gran capacidad inventiva de Hermógenes Sainz, a la vez que demuestra un dominio de los modernos recursos expresivos del teatro poco habitual en autor no fogueado, aunque en el caso de Sainz bien puede provenir de sus experiencias como guionista.

No es sólo importante lo que en *La madre* se dice, con serlo mucho, sino también la solución hallada para que la expresión alcance un maximo de eficacia escénica. Si es un hallazgo de consideración la idea originaria de que sólo el temor empavorecido a las consecuencias que pudiera tener el estallido de un conflicto nuclear puede evitarlo, desequilibrando la igualdad atómica de las dos grandes potencias, no es menos digno de señalar la audacia de concepción y desarrollo de la crucial peripecia.

El autor roza los límites de la utopía en su entendimiento de que sólo el miedo de una débil mujer y el amor que siente hacia su mongólico hijo haga que encuentre en sí misma el medio de evitar el cataclismo, pero acierta a expresarlo —y ésta es grande hazaña— con la suficiente verosímilitud escénica, bien apoyado por la escenografía de Sainz de la Peña, la desmesura de sus simbólicos figurines, el empleo de recursos electrotécnicos, etc., en singular contraste con realistas proyecciones fílmicas.

De los buenos y esforzados intérpretes, merece resaltarse la actuación de María Paz Ballesteros, cuya entrega a su arriscado personaje alcanza, muy frecuentemente, perfiles casi heroicos.

Por sus calidades intrínsecas y por la universalidad de la trama de esta pieza, que tanto tiene de experimento como de testimonio, Hermógenes Sainz se hace acreedor a un amplio margen de confianza en el futuro inmediato del teatro español.

LOS ESCLAVOS
de Antonio Martínez Ballesteros

La muy legal... esclavitud —escenificación libre basada en la obra de Martínez Ballesteros *Los esclavos*—, sirve al TEI para manifestar su madurez teatral y sus propósitos renovadores, en dirección distinta a la de la farsa musical estrenada dos fechas antes, también en el reducido local de Magallanes, 1.

Basándose en un texto de Martínez Ballesteros que raramente se despega de lo anecdótico, el trabajo colectivo del TEI ha verificado una trascendentalización del mismo muy inteligente, según se evidencia ya en la prolongada pantomima inicial, previa al texto.

Estos quehaceres «colectivos» tienen el inconveniente, para el crítico, de no poder elogiar nominalmente a los que en ellos participan. En las antípodas del divismo, estos muchachos sacrifican sus éxitos personales a la mayor gloria del TEI, en desprendimiento con sus ribetes de emotividad.

Admirable y sugestiva dirección escénica, a la que —extremando el rigor analítico puede reprocharsele tan sólo escenas de mimetismo grotowskiano, en lo que tienen de servidumbre a métodos ajenos. Y más admirable, si cabe, los intérpretes, con total dominio de la expresividad corporal y de la coordinación escénica. Su labor tanto individual como colectiva, puede parangonarse con la del mejor logro de nuestra escena profesional, a la que en algunos aspectos —entusiasmo, plena dedicación, etc.— se muestran superiores.

De *Los esclavos* a *La muy legal... esclavitud* hay la misma distancia existente entre un aceptable intento y una escenificación pletórica de inusitadas y selectas aportaciones plásticas.

LLEGADA DE LOS DIOSES
de Antonio Buero Vallejo

Buero Vallejo ha escrito un drama irritante. ¡Qué desconsideración! A la salida del teatro Lara, uno entendía bien los fruncidos ceños de no pocos espectadores: ellos habían ido a pasar el rato, a distraerse, y nuestro autor les deparó una incómoda revulsión, no sólo intelectual, sino afectante también a los sentidos. Una moralidad contemporánea. Distante por igual del «distanciamento» brechtiano y de la «provocación» que posteriormente ha logrado tan gran predicamento, Buero ha elegido en *Llegada de los dioses* el atado de la «participación» del público, que aiste desde dentro a una convocatoria de alarma general, sin apenas concesiones. (Digo «apenas» porque el desarrollo del drama requería algunos oscurecimientos más de la sala consecuentes a entradas en la escena del ciego Julio, y sin duda fueron suprimidos en el curso de los ensayos para evitar impaciencias prematuras de los espectadores).

(Conviene aquí una aclaración: la obra de Buero es irritante por honesta, por su complejidad de sentimientos, por la eficacia de sus efectos revulsivos, porque ninguno de sus personajes —con los que el autor fuerza a los espectadores a identificarse— tiene toda la razón..., y ninguno carece de sus razones, con base suficiente para producir el conflicto. ¿No han de ocasionar irritación tales —y tan auténticas— contradicciones? Y antes de seguir, otra puntualización: según el Diccionario, por revulsión ha de entenderse «medio curativo de algunas enfermedades, internas, que consiste en producir congestiones o inflamaciones en la superficie de la piel o las mucosas, mediante diversos agentes físicos, químicos y aún orgánicos». Lo que, trasladado del campo de la medicina al de la dramaturgia, viene a ser una obra, una drama —¿y por qué no tragedia?— que actúa como medio curativo de algunas enfermedades sociales, al producir en los espectadores un ahondador examen de conciencia, mediante aguijonazos simultáneos de efectos dramáticos y molestias sensoriales.)

Llegada de los dioses significa una gran zancada adelante en la producción de Buero, pero en la misma dirección. Puede parecer pesimista su tesis, pero no lo es, sino optimista, en cuanto se trata de una alarma dada con propósitos cuarativos. Creo que está en la línea de *El concierto de San Ovidio*, estrenada en 1962, pero enriquecida ahora con matices psicológicos y aportaciones conflictivas que exigen un complejo tratamiento a lo que entonces resolviera el propio Buero más linealmente.

Aquí ya no se trata sólo de simbolizar en la ceguera físca de un personaje otra suerte de tinieblas anímicas o intelectuales, sino que —en una de las mejores escenas de la obra— el idealista ciego «ve» y con el los espectadores—, que quienes caminan a tientas y en plena oscuridad son los otros, los que tienen sus ojos abiertos a una luz que no es la de la verdad. Pero, y éste es el gran hallazgo de Buero y la mejor prueba de su dubitativo enfrentamiento con la realidad, también el ciego Julio se equivoca, de medio a medio, en los productos de su turbulenta imaginación, salvo en lo que respecta a la premonitoria visión del fin de Nuria, su hermana natural.

En su pretensión de escenificar un friso lo más completo posible de los riesgos que para un futuro inmediato amenazan en el placentero presente a los humanos, Buero acumula deliberadamente en sus criaturas escénicas taras, debilidades, pecados por acción o por omisión, frivolidad malsana y odiosos prejuicios. Así logra el contraluz de una «aterciopelada» oscuridad pletórica de amenazadoras claridades.

De tal ámbito no se libra ni la ingenua revolucionaria intelectualoide que aún cree —como todos los inconformistas que en el mundo han sido— que su revolución es otra, exenta de envidias, resentimientos y bajezas. Tampoco faltan algunos pildorazos hacia los jovencitos a quienes sus aburguesados padres subvencionan actitudes de protesta. Y es que el autor, en su constructiva terapia, no deja títere con cabeza..., acaso para que puedan conservarla sobre sus hombros cuantos de títeres nada tienen.

La dirección de Osuna, la escenografía de Burman y el trabajo de los intérpretes, cooperan cumplidamente al elevado propósito del autor. Lamento no extenderme en el análisis pormenorizado de su positiva contribución, porque en obras como la que comento el autor ha de llevarse —y es justo que así sea— la parte del león. Por vez primera en muchos años, España tiene en Buero Vallejo un dramaturgo de universales arrestos: un autor como nítido idioma está siempre al servicio de una idea esperanzada.

LUCES DE BOHEMIA
de don Ramón María del Valle-Inclán

Con *Luces de bohemia*, escrita en 1920, parió Valle-Inclán el vocablo «esperpento», y como tal fue designada la obra al editarla —por entregas— en la revista *España*, de Madrid. Después, otras obras suyas merecerían el mismo apelativo: *Los cuernos de don Friolera, Las galas del difunto* y *La hija del capitán*.

Ahora, al medio siglo de haber sido escrito, sube por vez primera a un escenario madrileño el esperpento *Luces de bohemia*, tras haber sido estrenado en muchas ciudades de provincias, y lo hace con todos los honores: como sesión inaugural del II Festival Internacional de Teatro. Y es que, tal como anunciara nuestro colaborador Víctor Valembois en su articulo «Valle-Inclán y las disyuntivas del teatro contemporáneo», publicado por *La Estafeta Literaria* en su número 473, correspondiente al 1 de agosto de 1971, «ha llegado al hora de Valle-Inclán». ¿Por qué tanta demora. Simplemente, porque los condicionamientos técnicos del teatro no lo han permitido antes. Y quien piense en limitaciones de orden político, debería reflexionar un punto en el hecho de que cuatro regimenes distintos —Monarquía sin y con Dictadura. República con y sin el Frente Popular, y, tras el lapso bélico—, el regimen actual. Piensen también que *Luces de bohemia* no fue estrenada en París hasta 1963, mucho después que, por ejemplo, García Lorca.

Luces de bohemia no fue escrita para el teatro —tesis que, entre otros, sostiene Antonio Risco en su libro *La estética de Valle-Inclán en los esperpentos y en «El Ruedo Ibérico»*— o, quizá, fue pensada para el teatro del futuro. De un futuro que, hoy, es ya presente. De ahí su larga espera: cruz que han de soportar todos los grandes innovadores. (Suelen ser además, como en este caso, genios, y a los genios no se les puede exigir que sometan sus invenciones a las cortapisas y a los convencionalismos de cualquier medio expresivo). Sí, ha llegado la hora de Valle-Inclán, porque las nuevas técnicas escénicas permiten encapsular en el reducido espacio del tablado las libérrimas invenciones valleinclanescas. Su inteligente utilización ha permitido a Tamayo trasladar al escenario del Bellas Artes la procesión itinerante del poeta ciego por el miserabilismo de la España de 1920 que, como a Unamuno, tanto le dolía don Ramón María, de la tasca de «Pica Lagartos» a la redacción del diario liberal, pasando por los calabozos del Ministerio «de la Desgobernación», para recalcar en esa oscura escalera de vecindad, en la que Max Estrella agonizaría, todo ello tratado con óptica deliberadamente deformada —la teoría de los famosos espejos cóncavos del callejón del Gato—, y, sin embargo, auténtica en su esencialidad última. Y es que, como creía el propio Valle-Inclán, y Valembois transcribió en el citado artículo publicado en nuestra revista, «el arte no existe si no cuando ha superado sus modelos vivos mediante una elaboración ideal».

Los desconsiderados ataques verbales de Valle-Inclán a la Academia, a la política, a los gobernantes, a los literatos y a todo quisque son de tal magnitud que pierden aristas críticas. Después de citar a Goya como inventor del esperpentismo, Max Estrella dice a su amigo de correrías: «Latino, deformemos la expresión en el mismo espejo que nos deforma las caras y toda la vida miserable de España». A lo que don Latino le replica: «Nos mudaremos al callejón del Gato».

Esa es la cabal significación del esperpento, al que estérilmente hemos de buscar claves políticas, sociales o de otra índole que no sea la elevación de lo grotesco a categoría estética teatral.

He aludido, de pasada, a las excelencias de la dirección escénica de Tamayo. Habrá que añadir que su tarea de coordinador y sus ideas al servicio del texto hacen de éste el mejor trabajo de su ejecutoria teatral. En la interpretación, excelente Carlos Lemos, en áspero pugilato con la eficacia expresiva de un Agustín González en plena madurez interpretativa, y muy bien Margarita Calahorra, Manuel Gallardo —patético «Preso»— y Antonio Puga. Pero todo el conjunto muestra un alto grado de profesionalidad en sus respectivos cometidos. Emilio Burgos consigue un éxito mas como escenógrafo y figurinista, y la luminotecnia juega un preponderante papel en la escenificación del esperpento.

AURELIA O LA LIBERTAD DE SOÑAR
de Lorenzo López Sancho

Gran expectación ante este estreno. Justificada expectación, según ha de verse. Suponía, además, la reincorporación de otra sala dramática, totalmente remozada, al número de teatros existentes en Madrid, y el acto se inició con unas animosas, esperanzadoras, objetivas, palabras del director general de Cultura Popular y Espectáculos, señor Thomas de Carranza.

Y luego, el primer drama escrito por López Sancho. Quizá se haya dado excesiva importancia al hecho circunstancial de que hasta dias antes el autor ejerciera la crítica, sin advertir que ya entonces López Sancho estaba haciendo obra de creación: sus ahondadores análisis de producciones ajenas, sus artículos del *Planetario*, como antes sus crónicas de París y antes aún la crónica municipal que firmara «Isidro», denotaban en él al escritor dotado para invenciones propias.

Aurelia o la libertad de soñar no es sino la prueba confirmatoria. De la mano de Pirandello en lo formal y con base en una criatura dramatica de Giraudoux, López Sancho sugiere en su drama mucho más de lo que el intenso texto apunta. A uno se le antoja que toda la trama externa —meticulosamente construida— no es sino la elipsis de que el autor se sirve para ofrecer la imagen de esa porción española que vive de espaldas a la realidad y lo hace deliberadamente. Los esfuerzos de Julia Aurelia para hacer entrar en su evasiva fantasía a la sociedad circundante adquiere caracteres dramáticos, que López Sancho resalta muy expresivamente, sirviéndose fundamentalmente de la palabra; pero no sólo de ésta. Lo atestigua el que acaso el momento en que la obra alcanzó su apogeo expresivo fue aquel en el que, frenéticamente, el hijo de la presunta loca arranca el falso decorado que sus cómplices habían dispuesto para ella, en un desesperado intento de hacerla volver a la realidad de su casa madrileña.

El lenguaje es de muchos quilates literarios —quizá en detrimento de la claridad coloquial—, pero es lógico: López Sancho no podía irrumpir en la escena, desde su butaca de crítica exigente, con una obra de estrechas miras.

Amelia de la Torre hizo una memorable «recreación» de la Aurelia de *La loca de Chailot*, que ella misma estrenara en el María Guerrero, y aún le sobraron arrestos para corporeizar al tiempo a la actriz madrileña Julia, que se niega a dejar de ser la demente de la obra de Giraudoux. Muy bien los restantes intérpretes, desde la eficiente veteranía de Guillermo Marín a los ímpetus juveniles de Marta Puig y Jaime Blanch. Plenamente ambientadores los decorados de Emilio Burgos, y cabal, como siempre, la dirección escénica de José Luis Alonso.

LA FIRA DE LA MORT
de Jaume Vidal Alcover
(I Festival Internacional de Teatro)

La segunda participación española correspondió al Grup d'Estudis Teatrals d'Horta. Dentro de la Sección Experimental, el grupo catalán esceneficó *La fira de la mort*, del dramaturgo mallorquín Jaume Vidal Alcover, dirigida por Josep Montanyés. Vidal Alcover la ideado una versión actualizada de las medievales danzas de la muerte, que tanta tradición alcanzaron en Cataluña, y las dificultades que para su comprensión pudieran derivarse del desconocimiento de la lengua catalana quedaban compensadas mediante la utilización de los auriculares de traducción simultánea. Por eso se entiende menos —o está claro por demás, según la óptica empleada— la actitud incivil de algunos sectores que, premeditadamente, fueron a «reventar» la representación. (Quizá no sea casual el hecho de que, en el anterior festival, parejas manifestaciones de prematura y persistente protesta se produjeron en otro espectáculo en lengua catalana.)

Tanto el autor, Jaume Vidal, como el director, Josep Montanyés, parten de la estructura de las antañonas danzas para, desde ella, expresar con estética muy actual —Y en profundidad— su traslado a la realidad circundante, sin prescindir de aracísmos: salmodias, danzas guerreras y litúrgicas, etc., más contrarrestados con ritmos que pudieran figurar en los *hit parades* de hoy mismo. Josep Arrizabalaga, autor de la partitura, mezcla hábilmente trompetas seráficas, batería percutiente y órgano electrónico. Un espectáculo, en suma, de gran dignidad formal.

ORATORIO
de Alfonso Jimenez Romero
(II Festival Internacional de Teatro)

Excepcionalmente, y por la terminante imposición de Alfonso Jiménez Romero, autor del *Oratorio*, y de Juan Bernabé, director del grupo de Lebrija, la representación de su encrespado espectáculo no tuvo lugar en el restaurado y capaz teatro de la Zarzuela, sino en un inhóspito local —garaje, almacén o algo por el estilo—, con sólo capacidad para unos 170 espectadores. Así pudo darse la paradoja de que la más popularista escenificación del festival resultara únicamente accesible a algunos privilegiados.

Es muy posible que tanto Jiménez Romero como Bernabé tengan poderosas razones, para seguir tan al pie de la letra las exigencias del «teatro pobre» preconizado por Grotowski, pero el crítico ha de confesar que no pudo seguir con la atención requerida el desarrollo de esta alucinante y exasperado *Oratorio*, pendiente como estaba de los centenares de jóvenes que se habían quedado en la puerta por falta de aforo. Tal limitación puede alcanzar resultados positivos cuando el espectáculo se presenta en escenarios naturales de la ruralidad andaluza, pero en ciudad tan saturada demográficamente como Madrid, el Teatro Lebrijano hubiera hecho bien sacrificando sus planteamientos teóricos en beneficio de una mayor audiencia.

Más que las vigorosas trazas del texto, que responde en todo a los requerimientos de un teatro de provocación político-social, impresiona la absoluta y espontánea entrega de los intérpretes y su esforzada veracidad, situada en los mismos antípodas del quehacer profesional. A pesar de sus tendenciosos equívocos, a pesar de que deliberadamente toma la parte por el todo en unos hechos que son reciente y sangrienta historia de España, el *Oratorio* de Jiménez Romero conforma un trágico friso de agresiva denuncia, con indudables raíces lírico-épicas.

YERMA
de Federico García Lorca

Esta vez, la precedente ficha resulta mucho más técnica que artística, y no, ciertamente, por capricho: responde al objetivo análisis de cuantos elementos participaron en el hecho teatral del teatro de la Comedia. Y en modo alguno ha de atribuirse a tal primacía de los medios técnicos consecuencias peyorativas en lo que concierne al resultado artístico de la representación. Se trata, simplemente, de la aplicación de una óptica distinta y muy personal en el tratamiento escénico del texto que al director le es encomendado.

Un tratamiento revolucionario y audaz, sin duda, pero también indagador y serio. En las concepciones escénicas de Víctor García —ya pudo advertirse en su montaje de *Las criadas*, en el Fígaro—, hay mucha más indagación que experimento. Sería un grave error analítico calificar como ensayo algo que es producto de un ahondador examen sobre las posibilidades expresivas actuales de un texto en el que los hallazgos líricos sobrepasan con mucho a los de raigambre dramática.

Acaso quepa exigir a Víctor García una mayor depuración de las ideas que en el curso de su indagación le llegan, pues no todas resultan por igual válidas. En este caso concreto, algunas invenciones no están del todo justificadas, y contribuyen a enturbiar la acción antes que a clarificarla, pero son las menos y tienen carácter secundario.

Queda con ello admitido que —a mi juicio— no entra en el capítulo de los errores su invención básica: la lona en exágono irregular, a la que un sistema de muelles, poleas y cables dota de elasticidad y formas cambiantes. Allí, en este piso móvil, se agudizan por igual la carencia de entidad varonil del marido y la agazapada tragedia que para la protagonista encierra su esterilidad, en tanto que el chismorreo de las lavanderas se trueca en un coral plañid. Otra buena prueba de la seria indagación que de la trama ha hecho el director la tenemos en la circunstancia de que los tres personajes enterizos de *Yerma* —Victor y las silentas cuñadas de la protagonista— se mueven en el terreno firme de la plataforma exterior, y nunca en la movediza superficie de la lona.

En cambio, se excede en la graduación de ciertos efectos sonoros. Y resultan cuestionables otros recursos...

Ya sé que apenas de pasada me he referido a García Lorca: es que en esta representación el texto importa poco y el espectáculo se lleva la mejor y mayor parte.

Según me informan, en el estreno algunos parlamentos no llegaron a la sala con nitidez suficiente. Cuando yo estuve, tal deficiencia parecía haber sido superada, y Nuria Espert aportó su clara dicción y sus cualidades de excelente actriz al servicio de la protagonista, bien secundada por José Luis Pellicena y Daniel Dicenta, y el resto de de un animoso conjunto.

EL CARRO DE HENO o EL INVENTOR DE LA GUILLOTINA
de Camilo José Cela

Con esta «farsa trágica en tres actos y un epílogo» de Camilo José Cela, estrenada por el Teatro Club Pueblo en un ciclo denominado «El otro teatro español», la palabra recupera el protagonismo. Muy por encima de la acción y de las situaciones hay que situar aquí el lenguaje coloquial, cuya fuerza avasallante suple con ventaja las límitaciones que se derivan de una lectura levemente accionada. No podía ser de otro modo, cuando el texto se debe a un escritor de la talla de Cela.

Un escritor que ha seguido «por libre», pero con mucho aprovechamiento, la asignatura dramática. Aquí, Cela se salta torerísimamente todos los condicionamientos que habitualmente impone el texto. Y..., sin embargo, el resultado es ciento por ciento dramático. Ese gran friso humano al que ha dado sus voces el escritor y —por ahora— un barrunto de movimiento escénico esta lectura expresiva, será, como anuncia la denominación del ciclo, «otro teatro», pero sin el menor género de dudas es teatro. El momento en el que dos de sus personajes renuncian a bailar al ritmo de una melodía normal para preferir hacerlo a los monótonos sones de una salmodia pedigüeña, está henchido de sustancia dramática, y supone un buen botón de muestra de cuanto al teatro puede aportar Cela, sin mengua de su personalidad de escritor; pues tanto en los crudos diálogos como en la naturaleza de sus personajes hay testimonios de la personalísima prosa celiana, de *La colmena* al *Diccionario secreto*. El público siguió muy atentamente el curso de la lectura al igual que el propio autor ni éste ni los espectadores parecían incómodas ante la carencia de espontaneidad interpretativa que la lectura conlleva.

Los encasilladores de oficio encontrarán sin duda qué sé yo qué resonancias en el texto dramático de Cela. ¡Pues claro que tiene algo de esperpento valleinclanesco! Pero no es influencia, sino producto de la idéntica raíz galaica y de un muy próximo y aproximado talante literario.

A las órdenes de Ramón Ballesteros, todos los intérpretes consiguieron la máxima calidad expresiva a la lectura de sus respectivas recitaciones.

LA NOCHE DE LOS CIEN PAJAROS
de Jaime Salom

Desde sus primeras obras, Jaime Salom compareció en el teatro español contemporáneo como un autor de seguro instinto dramático, en cabal posesión del sentido de la síntesis argumental y capaz de imaginar personajes que, por el verismo de sus perfiles sicológicos y por la verdad de sus caracteres, ascienden en la receptividad del público a la superior condición de criaturas escénicas de vida perdurable.

Así, estas ocho que dan vida a *La noche de los cien pájaros*. Un drama situado en la arriscada frontera que señala límites entre la comedia de costumbres y el drama realista, con permanente riesgo de caer al barranco del melodrama o derivar a las inoperancias de tonalidad rosácea. En uno u otro caso, la obra estaba abocada al naufragio. Pero Jaime Salom es autor de muchas y muy certeras singladuras y acredita aquí su creciente magisterio teatral, al sostener la invención en el difícil campo intermedio para el que fue creada.

Por su condición fronteriza se advierte en su desarrollo la doble influencia de los géneros limítrofes: desde el costumbrismo latente en todas las escenas que reflejan con pasmosa exactitud ambiental y lingüística el condicionamiento vital del medio en el que, después de su casamiento, se desenvuelve el protagonista, al conflicto realista —y no por íntimo menos real— que desde la primera escena estalla entre marido y mujer. Salom penetra en ambos campos de influencia con idéntica seguridad e gual dominio de los terrenos que pisa, para, cuando así lo requiere la trama, regresar a su historia interior, al relato sabiamente escenificado de un proceso de frustración que constituye el auténtico meollo de la pieza, y que Jaime Salom nos va mostrando gradualmente, en dosis distribuidas muy eficazmente, a través de breves cuadros que van del pretérito al presente sin más artificio que la de dos o tres elementos móviles insertos en la escenografía de Emilio Burgos.

El autor ha calculado milimétricamente la cabal utilización del doble juego de influencias, y usa con perspicaz comedimiento de una u otra, según convenga al principal conflicto planteado, es decir, el de la frustración de un hombre y su acostumbramiento a la vulgaridad de un medio que dista mucho de aquel para el que se sentía dotado, hasta que un encuentro circunstancial le hace revivir ambiciones antiguas, sin diques de ningún género que lo detengan en su logro.

Me he referido al comedimiento de Jaime Salom. Bien. Si algo hay que reprochar a *La noche de los cien pájaros* es acaso, un exceso de contención: el que evita, concluya en tragedia el complejo de frustración del protagonista par desviarlo hacia las vías más acomodaticias del drama. Es cierto: el fracaso vital de Adrián pudo tener un desenlace trágico. Pero no resulta menos cierto que la presunta concesión queda ampliamente compensada con el pletórico humanismo de que dota a sus criaturas escénicas, todas ellas rebosantes de veracidad y de vida propia.

Lógicamente, el trío formado por Juana, Adrián y Lilián merece del autor un tratamiento deferente, con mayor penetración pormenorizadora en sus rasgos sicológicos. Pero sin descuidar a las otras cinco —complementarias, que no secundarias—: unas frases oportunas, algún ademán reiterado y una actitud prefijada, bastan a Salom para retratarlas de cuerpo entero.

Queta Claver, en la elemental y enteriza Juana, confirma los indicios que ya nos había dado de su calidad artística, y ya de la indomable majeza a la emoción recóndita con admirable versatilidad. Suplió sobradamente algún defecto de vocalización con su total entrega.

Luis Prendes hizo evidentes a los espectadores la incertidumbre y el fracaso vital de su Adrián, con modales inseguros y confusos, en contraste con su perfecta dicción, y acertó a dar a las frases más rotundas el conveniente matiz de duda y perplejidad.

Elisa Montes completó el triángulo muy equilibradamente, en un cometido nada fácil.

De los restantes intérpretes, notables todos, nos queda un sobresaliente para Antonio Vico: el autor le otorgó dos parlamentos breves e intensos y, claro, le sobró uno para testimoniar su categoría profesional.

José María Loperena ha logrado en esta pieza su mayor éxito como director escénico. Dio a la acción el ritmo pertinente y a la trama sus precisos significados, con la inapreciable cooperación escenográfica de Emilio Burgos.

Sabido lo anterior, el augurio es fácil: *La noche de los cien pájaros* tendrá larga permanencia en el escenario de Marquina.

QUEJÍO
de Salvador Távora y Alfonso Jiménez Romero

Salvador Távora y Alfonso Jiménez Romero —el segundo, autor de *Oratorio*, la pieza con la que el Teatro Lebrijano logró sus más resonantes éxitos— han ido a la raíz misma del alma popular andaluza, la copla jonda, para extraer sus elementales registros dramáticos y la dolorida significación del cante.

Digamos de entrada que han conseguido plenamente su propósito. Con los elementos imprescindibles para la escenificación y un escalofriante verismo en sus cinco intérpretes —desde la mujer silenciosa y enlutada que al final lanza su acusadora mirada al público, hasta quienes arrancan a sus coplas o zapateados una insólita significación trágica—, Távora y Jiménez Romero aciertan a trasladar al escenario del Pequeño Teatro una expresiva y terminante manifestación anímica del sector por excelencia laborioso —y en igual medida desposeído— del campesinado que nada tiene propio, sino su estremecida angustia, comunicada en rasgueos de guitarra, jipíos del cante y violentos zapateados.

Para tener indicios ciertos de la verdadera dimensión del folclore popular andaluz, la asistencia a *Quejío* es, hoy por hoy, imprescindible.

Con la incorporación de este espectáculo, ideado por el grupo «La Cuadra», de Sevilla, el T.E.I. y el Pequeño Teatro prosiguen en su línea de inteligente autoexigencia programadora.

GALATEA
de José María de Sagarra

El intercambio entre las compañías titulares de los Teatros Nacionales Español y «Angel Guimerá», realizado en oportunidad muy estratégica, ha redundado en beneficio doble para los respectivos públicos de Madrid y Barcelona. Para el de Madrid, porque ha podido participar en el homenaje rendido a Sagarra en el décimo aniversario de su muerte, asistiendo a la representación de una de sus más dignas y escasamente divulgadas obras y, a la vez, admirar uno de los quehaceres más serios, inteligentes y denodados del gran director —de la totalidad del hecho teatral— que es Ricard Salvat. Para el de Barcelona, porque ha deparado a los buenos aficionados de la Ciudad Condal la oportunidad de ver un *Otelo* veraz e íntegro.

El texto de José María de Sagarra —correctamente vertido al castellano por su hijo Juan— nos llega a los veinticuatro años de ser concebido. Justamente a esa dictancia en la que, debido a la dinámica de nuestro tiempo, las obras teatrales resultan irremediablemente envejecidas, antes de que adquieran la nobilísima pátina de lo que, por antiguo, empieza a tener cualidades de clasicismo.

La definitiva versión de *Galatea* la realizó Sagarra en el Paris de 1948 y tiene, además de los condicionamientos de la inmediata posguerra —referencias al mercado negro, definiciones hoy fuera de uso de lo cotidiano, etcétera—, lógicas influencias del teatro entonces vigente en Francia: Sartre, Camus, Anouilh..., pero sobre estas que pudiéramos considerar limitaciones emerge la indudable potencialidad expresiva del autor catalán, en un meritorio esfuerzo de universalización temática, prodigiosamente servido por la «antiacadémica y renovadora» escenificación de Salvat, que tiene como muros maestros de sustentación la escenografía de Pericot y la luminotecnia de Balañá.

La inteligente labor esquematizadora del director del espectáculo —a Salvat se le queda chica la denominación usual de director escénico— aproxima a la sensibilidad actual una obra que se nos iba quedando peligrosamente lejana, y la confrontación entre el mundo idealista de Galatea —domadora de focas—, y el materialismo a ultranza del carnicero Samson se equlibra, de un lado, y refuerza su conflicitividad, de otra parte, por la presencia constante en el espacio escénico de los personajes secundarios, por la utilización de elementos geométricos que sustituyen al mobiliario verista y por una iluminación que en ocasiones adquiere carácter de protagonista.

De todo lo escrito se infiere que el homenaje a Sagarra, justificado por la personalidad del dramaturgo catalán, nos ha regalado —y el obsequio es sustantivo— la oportunidad de contemplar en Madrid un trabajo más de ese gran hombre de teatro que es Ricard Salvat, en una de sus cimeras creaciones.

En el capítulo interpretativo, el nivel medio fue de buena y eficiente profesionalidad, dentro del cual importa resaltar los nombres de Teresa Cunillé, Ramón Durán, Alberto Socias y, por supuesto, Olga Peiró.

MISERICORDIA
de **Benito Pérez Galdós**
(Adaptación teatral de Alfredo Mañas)

Setenta y cinco años atrás —la publicación de la novela *Misericordia* data de

1897— Pérez Galdós puso los mimbres de lo que ahora la tarea conjunta de Alfredo
Mañas, José Luis Alonso, Mampaso Díaz y el cuadro interpretativo del María Guerrero ha convertido en venturoso hecho teatral, pletórico de cualidades escénicas y,
por encima de todas las cosas, enriquecido por las aportaciones estéticas, técnicas y
funcionales del teatro de hoy.

La mayor contribución en los aciertos corresponde, lógricamente, a Alfredo
Mañas, que en esta oportunidad alcanza la más elevada cota en su ya bien probada
capacidad de recreación de textos ajenos para la escena, con fidelidad absoluta a su
esencia y meditada utilización de invenciones propias que, por veredas tangenciales
o impensados alcorces, cumplen ante el público de 1972 una misión aproximadora,
eliminando del original los achaques de la edad, tan notorios en el arte escénico.

Después de esta demostración, ya caben escasas dudas respecto a la señalada capacidad que para las tareas de adaptación teatral posee Mañas. Pocos como él darán con
la atinada simbiosis de respeto a la intención temática y adecuación de la trama a los
recursos expresivos del teatro actual.

Mas la inteligente adaptación de Mañas hubiera quedado invalidada —o gravemente disminuida— sin la plena identificación de José Luis Alonso, director que
puede con cuanto le echen. Todo lo asume, elabora, sintetiza y coordina, para pro-
porcionar a los folios mecanografiados carnadura dramática, verdad y vida. Para la
escenificación de *Misericordia*, José Luis Alonso ha recogido efectos plásticos y resonancias situacionales de su anterior ejecutoria —Gorki, Brecht y Valle-Inclán—,
con lo que, sin traicionar un ápice a Galdós, sino sirviéndolo, testimonia también
una perspicaz visión para dotar de vida teatral a textos de inequívoca afinidad en su
origen y tratamiento. De su inicial capacitación estética, José Luis Alonso ha pasado
a dominar un estilo urticante para determinadas sensibilidades y clarificador del texto en cualquier caso.

En el que nos ocupa, ese estilo ha hecho posible que el descarnado friso inicial
del inframundo representado por el gentío mendicante, se trueque pronto, con habilidad y muy medida contención, en dramático juego de contrastes entre aquella miseria fisiológica y monetaria del coro de mendigos y la miseria espiritual de Doña
Frasquita y los suyos, representantes de una mesocracia que estuvo con gran despar-
pajo a las maduras y no admite la llegada de las duras. Cierto que tal contraste al-
mendraba ya la narración de Galdós, pero no menos cierto que era difícil darle expresividad teatral y el tándem Mañas-Alonso lo ha conseguido con plenitud de aciertos, al punto de que la cúspide que en la novela galdosiana rebasa, por sublimación
casi, a los dos miserables estadios enfrentados, es decir, ese latente fuego de bondad
y de amor simbolizado en Benina —«Santa Benina de Caspia» la denominan los
mendigos—, halla portentosa encarnadura en María Fernanda d'Ocón. Su absoluta
identificación con la criatura concebida por Galdós revela, por una parte, el total

dominio del oficio que posee la joven actriz, y, por otra, la disciplina con que ha seguido las normas de actuación que le han sido dadas por un director consciente de la trascendencia de ese personaje para que la trama completase el ciclo de su concepción... y de su tesis.

La personificación de un ser que lo da todo a cambio de nada, desprendido y bondadoso porque sí, con simplicidad enriquecedora de su talente, encuentra en María Fernanda d'Ocón toda la variedad de maticas, emociones y encontrados sentimientos que exige. Sus balbueos incoherentes, sus gestos de instintiva indefensión... y sus resolutivas maneras de auxiliar a los otros —en vanguardia, la propia Doña Frasquita— encierran un curso de buena interpretación, posiblemente el cimero en las actuaciones de tan excepcional actriz.

En el plano interpretativo siguieron, en méritos a María Fernanda d'Ocón, en primerísimo lugar, José Bódalo —también identificado al máximo con el tipo del moro Almudena, de religión hebrea y proclividades vagamente eróticas—, y Gabriel Llopart, cuya impecable vocalización compensó con creces su ausencia en el espacio escénico, más un etcétera cuyo análisis resulta imposible, aunque sería injusto no mencionar a Félix Navarro, Ana María Ventura, José Luis Heredia, Margarita García Ortega, Luisa Rodrigo, Julia Trujillo, Carmen Sagarra y José Segura.

Para que el estreno fuera triunfal en todo, los decorados y figurines ideados por Mampeso han de incluirse en la relación de rotundos aciertos. Los decorados, entre realistas y esotéricos, enmarcaron convincentemente el ambiente promiscuo de la trama, y de igual modo los figurines resaltaron el contraste de mendigos y mesócratas, junto al singular tratamiento de las vestiduras de Benina. Si en el recuento añadimos las ejemplares ilustraciones musicales de Manuel Díaz y el eficaz uso de los efectos luminotécnicos y mecánicos, necesario y justo será concluir que razones hay sobrados para afirmar que la representación de *Misericordia* exige un puesto junto a los mejores logros del teatro español de posguerra.

EL CORAZON EN LA MANO
de José López Rubio

Por razones ajenas a mi voluntad y a la del empresario, don Apolinar Sanz Pascual, no pude asistir al estreno de esta comedia con la que López Rubio comparece como autor de obra original —desde su anterior estreno han mediado varias traducciones—, tras prolongado silencio. Y doy por bien empleada la incidencia, porque ella me permitió analizar, a la vez que la pieza, las reacciones del público no estrenista —es decir, del público de verdad— ante el desarrollo de la invención escénica. No llegó a mis oídos en toda la representación una sola carcajada sonora, pero sí detecté frecuentes sonrisas y, sobre todo, una general atención para no perder sílaba. La casualidad hizo que del interés que el auditorio sentía por la obra tuviera una patente prueba; mi vecino de butaca, en la fila 2, resultó ser un señor «algo duro de oído», dicho sea en eufemística expresión; la primera parte de la obra se la pasó con todo su cuerpo volcado hacia el respaldo anterior y usando la mano como pantalla para mejor oír. En la segunda mitad, su butaca estaba vacía; pense que habría desertado, pero sólo un instante, pues pronto pude localizarlo ¡en el único asiento desocupado de la fila primera! Y es que no quería perderse palabra...

El crítico está acorde en todo con la actitud del espectador aquejado de sordera: en *El corazón en la mano* importa —claro— lo que pasa, pero no tanto como el lenguaje coloquial. La retórica, según la Academia, es «arte de bien decir, de embellecer la expresión de los conceptos, de dar al lenguaje escrito o hablado eficacia bastante para deleitar, persuadir o conmover». Y eso es: mediante la galanura de los conceptos expresados en diálogos de magistral tersura, López Rubio deleita, persuade y conmueve. Lo cual no quiere decir que su comedia carezca de entidad conflictiva, ni que su mérito exclusivo se reduzca a la brillantez de un bla, bla, bla, elocuente.

Además de eso hay en la trama de López Rubio conflictos personales y repercusiones sociológicas de los mismos, con barruntos de inequívoca actualidad política —esos torpes manejos, algunas visibles injusticias—, que el autor denuncia sin desmelenamientos, muy comedida y claramente. (¡Y que a tal fórmula se la haya motejado evasionista!) Sucede, sí, que López Rubio es autor fronterizo, siempre en la raya de dos comarcas. Pero ocurre también que, cuando más penetra en la inverodo más penetra en la inverosimilitud, está más cerca que nunca de lo real..., aunque para lograrlo tenga que acudir al virtuosismo —de efectos desastrosos en otro ingenio— de que un hombre de negocios se desprenda —literalmente— del corazón para ofrendarlo a la mujer amada.

Ismael Merlo se autodirige bien en su doble juego de negociante corazonal o descorazonado, dualidad que manifiesta muy verazmente. A su lado no desmerecen Viky Lagos y Conchita Goyanes. El resto de los intérpretes cumple para el aprobado. No se cita en los programas de mano al autor de los decorados, meramente funcionales.

LA ADAPTACION AL MEDIO Y CÒMO EL PODER DE LAS NOTICIAS NOS DA NOTICIAS DEL PODER
de José Ricardo Morales

El patrocinio de la Embajada de Chile y de la Asociación Chileno-Hispana de Amigos del Museo de América ha posibilitado este primer encuentro del dramaturgo José Ricardo Morales —nacido en Málaga en 1915 y nacionalizado en Chile hace diez años— con los espectadores españoles, pues algunos conocíamos parte de su teatro, por la lectura del libro publicado en 1969 por Taurus en su colección «El mirlo blanco», en el que se incluían seis obras de Morales y estudios sobre su producción dramática debidos a José Monleón, José Ferrater Mora y Nadia Christensen. Ninguna de las dos farsas estrenadas ahora en Madrid fueron seleccionadas para dicho volumen.

En la primera de las piezas —un juego dialéctico con barruntos de farsa—, Morales testimonia la facilidad con que el hombre se acopla al medio vital que le corresponde... o que cree haberle correspondido. Sus personajes no saben a ciencia cierta si están sobre tierra firme o en el fondo del mar, pero se aprestan a sobrevivir cualquiera que sea la solución al dilema, al través de un sofístico diálogo que ciega y anula la evidencia real de las cosas.

Cómo el poder de las noticias nos da noticias del poder es pieza más congruente, en cuyo conflicto hay —no obstante su levedad argumental— suscitaciones mayores. El periodista, irresoluto ante el deslinde y valoración que ha de dar al cúmulo de noticias que le trae el teletipo, pudo ser, con distinto tratamiento, expresión fidedigna de la trascendencia social de la función informativa, José Ricardo Morales ha preferido darle un carácter paródico, en el que abundan los restallantes aciertos coloquiales.

AMOR EN BLANCO Y NEGRO
de Julio Mathías

No, no da gris —contraviniendo las leyes cromáticas— este *Amor en blanco y negro* que Julio Mathías desarrolla en el *apartamento* de un rufián madrileño de nuestros días. El autor considera que cuando a la mezcla de blanco y negro se le añade amor el resultante ha de ser esmeraldino y, mojigaterías aparte, su consideración queda patentemente demostrada en el trepidante desarrollo de este juguete cómico que el propio Mathías califica de «vodevil a la española», más divertido que desvergonzado, y ya es decir.

El dominio del oficio que acreditara Julio Mathías en *Julieta tiene un desliz* adquiere mayor evidencia ahora, cuando advertimos el talento que pone en contener, moderar y —cuando es necesario— desviar las lógicas reacciones de los ochos personajes que su hilarante invención ha hecho coincidir en el pisito de marras. Sabemos eso de que «el mundo es un pañuelo», pero el hecho de que tales personajes estén todos de alguna manera interrelacionados no ha de atribuirse a la casualidad, sino a un deliberado propósito de acumular en la acción todos los recursos habituales en el género, para que el espectador sepa a qué atenerse.

Ni siquiera falta el armario en ese piso de cazador de féminas que con tanto acierto ha decorado Manuel López. Armario al que la inventiva de Julio Mathías añade elementos de contemporánea comodidad: cama plegable, aire acondicionado y aparato televisor, en todo lo cual aventaja a la simple alacena ideada por don Pedro Calderón de la Barca para *La dama duende*. Y traigo a colación tan ilustre precedente por no recurrir a los Feydeau y Labiche de siempre.

Florinda Chico tiene garra y desgarro que van muy bien al personaje que interpreta. A su lado triunfa la veteranía de Adrián Ortega y —en dos genéricos insuperables —José Montijano y Josefina Robeda. Los restantes intérpretes contribuyeron al gran éxito, traducido en aplausos que reclamaban la presencia del autor.

MILAGRO EN LONDRES
de José María Bellido

Para el público «municipal y espeso» esta primera comedia estrenada por José María Bellido habrá supuesto una cierta dosis de perplejidad. Para quienes, por obligación, tenemos que estar al tanto de la dramaturgia española a todos los niveles —incluido el subterráneo—, también, pero por contrapuestas razones. El público que acude al teatro «a ver qué echan» se habrá asombrado ante la perfección teatral de un autor que estrenaba por vez primera una obra propia. Cuantos tenemos la obligación de conocer el *género*, nos mostramos igualmente sorprendidos, no ya por la calidad de la pieza —que dábamos por descontada—, sino por la ductilidad con que el exigente autor que es Bellido ha pasado del vanguardismo al vituperado «teatro de consumo».

Hasta ahora, y desde hace veinticinco años, cuantas veces pretendió Bellido que sus obras llegaran a un escenario, hubo de tropezar con impedimentos condicionantes que le vetaban, y no exclusivamente de índole administrativa. Horas antes del estreno, el autor explayábase en penúltimas vacilaciones: «Tengo la sensación de que intento matar gorriones a cañonazos».

Con toda humildad, debo decirle que, de eso, nada. Que en la liviandad argumental de su pieza hay logros de mayor cuantía, mediante los cuales ha abierto la brecha que en un futuro próximo le permitirá alcanzar mejores dianas y triunfos más acordes con sus elevadas y legítimas aspiraciones.

Milagro en Londres es la gran obra menor de quien está dotado para escribir muchas obras mayores. Su dominio del diálogo y de la situación, su humor de la mejor estirpe hispánica, su cerbero retrato de los caracteres, con fehacientes muestras de ello.

La eficaz dirección de Balaguer y el espléndido decorado a Emilio Burgos —nada estival, sino muy de plena temporada— contribuyeron al éxito, así como la gran labor interpretativa, desde la enteriza veracidad de José María Mompín hasta el convincente trabajo de Jesús Guzmán, José María Caffarel y Nemy Gadalla, en cometidos episódicos, pasando por la deliciosa presencia de Paula Martel y los encomiables, briosos y muy aplaudidos personajes corporeizados por María Isbert y Rosario García-Ortega.

A DOS BARAJAS
de José Luis Martín Descalzo

Desde el punto de vista sociológico, revista indudable interés la contemplación del público que, una tarde cualquiera, asiste a la escenificación de este drama que se presenta en Madrid tras algunas polvaredas polémicas levantadas en la periferia. En tal sentido, la circunstancia de no haber podido asistir a la noche de estreno facilitaba la observación. En la calurosa tarde del día 24 de agosto, el teatro registró bastante más de media entrada, lo que —en esta época— es buen indicio de la expectación despertada por la obra de Martín Descalzo. Por sexos, la asistencia revelaba una assoluta mayoría de mujeres: algo así como un 75 por 100. Y, entre la minoría varonil, dos sacerdotes.

Es decir, al público le interesa «la historia de un cura que se casa», que es la definición abreviada que su autor da a la pieza. Y, más específicamente, por razones que se me antojan obvias, al público femenino español.

Pero resulta que *A dos barajas* es bastante más que el dilema que se presenta al sacerdote protagonista. En la misma antecrítica de Martín Desclazo aparece una frase relativa al protagonista que revela mejor el conflicto dramático suscitado: «... con su terrible inmadurez...», se escribe allí, como de pasada.

Y en estas palabras se encierra, a mi juicio, la almendra del drama, ratificada por la frase que en el desenlace pronuncia otro cura que ha sido compañero del protagonista desde los tiempos del Seminario; más o menos, viene a concluir Antonio: «Era un niño que no sabía lo que quería».

Los restantes elementos acumulados por el autor en el conflicto son circunstanciales y ni quitan ni ponen, aunque pudiera reprochársele cierta tendencia a las concesiones fáciles y un tanto melodramáticas que nada agregan y algo quitan, si bien no mucho, toda vez que en poco afectan al centro conflictivo propiamente dicho.

De los personajes que rodean al protagonista Juan, sólo hay dos que tienen vida propia: Rosa, la muchacha por la que se le plantea la disyuntiva entre sacerdocio y matrimonio, y, sobre todo, el Niño que, sin palabras, mima la infancia del propio Juan, pletórica ya de las dudas y vacilaciones en las que su espíritu se sigue debatiendo. El resto no cumple otra función que la de colaboradores para clarificar la acción interior del drama de Juan en la revisión de diversas etapas de su experiencia vital, relatadas sin sujeción cronológica alguna.

Y una última nota, que me parece capital para la plena comprensión del contenido de *A dos barajas*. El estado de continua dubitación con que Juan llega a recibir las Sagradas Ordenes, ¿no lleva implícita una severa recriminación hacia los métodos formativos del sacerdote? Los años transcurridos en el Seminario, ¿no resultan, a la vista de la confusión de su espíritu, radicalmente ineficaces?

En el caso concreto del ser humano que Martín Descalzo ha elegido para protagonizar su drama, todo parece indicarlo así.

Excelente la tarea coordinadora de Vicente Amadeo en la dirección de una obra de tan escasa acción, bien interpretada por el conjunto que encabezan Fernando Delgado y Lola Cardona.

EL OKAPI
de Ana Diosdado

A los dos años del aldabonazo que supuso el estreno de *Olvida los tambores*, de nuevo Ana Diosdado pide vez en el censo de los autores españoles desde un escenario madrileño. Algo así como un examen de reválida, que la joven autora ha superado brillantemente.

El okapi está, posiblemente, en posición menos arriscada que la advertida en su obra anterior, pero no inferior en el dominio de los resortes dramáticos, como lo atestigua en la argucia inicial de incluir en el pueril juego de los jubilados la palabra «okapi» y la pertinente descripción de su significado, que tan decisivamente había de influir en el eje del conflicto, así como en la serena perspectiva que conduce a centrar la trama en un retiro para selectos, y no en un asilo de indigentes, con lo que la autora elude el riesgo de un enfoque melodramático del problema.

Pero el teatro es un arte lleno de contradicciones, en el que resulta frecuente que la misma idea concebida par evitar un peligro conduzca a otro. Y eso es lo que ocurre en *El okapi*. La alertada sensibilidad de Ana Diosdado ha eludido el melodrama... a cambio de incurrir en otras concesiones: ternurismo conformista y cierta proclividad a un desfasado costumbrismo, patente en las características de algún que otro personaje.

Por otra parte, Ana Diosdado centra su obra en un problema de libertad, cuando el que aqueja a los jubilados de su obra —y a los de la realidad— más bien es de marginación, de sentirse expulsados de la comunidad social e incluso familiar.

Pero la insólita capacidad dramática de la autora —parece mentira que en tal bisoñez quepa tanta sabiduría— ha intuido este reparo, y para procurarle paliativos introduce en el rol de pensionados bienpudientes la contrastadora figura de un trotacaminos impenitente que, éste sí, ansía la libertad por sobre todas las cosas. Dicho vagabundo, corporeizado por Enrique Diosdado, proporciona al excelente actor los mimbres necesarios para conseguir el mejor trabajo de su espléndida ejecutoria interpretativa. Amelia de la Torre y Carlos Casaravilla incorporaron sus respectivos personajes a la perfección, así como Ernesto Aura, en el difícil cometido de un joven doctor con cualidades de comprensión, en verdad, poco verosímiles.

Como en el aspecto formal de la dramaturgia no le queda nada por aprender a Ana Diosdado, el estreno resultó triunfal, con aplausos en diversos momentos y, desde luego, en todos los finales de cuadros, y una clamorosa ovación al concluir la obra, que Enrique Diosdado agradeció en nombre de su hija y en el de «la familia», ante el notable decorado de Burgos.

TAL VEZ UN PRODIGIO
de Rodolfo Hernández

Cuando, después de unas duplicadas proyecciones cinematográficas, ciertamente confusas y desde luego excesivas, los focos proyectaron luz al escenario del Español, fue dable advertir cómo en el abstracto decorado de Burman descollaba, como elemento realista, una escalera. Al crítico, que es un impenitente optimista, la escalera le pareció un buen augurio: ¿estaríamos presenciando una reedición del ya lejano 14 de octubre de 1949, que supuso el ingreso en nuestro teatro de un gran autor: Buero Vallejo?

Cierto que la escalera de Buero resultaba más maciza, pero...

Pero, no. Entre la vigorosa traza de *Historia de una escalera* y el alegórico balbuceo de *Tal vez un prodigio*, el trecho es largo a favor de Buero. La pieza de Rodolfo Hernández se relaciona más con la simbiosis de fantasía, simbolismo y realidad presente en la producción de Casona, que también accedió al teatro por un premio «Lope de Vega», con *La sirena varada*.

La invención del novel autor era buena y susceptible de una positiva escenificación, más el teatro es arte muy complejo y, o se tiene desde el principio intuición para vencer sus dificultades o es necesario darle tiempo al tiempo... Como el lenguaje de Rodolfo Hernández resulta digno y la diana, a la que apunta es elevada, habrá que darle un amplio margen de confianza en orden a futuros logros.

Por ahora, carece de esa capacidad de síntesis que tan importante es para un dramaturgo. Sus personajes hablan y hablan, lo que dicen no está exento de interés..., pero tampoco los define, salvo en lo que respecta al representante de las «fuerzas vivas» —en el reparto figura como Señor X— que, en la admirable corporeización de Manuel Alexandre, da un acabado retrato de sí en una sola escena.

De los intérpretes, muy sobre todos Guillermo Marín, bien secundado por María Jesús Lara, Ricardo Tundidor, María Esperanza Navarro y el citado Alexandre. Para los restantes, el silencio es lo más piadoso.

TIEMPO DE ESPADAS
de Jaime Salom

Jaime Salom ha ideado un bravío empeño traslaticio, alineando sobre la escena posibles paralelismos entre aquella Revolución —con mayúscula— que protagonizara Jesucristo hace veinte siglos y la situación conflictiva de algunos revolucionarios de hoy, resistentes clandestinos en un país ocupado.

Paralelismo que entraña, ciertamente riesgos, pero a todas luces lícito. Y más cuando Jaime Salom ha hecho— se elude la participación física de la figura de Jesús en escena, aun cuando los revolucionarios discipulares la sostengan latente en el ánimo del público mediante reformados alusiones al «jefe» que logró aumar tendencias contrapuestas entre ellos. Justamente aquí, en la diversidad de caracterres de que ha dotado Salom a los discípulos de Jesús, radica el máximo acierto dramático de la pieza, en cuanto que da vigencia a sus aconteceres para todo tiempo.

La Sagrada Cena deriva en este tratamiento escénico a una cena clandestina, coincidente con los festejos de la Independencia de un país ocupado, en contraste sarcásticamente subrayado por uno de los discípulos más belicosos, de igual modo que los apóstoles del texto evangélico nos son presentados, unos como guerrilleros prestos a la acción directa y otros como resistentes pasivos.

Drama singularmente ambicioso este de Jaime Salom, cuya preponderancia dialéctica queda compensada por la acción interior, que tiene origen y desarrollo en los bien perfilados y tan varios caracteres de los personajes. Con esta pieza, Salom ocupa un puesto distinguido entre los autores que de consuno hacen teatro católico y teatro político. La escena en la que el personaje interpretado por Sancho Gracía apostrofa a los espectadores, justifica por sí sola el estreno del Beatriz. Igualmente merece resaltarse la figura de Judas, en cuya corporeización, junto a la del mencionado Sancho Gracía, Rafael Arcos resalta sus cualidades interpretativas. Con estos dos actores, merecen ser citados Manuel Torremocha y José María Guillén, así como el buen hacer de las dos únicas actrices del reparto: Amparo Soto y Silvia Tortosa.

Loperena, tan identificado con el autor, logra aquí, al igual que Salom, la más elevada cima de su ejecutoria profesional. Su triunfo queda magnificado por haberlo obtenido con intérpretes que, en buena parte, militan en lo que en términos deportivos llamaríamos «segunda división»: Enrique Paredes, Juan Pedro Vicente Gil, etcétera.

El espacio escénico que Mampaso ha concebido estriba en una serie de plataformas a diverso nivel, enormemente efectivo, y la música de Mahler, junto a la luminotecnia de Fontanals, contribuyen con el escenógrafo a la cabal ambientación del drama.

LA JAULA
de José Fernando Dicenta

De no tratarse de la primera obra estrenada por su autor, previo el aval de la obtención del «Juan del Enzina», procedería alterar el orden de los factores y escribir en primer término del dispositivo escénico concebido y realizado por la dirección de Vicente Amadeo, porque, sin detrimento de la incuestionable calidad de la pieza de J.F. Dicenta, es de justicia anticipar que ha sido revalorizada, enriquecida y fielmente expresada por Vicente Amadeo, en la que acaso sea su mejor realización como director escénico.

Pero —tras la justa concesión de estas palabras—, es necesario referirse a la primera obra estrenada por José Fernando Dicenta no sólo por ser la primera, no exclusivamente por venir avalada con un premio, sino también porque de sus positivos valores se deduce que bien puede abrirle las puertas del teatro comercial... «De casta le viene al galgo» dice el tesoro paremiológico hispano, pero no puede tanto que vaya a equivocarnos. Con las obras de sus antecesores —En Flandes se ha puesto el sol y Juan José pueden ser ejemplos—, nada tiene que ver *La jaula*, que es obra de hoy, concebida y realizada desde perspectivas actuales.

Actuales y personalísimas. *La jaula* no es un arrastre de escombros capturados en las novísimas teorías dramáticas de Grotowski, de Roy Hardt, etc., ni obedece a las imperiosas arengas de la «expresión corporal». Simplemente, sigue los dictados de una sensibilidad que le viene dada por sus experiencias de actor radiofónico y de poeta también, como tal, ha sido distinguido J.F. Dicenta con un prestigioso premio, y en los cauces de un expresionismo evolucionado sitúa un conflicto de muchos quilates artísticos.

Lo de menos es alguna caída en lo discursivo perceptible en el primer acto, cuando al autor le sobran recursos de la mejor ley para remontar aquellos deslices en la segunda parte y conseguir que la pieza vaya creciendo en interés hasta su desenlace.

La peripecia del profesor de antropología que entra en el zoo como ejemplar del «homo sapiens» y al que la cerrilidad de sus visitantes reduce a la condición de primate, está escenificada con seguro pulso dramático. ¡Ojalá y que el aviso no caiga en saco roto!

De la dirección de Vicente Amadeo queda escrito el merecido elogio al principio. Si mis cuentas no marran, son ya catorce los autores noveles cuyas obras ha escenificado este joven director, con todo su leal saber y entender dramático, que es mucho. Por lo que ello significa no estaría de más un homenaje de los beneficiados directa o indirectamente al que desde ya me sumo.

El excepcional decorado de Manuel López fue espontáneamente aplaudido al alzarse el telón inicial ¿cabrá mejor elogio?

Y la interpretación, sobresaliente en los nombres que constan en la ficha previa, bien complementada por los que allí no figuran. Es de resaltar la tarea de Juan Sala y de Miguel Angel, compenetrados como nunca en sus respectivos personajes, porque decir que Manuel Dicenta y Manuel Díaz González estuvieron a la estatura de su nombradía, no es noticia.

A reserva de posteriores convalidaciones, el estreno de *La jaula* ha supuesto una memorable noche para el teatro hispano.

LOS BUENOS DIAS PERDIDOS

de Antonio Gala

Examinada en profundidad, la clave de esta nueva obra de Antonio Gala queda desvelada en una frase de la nota del autor que —a manera de lúcida antecrítica— inserta el programa: «Sus personajes y su anécdota —puntualiza Gala— pertenecen al censo de nuestra tradición...» Cabe la duda de si esta inclusión de unos personajes de trágicas vividuras y estampa solanesca en el «censo de nuestra tradición» ha de ser entendida como clave de la obra... o como engañosa finta muy sutilmente ideada. Y el dilema obliga a reflexionar, no ya al crítico, sino también a los espectadores: con tal argucia, el autor ha ganado su primera batalla.

Muchas más irá ganando en el transcurso del conflicto, hasta totalizar su más cumplida victoria teatral.

Sí. Evidentemente, estos seres marginados de Gala pueden y deben ser incluidos en el censo español, siempre que se tenga presente su marginal cualidad, expresada incluso plásticamente por su residencia en un rincón eclesial transformado en habitable refugio; siempre que consideremos hasta qué extremos su situación infrahumana es consecuencia de la bochornosa insolidaridad del entorno social.

En este aspecto, *Los buenos dias perdidos* prosigue muy coherentemente la tendencia apuntada por el autor en dos de sus anteriores obras —*Los verdes campos del Edén* y *Noviembre y un poco de hierba*— a denunciar los yerros de la sociedad mediante la presentación en escena de situaciones insólitas y personajes marginados que, por su misma tolerada existencia, entrañan una implícita acusación para cuantos las consienten desde sus muelles y respetadas —que no siempre respetables— ejecutorias vitales.

Pienso que aquí, en este juego de contrastes de la cotidianidad y lo insólito, con el oportuno realce de la sordidez más voluntariamente ignorada, radica la clave de *Los buenos días perdidos*, ingeniosamente aderezada por el autor con un chisporroteo continuado de bienhumoradas réplica y contrarréplicas, en las que comicidad y lirismo se aparean felizmente, incluso en el empleo de vocablos que aún no figuran en el diccionario de la Academia, si su expresividad es tan rotunda como para acogerse a tal liberalidad lingüística.

En *Los buenos días perdidos* ha escrito Antonio Gala una exasperante tragedia disfrazada de farsa cómica por la inserción de hilarantes, hallazgos coloquiales: un diálogo risueño para una acibarada trama, desarrollada en un espacio escénico de barroco miserabilismo, para cuya ambientación Nieva aporta sus exultantes dotes de escenógrafo.

La tarea coordinadora de José Luis Alonso atiende en especial a los intérpretes y sus directrices redundan en impecables corporeizaciones de todos ellos: Mari Carrillo da veracidad, patetismo y calor humano a su personaje y lo enriquece considerablemente. En el de cometido más arriscado, porque pasa y vuelve a pasar de la suma imbecilidad a muy líricos arrebatos, Amparo Baró se muestra insuperable. Galiana da un curso de contenida intensidad al frustrado ser que le corresponde y, en fin, Galiardo se muestra a la altura de los anteriores... y más no cabe.

Los buenos días perdidos es obra muy considerable, a la que sólo puede anotarse en el «debe» del autor su impropio desenlace: los seres estólidos no se suicidan. Aunque no se descarta la posibilidad de que, al indicarle tal determinación, Gala haya querido insinuar que su Consuelito no es tan imbécil como aparenta...

EL LABRADOR DE MAS AIRE
de Miguel Hernández

Natalia Silva y Andrés Magdaleno han realizado un buen despliegue de medios para escenificar con la mayor dignidad posible esta primera obra dramática de Miguel Hernández que nos llega en la posguerra. La generosidad de su empresa está fuera de dudas y el empeño les honra. Pero... lo resultados artísticos no responden en la medida adecuada, porque El labrador de más aire, puesta en pie sobre el escenario, descubre errores de construcción y una patente rigidez en los caracteres, que en la lectura fueron quizá superados por los aciertos de su poderosa lírica, pletórica de hallazgos verbales.

Si hasta las obras de García Lorca han de ser sustancialmente modificadas en su estructura teatral —Yerma, de Víctor García, y El retablillo de don Cristóbal, del grupo «Tábano», pueden dar fe—, parece lógico que una pieza del autor novel que en 1936 era el poeta de El rayo que no cesa resulte, para la sensibilidad moderna, un mucho desfasada. En puridad, sólo un dramaturgo español de anteguerra ha resistido al paso del tiempo y sus obras resisten sin mengua la comparación con productos cimeros del teatro actual: don Ramón María del Valle-Inclán. El resto es pura arqueología.

Con todo hay fragmentos en El labrador de más aire —los más distantes de la anécdota conflictiva para detenerse en una descripción lírica de las esencias castellanas— que ha retenido la cardinal emoción vislumbrada en los aplausos que merecieron algunos parlamentos.

Natalia Silva aporta su gran sensibilidad al triple cometido de dirección, escenografía e intérprete del personaje central femenino, y acaso su mayor logro consistió en la concepción de un decorado que, a base de manchas horizontales —amarillo, ocre, azul—, introducia en el reducido escenario del Muñoz Seca la sensación de una inmensa Castilla, Andrés Magdaleno interpreta con la apostura y el brío necesarios al airoso labrador protagonista. Y Joaquín Dicenta supo suscitar justas ovaciones en su corporeización de un personaje secundario.

SOCRATES
de Enrique Llovet

Enrique Llovet y Adolfo Marsillach son dos hombres tan vocados al teatro que de su conjunción en una misma empresa sólo puede surgir un espléndido, sugestivo y brillante espectáculo dramático. Tanto cuando se trata de una traslación —término muy llovetiano— de Molière como cuando el escritor indaga en fuentes socráticas, los resultados han de alcanzar elevadas cotas artísticas.

Y a que así sea contribuye muy decisivamente la esencial cualidad de hombres del teatro de tan firme arraigo en ambos. Sus sensitivas antenas captan con prontitud los temas conflictivos que revisten quemante actualidad a la vez que conservan permanente interés. Por ejemplo, Sócrates, la peripecia del filósofo griego que entre verdad y muerte o incertidumbre y vida, se decidió por la primera opción ante sus jueces atenienses, ante sus discípulos y sus acusadores.

Como Sócrates no nos ha legado su versión escrita de los hechos, para la reconstrucción escénica del juicio, Llovet ha recurrido —actualizándolos sabiamente— a los testimonios de Platón y de Jenofonte, pero sobre todo del primero, pues el extremado partidismo que a favor del filósofo mostró Jenofonte en su *Apología* y restantes obras socráticas le restan demasiada ecuanimidad.

Una autora argentina, Sara Strassberg, escribió años atrás una obra de igual título y sobre idéntico tema que, tras obtener mención especial en un concurso, fue estrenada el 6 de octubre de 1968 por la Radio Nacional de su país. Su pieza y la de Llovet coinciden en cuanto se alimentan de los *Diálogos* de Platón, pero difieren absolutamente en lo que respecta al tratamiento escénico, cien por cien más adecuado a las corrientes dramáticas hodiernas en el de Llovet. La multiplicidad de escenarios de los que se desarrolla la pieza de Sara Strassberg, y su división en los tres actos consabidos, contrastan con el abstracto decorado único ideado por Llovet y la ininterrumpida escenificación del espectáculo. (Traigo a colación el paralelismo temático de ambas piezas para demostrar que si el asunto de Sócrates y su elección de la verdad adquiere palpitante actualidad, ésta no se logra del todo sino mediante una adecuada escenificación acorde con la sensibilidad del espectador actual, tan carente de antañonas rutinas como pródigo en sugerentes hallazgos).

La sabiduría escénica de Llovet se manifiesta superlativamente en la agudeza con que hace que la responsabilidad de los quinientos jueces atenienses se extienda al público madrileño, implicado en el dictamen mediante recursos dialécticos del moderno teatro de participación, admirablemente escenificados por Marsillach, que en todo se identifica con el autor.

Alguna vez he escrito que Marsillach era «el más inteligente de nuestros directores». No el mejor ni el más completo, sino precisamente el de más inteligencia: lo atestiguan las cualidades esclarecedoras del texto de cada uno de los detalles pensados para su escenficación de *Sócrates*, cuyo denominador común pudiera ser el de la neutral blancura: figurines, espacio escénico, luminotecnia y esos cubos de ligera materia plástica y múltiple utilidad; tal ausencia de contrastes cromáticos facilita el protagonismo del verbo. Que era de lo que se trataba, según se desprende de la especie de «declaración de principios» inserta por el propio Marsillach en los programas de mano: «Hagamos teatro *de otra manera*. De acuerdo Pero —¡cuidado!— tenemos el deber de ser coherentes incluso en nuestra confusión...; este *Sócrates* de hoy pretende colocar, en el hueco que le corresponde, a un olvidado elemento teatral: la palabra».

Marsillach se pliega en todo a las exigencias del espectáculo que le ha sido encomendado: concepción del escenario totalmente desprovisto de elementos ambientales; dirección de intérpretes atenta a la máxima claridad expresiva, y propia utilización de un tono confidencial que, si resta posibilidades de brillantez a su encarnación de Sócrates, añade convicción a sus palabras, a las verdades como puños que prodigó en el ágora y ante sus acusadores.

De esta forma, el conflicto originado por la elección de la verdad —con desprecio incluso de la vida— que Sócrates hiciera hacia el 399 antes de Cristo, llega al espectador español de hoy sin haber perdido un ápice de su ejemplaridad cívica y moral.

Los insistentes aplausos y «bravos» del público parecían reclamar a Llovet, que no compareció, en una determinación muy hermanada con el talante irónico de Sócrates, se me antoja... Llovet, Marsillach y sus colaboradores han dado prestancia a la escena madrileña con una obra de insólitas calidades. Gracias les sean dadas.

BALADA DE LOS TRES INOCENTES
de Pedro Mario Herrero

Ha estado a punto de repetirse en este primer estreno teatral de Pedro Mario Herrero la sensación de obra perfectamente construida que reseñábamos en el acceso al teatro de José María Bellido con *Milagro en Londres*. Infortunadamente, al autor periodista le falta el sentido de la medida, de la ponderación y del camino de los que hizo alarde Bellido. Y es lástima grande —pero no irreparable, que con paciencia y una caña perseverante todo se alcanza—, porque Pedro Mario Herrero ha probado en *Balada de los tres inocentes* estar en posesión de un diálogo incisivo, mordaz, bienhumorado y satírico acompañado en el primer acto de un dominio de las situaciones nada común en autores noveles—, cuya eficacia queda desvirtuada en la segunda parte por el exceso acumulativo de efectos granguiñolescos que difuminan extremadamente la almendra de la acción escénica, reduciendo a anécdota lo que por derecho propio tenía vitola de categoría.

Balada de los tres inocentes tiene un esplendido cuarto de hora inicial, con situaciones que el autor parece haber medido con tiralíneas y muy regocijantes y sucesivas sorpresas. El resto de la primera parte se mantiene bien, por la dignidad de unos dialogos pletóricos de gracia coloquial y por los aislados pero legítimos hallazgos de felices situaciones.

Después del entreacto, el panorama cambia radicalmente. El equilibrio entre los elementos de la farsa y la capacidad de síntesis del autor desaparecen, y la esencial cuestión de honor que se venia debatiendo queda asfixiada por un desmadre de sucesos —unos débilmente justificados y los más a la buena del diablo— que desconciertan al espectador.

El carácter de farsa no justifica tales excesos y la sostenida, brillantez del diálogo queda en buena parte anulada en el confuso dédalo de recursos disparatados que truecan el humor por una comicidad desquiciada, que ni siquiera: la experta veteranía de Cayetano Luca de Tena consigue encauzar del todo, por lo que su tarea como director va de más a menos, igual que la trama.

La interpretación alcanza muy altas cotas de perfección, sobre todo en lo concerniente a José Sacristán, María Luisa Ponte, Joaquín Rosa y Mary Paz Pondal. Sorprende gratamente, en esta última, la impecable gradación de su personaje, del atormentado ánimo inicial a la expresión última de felicidad conseguida.

Creo que Pedro Marío Herrero está sobrado de condiciones para ser un excelente autor y, en tal convencimiento, la severidad del juicio es obligada, sin perjuicio de quedar a la esperanzada espera de sus futuras aportaciones escénicas.

PARAPHERNALIA DE LA OLLA PODRIDA, LA MISERICORDIA Y LA MUCHA CONSOLACION
de Miguel Romero Esteo

Desconcertante, sí, es el adjetivo que mejor cuadra a la primera y más perdurable sensación producida por el nuevo autor Miguel Romero Esteo, ante el espectáculo de tan largo título que ahora estrena en Madrid —ya antes lo había hecho en París, Sitges y alguna otra ciudad española—. Desconcertante para los espectadores, según se pudo comprobar en el coloquio organizado por «Foro Teatral» que siguió a la representación... y también para la crítica. Al menos, para este crítico.

En su densa, ritual, crítica, sardónica, confusa y conceptuosa invención, Romeo Esteo utiliza una variopinta gama de elementos dialécticos, algunos de ellos abiertamente contradictorios, y empleados en general al margen de toda fórmula preestablecida. Ante obras así, de propósito tan radicalmente innovador, el crítico, acostumbrado a valorar los espectáculos a partir de un cambiante abanico de normás teóricas y principios sufricientemente probados, se encuentra inerme. Sus módulos de enjuiciamiento quedan sin validez y, para calibrar aciertos y fallos, debe recurrir a la intuición, como cualquier hijo de vecino.

A juzgar —en lo que nos sea posible— por los aludidos módulos generales, es evidente que a Romero Esteo le falta cualidad tan esencial para un autor dramático como es el sentido de la medida. Le bullen ideas válidas, pero no acierta con las palabras para exponerlas debidamente sintetizadas. Pero, ¿puede enjuiciarse un espectáculo innovador mediante normas constantes? Seguramente, no.

Así debieron entenderlo esos animosos actores de Ditirambo, Teatro-Studio, que en su escenificación colectiva, transgredieron deliberada y reiteradamente reglas de la dicción, para con ello contribuir a la ruptura de su espectáculo con cualquier género habitual de teatro. Realizaron un esforzado empeño y así les fue reconocido por los espectadores, incluidos aquellos en los que al desconcierto sucedió la indiferencia.

Para saber mejor a qué atenerse, habrá que esperar posteriores obras de Miguel Romero Esteo.

LETRAS NEGRAS EN LOS ANDES
de José María Bellido

Poseo una copia, dedicada por el autor, de esta obra, que por entonces se titulaba *Rubio cordero*. Su lectura me ratificó en las aún no proclamadas cualidades de Bellido como dramaturgo de gran categoría. Más tarde supe que la obra se titularía *Letras negras en los muros*. Y por fin se ha estrenado con el cambio de esa concreción geográfica, que ha de entenderse como un eufemismo más impuesto por las circunstancias, pues nada esencial ha variado de aquella lectura de *Rubio cordero* al texto puesto en pie ahora en el teatro Arlequín.

En su autocrítica —que, para decir verdad, era una especie de «antiautocrítica» decía Bellido; «La tragedia moderna está en la prensa diaria; lo que ocurre es que nos hemos acostumbrado a ella». A juzgar por los comentarios oidos a la salida y en el guardarropas, debieron ser bastantes los espectadores que, habiendo leído la aseveración del autor —tan sarcástica—, tomaron el rábano de la ironía por las hojas de lo cotidiano y, sin adentrarse en el fondo del conflicto dramático, susurraban la similitud de la pieza con sucesos que recientemente hallaron cobijo en los diarios españoles.

Mas ocurre: a) que la obra de Bellido fue escrita antes del rapto de Huarte, y b) que Bellido no se limita al relato del episodio de un secuestro político, sino que nos da la imagen radiográfica de todos y cada uno de cuantos intervienen en el hecho de la víctima y de cada secuestrador. Así considerada, la pieza constituye no un calco de la realidad, sino una premonición que, además, profundiza en los impulsos que a cada personaje mueven al acto, y ahonda en la reacción del secuestrado, que, en admirable interpretación, corporeiza Carlos Lemos. ¡Qué doble lección de profesional consciente la que da este veterano actor al aceptar un cometido que a su brevedad de texto une la insólita intensidad emotiva advertible en su única, pero capital escena! Actitud debidamente compensada, pues Lemos fue, entre los intérpretes, el triunfador de la noche. En la ficha previa he querido respetar el orden de los intérpretes por el de aparición en escena, que figura en el programa, para proporcionarme la satisfacción de agregar que también en el teatro, en determinados casos, los últimos pueden y deben ser los primeros.

Obligado es volver al principio, a mi lectura de *Rubio cordero*, y a su comparación con el estreno de *Letras negras en los Andes*. La que en lectura me pareció una patente muestra del gran teatro que era capaz de producir Bellido, se me quedó capitidisminuida en su escenificación, acaso porque la actriz a la que se había encomendado el personaje más contradictorio y radicalmente indeciso de la trama, aun dando testimonio de su exquisita, sensibilidad, no alcanzara el matiz épico requerido por el autor para su apasionada, turbadora, simbiosis de burguesa metida a revolucionaria.

El buen pulso con que José María Bellido expresa una acción dramática sin apenas actividad externa resalta sus cualidades de autor que conoce todos los resortes escénicos. Habrá que contar con él para el futuro inmediato de nuestra dramaturgia.

Lo atestigua en la capital controversía que sostienen el secuestrado embajador —Carlos Lemos— y el cabecilla de sus idealistas raptores —Manuel Tejada, Luis Belenguer, en su tarea coordinadora, estuvo a la altura que las circunstancias requerían.

Después del gran éxito de *Milagro en Londres*, su segunda salida era para el autor una prueba de fuego, y José María Bellido ha salvado el escollo sin ni siquiera chamuscarse los calzones.

PROCESO A KAFKA
de José Monleón

José Monleón ha explicado muy pormenorizadamente, en el número 139 de la revista *Primer Acto*, las causas originarias y el propósito de ésta que denomina «investigación audiovisual» en torno a Kafka, cuyo texto se publicaba en el mismo número de la revista. Tanto en las confidencias de Monleón como en el texto, confeccionado con fragmentos de la producción kafkiana o a partir de otros documentos de la época, había elementos de sobrado interés como para justificar esta escenificación que, en sesión única, ofrecía «Foro Teatral». Si tal interés no se vio correspondido por la asistencia a la sesión de profesionales del arte escénico, sólo puede ser achacado a al punible indiferencia de estos, compensada de algún modo por la presencia de numerosos miembros de la citada Asociación de Espectadores.

¿Queda Kafka —en su doble ejecutoria humana y literaria— fielmente reflejado en la selección de textos de Monleón? Sin ningún genero de dudas, sí. Pero no sólo Kafka: también, y quizá primordialmente, su contexto sociopolítico. Monleón ha manipulado tan hábil como legítimamente en los materiales utilizados para alcanzar la meta presumible: una condenación de regimenes totalarios en abierta discrepancia con los condicionamientos del escritor checoslovaco: judío, liberal, agnóstico... Lógicamente, José Monleón ha dado a los materiales originarios el tratamiento requerido para extraer todo el partido posible a sus propias inquietudes sociopolíticas y a su bien definido talante liberal.

El *Proceso a Kafka* no es tal, sino una requisitoria al sistema nazi, del que iban a ser víctimas personas íntimamente relacionadas con el escritor —sus tres hermanas, y Milena y Dora... —y sus propios libros, quemados en pública hoguera. Como certeramente adujo José Briz en el coloquio que siguió a la escenificación, en lo que habíamos visto y oído Kafka no pasaba de ser pretexto. Un pretexto, conviene añadir, inteligentemente elegido como punto de referencia para que la «investigación» pueda verificarse en las óptimas posibilidades clarificadoras.

Tras todas estas reflexiones, suscitadas por el meollo de los textos zurcidos por Monleón, procedería unas últimas puntualizaciones respecto a su adecuación al medio, que, a mi juicio, resulta impecable. Sí. Monleón ha procurado dotar a su relato de elementos básicos de teatralización y, aun a mucha distancia de la convencionalidad escénica, lo ha conseguido, con la inapreciable ayuda de tres intérpretes —una actriz y dos actores— en la corporeización consecutiva de muy varios personajes y de una dirección adecuada, la de José Manuel Sevilla, cuyo nombre, al igual que el de los cómicos Maite Marchante, Sergio de Frutos y Manolo de Pinto, justo es que se citen aquí por su notable colaboración en el experimento.

FEDRA
de Miguel de Unamuno

El arriscado propósito de Unamuno de dar a los personajes de la tragedia griega sentires en los que se ha filtrado la conciencia cristiana y su concepto del pecado, logra expresión plástica en la escenificación de García Moreno, nada más iniciada éste, mediante la inserción de unos jóvenes que bailan al trepidante ritmo de la música actual, y que luego serán como espectadores añadidos a la tragedia, desde el mismo escenario.

Luego, ya, todo resulta perfectamente comprensible, desde la repulsión de Hipólito ante las proposiciones de Fedra, hasta el conflictivo sentimiento de culpa que anida en ésta, lacerante.

Y, con todo, las criaturas trágicas de don Miguel permanecen a ostensible distancia de nuestra sensibilidad, sin que en ello tengan parte García Moreno ni los intérpretes. Es, simplemente, que algo no encaja entre lo que en escena ocurre y lo que allí se dice. Unamuno ha conseguido llevar la moral cristiana a los diálogos, pero no a las acciones de sus entes de ficción, e inevitablemente se produce la ruptura entre aquéllos y éstas, con grave detrimento para la verosimilitud de la trama. El suicidio de Fedra no es, tal y como aquí se nos presenta, la reacción que en buena lógica cabía esperar. Mas acaso sea pretensión excesible la de exigir que el ilustre pensador, además de todas sus excelsas cualidades intelectuales, tuviera el cuido de que sus criaturas escénicas se comportasen con arreglo a cánones prefijados, ni siquiera en nombre de la dramaturgia.

De los intérpretes, admirable de contenida intensidad Luis Prendes, Marisa de Leza, que lo dio todo en la corporeización de su Fedra, tuvo que luchar con la inevitable rememoración de otra de sus grandes creaciones: la Marylin de *Después de la caída.* Maruchi Fresno subrayó la humana ternura del Ama, que en la versión de Unamuno se llama Eustaquia. A la escenografía de Jesús Ouirós le sobraba esa especie de túmulo mortuorio que, al final y destinado a Fedra, desciende de los telares. Magnífica, como suya, la música de Bernaola.

OFICIO DE HOMBRES
de Andrés Morris

No ha de verse, ¡por favor!, intención triunfalista en la puntualización del título respecto a la nacionalidad del autor, sino el testimonio simple de una realidad que al crítico le parece trascendente. Es inimaginable que un autor no hondureño, de nacionalidad distinta a la española, sea capaz, por muchos años que lleve residiendo en Tegucigalpa, de captar tan verazmente en una obra dramática los rasgos esenciales de la problemática centroamericana, cómo el valenciano Andrés Morris lo consigue en su *Oficio de hombres.*

Para quien esto escribe no ha supuesto sorpresa alguna, pues conocía de lectura la pieza, que fue publicada con otras dos —*El Guarizama* y *La miel del abejorro*— en un volumen con el titulo general de *Trilogía ístmica*, editado en 1969 por la Universidad Nacional Autónoma de Honduras. De las tres obras, *Oficio de hombres* resulta la más lograda, pero en todas puede advertirse la gran facilidad de adaptación al medio que caracteriza a Morris.

En la tragicomedia ideada por Andrés Morris —la escribio en 1967— se plantean, entre bromas y veras y con hallazgos lingüísticos en tropel, problemas tan incardinados en la existencia de los pueblos ístmicos —y, por extensión, de toda Hispanoamérica— como puedan serlo el subdesarrollo económico y cultural, el permanente estado de inestabilidad o subversión política, la mas o menos encubierta colonización... afrontados por un matrimonio de becarios —merced a la práctica nepotista de su influyente tio el diputado Chema—, que no advierten otra salida que la de olvidar cuanto han aprendido en sus incontables becas y entregarse a un divertido a la vez que patético proceso de desalfabetización.

Como fácilmente se comprende, la tragicomedia se desarrolla en clave de farsa, y los personajes llegan a ensayar los pasos y cabriolas que son convenientes para esquivar las balas callejeras. También son merecedores de elogiosa cita el sarcasmo, la ironía y el brillante uso de recursos propios del teatro del absurdo de los que Andrés Morris se sirve para esta radiografía de la citación centroamericana, tan hilarante en la forma como seria en su fondo de violenta y clara denuncia.

De los personajes creados por Morris, sin duda el más conseguido es el diputado Chema, incorporado genialmente por un actor genérico llamado Ricardo Redondo Licona, ante cuya interpretación lo único sorprendente es que no sea un profesional, sino, como el resto del conjunto, un aficionado que unas cuantas veces al año se reúne a los otros para hacer teatro y justificar la subvención que la Dirección General de Asuntos Culturales otorga al Teatro Nacional de Honduras creación también de Andrés Morris, en 1965. Los restantes intérpretes, y entre ellos el autor, muestran unas facultades escénicas nada comunes en semiprofesionales.

No falta en la obra su color indigenista, corporeizado en la figura de un vendedor ambulante, con el que se identifica de manera plena Belisario Romero.

Muy definidores los apuntes escenográficos de Mario Castillo, y penetrante y dúctil la tarea de «dirección conjunta».

Por imperativos del calendario, *Oficio de hombres* tiene contadas sus representaciones en el María Guerrero. Y es lástima; muchos buenos catadores del teatro se quedarán sin verla.

LA COMEDIA DEL DIANTRE
de Ramón J. Sender

El Teatro-Club «Pueblo» ha querido cerrar su actual temporada con el estreno de la primera de las obras de teatro escritas por ese fenomenal fabulador español en el exilio que es Ramón J. Sender. Sin duda, el acontecimiento responde en todo y por todo a las características que para el Teatro-Club «Pueblo» desea su director, Vicente Romero: inquietud, originalidad y, sobre todo, factores que contribuyan a distanciar su ejecutoria de la segunda por los teatros comerciales.

Las cualidades literarias de Sender justificaban mas que sobradamente la expectación del público habitual del Teatro-Club... incrementado con otros asistentes no usuales, pero atentos a toda manifestación dramátca con visos de trascendencia.

Este crítico acudió recordando una frase que, por deformación profesional, anotara en los *Diálogos con Ramón J. Sender* que en nuestro número 394 publicó Marcelino C. Peñuelas. En su transcurso afirmó Sender: «La realidad está llena de falsedades que hay que saber calibrar o evitar, o bien... vigorizar hasta hacerlas verosímiles. Esta es toda la tarea nuestra: hacer verosímil la realidad». Porque llamó poderosamente mi atención el hecho de que fuera un novelista el autor de tal aseveración, pues «hacer verosímiles las falsedades de la realidad» es uno de los esenciales mandamientos del autor dramático. De ahí que, tras la transcripción de la frase, puse en la pertinente ficha, a modo de personal inducción: «¿Tendrá Sender condiciones de dramaturgo?»

La publicación en *La Estafeta Literaria* de su obra *Donde crece la marihuana* mantenía el interrogante.

Y ahora... *La comedia del diantre.* En el programa de mano —en el que aparecen muy encontrados juicios sobre el teatro de Sender—, el propio novelista de *Epitalamio de prieto Trinidad* se anticipa a advertirnos: «Como algún amable crítico podrá observar, se trata de una adaptación libérrima de la novela del autor ruso Leónidas Andreiev titulada *Memorias de Satanás.*

Y bien: tras un punto de partida prometedor y pletórico de posibilidades dramáticas, la trama adolece de escasa acción y resulta en exceso discursiva. Un elevado porcentaje de cuanto Sender ha puesto en boca de sus personajes produce más indiferencia que interés. Mal síntoma cuando la obra va destinada a vérselas con «la cólera del español sentado» que ya vislumbrara Lope de Vega.

Ni, el indudable oficio de Antonio Díaz Merat, que logra potenciar al máximo sus «apuntes de escenificación», ni el entusiasmo de los lectores-intérpretes, y ni siquiera el alarde de efectos electrónicos que sirven de fondo a los discursos escénicos, consiguen combatir con eficacia la soporífera condición de la trama, en la que acaso el mejor hallazgo de punzante ironía radique en su título. Porque «diantre» es, según la Academia, «eufemismo por diablo», y eufemístico es el triste diablo que Sender presenta en su pieza.

Tras de esta experiencia, ¿deberé añadir un «no» a aquel interrogante sobre las posibilidades de Sender como dramaturgo? Pues... pese a todo lo dicho, la incertidumbre subsiste. Habrá que esperar otras pruebas, a que estrene el resto de su teatro, y solo entonces será posible un dictamen sin vuelta de hoja.

USTED TAMBIEN PUEDE DISFRUTAR DE ELLA
de Ana Diosdado

Y, por descontado, no solamente la publicidad: en esta tragicomedia de Ana Diosdado también está en el banquillo la civilización actual, el egoísmo de nuestra insolidaria sociedad.

La triste historia de una muchacha zarandeada por los especuladores del morbo sexual con fines publicitarios se nos escenifica con pelos y señales hasta un desenlace inesperado que evidencia el pleno dominio de la técnica teatral a que ha llegado la joven autora en su tercera obra estrenada. Por ambiente, por los personajes y situaciones, *Usted también podrá disfrutar de ella* está más próxima a *Olvida los tambores* que a *El okapi*, aun cuando en los tres títulos aletea el inconformismo.

Del encuentro entre dos sensibilidades sojuzgadas —la de la modelo publicitaria y la del reportero que escribe al dictado— surge el conflicto de pasiones, orlado por personajes secundarios a los que la sabiduria técnica de la autora dota de posibilidades de acceder al protagonismo, que brillantemente aprovechan Emilio Gutiérrez Caba —veracidad y arrolladora simpatía— y Mercedes Sampietro. El quinto personaje es «el hombre de la calle» y requiere el desdoblamiento de un mismo intérprete —Luis Peña— en diversas corporeizaciones: jefe de redacción.

Gracias a este intercambiable personaje, Ana Diosdado puede jugar con el tiempo a su antojo en procedimiento técnicamente parejo al utilizado por José María Bellido en su obra inédita *Los relojes de cera* —que me ha sido posible conocer por si fuera factible estrenarla en el Aula de Teatro del Ateneo—, si bien el personaje múltiple de Bellido, Antofagos, es conductor de los hilos de la trama y se transforma según lo aconseja su desarrollo, en tanto que «el hombre de la calle» de la obra de Ana Diosdado es simple elemento complementario. Pero el hecho de que dos autores contemporáneos hayan utilizado el mismo recurso para salvar dificultades expresivas y escénicas es, de por sí, suficientemente significativo respecto a una coincidencia estructural y de ahí que lo traiga a cuento.

Sin duda, la pieza de Ana Diosdado supone una severa recusación de los artificiosos cauces que sigue la publicidad con sus consecuencias no menos denigrantes. Pero no sé..., hay en ella como un poso de resabios burgueses que restan autenticidad a la denuncia. La misma sorpresa del desenlace —dramáticamente impecable—, ¿no lleva implícita una concesión a los espectadores que, desde sus muelles asientos, han tomado partido entre la bella modelo publicitaria y el periodista consciente de su inmunda dependencia en el ejercicio de la profesión? Pero tal reparo se inclina más al carácter sociológico de la trama que al estrictamente teatral.

Usted también podrá disfrutar de ella supone, en lo dramático, otro firmísimo paso adelante de Ana Diosdado que, además, ha dispuesto para su escenficación de un muy eficiente conjunto de colaboradores: desde el director, José Antonio Páramo, que acertó a dar a la acción el ritmo conveniente hasta la certera luminotecnia de Fontanals. De los intérpretes, aparte de la sobria lección de verdad que Luis Peña imprime a sus varios personajes y de las excelentes actuaciones de Emilio Gutiérrez Caba y Mercedes Sampietro, hay que citar en primerísimo término a una María José Goyanes impecable en su representación de esa *mujer objeto* que los publicitarios incorporan a cualquier artículo anunciado y la veracidad extrema que imprimió Fernando Guillén a su criatura escénica en términos de, en apariencia, absoluta identificación entre intérprete y personaje.

Y todo ello en el marco de una escenografía de Cortés que supone una perfecta fusión de lo funcional —permite el desarrollo de la trama en varios lugares simultáneamente— y de lo expresivo, sin mengua alguna para el último.

UN HOMBRE PURO
de Joaquín Calvo Sotelo

Desde que, a los pocos minutos de iniciarse la obra, entra en escena su joven protagonista, toda verosimilitud desaparece y no ciertamente por la actuación del actor José María Guillén, que pone todo cuanto puede y más al servicio de su personaje, sino porque la actitud *contestataria* de éste suena a falsa y convencional.

Es de elogiar la inquietud del autor, que ha querido aproximarse a una problemática específicamente juvenil, pero nada más porque lo ha hecho con una óptica situada poco menos que en los antípodas, de la que hubiera podido tener resonancias de verosimilitud. Tan cierto como que el mejor escriba echa un borrón, lo es que, en esta oportunidad, el ilustre académico y buen autor ha dado la de arena.

Y su joven revolucionario lo es de pacotilla. No convenció al público, creo que por una razón esencial: el propio autor ideó la trama a contracorriente de sus propias convicciones en un ya he dicho que elogiable intento de aproximación a su sector juvenil que va tras la bandera de la rebeldía. Tan es así, que los pocos personajes no acartonados de la obra son justamente los desertores, los compañeros ideológicos del protagonista, que, terminados sus estudios y por diversas causas, resuelven abandonarlo para integrarse en la sociedad a la que hasta entonces habían combatido..., o para combatirla más abiertamente, en lucha armada.

Subsiste en el haber de la pieza, claro, la dignidad literaria de Calvo Sotelo, bien resaltada por la sagacidad que en su dirección aporta Tamayo.

Los decorados de Mampaso, más acordes con la idea de la pieza que con su desarrollo. Los intérpretes, cumplieron.

ANILLOS PARA UNA DAMA
de Antonio Gala

Cuando el teatro sigue directrices en las que cada vez importa menos la palabra, cuando la dramaturgia contemporánea atraviesa por una transición en la que el verbo ha perdido o ve muy disminuida la preponderancia expresiva que en el pasado tuvo, insatisfactoriamente suplida por la expresión corporal, los medios audiovisuales, etc., en el centro mismo de este momentáneo desconcierto, viene Antonio Gala y, como quien no quiere la cosa, poco menos que disculpándose por tamaña osadía, lo vuelve todo del revés. O, quizá sería más apropiado, restablece, en genial golpe de efecto, la perdida escala jerárquica de los factores dramáticos.

Y como quiera que *Anillos para una dama* sucede en la ejecutoria teatral de Gala a aquella otra prodigiosa pieza titulada *Los buenos días perdidos*, habrá que situarlo como el segundo gran autor de nuestra posguerra, sólo antecedido por Buero Vallejo... y muy a la vera de éste.

El argumento ideado es de primera calidad —lo testimonia su tesis, sintetizada por el propio Gala en la pregunta: «¿qué será de Jimena sin el Cid?»—, pero mejor es el despliegue de medios expresivos verbales que ha puesto al servicio de la idea. Ese chisporroteo de réplicas y contrarréplicas en las que se advierte la cuidadosa y paciente búsqueda de los vocablos más eficaces, nos reconcilia con la función del teatro a cuantos aún creíamos en la primacía de la palabra dentro de sus elementos constitutivos.

A las primeras de cambio, podría entenderse esta obra como un intento más de desmitificación de las grandes figuras históricas; en el caso que nos ocupa, el Cid. Pero, no. Gala profundiza más. Lo que él pretende desmitificar —o, simplemente, poner en su lugar— es el cúmulo de entuertos acostumbrados en la época medieval.

Es evidente que para el caudal de erudición que patentiza la obra —rebosante de irónicas, sarcásticas, bienhumoradas referencias a hechos históricos— Gala se ha servido de sus investigaciones para la serie televisiva *Si las piedras hablaran*. Y, admitido esto, forzoso es reconocer que cuantos anacronismos figuran en el texto corresponden al deliberado propósito de emparentar la historia pasada con el presente de España y hasta con su inmediato futuro, llevado a efecto con un portentoso sentido del cabal punto en el que se debía detener y no —salgo al paso de los malpensados— por razones de censura, sino de eficacia escénica.

En veinte años de asistencia a estrenos fui testigo de ovaciones prematuras —a la aparición en escena de algún ídolo— y justificadas: la escenografía, alardes interpretativos, finales de cuadro o de acto... Pero raramente se ha dado el caso de que el público aplauda la intencionalidad de una frase o su esmerado empleo de los vocablos insustituibles. En *Anillos para una dama*, sí. Aplaudió definiciones de los personajes, frases sueltas reveladoras de sus sentimientos recoletos y, a veces, bienhumoradas y oportunas referencias a lugares comunes del lenguaje actual. Algo, en fin, que sólo está al alcance de un auténtico poeta y escritor. Con esta obra Antonio Gala logra que el teatro torne a ser considerado un género literario —la poesía dramática— a igual nivel que el de la lírica o la épica.

Una pieza así, con tan notoria preponderancia de la palabra, requería intérpretes capaces de expresar en su dicción todos los cambiantes estados de ánimo habidos y por haber, sobre todo en lo que concierne a la protagonista. Para que la *gozada* fuese completa, el personaje de Jimena fue encomendado a María Asquerino, que en su incorporación dio la medida de lo que es: una actriz fuera de serie, un cúmulo de insólitas perfecciones. Con decir que los restantes intérpretes no desmerecieron junto a ella, queda hecho su mejor elogio. Ello Berhanyer y Vicente Vela sirvieron literalmente a la intención de la obra en sus intemporales vestuario y escenografía, y José Luis Alonso hizo notar su magistral batuta coordinadora.

LOS CIRCULOS
de Luis Riaza

No es frecuente que un Grupo constituido por empleados de empresa estrene pieza de autores de hoy que, como Luis Riaza, permanece ajeno a las programaciones de los teatros profesionales.

Por eso sólo, ya merecería felicitación especial el «Grupo Teatro Aguilar» y su directora, Maruja López que en el 50 aniversario de la editorial se han sumado a la conmemoración con el estreno de *Los círculos*, interesantísima obra de Luis Riaza, en la que este se manifiesta como autor muy capacitado para la creación de un teatro de denuncia social, poniendo a contribución muy variados y lícitos resortes dramáticos, desde la satira a la caricatura, del sarcasmo a la ironía bienhumorada, del esperpento a la donosa burla de cosas, seres y situaciones que la generalidad toma en serio erróneamente.

Hay en la pieza de Luis Riaza un permanente signo de entendimiento de las últimas directrices teatrales, o una premonición pues al parecer *Los círculos* fue escrita hace diez años.

Los empleados de Aguilar que componen el Grupo actúan igualmente en un plano de calidad y cualidades artísticas muy superior al que cabría esperar de su condicción de meros aficionados, aun dando por descontado lo que a su buena actuación habrá contribuido la dirección de Maruja López, de sensibiliad bien probada durante el lapso en el que permaneció como ayudante de Miguel Narros en el Teatro Nacional Español.

Gracias sean dadas a la inteligente elección de obra de Maruja López y a la más que correcta escenificación de los integrantes del «Grupo Teatro Aguilar», por la representación de *Los círculos*, pieza de Luis Riaza en la que éste se revela como autor muy representativo del teatro anticonvencional en España. (A los aplausos finales del público sólo correspondió, en el escenario, una pancarta con la leyenda: «No hay saludos».)

LA FUNDACION

de Antonio Buero Vallejo

En noviembre de 1962 saludaba en estas mismas páginas el estreno de una pieza de Buero Vallejo —*El concepto de San Ovidio*— como «la mayor tragedia de la dramaturgia española» (*La Estafeta Literaria* número 253). Doce años después, no cumplidos, he de rectificar... a medias, porque si la tragedia es distinta, el autor no varía.

Sí. Desde el pasado 15 de enero, la mayor tragedia de la dramaturgia española es *La Fundación*. Conviene que lo digamos los críticos, pues Buero rehúye hacerlo, tanto en la ocasión precedente como en la que nos ocupa ahora. *El concierto de San Ovidio* fue calificada por su autor como «parábola». Y, alejándose más aún de cualquier casillamiento por géneros bautiza a *La Fundación* como fábula en dos partes».

Ninguna de ambas denominaciones son desacertadas, ni otra cosa cabía esperar del rigor que Buero aplica al correcto uso del idioma. Es más: el diccionario de la Academia, a la que el autor pertenece, trae acepciones de gran similitud para los dos vocablos, que sin duda son los que mejor definen la intención y el logro de *El concierto de San Ovidio* y de *La Fundación*. Así, por «parábola» ᵈe un suceso fingido del que se deduce, por comparación o semejanza, una verdad importante o una enseñanza moral» en tanto que «fábula» puede equivaler a «ficción artificiosa con que se encubre o disimula una verdad».

Ambos calificativos responden, por tanto, al meollo argumental de las respectivas piezas, y si me detengo en este hecho meramente circunstancial es porque de él se desprende, según sospecho, una de las constantes que caracterizan a Buero: a el no se le escapa que sus obras son trágicas, pero quiere que sea la crítica y el público también, quienes como tragedias las califiquen. No es partidario de apriorismos y deja que sus creaciones se ofrezcan a los espectadores por si mismas. (De ahí, también el que jamás efectúe, tipo algunos de antecrítica o autocrítica. Incluso, al editar sus obras, prefiere añadir un epílogo a manera de comentario, en lugar del socorrido prólogo que, en el mejor de los casos y con respecto al texto de la obra, no pasará de ser albarda sobre albarda).

Tras dejar esto bien explícito, llega el momento de analizar *La Fundación*, superior formal y temáticamente a *El concierto de San Ovidio*, considerada a su estreno por este crítico como «la primera gran tragedia del teatro español de todos los tiempos». Otra gran tragedia nos ha deparado Buero con *La Fundación*, y no es obstáculo para tal calificación el hecho de que su desenlace abra un resquicio a la esperanza, sino que responde en todo al concepto de lo que su autor denomina «tragedia optimista».

Que es optimista... con las debidas, mesuradas y consecuentes reservas. Un optimismo que nunca va más allá que esa perspectiva de «una remota posibilidad de evasión» que, desde la celda de castigo, aguarda a los dos supervivientes, según el plan ideado por otro de los personajes, que prefirió el suicidio a la delación.

El lenguaje dramático de Bueno no es brillante, ni ingenioso, ni siquiera comunicativo. Pero sí, en cada réplica y contrarréplica, trascendente y esencial. Sin juegos de artificios o pruebas retóricas, sobriamente, desvela reacciones anímicas e incita a una reflexión conjunta sobre los porqués. Con eso y con una lacerante patina de autenticidad trágica, bastaria a Buero para prender en la atención del público. Pero en su tragedia hay mucho más hay una —ignoro si paciente o espontanea— labor de prodigioso orfebre, una tan artesana como artística construcción teatral, en la que, frase a frase, escena tras escena —por no hablar de los recursos escenográficos, calculados para que, cuando el autor lo estima oportuno, el misterio se desvanezca y lo incomprensible adquiera plena verosimilitud—, los espectadores adviertan la tragedia que están viviendo, cada uno a su aire, aquellos cinco seres con tanta verdad dentro que motejarlos de personajes supondría agravio para la honestidad artística de su creador.

La totalidad del público estrenista estaba al cabo de la calle respecto a la similitud existente entre las cinco criaturas escénicas, coprotagonistas en la obra de Buero, y la peripecia personal como recluso de éste. (Y, si alguno lo ignoraba, las palabras de gratitud finales lo pondrían sobre la pista). En el vestíbulo del teatro, a la salida, se produjeron encontradas opiniones en torno a cuál de aquellos cinco reclusos políticos era autobiografico. Modestamente, opino que ninguno en particular y los cinco en general. Que la tragedia esta construida con retazos de vivencias, indistintamente adjudicadas a cualquiera de los encarcelados.

Sin duda, Buero tuvo en sus años de encierro afanosas tendencias al enajenamiento de Tomás, pero también reflexiones propias de Asel, así como los cambiantes estados anímicos de Tulio. Y es más que probable que compartiera vividuras con seres como Lino y Max...

El enajenamiento —o alienación, en lenguaje «a la page»— de Tomás, que persiste durante todo el primer acto, del que el autor saca el título de la tragedia y que sirve al orfebre escénico para verificar un acabado dominio de la construcción dramática en el doble y simultáneo plano de la realidad y la patológica invención, de tal modo que es la segunda la que aparece como real a los ojos del público, hasta muy poco antes de concluir la primera parte, queda luego plenamente justificado por la voluntad de evasión de quien se siente responsable de antiguas delaciones. Pero supone, por encima de todo, un firmísimo paso adelante en la utilización de recursos escénicos por parte de Buero Vallejo, con participación de los espectadores. Si en otras piezas suyas empleó carencias sensoriales —la facultad de ver, en El concierto de San Ovidio y En la ardiente oscuridad, o la de oír en El sueño de la razón—, aquí va más allá: juega fuerte Buero y la baza es más sutil, porque no se trata ya de cualquiera de los sentidos humanos, sino de la total realidad de una existencia, perturbada por estímulos esquizofrénicos que convierten en oníricas —y patentes— sensaciones una acongojante verdad.

La tragedia está llevada con tal pulso escénico y tanta eficacia comunicadora que las ovaciones —de veras espontáneas y resultantes de la tensión escénica lograda—, interrumpieron la acción varias veces.

Y aún queda por analizar el instante cumbre de La Fundación: aquel en el que la más reflexiva de sus criaturas escénicas, Asel, medita sobre cuál hubiera sido su actitud para con los adversarios en el caso de haber triunfado los suyos: ¿acaso no sería el tan opresor y carcelero con sus vencidos como lo son con él y sus compañeros quienes los vencieron? A partir de aquí la tragedia gana en universal grandeza, en cuanto testifica que no hay en ella buenos y malos, sino, simplemente, vencedores y vencidos. Y que el destino de unos y otros es inequívocamente el mismo, cualquiera que sea el platillo del que la balanza se incline.

Y queda, por supuesto, el colectivo elogio a los profesionales del teatro que con tal ahinco pusieron su arte al servicio del texto: José Osuna, director de escena, en su más desentrañadora y expresiva labor de coordinación: Vicente Vela, creador del al tiempo obsesivo y escapista espacio escénico que la acción exigía; y los intérpretes, todos —¡qué gran conjunto!—, con mención especial para Valladares, Puente, Sanz y Victoria Rodríguez. Buero ha deparado otra gran jornada al teatro español.

EL OSO Y EL MADRILEÑO
de Antonio Mingote Música de Mario Clavell

Eso es El oso y el madrileño una historia de Madrid, escenificada con base en un precedente libro de Mingote, presumiblemente a instancias del director del espectáculo, Ricardo Lucia, al que de entrada es obligado apuntarle el tanto de su buena vista profesional.

Una historia de Madrid que abarca algunos de sus más característicos episodios, de la prehistoria a nuestros días, puesta en pie sobre un escenario, implica, por de pronto, una sobresaliente capacidad de síntesis... y tirios y troyanos están de acuerdo en el hecho de que cuando un autor posee el sentido de la síntesis es suyo uno de los secretos esenciales del arte escenico.

Mingote, en dieciocho cuadros y dos partes, escenifica algunos de los más relevantes acontecimientos de la capital de España que, en el espectáculo, denota con meridiana claridad su machadiana condición de «rompeolas de las cuarenta y nueve provincias españolas». De ahí que, suavemente satírico —quizá sólo zumbón—, el autor haya dicho que su espectáculo «es un homenaje a los madrileños, incluso a los que han nacido en Madrid».

Desde que el telón se alza y entran en escena los tan mingotianos hombres del neolítico con sus hachas de piedra pulimentada, dispuestos a talar cuantos árboles surgieran ante ello en el área elegida para aposentarse, hasta los cuadros últimos con estraperlistas, especuladores del suelo matritense y representantes de la actual juventud, por el espectáculo de Mingote desfila una bien concebida selección de la —permítaseme el vocablo— madrileñidad, vista siempre al través de prismas humorísticos, mas no por ello exentos de algún aguijonazo... que le otorga un plus profundizador, y hace que el público se pare a meditar después de haber reido.

Antonio Mingote pone de relieve en su espectáculo, con tierno humor, restallante gracia... y unas gotas de acibarado sarcasmo, las constantes históricas del pueblo de Madrid. Si algún reparo cabe poner a esta traslación escénica del libro *Historia de Madrid*, no puede ser otro que el de la insistencia en temas de crítica municipal, y aun para este pecadillo cuenta Mingote con las indulgencias de un tiempo —felizmente superado— en el que sólo el muncipio tenía luz verde permanente para que en sus vicios pudiese entrar el escalpelo, risueño a la vez que esclarificador, de la crítica humorística. De ahí la insistencia en defectos menores como el de la pavimentación —por lo demás, muy bien resueltos escénicamente—. Con todo, en el espectáculo aparecen Quevedo, Lope de Vega, la primera edición de *El Quijote* y otros episodios capitales de la historia de Madrid, y hasta un cuadro de patética comicidad, titulado *Cesantes y funcionarios*, que, concebido para ilustrar peripecias pasadas, adquiere en estos días inusitada y casi, casi lacerante actualidad.

Además de como autor, Mingote triunfa en toda la línea como escenógrafo y diseñador del vestuario, con invenciones pletóricas de ingenio en los dos aspectos, aun cuando sea del todo legítimo adjudicar a Ricardo Lucia el muy considerable porcentaje que aporta a la consecución del espectáculo, en la que sin duda es su más lograda labor de dirección escénica, hasta erigirse en el segundo gran triunfador del invento, muy de cerca seguido por Marío Clavell, que ha compuesto unos números musicales idóneos a las distintas etapas matritenses del espectáculo.

En el capítulo interpretativo musical hay que resaltar la positiva circunstancia de que todos los cantables se efectúan a limpia voz, sin micrófonos, altavoces, amplificadores, etc. Pese a lo cual —o a causa de lo que— el triunfo de Maruja Díaz y sus compañeros es de los que conviene señalar con hito blanco en la actual temporada. Junto al de Maruja Díaz, hay en este apartado cuatro nombres que merecen cita y comentario expresos: la excelente interpretación humorística de Pedro Valentín y Juan José Oteguí, la bizarra galanura de Manuel Otero —buen cantante, además—

y el valioso trabajo de María Elena Flores, espléndida actriz que en la corporeización de sus diversos personajes acredita ductilidad histriónica de primerísimo orden.

EL NIÑO Y LA LOCOMOTORA
de Juan Antonio Castro, Javier Ruiz y Carlos Luis Aladro.
Música de Angel Luis Ramírez

El niño y la locomotora se anuncia como «espectáculo colectivo creado por niños del Colegio Nuestra Señora de Covadonga y los adultos, al menos en teoría,
Juan Antonio Castro, dramaturgo; Javier Ruiz, poeta, y Carlos Luis Aladro, maestro escuela. Música de Angel Luis Ramírez».

Al margen de dicho anuncio, le da en la nariz al crítico que en dicho espectáculo
han puesto mucho más los «teóricos» adultos que los niños. Y de esto no ha de desprenderse el más mínimo reproche a los colegiales; equivale, sencillamente, al mejor
de los elogios para los adultos Juan Antonio Castro, Javier Ruiz y Carlos Luis Aladro, extensible al compositor —si es que también es adulto, pues no se especifica—
Angel Luis Ramírez.

Ellos han inventado una acción llena de incitaciones para las imaginativas mentes infantiles. Conocedores, sin duda, de la capacidad creadora que a la infancia
confería Nicolás Evreinov, sitúan en el espacio escénico elementos cotidianos que los
actores niños transforman en significativos testimonios de un mundo creado por sus
portentosas cualidades teatralizadoras. En su libro *El teatro en la vida,* escribe
Evreinov: «El niño hace algo literalmente de la nada; le basta la más vulgar materia,
la más insignificante. Es un auténtico pequeño creador quien puede, aun sin arcilla,
producir maravillas. Una corona de papel lo hace rey; el mango de una escoba le sirve de caballo, en tanto el piso de transforma en océano».

Consecuentes con la tesis de Evreinov, Castro, Ruiz y Aladro sitúan sobre la escena una escalera que para los niños actores equivaldrá al «río del olvido» y otros
elementos vulgares que aparecerán ante la hervidora mentalidad infantil como «un
pozo», «una locomotora», etc. Pero si es verdad que los pequeños intérpretes dan
caracteres de absoluta entrega a su convincente admisión de lo engañoso como verdadero, mucha mayor impresión causó en el crítico la espontaneidad participadora
de algunos espectadores niños, que, con sus oportunas, ingeniosas e insólitas interrupciones al esquema argumental, venían a enriquecerlo —recreándolo— muy considerablemente.

Porque —y éste sí que es un tanto definitivo a favor— en el «espectáculo colectivo» ideado por unos colegiales sobre la estructura de un dramaturgo, un poeta y un

pedagogo, la baza más positiva radicó en la continuada, incisiva y, con frecuencia, ingeniosa participación coloquial de espectadorcitos.

Cuando algo así se consigue, la fundamental pretensión ha de darse por lograda.

SE VUELVE A LLEVAR LA GUERRA LARGA
de Juan José Alonso Millán

Casi tres años de ausencia deliberada en la escena, han servido a Alonso Millán para reflexionar... y para rectificar el sendero por el que se lanzó a tumba abierta de concesiones, frivolidades y chabacanerías en la generalidad de su producción estrenada en el lustro 1967-1971.

Tal cambio de rumbo —que no es otra cosa que un retorno a sus propios orígenes teatrales —señala la más significativa faceta de la más reciente obra del que otrora había sido designado por Enrique Llovet como «el más brillante de nuestros jóvenes *conformistas*», y nada me sorprendería que suponga el punto de partida hacia una producción más crítica en lo sociopolítico, sin mengua de la brillantez dialéctica y de la perfecta estructura formal que desde sus inicios han caracterizado al teatro de Alonso Millán.

Tras estas puntualizaciones, a mi ver necesarias en una revista como ésta —de igual modo que serían inoportunas en la sección teatral de cualquier diario—, procede pasar al examen de *Se vuelve a llevar la guerra larga* sin digresiones ajenas a la pieza en sí.

Hay en esta comedia dos acciones divergentes que el oficio de Alonso Millán hace converger en el instante adecuado para, a partir del mismo, fundirlas en una sola: de una parte, la apariencia de ciertos avatares de nuestra guerra civil, que perdura durante todo el primer acto para el protagonista, aunque no para el público, al que le es revelada la urdimbre del engaño a poco de alzarse el telón, y, de otro lado, la insólita situación surgida cuando ya todos —incluido el protagonista— afronten la realidad de los hechos.

Con semejantes mimbres, Alonso Millán consigue un primer acto pletórico de humor, tanto verbal como de situaciones, en el que los incidentes se acumulan, el público ovacionó la ingeniosa oportunidad de réplicas y contrarréplicas en reiteradas ocasiones, sobre todo a partir del momento en el que el autor hace partícipe al auditorio de la realidad de la trama. Quedaba la sospecha de que, al igual que en alguna de las últimas comedias de Jardiel, no acertara Alonso Millán a desenredar lo que tan intrincadamente había liado; pues bien, no sólo da diáfanas respuestas a to-

VEINTE AÑOS DE TEATRO ESPAÑOL (1960-1980) 197

das las embrolladas situaciones anteriores, sino que la acción resulta enriquecida, al ofrecernos Juan Jose Alonso Millán la inaudita —y a la vez tan verosimil— reacción del protagonista ante el descubrimiento de que la guerra civil, hasta entonces, para él vigente, había concluido treinta y cinco años atrás...

Al servicio de esta espléndida y jocunda comedia que tiene como fondo la tramendísima tragedia de nuestra guerra civil, resaltan las contribuciones interpretativas de Rafael López Somoza, Mari Carmen Prendes y Rosario García Ortega, así como, en corporeizaciones de menor empeño, Ricardo Alpuente y Enrique Closas. Sobre todos, Somoza. Es necesario un talento latriónico fuera de lo común. Es decir, excepcional, para expresar como él lo hizo sus impresiones de la primera salida a un Madrid en pacífico— ¿o no tan pacífico?— trance de crecimiento, que el creía en guerra. Gran triunfo interpretativo de Somoza, al que da adecuada réplica Mari Carmen Prendes, ágil matizadora de impresiones ante la versión que el actor le da de su primer recorrido por la capital, que aún supone en trance de liberación... Bien es cierto que Alonso Millán ha ideado para tal escena unos efectos de muy lograda comicidad.

Rosario García Ortega da gran verismo a su complementario personaje, con recursos hilarantes de legítimo sello.

La escenografía de José Ramón Aguirre ha sido ideada para con los cambios mínimos imprescindibles, dar cumplida idea al espectador de la abismal distancia que ya entre una decoración madrileña en los años bélicos y éstos del desarrollo.

En su cometido como director escénico, Alonso Millán acierta a dotar a su comedia de la dicotomía humorismo — humanismo que, en cuanto autor, quiso hacer patente.

LA DONJUANIA
de Salvador de Madariaga

Otra vez, teatro en el Ateneo. Al acceder a la presidencia Carmen Llorca, lógicamente, puso al frente de las diversas Aulas hombres de su propio equipo y, en la de Teatro, a Scorpellini. Pero, si han cambiado los hombres, por lo que respecta al teatro parecen perdurar las ideas, pues la pieza de Madariaga que ha servido para inauguración y clausura de la temporada 1973-74, fue elegida por el anterior secretario general, Demetrio Castro Villacañas, y acogida entusiásticamente por el antecesor de Scorpellini. Me consta, sin lugar a dudas, porque di el «visto bueno» a la obra propuesta por Castro Villacañas y tuve conocimiento de sus primeros contactos telefónicos con el director, José Franco.

Destaco el hecho por lo insólito. En un país en el que cada hombre que llega a un puesto de responsabilidad acostumbra a hacer tabla rasa de cuanto idearon sus predecesores inmediatos, resulta muy loable la aceptación de obras programadas por estos, en lo que respecta al señor Scorpellini.

También cabe en lo posible, claro, que semejante conclusión sea prematura, pues el acogimiento de la obra anteriormente programada puede ser debida a imperativos cronológicos.

Pronto saldremos de duda: al predecesor de Scorpellini le fue solicitado —antes del relevo presidencial— un avance de lo que podía ser la próxima temporada en el Aula de Teatro. Y quien esto firma propuso que se utilizase el Aula como plataforma de lanzamiento en Madrid de los más calificados Grupos vocacionales de provincias: «La Cazuela», de Alcoy; «Tabanque», de Sevilla; «Corral de Comedias», de Valladolid; «Teatro Estable», de Zaragoza, y otros...

Tras unas palabras de presentación de Alfredo Marquerie, en las que el decano de la crítica teatral madrileña acreditó su prodigiosa erudición y gran sensibilidad para todo lo concerniente al teatro, dio comienzo la representación de «La donjuanía».

Se trata de un divertido —y muy intencionado— «contraste de pareceres» entre seis invenciones donjuanescas de autores de varia nacionalidad, a excepción de España, que está representada por partida doble: el creador del mito, Tirso de Molina, y el autor de la vesión más popularizada: Zorrilla. Los restantes son Molière, Byron, Daponte-Mozart y Pushkin. Cada uno de ellos —en la intemporal reunión provocada por el autor— se manifiesta, dentro de las comunes características propias del mito, acorde con la idiosincrasia de sus respectivos autores... y hasta según constantes de cada nacionalidad, siempre según el prisma de don Salvador de Madariaga; así, en un determinado instante conflictivo, hace que el Burlador de Byron se declare partidario «de la no intervención», en deliberada postura aproximadora a la mentalidad actual.

La inicial lección de Marquerie puso en conocimiento de los asistentes que esta pieza fue ya estrenada por la B.B.C. de Londres en 1948, si bien luego amplió el texto y fue editado precedido de un ensayo de 40 páginas en las que Madariaga resume su entendimiento de Don Juan, y los distingos que advierte en las diversas corporeizaciones reunidas por él en cónclave tan divertido como ahondador... salvo alguna que otra concesión versificadora, con ripios y equívocos tales como los que escandalizan a uno de los Burladores hispanos al oír a su aldáteres que piden «coñac» —así pronunciado— y «no soda».

Las discrepancias —meramente circunstanciales, claro, que en lo esencial la coincidencia es clamorosa— concluyen con la llegada a la reunión de una «Dama Velada» que, tras de ser interrogada por los seis Burladores —en repetidas escenas de dos personajes en las que probó José Franco sus amplios conocimientos de la dirección escénica—, se da a conocer ante el Don Juan zorrillesco como Doña Inés.

Los siete intérpretes —más un «mozo de hostería» que no figura en el reparto, quizá porque no habla, pero cuya mímica es excelente— compartieron en la certera corporeización de sus respectivos personajes.

Cumplen bien su función ambientadora las adaptaciones musicales de Pompey, y resulta plenamente justificado el empleo del «play-back» para las partes del Don Juan de Mozart.

El Aula de Teatro del Ateneo ha reanudado sus actividades con una muy digna escenificación, premiada con prolongados aplausos. Madariaga no pudo compartirlos porque a última hora excusó su asistencia.

HISTORIA DE UN PECHICIDIO
de Lauro Olmo

El autor ha denominado esta obra como «cronicón-rock», pero es tal la similitud de tratamiento que ofrece con la más popular parodia de Muñoz Seca que la compañía de Carlos Ballesteros, que ha efectuado su estreno, le ha añadido, como subtítulo a la antigua usanza, o «La venganza de don Lauro».

Posiblemente la intención de Lauro Olmo era la de dar a su parodia un contenido de actualizadora crítica sociopolítica, mas sí del dicho al hecho hay, según la paremiología, mucho trecho, no digamos la distancia, a veces abismal, que media entre la intención del autor y la realidad de la obra escenificada. Se le ha ido la pluma en pullas, invectivas y malsonancias, y el resultado es una pieza de escarnio, no exenta de buenas cualidades dramáticas, pero un tanto desfasada con respecto a la sociedad que pretende crítical: esta sociedad española que puede reirse a mandibula batiente de los melodramas con cinturones de castidad, porque les son ajenos, identificada como está con los sucintos biquinis y las minifaldas sucintísimas, que colocar bien la vista no es pecado.

Con todo, queda en pie una desgarrada pieza de teatro popular, cuyos excesos lingüísticos —hay malsonancias innecesarias— se ven compensados sobradamente por los aciertos de la invención argumental.

En su aspecto musical, la comparación con la versión rock de *Marta la piadosa* es inevitable, ni la partitura ni el conjunto que la interpreta están a la altura de sus predecesores en la comedia de Tirso de Molina, reelaborada por Jaime Campmany.

Muy bien Carlos Ballesteros en su doble cometido de director e intérprete, certeramente secundado en la interpretación por los jóvenes profesionales que integran el conjunto. Por descontado, también esta obra se halla en los antípodas del impenitente teatro estival. Su paulatina retirada de nuestros escenarios en un síntoma reconfortante. Y aún quedan estrenos de presumible calidad para este mes de agosto. Por lo menos, dos.

EL BEBÉ FURIOSO
de Manuel Martínez Mediero

Habrá que empezar por la aclaración de ese «furioso» entrecomillado que en el título se atribuye al autor. Lo es en gracia, de una parte, a su enfurecida —por tardía— irrupción en el teatro comercial; y, de la otra, al belicoso ímpetu con que lo hace, en notoria discrepancia con la placidez y el pancista conformismo de la mayor parte de nuestros autores. Pero hasta allí llega la furia de este *nuevo* autor que, según revela mordazmente en la antecrítica, «lleva diecisiete años escribiendo teatro».

Esta es una de las contadas ocasiones en que la perseverancia obtiene su compensación, en forma de acceso al gran público de una producción escénica hasta ahora sólo conocida por los lectores de revistas especializadas o por los asistentes a festivales minoritarios y sesiones de cámara y ensayo. A despecho de que algún humorista malhumorado haya extendido a la «apertura» una precipitada acta de defunción, estrenos como el de Mediero prueban que sigue viva... muy afortunadamente.

Martínez Mediero califica su obra como «tragedia vodevilesca al *western*». El encuadramiento es, a juicio del crítico, inadecuado. Se queda corto y peca por exceso. Quizá su justo encasillamiento fuese el de «farsa esperpéntica». En cualquier caso, éstas son objeciones bautismales que en nada afectan a la calidad de la pieza.

Que es, desde luego, importante. Tanto como para advertir en ella la utilización de medios, artísticos desproporcionados al fin propuesto, con superioridad evidente de aquéllos. El manido tema de la crítica al consumismo se queda corto, en cuanto a meta propuesta, ante el despligue de admirables invenciones escénicas ideadas por el autor, que aquí revalida su espléndido instinto de lo teatral ya manifestado en *El último gallinero*, estrenada años atrás en sesión única y que obtuvo el premio Sitges, si mal no recuerdo.

Y es que, si Martínez Mediero sigue las normas dictadas por su certero instinto dramático, va a resultar muy difícil adjudicarle un género determinado, porque utiliza medios contrapuestos, pero no según le venga en gana, sino siempre en razón de su eficacia comunicadora. Lejos de confundir, su empleo de sistemas expresivos diversos —y aun divergentes— conducen a la creación de un todo armónico, de diáfanas resultantes.

Posee en grandes dosis, igualatoriamente distribuidas, el certero hallazgo coloquial y la precisa visión situacional. Del primero, queda como singular botón de muestra el himno iniciado por la portera hitleriana antes de su entrada en escena. De la segunda, no hay sino recordar el tango bailado a dúo por igual personaje y la señora de la casa, que idéntica efectividad tendría incrustado en cualquier otro argumento. (Por cierto, que en la ejecución de ese tango —ignoro sí por iniciativa del autor o porque así lo dispusiera el director García Moreno— el personaje incorporado por Carmen Rossi indicaba en todo instante al de Carmen de la Maza los pasos a ejecutar. Así correspondía a la eficacia histriónica de ambas actrices).

Con todo, resulta singularmente eficaz, en lo que a concepción situacional respecta, el recurso «¿o no es un recurso?» de que sea precisamente un precoz bebé quien ponga en guardia a los adultos sobre los peligros de la sociedad de consumo. El apocalíptico final, con disparos a go go y el definitivo bombazo, expresa sin palabras la postura disconforme, a la vez que edificante, de Martínez Mediero, tan similar, ¡vean usted por dónde!, a los propósitos de catarsis preconizados por los clásicos más antiguos.

Magnífica e impecable la dirección escénica de García Moreno, sin tilde que objetar, así como la escenografía de Cidrón, compuesta por una amenazadora montaña de electrodomésticos y heredados muebles *camp*.

En cuanto a la interpretación, descuella, en un notable tono medio, la admirable labor de Carmen Rosi entre sus completas dotes histriónicas y la buena compostura de los restantes intérpretes media la distancia que separa la excepción de la regla. Los enfervorizados aplausos y «¡bravos!» escuchados al final de la pieza no pueden de ningún modo ser contrarrestados por alguna que otra aislada metedura de pies. Tanto más cuanto que, enfilando la salida, pude oír el reproche a su marido de una esposa: «Te han invitado, ¿no? Pues, si no te gusta, cállate, pero no patees».

Ya en la calle, la atmósfera era del todo renovadora, ¡Ojalá y que siga así!

LA MUCHACHA SIN RETORNO
de Santiago Moncada

Después del ya lejano estreno de la obra *Juegos de medianoche*, que mereciera a Santiago Moncada el premio «Calderón de la Barca» y su preceptiva escenificación, el autor parecía haber abandonado la creación teatral para dedicarse intensivamente, y con varia fortuna, a los guiones cinematográficos. Ahora vuelve a un escenario, y en esta segunda pieza estrenada revalida ampliamente la posesión de excelentes cualidades de autor ya entrevistas en la obra premiada.

Circula de boca en boca cierto intranscribible donaire por el que se establece un humorístico paralelismo entre las entidades de drama y tragedia y la mayor, menos... o inexistente capacidad erótica del hombre.

La situación escénica ideada por el autor se halla situada sobre la leye raya fronteriza entre el drama y la tragedia. Sin embargo, su buen oficio de autor ha debido sugerirle a Santiago Moncada la más impensada treta: la de situar su invención en el territorio de la comedia, sin que por ello pueda acusársele de evasionismo premeditado ni otros yerros cualesquiera.

La trama gira de principio a fin en el desespero de un seductor poco menos que profesional ante la inaplazable hora de su jubilación, del fatal ingreso en las —nunca mejor llamadas— clases pasivas. Pero como Moncada sabe perfectamente que el teatro es la única parcela artística en la que lo imposible puede resultar verosímil, ha dado a un asunto que requería elementos trágicos o, en el mejor de los casos, alguna dosis de dramatismo radales de auténtica comicidad, expresada en hallazgos coloquiales de seguro efecto humoristico, y del todo adecuados a las exigencias de cada situación escénica.

Resulta difícil analizar esta brillante comedia de Moncada sin contar su argumento. Y hacerlo equivaldría a ofrecer decepcionantes revelaciones para los futuros espectadores, pues no se trata aquí, como ocurre en la generalidad de las obras de intriga, de no anticipar el desenlace. No. La bienhumorada comedia de Santiago Moncada tiene en su estructura factores tan insólitos que su desvelo supondría grave quebranto para el ánimo de los espectadores que acudan a su representación previamente sabedores del qué y el cómo.

La almendra del asunto ya está dicha: un «don Juan» abocado a su jubilación. Se me ha de perdonar si no revelo la nueva estructura que el autor incorpora a tan viejo y resobado asunto, dotándolo de ironicas, sabias, personalísimas, facetas propias...

La acción transcurre en la noche de San Silvestre, noche que, como es sabido, comparte con la de San Juan la posibilidad de los mayores prodigios... Y entre los regalos que hacen al melancólico seductor tres de sus seducidas, ya en la reserva, halla el prodigio de una sorpresa que puede mantenerlo activo.

La fuerza de la costumbre me ha llevado a escribir «acción», pero en esta comedia no hay tal, sino una sola situación escénica, inteligentemente estirada merced al restallante ingenio de un dialogo eficaz y vario en hallazgos coloquiales, que va de la ironía al sarcasmo sin la menor irrupción en la zafiedad.

De los elementos participantes en *La muchacha sin retorno* es de justicia resaltar la tarea del director escénico: Cayeteno Luca de Tena potencia al máximo los valores de la pieza al tiempo que realiza una tarea de dirección de actores que, en el caso concreto de Rocío Dúrcal, alcanza logros de virtuosismo. Porque si los otros cuatro intérpretes tienen una ejecutoria profesional impecable, la segunda aventura escénica de Rocío Dúrcal era toda una prueba... para ella y para el director, de la que ambos han salido airosos.

Y conste que, personalmente, debo confesar que los intempestivos aplausos con que fue acogida la aparición de la joven actriz, antes de que dijera esta boca es mía, predispusieron mi ánimo en contra... Pues bien, cuando terminó la pieza, hube de sumar mi juicio positivo al de aquella amigable y a todas luces prematura ovación inicial: Rocío Dúrcal había desplegado un amplio abanico de cualidades histriónicas, manteniendo el tipo con el suficiente decoro junto a los otros cuatro experimentados intérpretes, que mostraron los cuatro su veterana eficiencia. En primer término Merlo, porque su personaje ofrecía mayores riesgos. Después, Amelia de la Torre, a la que el autor adjudicó los pasajes escénicos más lindantes con un patetismo no exento de factores melodramáticos, y, a idéntico nivel, Aurora Redondo y Marí Carmen Prendes, en sus respectivas incorporaciones de la profesional con vetas de extremada piedad en la vejez, y de la ídem que en pareja cronología se conserva procaz y frescachona.

Emilio Burgos triunfa en su doble cometido de escenógrafo y diseñador del vestuario.

LAS CÍTARAS COLGADAS DE LOS ARBOLES
de Antonio Gala

En esta obra, Gala ha intentado escenificar, con talante indagatorio, lo esencial del ser de España. Y, más concretamente, las raices del descomedimiento español. Y, entonces, ocurre que la pieza le ha salido, también, descomedida. Incurre en error de cálculo, por demasía, y éste en el teatro —fundamentalmente, arte de síntesis— resulta siempre un reparo de los de mayor cuantía, por cuanto supone olvido —quizá deliberado, no digo yo que no— del fenómeno que ya designó Lope de Vega, de una vez para siempre, como la cólera del español sentado». Acaso Gala creyó poder superarlo con el señuelo valiosísimo de su lenguaje incisivo, poético, mordaz, crudo, desenfadado y pletórico de admirable espontaneidad... y no fue así. Al menos, la noche del estreno. (Según me dicen, en las inmediatas representaciones ya la obra había sido adecuadamente *peinada*, hasta quedar reducida a la dimensión que puede tolerar la dicha «cólera del español sentado»).

La concepción del cuadro inicial ha sido escenificada con admirable y muy logrado dramatismo: esa matanza, reveladora de tanto como distanciaba a unos españoles de otros, de la abismal sima que los separaba —mientras en Yuste iba a morir el emperador Carlos I—, reúne a cristianos viejos, judíos conversos, señores, mozuelas y siervos, cada cual con su función en el fasto hogareño, pública un acierto dramático difícilmente superable, y cabe incorporar tal cuadro a la ya abundante lista de las más válidas y personales aportaciones de Antonio Gala al teatro español contemporáneo.

Después, la alegoría se ensombrece por el excesivo barroquismo del lenguaje, y también porque Gala da a ciertos personajes trazos caricaturescos y ridículos que sobran; una presentación mas objetiva hubiese contribuido a incrementar su eficacia, me parece.

El hipócrita integrismo del cristiano viejo, enfrentado a la pacífica liberalidad del repatriado de Nueva España, son dos comportamientos demasiado distantes para resultar convincentes. La España conflictiva que Gala ha querido llevar a la escena lo es justamente porque en cada español concurren sentimientos encontrados, en mucha mayor medida que por el exteriorizado conflicto entre españoles de distinta condición. No entenderlo así ha contribuido en mucho a frustrar buena parte de esta que pudo ser la más ambiciosa invención dramática de Antonio Gala.

(Y hasta pudiera ser que, con las supresiones efectuadas tras el estreno, se hayan eliminado los elementos frustradores...)

Los factores puestos al servicio de esta alegoría dramática de nuestra España más conflictiva lo hicieron óptimamente, desde la pormenorizada dirección de José Luis Alonso a la portentosa escenografía de Mampaso y a sus bien ideados figurines, sin olvidar los efectos especiales de Blas Pérez, si es que en ellos se incluye el cerdo de la matanza, de tan lograda veracidad.

En cuanto a la interpretación, hay que citar ante todos el nombre de Manuel Dicenta, magistral, como siempre; y es que no existe cometido secundario para un actor de sus excepcionales dotes. A segundo, Conchita Velasco, perfecta simbiosis de ternura y desgarro, expresados con su hermosa voz. Berta Riaza fue a más, hasta concluir muy cabal. Y un elogio también encendido para Margarita García Ortega, Jesús Puente, Antonio Cintado, Francisco Cecilio, Manuel Torremocha y María Luisa Armenteros.

NUEVE BRINDIS POR UN REY
de Jaime Salom

La versión escénica que Jaime Salom ha hecho de uno de los episodios más controvertidos del reino de Aragón —el compromiso de Caspe— está llamada a tener gran éxito... cuando se estrene en Barcelona, a condición de que previamente sean eliminados los yerros de imprenta de los programas de mano, afectantes sobre todo a los compromisarios catalanes y valencianos. Eso en el rearto. Porque en la nota «Algunos datos históricos» no resultan mejor parados los aragoneses. (Si antes «Valseca» por «Rabasa», aquí «Rom» en lugar de «Ram» y «Bardojí» donde debiera escribirse «Bardají»).

Y digo que esta pieza tendrá gran acogida en Barcelona porque Jaime Salom toma resueltamente partido en ella por la facción urgelista, aun a trueque de alguna que otra señalada contradicción como lo es la de dar de Antón de Luna —animoso partidario del conde de Urgel —sus facetas más zafias y groseras, sustentadas fundamentalmente en el condenable asesinato del arzobispo de Zaragoza..., que tanto perjudicó a la causa del de Urgel.

Al fin y a la postre, la Historia con mayúscula resulta violada del mismo modo por las manipulaciones oficiales que por las oficiosas, privadas o como quiera denominárselas. Jaime Salom, por razones evidentísimas, no estuvo allí. Ha tenido que servirse de historiadores... que tampoco estuvieron allí y han podido tergiversar sus fuentes de documentación. Si ha preferido seleccionar las procedentes de Soldevila y de Doménech a las de los discípulos de Menéndez y Pidal, Manuel Dualde y José Camarena, sus razones tendrá, como las tiene el comentarista para no compartirlas.

En buena ética, procedía la exposición de esta disparidad de criterios concerniente al detérminado episodio histórico en el que se centra la trama escénica, antes de entrar en el análisis de la obra de Salom como pieza teatral, con el añadido de que cualquier suerte de manipulación en el relato de un hecho histórico tiene validez teatral en la medida en que suponga una aportación de enriquecedoras situaciones dramáticas. No sucede así cuando, como en este caso, las deliberadas orejeras de que se ha provisto el autor para su documentación radicalizan los caracteres al extremo de enfrentar la integridad jurídica, política y moral de Vallseca a «una mayoría de iletrados fanáticos y de asalariados políticos», que es como Doménech define a los restantes compromisarios, desde San Vicente Ferrer al prestigioso jurista Berenguer de Bardají, pasando por Domingo Ram, obispo de Huesca. Al trazar tal disparidad de caracteres entre el austero, sabio, íntegro Vallseca y la doblez, tendenciosidad y falacia de los restantes jueces, los valores dramáticos de la escenificación del Compromiso de Caspe corren gravísimo riesgo de verse reducidos al equivalente teatral de un *western*, con su protagonista —naturalmente, «el bueno»—, enfrentado valerosamente a una banda de malhechores.

Si las cosas no llegan a tanto, habrá que atribuirlo al bien probado talento dramático de Jaime Salom y a su notorio buen gusto estético, admirablemente servido por la imaginación coordinadora de González Vergel, pese a que también esta resulta afectada en parte, por la errónea concepción de la pieza.

Salom, porque introduce en la trama diversos y reiterados elementos farsescos, que contribuyen poderosamente a restar trascendencia a la integerrima figura del protagonista, en su enfrentamiento con los restantes compromisarios, tan proclives a toda suerte de cohecho.

Elementos de farsa que, por otra parte, facilitan claves aproximadoras a la mentalidad del público actual, como veremos más adelante.

Y González Vergel, por la intencionada y sutil escenificación del elemento coral, a la que quizá podría ponérsele el reparo de una visible desproporción en su empleo en las dos partes que constituyen la trama. La excesiva participación del coro distanciador en la primera de ellas se hace más patente por la cicatería de sus intervenciones en la segunda...; pero como tanto a González Vergel como a Salom no les falta el instinto de lo teatral, nada arriesgo al prever que, en las representaciones inmediatas al estreno, semejante desequilibrio habrá sido enmendado, tanto más cuanto que las intervenciones del coro tienen la flexibilidad suficiente como para insertarlas en el instante que director y autor juzguen más propicio, sin que la acción resulte afectada.

De otra parte, después de su gran éxito en la versión *rock* de *Marta, la piadosa*, González Vergel estaba obligado a intentar la frecuentación de otros senderos, y la apoyatura musical a los factores del coro, reducida a la percusión, era insuficiente y acaso también improcedente.

En el capítulo interpretativo descuella Angel Picazo, que hasta puede dotar de matices varios a la corporeización de un personaje concebido «de una sola pieza». Después Amparo Baró —tan dúctil—, Terele Pávez —actriz ciento por ciento comunicativa— y el veterano Carlos Casaravilla, al que le basta con pronunciar sus primeras frases —en castellano— con un muy expresivo acento catalán para que el público sepa a qué atenerse respecto al personaje que incorpora. Les siguen en aciertos José María Guillén, María Jesús Sirvent, Miguel Angel Aristu y Manuel Salamanca, sin que desmerezcan del buen tono medio los restantes intérpretes.

EL EDICTO DE GRACIA
de José María Camps

Ya se sabe que las comparaciones son odiosas, especialmente para los que de ellas salen peor parados. Pero no por eso vamos a hurtar hechos que pueden o no ser significativos de calidad, mas ahí están. Al testigo no le corresponde sino reflejarlos.

Y bien: desde que el 14 de octubre de 1949 se estrenó *Historia de una escalera* en el teatro Español, tras haber obtenido con ella su autor, Buero Vallejo, el primer premio «Lope de Vega» convocado después de la guerra civil, hasta *El edicto de gracia* estrenada a los cinco lustros —tres días faltaban para que se cumpliera el cuarto de siglo—, ninguna de las obras distinguidas con tal premio corrió suerte pareja a la de Buero. Lo cual no quiere decir que algunas no apuntaran estimables cualidades, como agilidad coloquial, situaciones de positiva fuerza dramática, etc., pero el logro importante y expresivo de que detrás del creador de las piezas premiadas había un auténtico dramaturgo... tal sensación no la ha experimentado el crítico hasta el final de *El edicto de gracia*. Y puedo afirmarlo por haber sido espectador en la totalidad de los premios «Lope de Vega» posbélicos: los tres primeros, como aficionado: los restantes, en el ejercicio de la crítica.

Y vamos ya con la función enjuiciadora.

José María Camps —avezado novelista y dramaturgo—, ha pretendido escenificar en *El edicto de gracia* los tres factores coincidentes en la Inquisición española: fanáticos «cazadores de brujas», jueces racionalistas y liberales que buceaban para dar con la verdad de los hechos, y presuntos herejes, que confiesan de plano hechos y visiones inexistentes, víctimas de un raro proceso de autosugestión.

Aunque barcelonés, Camps ha residido en Méjico durante más de veinte años, y algo del temperamento «caliente» de los mejicanos se puede advertir en cierta propensión a la verborrea, que no degenera en proclividad porque se lo impide el «bon seny» catalán. Y estos conatos de lenguaje abarrocado, que tan sabiamente limita el autor, han de ser citados como únicos —y fácilmente enmendables— yerros de la gran pieza histórica que es *El edicto de gracia*.

Con excelente instinto de lo teatral —de eso indefinible que es «lo teatral»—, el autor ha simbolizado en sendos personajes representativos a la comprensiva justicia y al fanatismo desenfrenado, en tanto que para los supuestos herejes idea toda una comunidad, con dos líderes, ambos femeninos. Igual instinto, sin duda, ha llevado al autor a la cabal dosificación de los enfrentados vértices del triángulo conflictivo, de tal modo que si el talante sosegado, caritativo y tenaz del juez don Alonso de Salazar responde a constantes del comportamiento humano, evidenciadas ya desde la primera escena, el rijoso fanatismo de fray Domingo de Sardo resulta fluctuante en su intensidad, a la vez que las voceras de una comunidad que padece los supuestos ataques del enemigo, se corporeizan fundamentalmente en dos débiles y acomplejadas féminas: María de Echevarría y la Juanica.

Las cuatro contrafiguras están dotadas abundantemente por el autor de mimbres como para que sus respectivos intérpretes contengan señalados éxitos en sus brillantes incorporaciones: José María Rodero, en el juez don Alonso de Salazar, personifica con a la vez deslumbrante y comedida veracidad al patético inquisidor que lucha poco menos que a brazo partido contra el fanatismo de unos y la visionaria ignorancia de los otros, para ir al encuentro de la verdad, en un cometido que le resulta indigno y que tiene que aceptar para que no caiga en manos comprensivas entendedoras. ¡Gran actuación la de Rodero, quizá sólo comparable a «la del *Calígula*, de Camus, que nos brindó años atrás!

A Enrique Vivó le ha cabido en suerte la interpretación del fanático fray Domingo de Sardo, compleja criatura escénica que la profesionalidad del actor enriquece en no pequeña medida. Algo semejante cabe decir de Encarna Paso —nunca tan actriz como ahora— y de Ana María Vidal. En trabajos de menor cuantía, todo el conjunto cumple, tanto por su calidad intrínseca como por la muy inteligente labor armonizadora de José Osuna, en el idóneo marco escénico logrado por Vicente Vela, cuya trayectoria ascendente es clara.

¡Qué bien cuando —salvo inevitables objeciones menores—, el cronista puede testificar un rotundo éxito teatral! Si en esto de la afluencia del público a los espectáculos hay justicia, *El edicto de gracia* se mantendrá largo tiempo en las carteleras.

EL RETABLO DEL FLAUTISTA
de Jordi Teixidor

Otra versión, sí, de aquella que sólo pudimos ver los asistentes al estreno —años atrás, en el teatro Reina Victoria— del Grupo Tábano. Otra versión..., pero idéntico texto. Y es que la primera escenificación no fue retirada del cartel por su contenido, sino porque, mediante el vestuario y otros accesorios escénicos, los de Tábano habían representado una pieza distinta a la autorizada. Personalmente, opino que nada hubiese ocurrido con haberles tolerado a los impulsivos miembros del Grupo Tábano sus vejatorios desmanes..., pero hay que aceptar las reglas del juego o irse a la caseta. Si en el fútbol el árbitro anula los goles antirregalmentarios, no hay razón para que éstos se den como válidos en la escena.

Y, ¡qué cosas!, cuanto de sátira hay en la farsa de Teixidor gana en transparencia comunicativa al quedar desprovisto el texto de las aludidas gangas complementarias. Y además adquiere un valor de permanente universalidad.

Teixidor ha ideado una distorsionada versión del cuento para niños de Robert Browning *El flautista de Hamelin*, basado en una antigua leyenda que circuló en distintas relaciones orales..., y aún sería más justo que hablar de distorsión en el enfoque, aducir sencillamente que el joven autor catalán se ha limitado a resaltar los factores de crítica social que Browning sólo a medías pudo marginar en su poemático cuento para niños, publicado en 1845.

En su *Retablo del flautista*, Jordi Teixidor pone en solfa todo género de abuso de poder o de prácticas injustas que se producen en la convivencia ciudadana, por respetable que sea el sector del cual provengan..., que la respetabilidad se pierde al hacer mal uso de las prerrogativas que sobre la comunidad vecinal dan cargos, propiedades, vocaciones y militancias.

Desde el autoritarismo de los militares hasta la insaciable avaricia de los mercaderes, cualquier extralimitación resulta satirizada en esta vibrante —y un tantico ingenua— farsa de Teixidor, confirmatoria de sus buenas cualidades dramáticas, puestas ya de manifiesto en una anterior pieza suya, *Un féretro para Arturo*, que pude conocer en el Festival de Teatro Universitario celebrado hace algunos años en Palma de Mallorca.

Carles Berga ha compuesto la música alegre, juvenil y rítmica que mejor podía afianzar la intencionalidad satírica del texto, a cuyo servicio pusieron todos los componentes del Grupo, en tarea colectiva que imposibilita la mención de los mejores, un cupo de muy estimable capacidad profesional.

FANDO Y LIS
de Fernando Arrabal

Sólo a una Asociación de Espectadores como la que constituye «Foro Teatral» pudo ocurrírsele tan ejemplar experimento como el que, a petición reiterada de sus socios, llevó a efecto el «Centro Dramático número I», que, dirigido por José Manuel Sevilla, ofrece de cuando en cuando sesiones teatrales.

En esta oportunidad no se trataba de asistir a la representación de una obra. Lo que pedían, y les fue concedido, era presenciar las peculiaridades de lo que en la jerga profesional se denomina «ensayo general con todo». Pero con la diferencia de que a ese «todo», en el que se comprende decorado, luminotecnia, vestuario, etc., hay que agregar la presencia de los asociados, que de tal modo asisten a las observaciones finales del director, incluso haciendo repetir parrafadas a algún intérprete, hasta lograr el tono deseado.

Con el fin de que el experimento abundara en novedad, sin duda —o quizá porque tuviesen proyectado su estreno—, la obra elegida para esta especie de «representación en circuito cerrado», era *Fando y Lis*, de Fernando Arrabal, autor español muy cotizado extramuros, inventor del «teatro pánico» y escasamente conocido del público español.

Tal circunstancia ha producido histéricas lamentaciones en determinados medios. Tampoco es para tanto, y el crítico no es sospechoso de tendenciosidades, pues figura entre la minoría de tres que recibió positivamente su primer estreno en Madrid. (Los otros dos fueron José Monleón y Angel Fernández Santos.)

En *Fando y Lis*, Arrabal cuenta, con la eficacia del dramaturgo avezado que es, la historia de un hombre muy elemental, con su inválida esposa, cuya pasividad mental no es inferior a la física.

El matrimonio se encuentra con tres hombres que acaso representen la sociedad o, simplemente, al otro: indumentariamente igualísimos —la misma blusa, parejos sombreros hongos y acogidos a un paraguas único, para al unísono protegerse de quién sabe qué diluvios de infortunios—, discuten entre sí continuamente. El desesperanzado protagonista ignora la razón de la disputa, pero su diapasón le suena bien. Y resuelve compartir a Lis con ellos..., en tanto que los anima para que los acompañen en su ruta hacia Tar, ciudad a la que tenazmente se encaminan, aunque no logran salir del punto de partida.

Quizá Arrabal ha querido comunicarnos que la desdicha de un ser elemental y alicorto es, por sus propias limitaciones, menos desgraciada.

O acaso ha aspirado, simplemente, a ofrecernos la imagen de un pobre hombre, que lucha a brazo partido entre el amor de sus sentimientos y la violencia a la que, circunstancialmente, es impelido.

La pieza concluye, inevitablemente, con el asesinato absurdo de la inválida. Y como el criminal es, por definición, más víctima que verdugo, concluye llevando a la tumba de Lis la rosa que le prometió.

En el capítulo interpretativo se hace acreedor a mención extraordinaria Sergio de Frutos, que una vez más atestigua su capacidad para incorporar los más varios personajes, con una gama de facetas que para sí quisieran otros actores de más relieve profesional, muy bien secundado por Ana María Casas en su —valga la redundancia— pasiva inexpresividad tan expresiva.

Micrófano en mano, José Manuel Sevilla animó el cotarro con observaciones al paño que transformaron el presumible estreno en una suerte de ensayo general... muy bien ensayado.

LA GUERRA Y EL HOMBRE
de Alberto Miralles

Si en el título de su obra, concebida como espectáculo total, hubiera incluido Alberto Miralles el concepto «muerte», resultaría una síntesis perfecta del contenido de la trama y de sus pretensiones comunicadoras. Aunque, a poco que se piense, bien se verá que, entre la guerra y el hombre, eludida o explícita, la resultante ha de ser siempre la muerte. Por si alguna duda cupiera, el autor tiene buen cuidado en ponerlo de manifiesto, tanto visual como textualmente, con la reiterada proyección de la diapositiva última de las proyectadas al comienzo —el primerísimo plano de una calavera—, y en la insistente réplica coral a las angustiadas preguntas de este o aquel personaje. «Es la muerte que nunca reposa, / haciendo al más grande igual al menor».

El simple dato de que un espectáculo tan ambicioso haya sido escenificado por un grupo de aficionados de una casa regional, en forma tal como para atraer la atención del director del Aula de Teatro del Ateneo, Basilio Gassent, resulta confortador. Y resueltamente positivo, a la vista de la excelente acogida que obtuvo por el exigente público ateneísta, pese a sus altibajos e irregularidad. O topiqueros recursos. Que de ello adolece la invención, y el silenciamiento de tal reparo en nada beneficiaría al autor que, junto a las visibles caídas en la comarca más que trillada del lugar común —diapositivas belicas, estadísticas rebuscadas y selección de noticias periodísticas con manifiesta parcialidad—, logra aciertos tales como la escena en la que resultan enfrentados el progreso y las miserias de la humanidad —posiblemente la más válida de la invención, enriquecida en su expresividad por la buena dicción y absoluta entrega de la actriz Juana Preciado—. Es en este cuadro en el que Miralles consigue la más representativa conflictividad del dilema entre el ansia pacificadora del hombre y sus congénitas tendencias belicistas, quizá a duras penas superado por el «juicio cibernético» al que es sometido un hombre que, cuando en el ordenador-juez oye el vocablo «incalculable», advierte que también la máquina es falible: no está en ella la suprema exactitud.

En fin de cuentas, un alegato más contra la técnica, el consumismo, etc., y, sobre todo, un confrontamiento de los deseos de paz del hombre y de sus permanentes sugerencias convocatorias a la batalla. Dilema en el cual el autor concita a doctrinarios del más vario signo, y no solamente religiosos, sino también sociopolíticos.

Acaso proceda señalar la inadecuación del mandamiento «no adulteraréis». El verbo «adulterar», que hasta hace tres siglos supuso, en efecto, «cometer adulterio», actualmente se relaciona más con el falseamiento de productos alimenticios.

Admirable la interpretación general, muy por encima del nivel exigible a actores aficionados, cuyas deficiencias de vocalización son comprensibles, dada su nula formación profesional, suplida por sólo la intuición artística.

TAUROMAQUIA
de Juan Antonio Castro

Antes de entrar en harina habrá que explicar a los lectores por qué en la ficha técnica precedente figura la reposición de esta obra y no la de su estreno: cuando éste se produjo —en otro teatro madrileño— estaba ausente, en quehaceres también relacionados con el teatro, y no pude asistir. Y en la reposición se han producido algunos cambios de intérpretes, por lo que esta crónica debe estar referida exclusivamente a la segunda salida escénica de *Tauromaquia*.

Según se deduce de la reposición, Juan Antonio Castro ha resuelto, para su *Tauromaquia*, coger al toro por los cuernos de las mayores dificultades escénicas. Y, en un ambicioso alarde de inquietudes tanto estéticas como sociológicas, resuelve emparentar cercanamente nuestra «fiesta nacional» con su más remoto antecedente mítico: el de Teseo, matador del Minotauro de el Laberinto que Dédalo había construido en Creta, siguiendo instrucciones de Minos. En la obra de Juan Antonio Castro, el protagonista es Teseo, por descontado, mas tratado en doble clave: junto al esperpéntico «romance de ciegos», el coro de la tragedia griega. Y, a manera de enlace entre tan dispares módulos expresivos, el desdoblamiento de un personaje femenino, que a ratos es Ariadna y en otros momentos Lolilla, la hija del ventero.

A mi entender, por el mítico hilo de Ariadna se puede llegar a la confusa invención —originada en muy legítimas ambiciones dramáticas del autor— de esta *Tauromaquia*, de Juan Antonio Castro.

Las constantes trasposiciones temporales y el no del todo conseguido engarce del mito helénico con la actualidad taurina española hace que los espectadores no acaban de entender de qué va, acaso por una dosis excesiva de fe por parte del autor en la formación cultural de aquéllos. Como consecuencia, la escena en la que consigue una mayor aproximación al espectador medio es la de la intervención de Juan Belmonte —ídolo superviviente— en su abrupto, incisivo y trascendente diálogo con el mítico Teseo, reforzado por los comentarios corales «ad libitum», insertos con gran sentido de lo teatral. (En contraste, todo lo relativo al maletilla muerto se aproxima demasiado a la comarca de una fácil concesión a la sensiblería del público.)

La manifiesta sensibilidad coordinadora de Manuel Canseco logra aunar, en su función de director escénico, los dispares elementos constitutivos de la obra. Sobresaliente para él, así como para las acertadas ilustraciones musicales de Pedro Luis

Domingo y para el intemporal espacio escénico ideado por Javier Artiñano. Del conjunto interpretativo debe ser resaltado el hieratismo trágico de Manuel de Blas, la profesional entrega de Maruchi Fresno y el disciplinado buen hacer de todos los restantes, con mención expresa de Sergio Vidal en su conmovedora corporeización de Juan Belmonte.

NACIMIENTO, PASION Y MUERTE DE... POR EJEMPLO: TÚ
de Jesús Campos García

En muy contadas ocasiones, un estreno efectuado en fecha tan «fuera de temporada» como la dicha pudo concitar tanta expectación como éste del teatro Alfil. Y, en términos de teatro, el sentimiento de expectación suele ser pariente carnal de la esperanza, que pone el acento no en la intensidad con que se espera el suceso, sino en el interés que de antemano, se otorga al mismo.

Y no faltaban razones para tal esperanzada expectación, pues con *Nacimiento, pasion y muerte de..., por ejemplo: tú,* hacía su presentación en Madrid el autor más insistentemente premiado del último lustro. En efecto, Jesús Campos García ha logrado con sus obras el copo de los premios teatrales en nuestro país: desde los «Ciudad de Palencia» y «Ciudad de Teruel», hasta el «Carlos Arniches», el «Guipúzcoa» y —nada menos— el «Lope de Vega».

Bien. Urge decir que el talento esperanzador de los asistentes a esta audaz y comprometedora presentación de Jesús Campos en un teatro madrileño no resultó, en modo alguno, defraudado.

Esta obra lacerantemente crítica, pero con bien dosificadas gotas de humor, acredita a Jesús Campos como autor con una infrecuente intuición de la fórmula teatral, de manera que hay en ella efectos escénicos mudos comunicadores de por sí, junto a una utilización de la palabra siempre atenta, por partes iguales, a lo que se quiere dejar explícito y a lo que implícitamente significa, dadas las circunstancias del entorno. Cuadros tan tiernamente satíricos, de un entendimiento demasiado costumbrista de lo religioso como el del paso de la Semana Santa, o la crítica un mucho más despiadada de la boda, testimonian a Jesús Campos como autor de muy patentes y positivas cualidades.

Con un conocimiento de la mecánica teatral que juzgaría precoz de no conocer los precedentes teatrales de Jesús Campos, pasa de la anécdota personal a la categoría generalizadora con pasmosa facilidad, para llegar a esa desoladora conclusión de la trama en la que resulta implicada la humanidad entera.

¿No hay reparos? Por supuesto que sí..., y alguno de ellos deja al crítico en estado de total perplejidad, pues no comprende cómo un autor tan intuitivo para la captación de las situaciones escénicas no alcanza a ver que la escena inicial resulta en exceso reiterativa, con gravísimo riesgo para el buen fin del resto de la tragicomedia... y otros errores de menor cuantía, quizá atribuibles a miméticas admiraciones, insuficientemente asimiladas.

Como he insinuado al principio, Campos García no es sólo autor, sino «hombre de teatro», con entendimiento del arte escénico como un complejo en el que nada le es ajeno; de ahí que sus otras tareas de director, escenógrafo e intérprete las realice con muy notable tino bien secundado por el resto de los componentes de su «Taller de Teatro».

EL AFAN DE CADA NOCHE
de Pedro Gil Paradela

El título deliberadamente equívoco elegido para este comentario resalta más, si cabe, y desde el principio, el tratamiento en clave de farsa que ha dado Pedro Gil Paradela a su humorística trama. Porque sucede que la frigidez del rey no viene dada por su propia naturaleza: la indiferencia sexual tiene su muy concreto origen y única causa en los nulos encantos físicos de la reina.

Subsiste, claro, el problema sucesorio, que, de haberse producido por impotencia o esterilidad, requeriría un tratamiento serio. Pero aquí se trata de un problema de, digamos, «rechazo erótico» de una sola persona. Que, desdichadamente, es la reina.

A partir de aquí, cualquier extremosidad situacional y toda apelación a lo grotesco resultan justificadas. Porque ha de ser en la reina, y no en otra mujer, en la que el rey procree el heredero. Si para vencer la resistencia del monarca a intimar con su feúcha cónyuge hacen falta subterfugios insólitos y en cierto modo abarcadabránticos, no es cosa de pararse en marras: ¡sus, y a ellos!

«Ello» que encuentran los cortesanos en una bellísima muchacha, hija de cierto renombrado curandero que, servida en atinadas dosis, ha de producir en la sexualidad adormecida del rey más efecto que todas las recetas del médico regio.

La muchacha señuelo cumple con toda exactitud su cometido..., que no es sino el de lograr que la reina pierda su doncellez, a los tres años de casamiento e inmediato repudio.

El resto, abundante en complicaciones de agudo ingenio, en intimidades eróticas sin tilde alguna de mal gusto y mucho menos pornografía, y en frases restallantes de doble intención y un lenguaje coloquial fluido y sugerente..., todo eso ha de anotarse en el haber del autor, Pedro Gil Paradela atestigua poseer, en esta primera obra suya escenificada en Madrid, cualidades tan valiosas en un dramaturgo como son la capacidad de síntesis, el exacto sentido de la medida del tiempo, la intuición para ver «en pie» las situaciones la coordinación mental para el desarrollo de la trama, una equilibrada ponderación para autolimitarse y, sobre todo, un relampaguante dominio del lenguaje coloquial.

¿Cómo, con tan positivas cualidades, ha tardado tanto Gil Paradela en acceder a un teatro madrileño? En primer lugar —calculo— por la complejidad de intereses que concita cualquier hecho teatral, pero también, quiza, porque hasta hoy ha estado demasiado absorbido por sus otras facetas creadoras de guionista de cine y de televisión. Ojalá y que esta obra haga volver los ojos —y la atención, y las monedas— de nuestros empresarios hacia el teatro de Gil Paradela.

Victor Andrés Catena ha logrado en *El afán de cada noche* el que acaso ocupe el primer lugar en su cometido como director escénico..., en lo que a coordinación de movimientos y ritmo escénico respecta. Lástima que no quepa decir otro tanto en lo concerniente a la dirección de intérpretes: la generalidad de ellos adolecen en la dicción, y esto, que podría atribuirse a escasez de ensayos en el estreno, ya no supone coartada quince días después de éste. (Ausente de Madrid el 27 de junio, asistí a una representación posterior y la vocalización de varios intérpretes dejaba mucho que desear.) Defecto grave de dirección de actores, en obra cuyas descollantes virtudes radican en la innegable calidad literaria de su texto escrito.

Tan prodigioso de invención como sencillo, el decorado de Enrique Alarcón: al igual que el texto al que sirve, sugiere más que explicita.

De los intérpretes, impecable Javier Loyola, de perfectas dicción y apostura: pasa de la displicencia a la vitalísima energía con suma naturalidad. Mary Paz Pondal, bien como actriz, lució con desusada —y exigida por la trama— generosidad sus atributos de mujer. Muy bien Araceli Conde, en su tan poco agraciado como «agradecido» papel de reina. Secundaron bien todos los demás, aun cuando José Morales extremase un tantico la homosexualidad del peluquero de Corte en gestos y ademanes al margen del contenido texto.

DE LA BUENA CRIANZA DEL GUSANO
de Juan Antonio Castro
(y creación colectiva)

Habrá que explicar de entrada que el desfase temporal enunciado en el encabezamiento de este comentario no es, con toda posibilidad, culpa del autor de la idea temática, Juan Antonio Castro, ni de los entusiastas, eficaces y muy preparados componentes de la cooperativa teatral «El espolón del gallo». ¿Entonces? Entonces... la responsabilidad del asincronismo quizá haya que atribuirla a condicionamientos y normas que han hecho imposible, antes de ahora, la escenificación de una sátira así de evidente de los excesos de un cierto autoritarismo ideológico.

Aclarada esta cuestión previa —de importancia capital, me parece—, procede examinar el «espectáculo de creación colectiva» estrenado en el Alfíl. La muy socarrona intención caricaturesca que a la trama han dado Juan Antonio Castro y sus cooperativos colaboradores se manifiesta a las primeras de cambio: cuando el fascistón protagonista aparece en escena no dice que lo han distituido, sino que utiliza el eufemismo ese del «me han cesado», flagrante incorrección gramatical que nuestra; prensa usa —adolecedoramente— casi tanto como la inadecuada aplicación del verbo «detentar».

Considero que, a partir de aquí, es obligado restar quilates contribuidores a Juan Antonio Castro para sumárselos al director, al escenógrafo y a los cuatro intérpretes, todos los cuales han cooperado, mediante sugerencias, inflexiones vocales, expresividad corporal, grises unitarios en los trastos escenográficos y un extenso etcétera a la creación de una atmósfera sociopolítica y casi sainetesca —en el mejor sentido del vocablo—, que deja en cueros vivos las vergüenzas de un autoritario sistema político... ya periclitado.

Desde el instante mismo en el que pasa a la categoría de «ex», el político autoritario resuelve retirarse al campo para allí, lejos del *mundanal ruido*, dedicarse a la crianza de gusanos de seda. Y arrastra consigo a la mujer y a la hija, bien a pesar de estas, sometidas a la tiránica voluntad del político apeado de su cargo, pero terne en su proclividad autoritaria.

La manifiesta intención satírica del espectáculo tiene su feliz contrapunto en frases repletas de carga irónica y de humor. (Quizá el mejor hallazgo coloquial de los muchos que esta «creación colectiva» tiene radique en los comentarios del déspota que cruce entre delicados gusanos-hembra japoneses y forzudos, potentes y viriles gusanos mesetarios.) Y es que, además en andar imitando el paso de la oca, el jefe de la familia es racista. Más claro, agua.

Pero Juan Antonio Castro y los de «El espolón del gallo» son inteligentes y, lo que parecía ser una fácil parodia de los sistemas fascistas, asciende en los últimos minutos, de la trama a una en todo tiempo vigente denuncia del enfrentamiento dicotómico de opresores y oprimidos. Así, cuando el jefe designa como sucesor suyo a un ayudante servil y untuoso hacia fuera, calculador y ambicioso en su fuero íntimo, éste empieza a tratar a las dos pobres mujeres como lo había hecho su predecesor, azuzándolas en el trabajo hasta la extenuación... Y entonces sí, la pieza alcanza su auténtica dimensión testimoniadora de una injusticia que se repite: al autoritarismo fascista sucede otro de signo opuesto —¿acaso tecnocrático?—, pero igualmente despótico para con *los de abajo.*

Desconozco si tal desenlace estaba ya sugerido en el guión previo de Juan Antonio Castro o surgió durante los ensayos. Sea como sea, enhorabuena a su ideador. Y, por supuesto, a todos los componentes de la Cooperativa de Teatro «El espolón del gallo»: hay brillantez en su trabajo, llevado con excelente ritmo y total entrega.

Felicitación que ha de hacerse extensiva a los responsables de la programación del teatro Alfil, que han acertado a llevar a su escenario un espectáculo colmado de dignidad artística.

LAS HERMANAS DE BUFALO BILL
de Manuel Martínez Mediero

Exactamente a los quince meses de su primer estreno en teatro comercial —*El bebé furioso* fue presentada en el Alfil el 8 de agosto del pasado año—, llega por segunda vez al público cotidiano Martínez Mediero; justa, aunque menguada, compensación en un autor que lleva poco menos que cuatro lustros escribiendo para el teatro... Es de esperar que los condicionamientos que condenaron la mayor parte de la producción escénica de Martínez Mediero a la permanencia nonatar en su cajón de autor, o a los restringidos estrenos de sesión única en círculos minoritarios —así, *El último gallinero,* así, *El convidado*—, desaparezcan o queden lo suficientemente atenuados como para permitir el libre acceso de las piezas del autor pacense a los escenarios comerciales.

El título de esta crítica me viene sugerido por un párrafo del autor Rodríguez Méndez que inserta el programa de mano, quizá extraído de uno de los habituales artículos que sobre temas teatrales publica el dramaturgo citado en *El Noticiero Universal.* (Es envidiable la habilidad con que Rodríguez Méndez simultanea su obra de creación dramática y los comentarios periodísticos sobre teatro. ¡Con lo difícil que es ser a un tiempo juez y parte!)

Al igual que su antecesora, *El bebé furioso*, la nueva pieza de Martínez Mediero debe ser calificada como farsa esperpéntica, aun hecha la salvedad de que si Martínez Mediero atiende con lo futuro a las normas de su certero instinto dramático, va a resultar ardua tarea la de encasillarlo en un género cualquiera, puesto que en sus invenciones emplea medios expresivos de muy varia raíz, mas no anárquicamente, sino siempre en función de una máxima eficacia comunicadora. Lejos de enmarañar el espectáculo, su utilización de medios expresivos diversos —y puede que hasta divergentes—, lleva como de la mano al logro de un todo armónico, enriquecedor y abundante en nítidas claves esclarecedoras de la intención que en la obra prevalece por sobre todas las demás: el enfrentamiento de poderoso y oprimidos, con la sumisión de éstos merced a su total aislamiento del mundo exterior, que es —en la tartufesca versión del tirano— cuna de vicios, refugio de maldades, morada de envidias y, por naturaleza, nefasto.

El autor se halla en posesión tanto del certero hallazgo dialogante como de la imprescindible visión situacional. Del primero, hay una continuada y chisporroteante muestra de teatro del absurdo de la obra y el plano de la realidad que se propone radiografiar, mediante lugares comunes, paráfrasis oportunas y un sinfín de hallazgos coloquiales que estimulan, de consumo, la risa y la reflexión. Como testimonio, entre otros, de la visión situacional, el cronista quisiera resaltar la canción en la que, con música de Víctor Manuel y letra en la que éste ha versificado fragmentos del original, las dos hermanas, encadenadas por su opresor hermano, dicen ser «las reservas del mundo occidental».

En el marco de los sugerentes decorados de Pablo Gago, que vuelve por sus fueros de imaginativo escenógrafo, Francisco Abad realiza una portentosa y puntualizadora labor directiva... aunque necesario es reconocer que los tres intérpretes facilitan al máximo su tarea. Berta Riaza es actriz de las que se dan muy contadas en nuestro tiempo: capaz de elegir, entre las múltiples inflexiones de voz posibles en cada párrafo, y hasta en cada vocablo el matiz que le confiera mayor eficacia comunicativa; y no sólo en la voz de tan diáfana dicción, sino en gestos y ademanes, Berta Riaza constituye una permanente lección interpretativa. La secundan, con sendos sobresalientes en su calificación, Tina Sainz y Germán Cobos.

La invención de Martínez Mediero es importante de por sí, pero resulta avalorada por el equipo que la escenifica, desde el director a los intérpretes, pasando por el decorador y figurínista. Todos fueron insistentemente ovacionados.

¿POR QUÉ CORRES, ULISES?
de Antonio Gala

Desde que en los días últimos de 1963 fue estrenada en el María Guerrero la obra de Antonio Gala Los verdes campos del Edén —premio «Calderón de la Barca» de aquel año—, tirios y troyanos abrigaron la certeza de que el teatro español de posguerra contaba con un autor más de cuerpo entero. Solidaridad poética, humor de la mejor estirpe y lenguaje hecho a la medida para todos y cada uno de los muchos personajes que componen su galería de criaturas escénicas son valores cotizables en el haber de Antonio Gala, a los que últimamente habrá que añadir una tan válida como esforzada reconsideración de la historia y de la mitología, revisadas con mentalidad de hoy. En tal empeño acedita Gala unos conocimientos de concienzudo investigador y un caudal de erudición infrecuente.

Venero de erudición que, junto a la voluntad desmitologizadora, ha llevado a Gala a incorporar al mito de Ulises y Penélope, y con función de coprotagonista, a Nausica, impulsado quizá por la belleza del episodio (Canto VI) de la *Odisea*, en el que Homero relata el encuentro de Nausica y Ulises... O acaso haya leído la tragedia en catalán de Joan Maragall titulada *Nausica* o los textos sobre el tema de Goethe y Geibel. Lógicamente, la Nausica de Gala tiene poco que ver con todos los precedentes tratamientos dados al personaje, incluido el original de Homero. La Nausica de Antonio Gala es una «hippy» de diecinueve años, de acusada ignorancia y más perceptible aún proclividad a la ninfomanía. Aquí, en el naufragio de Ulises y su rescate por Nausica, empezó a hacer aguas la más reciente nave escénica fletada por Antonio Gala.

El lenguaje seguía siendo de calidad —sobre todo en los grandilocuentes párrafos de Ulises descriptivos de sus aventuras—, pero la acción escénica era más propia de cualquier espectáculo ínfimo revisteril. Algo que, como se habría de evidenciar en la «división de opiniones» muy ruidosa al término de la farsa, sus adictos no le perdonaron al autor. Quien califica a su obra como «juego», pero la verdad es que está dirigida e interpretada en clave de farsa, y no sabe el cronista si ello no contribuirá a oscurecer un tanto su eficacia comunicadora.

Los hechos acaecen en la posguerra del conflicto de Troya y son tan patentes como frustrados los esfuerzos generalizadores de Gala —«todos hemos sufrido las consecuencias de una lejana guerra, cuyas causas se nos han olvidado», escribe en el programa—, para una aproximación a la actualidad española.

El segundo acto, ya en el palacio de Itaca, en el que Penélope dista mucho de esperar su retorno —el de Ulises—, tejiendo y destejiendo, sube en calidad, quizá porque el centro de gravedad del mismo transcurre en torno a ella. Como una premonición, nada más subir el telón, y el escenario aún vacío, fue ovacionado el muy sugerente y logrado quehacer decorativo de Vicente Vela, con el solo nexo, respecto al anterior, del gran telón del foro en el que Vela ha querido reflejar las arriscadas tentaciones del mar de Ulises.

También el diálogo es más ingenioso, aunque en exceso superficial, sin que apenas aparezcan los geniales golpes de efecto que, en réplicas y contrarréplicas, caracterizan al autor. Ni siquiera Penélope alcanza la enteriza humanidad en que es maestro Gala para el retrato de sus personajes femeninos, y eso que a su servicio despliega Mary Carrillo sus grandes cualidades histriónicas.

Pero, con sus desigualdades y todo, la obra ¿*Por qué corres, Ulises?* no merece la ruidosa protesta con que un sector del público la acogió, y que el cronista atribuye a la desaforada reacción de expectaciones decepcionadas. (Ya en 1951 —*La tejedora de sueños*—, Buero Vallejo concibió su aportación al mito en sentido paralelamente antibelicista y lo hizo con mayor eficacia.) Alberto Closas fue, en su incorporación de Ulises, el actor seguro de siempre, prodigioso de naturalidad y de dominio escénico, aunque... más Closas que Ulises. Mary Carrillo corporeizó impecablemente a su Penélope, al igual que Margarita Calahorra y Rosario García-Ortega. Juan Duato, gris e indeciso, Victoría Vera, bien.

EL DESVAN DE LOS MACHOS Y EL SOTANO DE LAS HEMBRAS
de Luis Riaza

Cabría referirse a dos claves en lo concerniente a la escencia de esta farsa —represión y autenticidad, por ejemplo—, a condición de que los lectores entiendan que dichas claves son los más visibles resultantes de una simplificación de los medios expresivos empleados en la farsa de Luis Riaza. En ella podemos advertir, además, una serie de planos superpuestos o paralelos y simultáneos, tanto en lo que respecta a la construcción dramática como al significado —por supuesto, crítico— de la trama.

El autor sitúa a los representantes de los machos en el plano superior, y a los de las hembras, en el inferior, y simultanea esta dicotomía con el enfrentamiento Rey-bufón, y la frontera entre representación y realidad, más la desesperada lucha entre la hembra encadenada que se subleva en busca de la verdad y el idiota reprimido —y no menos sujeto a cadenas—, cuya deficiencia mental, sumada quizá a ignorancia inducida en materias sexuales, le inclinan hacia los sucedáneos puestos a su disposición, con desprecio de la sabrosa realidad que tan expresamente se le ofrecía.

Complejo engranaje técnico-artístico, según puede deducirse de lo anterior, impropio de un autor bisoño. Pero, veamos: ¿puede calificarse como novel a un autor que ha cumplido ya los cincuenta años y que tiene más de una docena de piezas escritas, algunas de ellas representadas por compañías de teatro independiente y otras que no lo han sido por causas extrateatrales? No, claro que no. Cuando así sucede, cuando un autor llega al medio siglo de su existencia con piezas de creación en tal número y sigue ignorado por el gran público, la responsabilidad no es suya..., ni de los espectadores.

En la farsa que me ocupa se advierten altibajos, y es normal, porque el verdadero aprendizaje no le viene dado al dramaturgo por su mayor o menor edad, sino por las enseñanzas y experiencias extraídas de anteriores estrenos: la mejor escuela para cualquier autor es la representación de sus obras, y a Luis Riaza le han permitido muy escasas lecciones...

Por eso, al lado de libertades inadecuadas, como podrían ser la alteración de sexos en la segunda parte y alguna otra ingenuidad expresiva, la obra se enriquece con aciertos coloquiales tan precisos como la sátira del machismo o la del gobierno patriarcal de derecho y de hecho, represivo —el Bufón dice, por ejemplo, que su Señor-Señora «en sus sueños escupe la sangre que vierte en la vigilia»— y la tesis última, puesta en boca de la rebelde Leydi, de que hay «un tiempo para representar y un tiempo para la autenticidad final».

En la escenificación de Corral de Valladolid, triunfan el director escénico, Juan Antonio Quintana, y el idóneo decorado de la pintora Meri Maroto, de tan sugestiva sobriedad. Los intérpretes contribuyeron mediante la muy generosa entrega en sus cometidos.

HISTORIA DE UNOS CUANTOS
de José María Rodríguez Méndez

Rodríguez Méndez da en esta obra, y a través de personajes que el propio teatro popularizó, su visión de medio siglo de nuestra historia nacional —de 1898 a 1946— en diez cuadros comprensivos de los momentos más trascendentes, por una u otra causa. José María Rodríguez Méndez no es un historiador. Por eso conviene insistir en que ofrece de los hechos acaecidos en este medio siglo de vida española su personal visión, no siempre coincidente con la realidad. Lo que en sí no supondría mayor quebrantamiento, porque de tergiversaciones históricas está llena la mejor dramaturgia, de no acarrear, al tiempo, una deplorable sucesión de fallos de concepción estrictamente teatral, que convierte lo que en la intención del autor se concibió como una apología del buen pueblo de Madrid, en una reaccionaria caricatura, en un colectivo retablo de cretinos, con una salvedad: esa generosa y firmísima Marí Pepa, fabulosamente corporeizada por Vicky Lagos, en la mejor tarea artística que le conocemos... y, quizá, Felipe, si el autor no hubiera añadido a su honradez y a su bondad de corazón cierta excesiva dosis de bobaliconería, impropia de la castiza condición del personaje.

Junto a escenas muy bien concebidas —y admirablemente movidas por el director, Angel García Moreno—, se advierten muchas lagunas en la muy irregular obra que es *Historia de unos cuantos*, con errores de planteamiento que acaso no se habrían producido de habérsele dado a Rodríguez Méndez mayores posibilidades de ver representadas sus obras. Vale para el caso la misma reflexión hecha ante el último estreno de Luis Riaza en este mismo teatro: lo que dota a un autor de experiencia no es haber escrito muchas obras, sino los estrenos asiduos y continuados.

Posiblemente en la lectura de la pieza no se advierta con tanta claridad como en su representación el menoscabo moral de personajes expresivos de una picaresca lindante con el más insolidario de los egoismos. Así, la lotera que vende décimos falsificados a sus propios convecinos, la mujer que hace su agosto rifando estatuillas de la república, al pairo de los sucesos, o el Julián que de cajista de imprenta ha pasado a impresor propietario y utiliza en misiones de peligro a su entrañable amigo Felipe para su medro su arrivista político, son expresivos del populacho y no del pueblo que el autor ha pretendido retratar.

Con todo, y al margen de discrepancia entre la voluntad creadora del autor y el producto terminado, en lo concerniente a su carga ideológica, el espectáculo —es de justicia insistir en ello— alcanza cimas muy válidas en lo formal: movimiento escénico milimétricamente calculado, situaciones de auténtica emotividad y un lenguaje de gran factura coloquial —con el defecto de no variar de diapasón al compás de los diversos tiempos, pero sin merma de su eficacia—.

El director, Angel García Moreno, logra en la difícil tarea de coordinación con *Historia de unos cuantos* el mejor cometido de su ejecutoria. Y debe agradecérsele también la elección de obras de autores españoles cuya producción no ha sido suficientemente contastada por el público, empeño poco menos que permanente del teatro Alfil, desde que él lo dirige.

En su deliberada intemporalidad, el espacio escénico ideado por Cidrón simultanea anuncios antiguitos de los «Pilutes orientales» con indescifrables «pintadas» que bien pueden corresponder a la posguerra.

...Y Vicky Lagos. ¡Qué prodigiosa versatilidad la suya, para corporeizar primero a la pimpante «Revoltosa» del barrio, y después a la sufrida madre, para concluir en la encorvada y físicamente vencida vendedora de tabaco de estraperlo en 1946! Desde las inflexiones de la voz hasta el cabal dominio de la expresividad corporal, su interpretación deja invalidados cualesquiera otros fallos de la obra, y sólo por ver a la actriz merece que *Historia de unos cuantos* permanezca largo tiempo en el Alfil. Junto a ella, triunfan Pedro Civera —cada vez mejor actor—, Ramiro Oliveros, Mimi Muñoz, Pilar Yegros y Manuel Acebal, muy eficazmente secundados por los restantes componentes del extenso reparto.

LA DOBLE HISTORIA DEL DOCTOR VALMY
de Antonio Buero Vallejo

Hace tres lustros pude saludar en estas mismas páginas el estreno de una obra que califiqué como «la primera gran tragedia del teatro español de todos los tiempos». Cuando aquella obra se estrenó, en el teatro Goya —el 16 de noviembre de 1962—, ya el autor de *El concierto de San Ovidio* tenía en mente esta otra fundamental tragedia que, escrita entre 1963 y 1964, no ha podido escenificarse hasta la fecha, casi doce años después. Pero si es verdad aquello de que «más vale tarde que nunca», en la ocasión presente adquiere mucha mayor validez, por cuanto demuestra que la invención de Buero Vallejo se enraizaba poderosamente en constantes de la naturaleza humana —tan convivencialmente conflictiva—, superadoras de cualquier circunstancia de tiempo y de lugar.

¡Naturalmente! Cuando un autor tiene el acierto máximo de situar la almendra psicológica del enfrentamiento entre víctima y victimario, entre torturado y funcionario torturador, al margen de ambos, en la constatación de la trágica realidad que efectúa un lúcido testigo, la solución no puede radicar sino en el consciente sacrificio del testigo, con base exclusiva en su condición de tal, que tan decisivas pueden ser las simples salpicaduras de un suceso que sólo indirectamente le atañe...

Si en el título dado a esta crítica enfronto a la víctima, un «victimario» en lugar del clasico «verdugo», es en atención a la circunstancia de que el autor no ha reflejado en la persona del policía Barnes a uno que ejerce el oficio de torturador, sino al incompetente funcionario que se limita a cumplir órdenes superiores y que, acaso estimulado por cierta proclividad al pancismo, se extralimita en su ejecución.

En esta apasionada tragedia de Buero, la condición humana —en sus más irrenunciables facetas— cala de manera tan absoluta como acongojante en criaturas marginales, en las esposas de torturador y torturado. La capital escena en la que Lucila Marty desvela a Mary Barnes la terrible realidad de los hechos —con la consecuente y enteriza reacción de ésta—, puede pasar a las más exigentes antologías del teatro universal fue emocionadamente ovacionada por el público, en justísima correspondencia, tanto al ceñido, sobrio y milimetrado lenguaje expresivo del autor como a la infrecuente cota de sinceridad interpretativa lograda en ella por las actrices Marisa de Leza y Ana Marzoa.

En ambos personajes femeninos ha querido el autor manifestar de manera expresa cómo los nocivos efectos de la existencia de prácticas torturadoras se extienden a la totalidad del género humano, con repercusiones anímicas de complicidad horrorizada, de desesperación y de piedad, que operan como elementos constitutivos de la tragedia cuando en su elaboración —y éste es el caso— priman las esencias éticas sobre las estéticas.

Hay en el conflicto un tercer personaje femenino de muy patéticas peculiaridades. Tampoco está directamente implicado en el nudo de la trama, pero es mucho más que lúcido testigo: es quien desencadena los terribles hechos, más o menos voluntariamente, para autoprotegerse después tras una sordera que se agudiza o desaparece, según lo demanden los sucesos. En la abuela reaparecen las limitaciones sensoriales a las que tan insistentemente ha recurrido el autor en su producción escénica, para simbolizar la táctica evasiva de turbias complicidades.

Mediante esta inteligente maniobra de recambio el autor consigue que *La doble historia del doctor Valmy* nos sea contada desde la óptica de los testigos y no por los protagonistas, con lo que se amplía, además del campo de visión, lo objetividad del relato.

González Vergel ha realizado una de sus más reflexivas tareas profesionales en la dirección escénica: cada escena y hasta cada frase las ha modelado en función de su importancia para la mejor captación del conflicto. Seguramente a su iniciativa se debe también el que las ilustraciones musicales procedan de Bach: no cabía otro compositor más adecuado al texto moral de Buero, que con esta tragedia ha deparado otra gran noche al teatro español de hoy.

Junto a las ya elogiadas Marisa de Leza y Ana Marzoa habrá que citar a Carmen Carbonell —impresionante abuela—, a Julio Núñez —el policía— y a Andrés Mejuto, que es el doctor Valmy, un psiquiatra que va dictando a su secretaria —María Abelanda— la doble historia tal y como de veras fue —no importa dónde, sino la certidumbre de su existencia— y no como la desenvuelta y frívola pareja que interfiere la acción en diversos momentos para expresar su imposible, egoísta y cobarde ajenamiento de un crimen que concierne a toda la Humanidad, en tanto no encuentre el medio para evitarlo.

LA NIÑA PIEDAD
de Hermógenes Sainz

Hermógenes Sainz ha visto demorado el estreno de esta pieza documental cinco años... y dos días. Aclaración al canto: los cinco años, por eso que eufemísticamente ha venido denominándose «dificultades administrativas», es decir, la censura. Y los dos días, a causa de cierta inoportuna —para el autor, se entiende— huelga de tramoyistas. La segunda demora sólo ha supuesto las consiguientes pérdidas monetarias y el hecho circunstancial e imperceptible de que unos cuantos críticos no asistiéramos al estreno por hallarnos en Cuenca, requeridos para otras funciones profesionales.

La noche en la que pude presenciar la obra el espectáculo era deprimente..., pero no el del escenario: el de la sala, semivacía, por no escribir desértica en honor a los pocos espectadores —conscientes aficionados— que habían acudido.

Cuando un autor español escribe una obra de denuncia social sobre un suceso verídico que conmocionó a la opinión pública tiempo atrás y tiene que esperar un lustro para ser representada, el síntoma es grave. Pero sí, una vez obtenida la autorización, se encuentra con el absentismo de los espectadores a quienes la radiografía testimonial iba dirigida, el diagnóstico ha de ser del todo desesperanzador. Y éste es el caso.

No son necesarias dotes de augur para anticipar que cuando estas líneas lleguen al lector *La niña Piedad* no estará ya en cartel. Con todo, el acontecimiento teatral merece atención aquí.

El cerrado ámbito de esa niña española de catorce desvididos años, forzada a cambiar el mundo de los juegos de chiquilla, primero, y después la incipiente llamada fisiológica del sexo, por el cuido, vigilancia y servidumbre de la numerosa e incesante grey de mamoncios fraternos forzosamente había de desembocar en tragedia.

Sería fácil, dadas las circunstancias del suceso, que este se escenificase en clave melodramática, pero han evitado tal riesgo, de consumo, la destreza coloquial de Hermógenes Sainz, por un lado, y de otra parte el esquematismo ideado para la escenografía —admirablemente realizada por Manuel López— por el director, Vicente Sainz de la Peña, eludiendo muy deliberadamente el realismo ambiental que el desarrollo de los hechos parecía exigir: mobiliario transformable, paredes movidas a voluntad para mostrar las diversas moradas de los Pérez Lobo: chabola inicial, vivienda de casas protegidas y sanatorio psiquiátrico.

Antes de entrar en el análisis que la obra se merece por extenso es oportuno resaltar la gran labor coordinadora y escenográfica que, sin una sola concesión, ha llevado a efecto Sainz de la Peña, y también el amor al buen teatro demostrado por el empresario del conjunto, Justo Alonso, al arriesgar sus dineros en empresa tan mercantilmente dudosa y con la temporada teatral ya vencida.

Y adentrémonos en el examen de la obra, certeramente subtitulada por su autor «Hipótesis y testimonio sobre el caso de los Pérez Lobo». De testimonio tan lacerante y penoso no podía surgir otra hipótesis que la acusatoria para todo el entorno social que lo toleró, por indiferencia, hipocresía, ambición y otras lacras de menor cuantía, brillantemente corporeizados —en ejercicio acreditador de sus condiciones de dramaturgos— por Hermógenes Sainz en, por ejemplo, la caritativa vecina que lleva viandas a los Pérez Lobo y que se escandaliza no por sus míseras condiciones de vida, sino por el escote de la siempre preñada Isabel, criatura escénica que permi-

te a María Paz Ballesteros una interpretación rica en matices, del patetismo a la resignación, del grito de hembra acosada al acusador alegato hacia quienes hicieron
posible su tragedia de mujer multípara. O, es otro ejemplo, en la incuria que permite
el olvido en la agencia de transportes de las vísceras de uno de los cadáveres, siendo
así que, oportunamente examinadas, hubiera podido evitarse algún envenenamiento
posterior...

Carmen Gregori interpreta su personaje de niña envenenadora, prematuramente consciente de las reconditeces eróticas a causa de la promiscuidad vital forzada
por el reducido ámbito familiar, con sobrecogedora verosimilitud. (Y, en el teatro,
lo verosímil cuenta más que la veracidad).

Perfectas igualmente las creaciones de Enrique Arredondo en el semental padre
de Piedad, parado por vagancia congénita y engendrador impenitente por torpe obediencia a sus instintos más primarios, así como la de Miguel Martínez —el hijo—,
que decide sacar tajada del triste y repetido óbito fraterno para hacer fortuna como
torerillo, y Eduardo MacGregor —perfecto en el juez— y Miguel Aristu, en ese inspector de policía apodado «El Santo», como el de la serie televisiva, que no duda en
despertar las apetencias sexuales de la adolescente Piedad para conseguir la confesión de sus ¿crímenes? En todo caso, actos inconscientes de una niña para la que los
juegos habían sido siempre ajenos y que en modo alguno quiere que, en los umbrales
de su pubertad, también resulte excluida de los para ella tan percibidos ayuntamien-
tos eróticos.

El buen pulso dramático evidenciado aquí por el autor de la tragedia consigue
dejar en su expresión más ambigua la frase eje del suceso escénico. Y el espectador
no atina a resolver si cuando Isabel advierte a su hija respecto a la condición
mortífera de las bolas con cianuro... es realmente una advertencia o acaso inducción
a su uso.

En resumen, estamos ante una excelente obra de autor español, que personalmente quisiera uno ver repuesta allá hacia el mes de octubre y no en temporada estival.

MIENTRAS LA GALLINA DUERME
de Manuel Martínez Mediero

Después del estreno de esta obra, no es difícil imaginar que el ánimo de su muy
animoso autor se hallará sumido en un mar de perplejidades... o en una muy grande
perplejidad: ¿por qué su teatro, que tanto éxito tuvo en las pocas obras que pasaron

la aduana administrativa, fracasa en sus dos títulos más recientes, siendo igual el método empleado?

Simplemente, por el giro copernicano de las circunstancias sociopolíticas producido entre nosotros. No puede ponerse en duda la licitud de Martínez Mediero para estrenar ahora títulos que no lograron luz verde administrativa cuando fueron escritos. Licitud, toda; pero... inadecuación y desfase, en cantidad bastante para suscitar el fiasco. Y es que el estilo de este autor, tanto en la invención de situaciones como en el léxico, se basaba y, ¡ay!, sigue basándose, porque son obras de antaño las que ahora estrena, en el equívoco, en las dobles intenciones, en circunloquios y eufemismos de más o menos fácil desentrañamiento y que por si regocijaba al público.

Mientras la gallina duerme fue concebida y escrita —creo— hacia 1967. En aquel entonces hubiese alcanzado un éxito parejo al de *El último gallinero, El bebé furioso* y *Las hermanas de Búfalo Bill.* Ahora, pese al buen planteamiento que el autor ha hecho del protagonista y de su problema, pesa más la burdedad lingüística y situacional, y apenas traspasa los estrechos límites del chascarrillo baturro. (La acción parece desarrollarse en los Pirineos aragoneses. No queda claro, pero tanto allí como en los catalanes a los párrocos no se les, llama «don», sino «mosén»). Pero este es un mínimo reparo comparado con el de la inadecuación temática y de lenguaje ante la nueva circunstancia española.

Ni la buena dirección escénica de García Moreno ni la esforzada interpretación del conjunto, que logra en José Sazatornil su más alta cota histriónica, seguida muy en las proximidades por el admirable dominio del gesto y de los matices de voz que posee y da Aurora Redondo y por la cerebral entrega en Elisenda Ribas, pudieron remontar los inconvenientes del desfasado oportunismo al que hice referencia al principio. Y tampoco el funcional decorado del maestro Burman, vario en su unidad, perfectamente concebido.

Martínez Mediero ha escrito un teatro circunstancial, opuesto al inmovilismo. Cuando éste ha derivado a una movilidad mensurable en siglas —siglas, no siglos—, la concepción dramática ha de evoluncionar paralelamente. Y al autor pacense no le faltan capacidad creadora y buen instinto dramático para intentarlo. /Sus, y a ello!

LA CASA DE BERNARDA ALBA
de Federico García Lorca

Sí: ambigua resulta esta versión que en 1976 ha estrenado Angel Facio del «drama de mujeres en los pueblos de España» escrito por García Lorca cuarenta años atrás porque, para su escenificación, el director ha querido que la protagonita fuese corporeizada por un actor, Ismael Merlo, aunque dotándolo de un ropaje neutro que, de algún modo, contribuye a enmascarar su real sexo. Y verosímil lo es también, por razones —no exentas de esenciales reparos— que más adelante habrán de ser probadas en este comentario, no sin antes resaltar el principio general que suelo traer a colación en circunstancias similares en el teatro, lo verosímil, o sea, «lo creíble por no ofrecer carácter alguno de falsedad», es categoría superior a lo verdadero.

Menos verosímil y bastante más confuso que el espectáculo en sí son las notas, indicaciones y petulantes citas insertas en el programa de mano, por el que se responsabiliza a la manipulación —insisto: válida en sí misma— de que se hace objeto al drama lorquiano, nada menos que al sexólogo del materialismo científico W. Reich y a Herbert Marcuse, el pensadora-guía de cierta juventud liberada. En cuanto a citas, las hay sarcásticas —Padre Ripalda— y simplemente marginales al tema las demás.

Y no resulta ociosa tan extremada atención al contenido del programa, por cuanto viene a demostrar lo proclive que es Facio a justificar con argumentos extrateatrales algo que no admite otra justificación que la propiamente dramática.

Los elementos simbólicos que, en número tan desconsiderado como superlativo, ha ideado —en colaboración con el escenógrafo José Rodríguez— para su escenificación, ¿no revelan una patente falta de confianza en la capacidad comunicativa del hermoso texto lorquiano? Si es así, mal síntoma para el director en lo concerniente a su percepción de los valores dramáticos.

Porque si el propósito de la manipulación escénica consistía en lograr que los árboles no dejaran ver el bosque, opuesto ha sido el resultado: por encima de la cámara acolchada, y de cuerdas, mordazas, asexuamiento de Bernarda Alba y otros tejemanejes escenográficos, sobrenada, triunfante, el dominio del verbo dramático del autor. Un autor que, sin gangas que suponen demasías, ocupa, junto a Valle-Inclán, las cimeras posiciones del teatro español contemporáneo. En su discurso de ingreso en la Real Academia Española de la Lengua, Buero Vallejo pareció dejar sentenciado esto, pero los hay recalcitrantes, a lo que puede verse.

Están de más los simbolismos de una situación sociopolítica opresora cuando la palabra del dramaturgo hace mención expresa de ella. Aquí radica el reparo esencial que ha de hacerse a la escenificación de Facio. Si resulta, pese a todo, verosímil es porque su condición de hombre de teatro ha hecho que Ismael Merlo llevara un vestuario neutro, porque ha eludido cualquier género de incursiones homosexuales y, sobre todo porque, junto al inmejorable tratamiento artístico de que Ismael Merlo dotó a su protagonista, se concitaban sobre el escenario del Eslava actrices de tantos quilates de la mejor ley interpretativa como —las cito por orden de méritos— Encarna Paso, Julieta Serrano, Asunción Sancho, Mercedes Sampietro, Carmen Carbonell, María José Goyanes y Teresa Tomás. Fidel Almansa no pudo con el morlaco de tener que corporeizar —sin venir a qué— otro personaje femenino, el de Prudencia.

EL ADEFESIO
de Rafael Alberti

Aunque sea a contracorriente, hay que dejar bien expreso desde el principio que el Rafael Alberti vuelto entre nosotros después de tantos años, mediante el estreno aquí de *El adefesio*, es un Alberti de menor cuantía. Porque no es el gran poeta de *A la pintura* un hombre de teatro; a lo más, un escritor que se ha sentido —de vez en vez— atraído por la dramaturgia: como Unamuno, Baroja o Laín Entralgo. Para utilizar la terminología pletórica de modestia que usa Laín al definir su propia incursión a la escena digamos que Alberti es «dramaturgo por extensión». Con dramaturgia, en este caso concreto, no conseguida.

Cuando leí el texto en el volumen inaugural de la colección «Libros de teatro», de Edicusa, tuve la sensación de que sería difícilmente representable, aunque se había estrenado en Buenos Aires, hace más de treinta años, y por Margarita Xirgu, nada menos. Y como una lectura no proporciona datos suficientes sobre la teatralidad del texto, resolví aplazar el juicio hasta verlo representado, tanto más cuanto que otras obras del poeta de Puerto de Santa María —*La gallarda, Noche de guerra en el museo del Prado* y su desenfadada versión de *La lozana andaluza*— brindaban, ya en su lectura, mayores posibilidades para la ulterior dramatización.

Ahora, después del estreno, he de confirmar aquella sensación que siguió a la lectura del texto.

Un texto sobrecargado de elementos ceremoniales, en los que el aliento poético de Alberti queda aherrojado y confundido, como en un segundo término. Circunstancia peyorativa para tan extremoso orfebre de la palabra.

En su tarea de coordinación escénica, José Luis Alonso ha sido acaso excesivamente fiel a las descripciones rituales de la trama. Mas no pienso que se le pueda hacer responsable de su absoluto respeto a la expresividad confusa y desordenada de un texto dado, con todos los condicionamientos que sobre el director pesaban en ocasión tan esperada como propiciatoria a reproches por irrespetuosidad...

La representación a la que asistí no fue la del estreno: estoy en condiciones, por tanto, para enjuiciar el espectáculo en sus valores estrictamente dramáticos, sin que en mi ánimo influyan ovaciones extrateatrales —lícitas, desde luego, pero al margen del hecho teatral—, y de ahí que haya encabezado la relación de intérpretes principales que figura en la ficha de la obra con el nombre de Laly Soldevila: fue, sin lugar a dudas, la mejor actriz sobre el escenario y, en la única escena con posibilidades para su personaje —Uva—, se mostró muy por encima del resto del reparto... incluida María Casares.

Y eso que la actriz por tantos años transterrada hizo alarde de grandes cualidades trágicas y, cuando el idioma recuperado le opuso dificultades momentáneas, las compensaba —eran décimas de minuto— con la expresividad gestual o de ademanes. Del resto de los principales intérpretes, admirables en todo Tina Sainz y Julia Martínez, así como José María Prada en su esperpéntico y difícil Bión. En cuanto a Victoria Vera, se le encomendó la parte más poética del texto y se limitó a decirla desmatizadamente, al tiempo que se prestaba a la desnudez total —y éste puede ser el único reparo atribuible al quehacer del director—, en modo alguno exigida por Alberti en la obra o en sus acotaciones. ¿Ha pensado la joven actriz que, en el futuro, el público ya no espera de ella sino orografía anatómica? ¿Tan escasa confianza tiene en sus posibilidades expresivas?

Excelente y muy sugestivo el espacio escénico esbozado por el pintor andaluz Manuel Rivera —tan afín al poeta—, así como la realización del mismo, de Alberto Valencia.

LOS CUERNOS DE DON FRIOLERA
de Ramón María del Valle-Inclán

Está comprobado que en el arte no hay regla sin excepción: lleva uno muchos años de cronista del hecho teatral, y reiteradamente ha echado de ver como lo viejo —la obra escrita en un pasado aún próximo— encierra muchos más riesgos en lo relativo a su actual aceptación que lo antiguo —obras de siglos pretéritos, para las que la pátina del tiempo actúa como un enriquecimiento, al modo de un valor añadido que les otorga su condición de clásicos—. Pero, no. Estrena Valle-Inclán uno de sus esperpentos..., y ahí tenemos la excepción a la regla.

Por el año en el que fue publicado, El esperpento de los cuernos de don Friolera procedía proclamarlo como viejo y, en consecuencia, desfasado. El texto vio la luz pública por vez primera hace algo más de medio siglo —año 1921— en la revista La pluma. O sea, que cronológicamente, de clásico, nada: si acaso, senil. Pero quiérese decir, oído recreativamente su extraordinario y sensacional lenguaje, que nos suena a clásico. Vamos, que en punto a clasicismo no hay quien pueda con la fórmula valleinclanesca.

Y es que inventó un teatro intemporal para el que quiza la única dificultad residía en las torpes entendederas de sus coetáneos. Eusebio García Luengo fue testigo presencial de la tibia aceptación que tuvo esta obra, cuando se estrenó con carácter de homenaje póstumo —eran muy adecuadas y propicias las circunstancias políticas—, en la primavera del 36. Entonces, aún no pudo ser: es la cruz de cuantos —genialmente— se anticipan Ahora, en este año de 1976 —ruptura, reforma o cambio, en cualquier caso, distinto—, parece ser que sí.

Y no es que lo parezca: es que resueltamente sí, dejando al margen circunstancias paralelas del mundo circundante por mucha que sea su trascendencia... Habrá que pensar que lo ocurrido es más simple: el público ha adquirido la sensibilidad receptora necesaria para asimilar lo que con genial talento creativo había anticipado Valle en los años veinte. El fenómeno no es de ahora, pues tuvo un primer atisbo en la acogida dispensada quince años atrás, en el mismo teatro de Bellas Artes y también bajo la dirección de Tamayo, cuando escenificó *Divinas palabras*: La plena confirmación vendría —mismos local y director con *Luces de bohemia*, ya en 1970. *Los cuernos de don Friolera* supone la plena ratificación de que el público actual asimila del todo —y nunca es tarde si la dicha es buena, por más que los desfases y demoras despierten una lógica inquietud— la estética valleinclanesca de ofrecer visiones deformantes de la realidad para mejor profundizar en sus recovecos íntimos en idea que el dramaturgo extrajo ante las degradadoras imágenes que reflejaban los espejos cóncavos del callejón del Gato... de igual modo que Quevedo o cuadros de don Francisco de Goya y Lucientes.

Porque, en lo relativo a esa profundización íntima que ofrecen los esperpentos —y éste muy señaladamente— será cuestión de meditar si no es parigual la deformación brindada, en opuesta dirección, por el estricto y sangriento sentido calderoniano del honor, que en su esperpento ridiculiza Valle-Inclán... La sola diferencia estriba en que, donde éste empleaba espejos cóncavos, el clásico los usaba convexos.

Pero, además de estas quisicosas de la concepción dramática, y acaso por encima de ellas, hay que resaltar en el teatro valleinclanesco su virtuosismo coloquial que llega a las más insólitas tesituras. El idioma de Valle, su limpida capacidad sugeridora, alcanza cotas de perfección esplendorosa, que a un tiempo atrae, inquieta, angustia y conmueve. Honestamente, y en lo que a la utilización del lenguaje respecta, nadie hasta hoy ha superado a Valle-Inclán, tan pletórico de hallazgos, deslumbradores como relámpagos en la oscura noche del teatro consumista al uso.

En la función coordinadora de José Tamayo, dos facetas —dos aciertos— resultan los más encomiables: haber incorporado al conjunto a Servando Carballar y Carmen Heyman para que interpreten, primero el bululú y el romance de ciego después, para mejor testimoniar cómo el modo esperpéntico no alcanza la desmesura que cabría atribuírsele, y que los dos artistas interpretan insuperablemente, en voces, gestos y expresividad corporal, y la feliz idea de haber llamado a Marí Pepa Estrada como escenógrafa, porque sus ingenuistas decorados naïf contrastan muy vivamente, resaltándolo, con el esperpéntico comportamiento de don Friolera y sus adláteres.

En cuanto a la interpretación es de justicia citar en primer término a Antonio Garisa, aunque su don Friolera sea más el clásico figurón que el patético cornudo uniformado requerido por la trama. Junto a el triunfaron los que figuran en la ficha de encabezamiento, siendo de justicia resaltar los nombres de Juan Diego, Tota Alba, Alfonso Goda, Franciso Portes, Esperanza Grases y Julio Oller.

ANTONIO RAMOS, 1963
de Miguel Signes

Seguramente son diversas las causas que han hecho posible el acceso al Teatro Nacional María Guerrero —cedido a la cooperativa «Actores Unidos»— de un drama obrerista escrito hace catorce años por el novel Miguel Signes. En cualquier caso, alabado sea Dios por el hecho de que las circunstancias sean tan otras como para que una pieza testimonial que estuvo dispuesta para su estreno en 1966... y en sesión única de las de Cámara y Ensayo, haya podido, finalmente, representarse en el espléndido marco del María Guerrero y dentro del circuito de los teatros comerciales.

Con tal acontecimiento, el organismo autónomo Teatros Nacionales y Festivales de España abandona el dirigismo artístico y pone sus bienes y fondos públicos al servicio de una función subsidaria que, en justicia, le es más apropiada.

Más que un drama social, *Antonio Ramos, 1963,* ha sido concebido como estrictamente obrerista. De ahí el distingo que he pretendido acentuar en el título. Miguel Signes, abogado, pero también —y antes— hijo de obreros, ha volcado en esta pieza una muy lúcida carga de vivencias, costumbres y modos coloquiales extraída del obrerismo como entidad plural, poniendo al servicio de su idea medios tan idóneos que el resultado es un drama colectivo, sin protagonista, pues el personaje que suscita la trama y le da nombre resulta eludido en la acción, aun cuando toda ella gire en torno al accidente laboral del que es víctima y a las consecuencias que en compañeros de tarea, jefes y familia produce.

Tan legítima invención de mayor entidad dramática a la relación solidaria que en la clase obrera resulta potenciada por el hecho de sentirse todos afectados ante la desgracia del compañero, sometidos como están a unos mismos condicionamientos laborales: económicos y de riesgo.

Acaso no sea baladí en su significación la circunstancia de que pieza teatral de estas características haya sido escenificada por un conjunto de profesionales constituidos en cooperativa, admirables todos en su empeño para trasladar al escenario una comunidad de tipos populares —obreros, sus mujeres e hijos—, muy bien conjuntada por el sensitivo magisterio de Ricardo Lucia, en la que puede ya considerarse, como su mejor dirección escénica hasta el momento. También ha de ser colectivo el elogio a los intérpretes.

LAS ARRECOGÍAS DEL BEATERIO DE SANTA MARIA EGIPCIACA
de José Martín Recuerda

Desde la concepción misma de cómo pudo desarrollarse la permanencia de Mariana de Pineda en el beaterio de Santa María Egipcíaca, previa a su ejecución, algo indujo a José Martín Recuerda a dotar a la heroína liberal de facetas que, aristadas, aproximasen su talante a los de las compañeras que allí estaban recluidas por muy otros motivos. Algo —y aun mucho— de lo que se ha dado en llamar «vida airada» de las prostitutas que compartían su encierro, contagió a la Marianita del romance lorquiano, para que aquí se nos presente airada también, y en trance de crispamiento similar al de las restantes reclusas. Desaparece el diminutivo con el que la nombró García Lorca, al tiempo que surge un insólito «de» entre nombre y apellido —sin duda con base histórica irrefutable—, que no acaba de compaginarse, por el cierto aristocratismo que comporta, con la ejecutoria popular del personaje.

El crecimiento es indudable, en relación al imaginado por García Lorca. Y también dramáticamente la Mariana de Martín Recuerda es mayor: popular entre mujeres del pueblo, airada junto a las «airadas», su historia sirve al dramaturgo para presentarnos un friso de hembras de rompe y rasga en el talante y de honda veracidad en los sentimientos. Humanísimamente —y nunca se es «demasiado humano»— penan su privación de la propia libertad y, acaso con más dolorido sentir, la carencia de libertades en la España aquella del absolutista Fernando VII, tan perspicazmente aproximada a la actual por autor y director, mediante pintadas, pancartas y solicitación de amnistía. Por lo demás, el beaterio tiene mucho de presidio, guardado por monjascarceleros.

Desde antes de que la acción comience se invalidan fronteras entre escenario y sala de modo que en la satíricamente subtitulada Fiesta, española —fiesta de cárceles, llantos y ejecuciones—, participa activamente el público.

Acaso Adolfo Marsillach y su director adjunto se han excedido en la interpretación de las acotaciones del dramaturgo, y ello va en detrimento de la nitidez del verbo, con beneficio para el cuadro estético. Pero dichas acotaciones son muy pormenorizadas y en modo alguno puede culparse a la dirección de tergiversar lo ideado por el dramaturgo.

El ritmo dramático pierde parte de su eficacia cuando intervienen en la acción los dos personajes masculinos: Pedrosa, malo de toda maldad, y el bienamado Brodett interpretados por Antonio Iranzo y Francisco Marso. Pero no importa porque *Las arrecogías...* es por escenia y presencia drama de mujeres. Incluso la figura de Mariana queda despersonalizada pese a la briosa y clara corporeización que del personaje logra Concha Velasco. Admirables en sus respectivos empeños María Paz Ballesteros, María Luisa Ponte, Carmen Lozano, Pilar Bardem. Margarita García Ortega —en un dificilísimo empeño por cuanto se despega del conjunto para navegar entre dos aguas—, Alicia Sánchez —la monja que trueca los hábitos religiosos por el del ejercicio de la libertad— y Angela Grande, en «La Gitanica».

Montse Amenos e Isidro Prunes han concebido una escenografía colorista y sugerente —en la que el agua es el único elemento no opresor—, muy bien realizada por Manuel López.

No tan afortunada la coreografía de Mario Maya, pero siempre es difícil montar flamenquerías con actrices que no son «bailaoras».

Con esta obra, escrita en 1970, Martín Recuerda testimonia su gran calidad de dramaturgo, que irá en aumento en la medida en que una total permisividad contribuya a liberarlo de sus crispaciones personales.

LA DETONACION
de Antonio Buero Vallejo

Buero ha estrenado otra pieza de las que en su producción cabe insertar en el ciclo «historicista». Y, sin duda, la más histórica en el sentido literal de la palabra, aunque el autor —tan autoexigente, tan adicto al rigor idiomático— haya preferido calificarla como «fantasía», acaso por leves falseamientos situacionales y de tratamiento que, en la medida en que apartaban a la trama de la verdad de los hechos, le añadían factores dramáticos y recursos teatrales de la mejor ley, desde la inicial escena, en la que el contraste entre la velocidad coloquial del protagonista y la extremada lentitud en la emisión de vocablos de su criado, patentiza para los espectadores la abismal distancia que los separa: Larra se adentra en la muerte y su criado sigue en plenitud de vida. Y es que una de las constantes en la producción teatral de Buero es su procura de que, además de ver y oír, los espectadores participen sensorialmente de los aconteceres escénicos.

Errará quien crea que *La detonación* es el mero resultado de una extremada investigación sobre Larra y las circunstancias españolas de su contorno; es tanto como reducir una gran tarea de creación a los límites de un simple trabajo recopilador de datos. Sin negar importancia a la tarea de los archiveros, la misión que nuestro autor se ha impuesto, en ésta y en todas sus obras, es de alcance muy superior: cuando bucea, como aquí, en el pasado, Buero lo hace para, desde alguna de sus peripecias, figuras o épocas determinadas, zarandear el ánimo de lo espectadores de hoy, fustigándolo en la medida necesaria y saludable, sin parar mientes en «la cólera del español sentado», proverbial refugio para tantas concesiones, desde Lope de Vega a nuestros días.

Hay en el transcurso del drama una deliberada acumulación de hechos, en su versión correctamente escenificada, sin que nada acontezca al margen del escenario —incluida la brutal ejecución de la anciana madre de Cabrera—, porque Buero desea pormenorizar la sucesión de complejas y convergentes situaciones históricas y personales que justifican el suicidio. Para conseguirlo plenamente, el autor no vacila en hacer que Larra asuma el papel de ejecutor personal de los fusilados de una y otra facción en la guerra fratricida de su época, y aquí sí que la fantasía del autor trasciende y vuela más alto y arriesgado de lo que le hubiese permitido la recopilación de hechos.

Posiblemente sea el artículo de *El Pobrecito Hablador* titulado «El mundo todo es máscara» —aquel cuya frase última «...todo el año es Carnaval» tanto se ha difundido— el que dio pie a Buero para otra de las más válidas y acongojantes invenciones de su obra: la de cubrir el rostro de personajes tan conocidos como Bretón de los Herreros, Mesonero Romanos, etc., y los demás componentes de su «fantasía» con sendas máscaras, que únicamente dejan caer ante los comentarios satíricos de *Fígaro*, para que actúen y se les vea como en verdad son, sin trampa ni cartón y a cara descubierta. Y como, según nuestro refranero, «la cara es el espejo del alma», el recurso dramático viene a ser desvelador de no pocas tortuosidades anímicas.

En la concepción de la trama escénica, nada ha sido dejado al azar: desde la acumulación de peripecias ya aludida hasta la distribución de los tres espacios en los que se desarrolla: el Parnasillo, claro, a la izquierda, la censura administrativa a la derecha, naturalmente, y en segundo término, la residencia de Larra, en expresión plástica para el público de que los amores contrariados influyeron muy secundariamente en la decisión de quitarse la vida.

Buero sitúa en un primer plano al Larra enfrentado a una censura promotora para los escritores de cierta especie de ellos «a quienes una larga costumbre de callar ha entorpecido la lengua», entre los que, ciertamente, no figura Buero, sobre todo por lo que al entorpecimiento respecta. En lo primero, ha sido posibilista —recordemos su polémica de años atrás con Alfonso Sastre en las páginas de *Primer Acto*—, pero su posibilismo no llega a claudicación alguna, como bien denotan los diez largos años que ha tenido que esperar hasta ver representada *La doble historia del doctor Valmy*, no porque la obra estuviese prohibida, sino porque se la autorizaron previas supresiones que el autor no aceptó, por parecerle esenciales. Y así hasta ahora, en que el período predemocrático por el que pasa España le permite decir por derecho lo que en piezas anteriores argumentaba mediante circunloquios perifrásticos, eufemismos y frases de soterrada doble intención.

Pero antes y ahora con idéntica calidad literaria, con igual capacidad para la invención teatral y siempre —antes y ahora— al servicio de unas mismas y bien arraigadas convicciones. Aquel posibilismo debidamente parcelado y un talento dramático incuestionable han permitido a Buero pasar, en treinta años, de condenado a muerte a académico, sin ceder un ápice en su ideología. Sólo que ahora ha pasado —en el léxico de los artículos de Larra— de «las medias palabras (que) también son verdaderas», a designar por sus nombres cosas, personas y hechos, adjetivándolos sin tapujos cuando viene a cuento.

De cuanto antecede cabe colegir que, frente a las tesis de suicidio por amor sustentada por Carmen de Burgos (*Colombine*), que relata cómo Dolores Armijo oye desde el portal de la casa la detonación y apresura el paso porque «... ella sabe que su mano, que aún guarda la presión de la mano de *Fígaro*, lo ha matado», Antonio Buero opta por el criterio de José Ramón Lomba de la Pedraja: «En el proceso morboso que determinó el fin trágico de Larra «quién duda que entró por algo el espectáculo deprimente de las desdichas de la nación a que asistía el escritor por aquellos días...» El cuadro sin cesar agravado de horrores y de angustias, de pobreza y de lágrimas, de relajación, de incultura, de trastorno, de ineptitud, que en torno suyo de desplegaba; el aplazamiento indefinido, la frustración aparente de la esperanza de una España más digna, más próspera, más tolerable, que era la aspiración de su vida pública, cubrieron su espíritu de luto, de tinieblas». La cita ha resultado extensa, pero precisa, porque todo lo que el catedrático de Literatura en la Universidad de Oviedo y autor del libro *Mariano José de Larra*, publicado en 1936, intuyera, ha sido explicitado por Buero en su fantasía en dos partes de *La detonación*. Explicitado y enriquecido, porque el dramaturgo añade a la descripción social de una España que iba también del autoritarismo —Fernando VII— a la predemocracia —de Calomarde a Calatrava, pasando por Cea Bermúdez, Martínez de la Rosa, Mendizábal e Istúriz—, la compleja personalidad del protagonista, de ese Larra agónico y elitista a un tiempo, de esa contradictoria figura histórica cuya cabal comprensión se complementa en la persona —que no personaje— de su criado Pedro, que es también conciencia del escritor, quizá inconsciente, y encarnación o, mejor, encarnadura, del pueblo llano, al que Larra estuvo y se mantuvo ajeno.

La dirección de Tamayo no tiene más tilde que la de un equivocado empleo de la luminotecnia, cuya excesiva penumbra entorpece la cabal, y pienso que exigible, visión de rostros con máscara o sin ella.

Entre los intérpretes sobresale rotundamente Pablo Sanz, que corporeiza al criado con perfecta dicción, profundidad de acento y penetrante verismo, en un trabajo interpretativo pletórico de hallazgos, saturado de excelentes recursos: antológico. Juan Diego da a su Larra tan escasa consistencia como inadecuada superficialidad. Mucha más verosimilitud encuentra Francisco Portes en su Espronceda. Muy profesional Alfonso Goda y convincente María Jesús Sirvent, en su doblete de aburrida esposa y voluble amante.

Antonio Buero ha expresado, en el drama de Larra, un espejo válido para españoles de hoy, especialmente recomendable para cuantos deseen la reconciliación y la libre convivencia, aquí y ahora.

LA SANGRE Y LA CENIZA
de Alfonso Sastre

Para un análisis objetivo, resulta en verdad apasionante el examen de los aconteceres contradictorios y sin embargo acordes con su personal evolución política, que se suceden en la producción dramática de nuestro «recuperado» autor.

Apasionante el examen y, hay que apresurarse a decirlo, con resultados altamente satisfactorios. Las colisiones frontales de otrora han devenido a coincidencias en lo esencial, a condición de que para ello ponga en la balanza, por parte del autor de —por ejemplo— *En la red*, una maduración de radicalismos juveniles, en tanto que el cronista fusiona más íntimamente su lealtad al entorno y las propias convicciones.

En rueda de prensa convocada al día siguiente del estreno y vergonzosamente desasistida por la casi totalidad de quienes tenían la obligación de estar presentes, Alfonso Sastre manifestó lo incierto de su militancia comunista en el tiempo en que escribió *El pan de todos*: obra de catecúmeno incipiente, cabe situarla en una línea maximalista, pienso, en tanto que esta tragicomedia —por momentos, sainete trágico— estrenada después de casi once años de ausencia de nuestros escenarios, viene a ser como un testimonio lúcido y penetrante, realizado en profundidad, de los límites humanos escarnecedores y grotescos a los que puede llegar la intolerancia en religiosidad, en política... o, simplemente, en el área de la convivencia social. Como si dijéramos: el compromiso ampliado a la totalidad.

Porque sí, es más lo que en la invención hay de testimonio sobre la accidentada vida y el inmisericorde final de mi paisano Miguel Servet —algunos historiadores lo hacen nacer en Tudela, mas lo cierto es que adquirió consciencia vital en Villanueva de Sigena (Huesca)— que las concesiones traídas por el compromiso del autor, tales como referencias simpatizadoras con el «comunismo libertario» y otros anacronismos muy inteligentemente barajados a fin de que, sin mengua de la verdad relatada, pudiesen dejar un poso de inquietudes hodiernas entre el público, al igual que ocurre con no escasos y desconcertantes anatopismos, tan sagazmente expuestos en un plano anecdótico que a las veces incide en categoría.

Por lo demás, conocidas la convicción política de Sastre y, en lo teatral, su perdurable afinidad piscatoriana, no importan demasiado esas deliberadas marginalias históricas ni sorprenden poco o mucho, puesto que lo que logra primacía muy descollante es el meollo de imperativa denuncia de los métodos represores, de la opresión, del conductismo dictatorial.

Autor de una extensa y pormenorizada biografía del personaje —*Rosas rojas para Miguel Servet*—, la versión dramática resulta excesiva en sus dimensiones. Los componentes de «El Búho», con autorización previa y conformidad última de Sastre, han reducido el texto —publicado íntegro en la revista «Pipirijaina»—, desmochándolo en casi su mitad.

En lo que a los espectadores llega en la sala Cadarso no faltan aproximaciones como la antedicha del comunismo libertario o la de parangonar —en boca de Servet— cárceles con carabancheles, de brechtiana resonancia actual.

Con todo, acierta a dar al tratamiento la profundidad requerida para que el conflicto tenga transparencias intemporales —que aquí no es sin tiempo, sino de cualquier tiempo—, que lo hacen comprensible y asimilable a los espectadores de hoy, aunque sin las citadas supresiones de texto hubiera resultado más diáfana la pretensión de ofrecer, desde ángulos muy varios y en ocasiones discrepantes, una investigación en panorámica de la vida, peripecias, miedos, persecución y trágico final de una figura histórica que bien puede considerarse como paradigmática de los que Sastre designó, de una vez por todas, como «hombres clandestinos».

Los componentes del colectivo teatral «El Búho» han sido conscientes, desde el primer momento, de que el drama de Sastre soslayaba la personalidad científica de Servet para adentrarse de manera frontal en su condición de teólogo conflictivo, herético a dos bandas: frente a la Inquisición católica y al dogmatismo calvinista.

En consecuencia, con muy precarios medios, han escenificado la obra con total supeditación de los factores plásticos al imperio de la palabra. Quizá su mayor acierto estribe en la diferencia entre el talante serio, circunspecto y poco menos que trascendente que marca Juan Margallo en su corporeización de Servet y los visajes sainetescos de los restantes intérpretes, muy bien resaltados por Petri Martínez en su desenfadada hospedera.

Con *La sangre y la ceniza* vuelve a nuestros escenarios un Alfonso Sastre que sigue fiel a sus convicciones, pero acierta a darles, para el teatro, una hondura muy superior en el tratamiento.

DELIRIO DEL AMOR HOSTIL O EL BARRIO DE DOÑA BENITA
de Francisco Nieva

Para esta especie de sainete trágico que Nieva ha escrito —según propia declaración— «en total libertad», utiliza un lenguaje entreverado de casticismo e invenciones surrealistas. Si en la escenificación de la obra ha sido, con mucho, más afortunado que Valle-Inclán, pues el espacio escénico ideado por Carlos Cytrynowski refrenda con absoluta propiedad el «barrio de doña Benita» que es el segundo título que lleva su «drama de honor», el cóctel lingüístico tiene singularidades que impiden cualquier parangón con el terso, rotundo y siempre eficaz lenguaje valleinclanesco.

La calidad expresiva no sólo no falta sino que llega a alcanzar muy altas cotas coloquiales, sobre todo en la primera parte, con inserciones de vocablos de uso personal e intransferible —es decir, que no vienen en el Diccionario pero, como decía Unamuno, «ya estarán»—, que el autor pone en boca de sus personajes con gran sentido de la oportunidad: «churremugre», «padreternos» son los ejemplos que retengo en la memoria de entre un caudaloso torrente imaginativo.

Son más numerosos los relampagueantes, vivísimos aciertos coloquiales que los decaimientos de expresión. Y la trama se sustenta en muy sólidos pilares dramáticos: un ciudadando burgués, que no por azar se llama Jasón —Jasón Madero—, como el mítico héroe griego promotor de la expedición de los argonautas, se adentra, conducido por La Coconito —una prima ibérica de «La loca de Chaillot»—, que Nieva describe «comadreja de las calles y portavoz de la ignominia», en el mundo zarrapastroso, inmundo y submundo, del arrabalesco «barrio de doña Benita», cuyos habitantes vegetan sin normas de convivencia y en la más absoluta amoralidad. Lógicamente, Jasón ha de ser su víctima.

Con tantos elementos positivos, el resultante ha de serlo también. Juzgados por separado y uno tras otro, sí. Agavillado en la totalidad del hecho teatral... pues no. Quizá Nieva haya calculado erróneamente las dosis de cada factor empleado... Vayan ustedes a saber. Acaso no mezcló en la debida proporción los ingredientes y tampoco anduvo afinado en el sentido de la medida. La consecuencia es que estamos ante una obra digna, valiosa y bien concebida, con hallazgos expresivos nada comunes y, sin embargo, desmesurada. Es decir: adolece de sentido de la medida.

No cabe aplicar tal adolecimiento a la dirección de José Osuna: desde los subrayadores acompañamientos musicales de Verdi hasta la dirección de intérpretes, su labor coordinadora es impecable, a no ser por el tanto de culpa que pueda corresponderle en la elección de Silvia Tortosa y Víctor Valverde para corporeizar sendos personajes cuyas borrascosas vivencias exceden en mucho a las posibilidades histriónicas de ambos. Sobre todo, si los términos de comparación estriban en la magistral

María Fernanda d'Ocon, que estuvo y dijo insuperablemente su fundamental parte, en la fresca seguridad escénica de Florinda Chico y en la profesionalidad de Alfonso Goda. Junto a los tres, requiere mención especial Juan Antonio Lebrero, que realzó su personaje con perfecta dicción y adecuadas maneras. El resto del reparto, ya en tono menor, cumplió.

RETRATO DE DAMA CON PERRITO
de Luis Riaza

El Centro Dramático Nacional ha estrenado, con tan ostensible como eficaz y necesario despliegue de medios artísticos y económicos, la primera obra de Luis Riaza que llega a un público indiscriminado, fuera de elitismos progresistas y/o experimentales. El autor, un madrileño que en 1979 cumple los cincuenta y cuatro años, pasa con ello de la injusta marginación al podio reservado a los mejores, podio que sustentan firmísimamente las inconmovibles columnas de muy contrastados valores de la profesión teatral: dirección escénica, interpretación, escenografía.

Luis Riaza sitúa su obra *Retrato de dama con perrito* en el decadente ámbito de un balneario finisecular —con algo de barroca exposición de inútiles objetos—, y pone en pie cuatro personajes prototípicos de la sociedad afín a dicho ambiente, rodeándolos de momias que les traen recuerdos y alimentan nostalgias, al modo de fantoches interpuestos, junto a muñecos deformes, cadavéricos, ajados desde remotos ayeres y repetidos en espejos que reflejan —confundidas— las imágenes de las criaturas vivas y las de los títeres momificados.

Comienza el drama —y en ello estriba su único parentesco con el teatro consumista— por los personajes secundarios: la chica de la limpieza y el maestresala, mayordomo o jefe de camareros del establecimiento, como quiera llamársele. Pero, desde la tercera o cuarta frase del coloquio entre la fregatriz —pueblo sometido y sumiso— y el encargado —subconsciente del déspota ilustrado a medias—, ambos empiezan a representar cometidos que les son ajenos, en juego mimético no exento de significado y mucho menos de intencionalidad. El juego —la ceremonia— incluye formas de travestismo que convertiría a Riaza en imitador a su vez del Genet de *Las criadas,* de no buscar en su mímesis alegorías de índole social del todo crispadamente hispana, junto a una ligazón permanente con las circunstancias que durante largos años tuvieron a nuestro autor marginado y preterido. En ese travestismo que entra en juego apenas iniciada la acción, da comienzo el gran ceremonial de recargado barroquismo que ha de seguir en aumento —con alguna que otra intermitencia— a lo largo de la representación.

Es de justicia traer a cuento —y a cuenta, en el debe (provisional) de Riaza— los precedentes, junto al ya citado de Genet, de Proust y su *En busca del tiempo perdido*, o de Joyce en el *Retrato del artista adolescente*, además de Jarry y, sobre todo, de Antonin Artaud, pero nótese que se trata de antecedentes y no de influjos, porque —y éste es factor decisivo en el haber de Riaza, que inclina a su favor la cuestión del tratamiento escénico —sucede que el aferramiento a la realidad española que para desgracia suya le ha correspondido vivir en el primer medio siglo de su vida, se remonta sobre todos los precedentes —tan bien seleccionados, por otra parte— y le confiere voz propia, personalísima y... patética.

Patética, sí, porque en la denuncia de circunstancias correspondientes al aquí y ahora del autor, cuando empiezan a ser agua pasada, está la raíz de ese primer acto que resulta plúmbeo, no por el desarrollo de la acción dramática, sino por el abusivo uso de un lenguaje críptico y oscuro, apenas inteligible, consecuencia lógica de su concepción en tiempos propicios a oscuridades, en el que por encima del simbolismo aletea un poco menos que inextricable charada o bien jeroglífico enfadoso.

En la parte segunda —quizá como consecuencia de modificaciones del autor al texto de la inicial versión— todo está más claro: la dama-duquesa, linajuda *madame* y especie a extinguir, se nos revela en su proceso de cruel e imparable deterioro; el mayordomo Benito adquiere ínfulas de tirano en trance de relevo; el perrillo faldero —*artista adolescente*, intelectual sumiso a cuanto ordene el dueño, que en el presente caso es ama y con servidumbres eróticas anejas a cualquier represión, incluso a las autoestablecida—; y la fregona, que será siempre y en cualquier circunstancia la víctima propiciatoria, percha de todos los golpes, sierva cuyo único lucernario estriba en su cajita llena de menudos secretos, de intimidades propias e intransmisibles.

ESCENIFICACION AL CIENTO POR CIENTO

Es tan valiosa la pieza de Luis Riaza y hay en ella tantas y tan varias sugestividades expresivas como para no resultar ensombrecida por una dirección por demás ágil y ahondadora como la de Narros, una escenografía portentosa de Andrea d'Odorico y una interpretación que, si estimable en su conjunto, alcanza cotas altísimas de calidad en Berta Riaza, admirable de voz y de actitudes, de expresividad corporal y de impostaciones vocales, incluso cuando interrumpe la dicción para tararear unos compases con buen estilo. Sería necesario un prolongado recorrido en la memoria del comentarista para encontrar en nuestros escenarios otra interpretación que, sin daño, pudiera parangonársele.

Todos rinden al ciento por ciento, pero resulta injusto sugerir tan sólo que el texto se beneficia y es potenciado por la escenificación. Los profesionales no alzapriman nada que antes no haya estado en la idea del autor, sino que se limitan a cumplir con sus respectivas tareas en cuanto a tales..., pero sin dejar nada a la improvisación o a los trucos del oficio, y éste es un comportamiento al que nuestras gentes de teatro dicen nanay con más frecuencia de la deseable.

Han ensayado duro y por mucho tiempo los intérpretes; el escenógrafo D'Odorico eligió con meticulosidad y acierto los arrequives que mejor pudieran anticipar desde la escena inicial la intríngulis del drama, y Miguel Narros revalida anteriores éxitos suyos en un esmerado trabajo de orfebre en la coordinación general y pone una vez más de manifiesto sus óptimas cualidades para la elección de colaboradores entre aquellos que mejor engarcen con vistas a la exacta conjunción del hecho teatral en su totalidad.

Escenificaciones como la que ha tenido *Retrato de dama con perrito* en el Bellas Artes justifican las cuantiosas inversiones del Centro Dramático Nacional, y que, según nota remitida a los medios de comunicación por su director, en lo que algún lenguaraz ha llamado, «las cuentas del gran Marsillach», en sus primeros ocho meses de existencia conlleva un déficit de cincuenta millones de pesetas.

JUECES EN LA NOCHE
de Antonio Buero Vallejo

Con su obra *Jueces en la noche*, que Buero designa como «misterio profano» en deliberada atenuación de su verdadera entidad de tragedia *hic et nunca*, nuestro autor ha quemado las propias naves expresivas que hubieron de servirle para, durante treinta años, capear muy furiosos temporales de cierto océano embravecido ante una producción dramática que vencía muy tormentosas contenciones inquisitorias con la línea de flotación mantenida en altísimo nivel de honradez personal y ética sin fisuras en lo ideológico.

(Resulta menos probable que la adjetivación de esta tragedia le haya sido sugerida al autor por la calificación que mereció de uno de sus glosadores *Irene o el tesoro*, considerada por José María García Escudero a raíz de su estreno, en 1954, como la «posibilidad de poner nombre al misterio».)

Por consiguiente, volvamos a la tesis del holocausto abrasador de las propias naves expresivas: con esta tragedia Buero emprende caminos nunca hollados en sus precedentes andaduras teatrales, rutas para él vírgenes, y deja atrás al autor posibilista, que explicaba con sucesivos meandros estilísticos y plurales rodeos criptográficos lo que debía de llegar al público espectador en derechura y sin mengua de su real y última significación.

Para conseguirlo, Buero Vallejo se abasteció de una serie de pertrechos estilísticos muy certera y parsimoniosamente seleccionados: desde los recursos que Ricardo Doménech ha bautizado con absoluta idoneidad como «efectos de inmersión» —antinómicos al «efecto de distanciamiento» preconizado por Brecht, pero con idéntica finalidad didáctica y/o de catarsis—, pretendía sensibilizar al público en el infortunio de algún género de precariedad o invalidez físicas de sus personajes, con exquisito cuidado para que, sirviéndose de claves coloquiales y otros medios igualmente oblicuos en cuyo dominio alcanzó cimas de gran virtuoso, alcanzara a entender incluso al más renuete de los espectadores que su denuncia era testimonial y las carencias físicamente sensoriales había que interpretarlas —por elevación— como de índole social, política y atañentes a la humana convivencia en libertad.

SIGNIFICANTES Y SIGNIFICADO

Claro está que la quema de barcos —léase significantes expresivos— a la que empecé haciendo referencia no deja al autor inerme, que hasta ahí podíamos llegar: es circunstancia inimaginable en quien ha demostrado pericia marinera suficiente como para afrontar con éxito las adversas mareas que le han ido sobreviniendo en treinta años de ejecutoria teatral a contracorriente.

Sólo ocurre que, a partir del estreno de su tragedia *Jueces en la noche*, Antonio Buero se somete voluntariamente al uso estilístico de otros significantes, sin que tal decisión acarree la menor alteración de rumbo en el significado último de su propuesta escénica. El empeño es tanto más difícil cuanto que deseamos atenernos a la distinción que el maestro Dámaso Alonso establece entre ambos términos —véase el ensayo de Manuel Alvar «La estilística de Dámaso Alonso», en el número 4 de *Nueva Estafeta*—, frente a la tendencia identificadora del lingüista Saussure.

Un autor que se ha visto forzado a utilizar siempre simbolismos, recursos criptográficos y motivaciones oníricas, considera llegada la hora de dar al timón de su creatividad un giro copernicano... sin que ello suponga modificación en la singladura y todavía menos en lo concerniente al puerto de arribada.

Difícil, ¿no? Ciertamente... para cualquiera que no fuese Buero Vallejo, que tiene sobradamente probadas capacidad de maniobra y fertilísima condición de autodominio en lo que respecta a recursos expresivos; no está de más recordar ahora que nuestro autor ya atravesó por otro cambio —más radical, sin duda— en el ejercicio de su expresividad artística.

Aunque hice referencia al hecho en un opúsculo sobre *Teatro español de posguerra*, publicado en 1971, parece conveniente rememorarlo ante la nueva tesitura de cambio, en este caso obligado por circunstancias exógenas.

En la inmediata posguerra Antonio Buero fue prisionero y en principio condenado a muerte por su juvenil militancia en el comunismo. Ya en libertad provisional
—1946— resuelve que no es en su inicial vocación pictórica como mejor puede co-
municarse y, al igual que años antes le ocurriera a Rafael Alberti con la poesía, la
creación dramática vendrá a ser el cauce sustitutivo de aquella inclinación primera
en él por la pintura. Y si el poeta de Puerto de Santa María —espectador en el Lara,
por cierto— supo

> *la sorprendente, agónica, desvelada alegría*
> *de buscar la Pintura y hallar la Poesía.*

Antonio Buero Vallejo puede contar igualmente a los pinceles su «amor interrumpido», tras haberlos trocado por la pluma, aunque no para versificar, sino para construir su producción escénica.

Y AHORA, *JUECES EN LA NOCHE*

Sería mucho pedir del autor que tantos años anduvo buscándole las vueltas a la
censura y que estableció para esa exclusiva finalidad una personal codificación de recursos expresivos, sería a todas luces desproporcionado exigirle ahora el arrumba-
miento de factores muy válidos presentes en su dramaturgia anterior, para ofrecernos una tragedia en la que todo resulta diáfano, como si los problemas humanos pudieran contemplarse a una sola, democrática y totalizadora luz.

No. Ni la situación sociopolítica española de hoy es tan clara como para exigir
semejante tratamiento, ni Buero es autor que resulte incapaz de ver las zonas som-
breadas de negro y más o menos subterráneas que persisten en la transición política
española.

Ciertamente, en la trama ideada por Buero hay una sucesión acumulativa de de-
nuncias que coadyuvan al desbordamiento de la deseable síntesis dramática, pero la
habilidad del autor se mantiene alerta y en ningún caso permite que su desahogo
acusatorio traspase las fronteras del requerido orden estético.

Y éste es un reparo nimio, comparado con la grandeza del compromiso ideológico del autor. Si limitaciones propias del tratamiento escénico obligan a concentrar
en el salón de la vivienda del protagonista acontecimientos que requerían distintas
parcelas, este comentarista piensa que tampoco es tanto el esfuerzo imaginativo que
se exige de los espectadores, dado que los diversos planos en los que la acción simultáneamente transcurre —presente, pasado y oníricas, logran, cada uno, propia y cabal expresión.

En la medida en la que esta tragedia puede encasillarse en el llamado teatro político —medida tan alicatada como inequívoca—, su análisis resultará polémico: mala de toda maldad desde radios vectores derechistas y reaccionarios; abundante en virtudes cuando el ángulo de visión coincide con parámetros progresistas. Como desde siempre he militado en coordenadas cuyo norte exclusivo está en la calidad teatral, no puedo decantarme sino en lo que a ella concierne.

ENTRE PIRANDELLO Y EL FOLLETIN

Desde una visión estrictamente estética, acaso sean estos los puntos indicativos de *Jueces en la noche*. La resonancia del mejor Pirandello cabe situarla en la onírica presencia de las víctimas del político profesional, que se adentran en sus perspectivas de evolución, enturbiándolas y hasta es probable que imposibilitándolo. A los «personajes en busca de un autor» opone Buero «las víctimas en busca del que fue ejecutor —por inducción o efectivo— de su eliminación».

En cuanto a los factores folletinescos de la tragedia, que una precipitada visión pueda calificar negativamente, el cronista que analiza la trama en función de sus cualidades estéticas y nada más, opina que Buero Vallejo en modo alguno se ha extralimitado: ¿qué otra cosa, sino melodramáticos folletines, radican en los argumentos de las tragedias clásicas, de Esquilo a Séneca pasando por Sófocles? Con sólo reflexionar detenidamente al respecto, podrá llegarse a la conclusión de que habrá que darle tiempo al tiempo para una valoración objetiva de este nuevo título que Buero Vallejo aporta a nuestra argulleada dramaturgia contemporánea.

ESCENIFICACION

El muy deliberado cambio rítmico que la dirección de Alberto González Vergel marca entre los episodios en los que intervienen —en el plan onírico— las víctimas reavivadas del protagonista, de lentitud a ratos exasperante, comparada con la agilidad de las situaciones representadas en vivo, puede inducir a un confusionismo elemental en el que, desde luego, no han de caer los espectadores de entendederas adecuadamente alertadas.

En la causi geométrica y cubista ideación escenográfica de Alvaro Valencia, se mueven y actúan muy convincentemente Marisa de Leza y Victoria Rodríguez, acreedoras ambas a un sobresaliente.

De ellos, Fracisco Piquer y Fernando Cebrián hacen lo posible para limar aristas de sus respectivas corporeizaciones: el ex ministro de Franco devenido a diputado demócrata, y el ex inspector de policía que rumia imposibles desquites desde su actitud de activista ultra.

Muy bien Angel Terrón —conciliador, conciliar sacerdote—, en figura que Buero Vallejo ha ideado cautelosamente. José Pagán añade dignidad al sobrio general que le ha correspondido y Andrés Mejuto resulta más convincente enmascarado de fantasmal aparición que cuando actúa a rostro descubierto.

La obra, en la noche de estreno, fue acogida con nutridas ovaciones, prontamente acalladoras de algún premeditado siseo y movimiento de pies. En sus palabras desde el proscenio, el autor agradeció por igual las discrepantes muestras, porque «España —dijo— tiene que ser país de aplausos y de pateos; lo que no puede ser más es país de crímenes», en frase que pasará a la historia del teatro español de hoy, junto a la tragedia *Jueces en la noche.*

PETRA REGALADA
de Antonio Gala

La escenografía ideada por Andrea D'Odorico para la pieza estrenada por Antonio Gala en el teatro Príncipe recuerda, aun antes de que la acción comience, a la que Francisco Nieva concibió para otra obra del mismo autor: *Los buenos días perdidos,* que accedió al escenario del Lara en 1972; y ni siquiera los símbolos difieren en lo esencial de los elementos plásticos, en uno y otro caso: el campanario eclesial de entonces sucede ahora un convento abandonado; el panteón de difunta insigne se trueca en lecho adosado a un retablo de altar que constituye su cabecera, y aquel sillón de peluquería deviene a confesonario que hace las veces de guardarropa con múltiples perchas —amén de ocasional escondite para algún personaje— y en exvotos colgados de la techumbre en revoltijo céreo de brazos y piernas.

Sólo cambia, en el común barroquismo de ambas escenografías, su significación simbólica..., en la medida en que ha habido un vuelco —espectacular o tímido, que eso va en diferentes ópticas del fenómeno, pero sin duda vuelco— en la realidad española: lo que hace ocho años era acumulación de elementos surrealistas pasa a ser, en 1980, un hiperrealismo que participa, en proporciones iguales o muy parejas, del esperpento y de la ficción —¿premonición?— política.

Desconozco si esto de efectuar análisis comparativos de dos obras del mismo autor se atiene a los cánones de la ortodoxia enjuiciadora o no, pero una vez que las semejanzas escenográficas han llevado a tal camino esta crónica, no encuentro razones suficientes para abandonarlo. Y en él sigo.

También aumenta el número de personajes, claro —pasan de cuatro a siete—, y hasta es posible que el incremento se quede corto, si en verdad quiere ser trasunto de lo que va de la unicidad impuesta de 1972 a los plurales criterios ideológicos de hoy.

Sin embargo, persisten similares características en dos de ellos en un como marchamo de autor —genio y figura, hasta la sapultura—: la antigua dueña de un prostíbulo pasa a ser la precedente Petra Regalada en edad de biológica jubilación, y la criatura irresponsable, que entonces fue una débil mental aptísima para el amor, y ahora deriva en minusválido que es brazo ejecutor de la justicia solidaria.

Porque el protagonismo del sentimiento solidario asoma siempre en el teatro del poeta Antonio Gala. Sentimiento solidario y de comunal amor suscitado desde un chisporroteo de ingeniosidades lingüísticas que producen, de inmediato, risas..., pero enmarcadas en muy precipitantes e imperiosos meditares sobre la realidad española de hoy. Aunque no sea necesario para el cabal entendimiento de la trama de *Petra Regalada*, parece conveniente dejar bien sentado que el argumento de Gala se corresponde en todo y por todo con la transición sociopolítica por la que pasamos, tal y como la columbra el autor.

Tras lo antedicho, fácilmente cabe deducir que la pieza comentada puede calificarse como una parábola teatral, con excesos esperpénticos admisibles sin desazón por espectadores habituados a las situaciones-límite propuestas por Gala en su producción escénica.

Y, sin embargo, en esta ocasión se echa de menos ese sentido de lo teatral que en otras piezas suyas aparece de manera tan notoria y aquí está muy mermado de facultades, cual es la impecable dosificación de la almendra situacional. En *Petra Regalada*, junto al seguro instinto que el autor acredita para lograr finales de acto dotados de esa específica vibración que en la jerga teatral se denomina «en punta», es perceptible un paulatino descaecimiento de hallazgos coloquiales, y, por consiguiente, también de comunicabilidad dramática. Lo que ha sido en toda la primera parte —apenas sin solución de continuidad— recia y emotiva, convincente e ingeniosa denuncia de vicios y deterioros sociales lúcidamente seleccionados de la realidad española de hoy, para ponerla a la contrastadora luz de la portentosa eficacia coloquial de Antonio Gala, pierde grados de autenticidad en una segunda parte en la que la carnadura de los personajes se diluye, y la acción queda sólo sustentada en brotes de ingenio a la vez cultista y popular, mediante réplicas eficaces en sí mismas, pero insuficientemente definitorias. Con sabia precaución, Antonio Gala explica en el programa de mano que no por ello la obra es ambigua, sino que se trata «de una pieza abierta».

El sistema, o lo que sea, comparativo concluye aquí, porque otro es el director y otros los intérpretes; las interrelaciones no pueden sobrepasar los predios de poeta —a Gala le cuadra mejor esta clásica definición que la hoy más en boga de autor— y escenógrafo, los dos, sí, muy vinculados, como presumiblemente he podido probar en líneas anteriores.

DIRECCION ESCENICA E INTERPRETACION

En ambos aspectos el balance resulta absolutamente positivo. Por supuesto, está lejos ya Antonio Gala —por fortuna para él— de entregar sus obras para que sean representadas por profesionales mediocres, acaso llenos de la mejor voluntad, a la vez que carentes de las mínimas condiciones artísticas exigibles para llevar a buen puerto de escenificación el texto que se les entrega. Pero es que, además, con Antonio Gala todos rinden a tope..., consecuencia lógica de los buenos mimbres con que él les provee.

En la crónica de *Historia de un caballo* (número 13 de *Nueva Estafeta*) hice referencia a «la velozmente madurada dirección escénica de Manuel Collado Sillero», y su tarea en la coordinación general de *Petra Regalada* es otro testimonio que corrobora la madurez rápidamente alcanzada por el joven director: asume bien el barroquismo del texto y maneja sabiamente a los intérpretes; de manera singular a Gabriel Jiménez, el tarado mental que está en escena prácticamente durante toda la pieza sin pronunciar palabra con una convincente expresividad mímica tras la que sin duda están el cuidado y las directrices de Collado Sillero.

En lo que al resto del conjunto se refiere, todos excelentes cómicos, es de justicia mencionar en primer término a Julia Gutiérrez Caba y Aurora Redondo. La primera, por su cabal desdoblamiento en una «Petra Regalada» en la que confluyen el desenfado de la prostituta oficial y la ternura de una mujer que aún espera sin desespero la llegada del amor auténtico y, de alguna o de todas las maneras, redentor. Y Aurora Redondo, porque a su veterano magisterio histriónico une el entusiasmo de una vitalidad física increíble, pero evidente.

Perfectos Javier Loyola, Carlos Canut e Ismael Merlo, en su tripleta de «fuerzas vivas», por el orden indicado. Juan Diego, inseguro e incierto —mal, vamos— en el revolucionario evolucionado a continuista.

ANDALUCIA AMARGA
de Salvador Távora

El conjunto sevillano «La Cuadra», en sólo cuatro espectáculos, ha conseguido plasmar dramáticamente la hondura —¿o mejor, quizá «jondura»?— de la injusticia sureña, del gran desvalimiento del pueblo andaluz. Su director escénico, Salvador Távora, es a la vez creador de la propuesta teatral e intérprete en ella, como cantaor y como patético representante de uno de los trabajadores de Despeñaperros p'abajo.

En tan diversos cometidos manifiesta Távora un proceso de acendramiento creciente en la expresión plástica, patentizado en una formulación definitiva de sus propósitos, desde el plano un tanto genérico por abarcador en demasía de aquel ya lejano *Quejío* —aunque incipiente, bien revelador de infrecuentes dotes imaginativas—, a la politización no por correctamente encauzada menos tendenciosa de *Los palos*, hasta llegar en *Herramientas* a un anticipio de cómo y en qué medida las condiciones laborales de explotación influyen en la pena unánime de Andalucía.

Su lógico y con toda probabilidad inevitable consecuente radica en esta *Andalucía amarga* escenificada en el teatro Martín y que sobrepasa a su precedente invención en capacidad imaginativa, desde luego, pero también en un perspicaz y ahondador ensanchamiento de la panorámica, dado que además —y antes— del encuadre escénico de la explotación del hombre por el hombre —«Mi sangre va por los surcos / empapando los terrones / y el fruto de mi trabajo / se lo llevan los señores»—, va a producirse la expresión plástica de la religiosidad tal y como la entienden por el sur, con un ceremonial que lo mismo puede interpretarse como refugio último que en función alternativamente evasiva. En cualquier caso, tiene manifestación plástica en una mujer enlutada que rumia su solitarismo entre sudorosos costaleros, cirios humeantes o de luminosidad muy rítmicamente apagada y paso procesional: «Vengo de una tierra / de una tierra vengo / donde se quema en los cirios del Cristo / el dolor del pueblo».

Deliberadamente ambiguo puede suponerse el luto de la sola mujer: ¿lo lleva por su hombre o por la totalidad del maltrecho pueblo andaluz?

Acaso el de la mujeruca apagacirios entre saetas, sones de órgano, marchas procesionales, zapateados, cante jondo y guitarras sea un duelo —su dolorido *vestir*— por la preterición de que es víctima el colectivo al que pertenece. Y doy aquí a la acción y efecto de preterir la significación que primariamente tuvo en la antigua filosofía, esto es, «forma de lo que no existe de presente, pero que existió en algún tiempo».

La secular heredad de refinadas culturas originarias y tanto como le han ido quitando a Andalucía de todo cuanto poseyó, conformándola en caracteres bien otros de los que hoy se le atribuyen previo cercén de raíces, queda expresado con muy válida manifestación plástica, tanto en los hombros de unos penitentes costaleros, como en su posterior destrozo entre férreas dentelladas de la retroexcavadora que, diestramente manejada por un hierático y sombrío operario, los persigue amenazadoramente por toda la escena.

De cuando en cuando, y siempre guiado por su certero instinto de la situación teatral, Salvador Távora da un respiro al pueblo atosigado, sometido y roto para que sus prototípicos componentes puedan pedir a voz en grito, con música de copla popular, las ansias de liberación y de libertad —que no es posible ésta sin antes haber conseguido aquélla—, y lo hacen con verismo tal que el folklore más que andar por casa deviene en su antipódica expresión, y ocurre así porque en la invención dramática de *Andalucía amarga* no falta un ayayay cuando conviene ni sobra un faralá de pacotilla.

Testimonio de un entrañamiento

Que esto es así lo prueba la diversa acogida que el más inmediato antecedente del grupo «La Caudra» recibiera, según el auditorio constituyese o no parte en la denuncia dramática. En efecto: el cronista tuvo ocasión de asistir a sendas representaciones de *Herramientas*, espectáculo en el que el artilugio laboral era una hormigonera con similar predominio de sus servidores, anulando la personalidad de éstos, aunque no se había incorporado aún el singular entendimiento de la religiosidad andaluza. En la primera de ellas, dentro del Festival Internacional de Nancy, buena parte del público —sin duda constituido por espectadores hispanohablantes— subrayaba con olés y aplausos cada final de los cantes jondos. En la segunda, ante el público habitual de la sala El Gayo Vallecano y con la incorporación entre sus actores de obreros de la emigración andaluza residentes en Vallecas, nada de nada que no fuese reconcomio musitado y callada ira ante la escenificación de su propia desventura.

Desventura que la imaginación de Távora ha expresado mediante símbolos religiosos y laborales, sin más trama argumental que la proveniente de siete cantes jondos breves y otro final en tres estrofas, el último con referencia explícita al problema migratorio.

La música de Semana Santa, el impacto de los iniciales compases al órgano y una cuidada luminotecnia son los solos elementos que bastan para hacer de *Andalucía amarga* una síntesis del ceniciento Sur. Desde el rítmico balanceo del paso procesional —sin imagen alguna, que de otro modo la procesión ya no iría por dentro— situado entre los espectadores, encima de los ocupantes del patio de butacas del Martín, al desgarro de sus bailes y cantes o al terror de unos obreros en constante amenaza de ser engullidos por la máquina..., todo enlazado viene a ser expresión lúcida y acongojante de un aspecto de Andalucía que puede no ser el único, pero que sin duda, en las actuales circunstancias, es el más dramático y verdadero.

EJERCICIOS PARA EQUILIBRISTAS
de Luis Matilla

Es de esperar, para el resurgimiento de nuestro inmediato futuro teatral, que la escenificación de estas dos piezas de Luis Matilla por el Centro Dramático Nacional, en el Bellas Artes, suponga una resuelta corrección de rumbo en la singladura del citado organismo, porque si todo se reduce a casual sonajería de la flauta asnal de marras..., apaga y vámonos.

La duda proviene de la coincidencia con el estreno en el otro local del C.D.N., el María Guerrero —veinte días antes—, del excelente drama *Motín de brujas*, de Josep María Benet i Jornet, autor también de la cofradía —o logia, según sea el gusto del lector— de nuestros autores silenciados, preteridos y rebajados de todo servicio, bien a su pesar, por la prolongada etapa de un «Estado de obras..., excepción hecha de las teatrales de trama inconformista, si bien la producción de Benet i Jornet no es tan extensa como la de Matilla, con más de veinte piezas escritas. Y sí: de esta coincidencia, que en principio ha de considerarse positiva, nacen y serpentean no pocos temores: resulta que ambas obras se programaron —la cosa estriba en saber si con premeditación y alevosía o no— en el último tranco de la temporada teatral, es decir, con sus días contados.

No me digan que el asunto no tiene sus más o menos insondables fondos obstruccionistas. De un lado, se abre paso a los autores que en el programa de mano llama Angel Fernández-Santos «los últimos exiliados»..., mas con patentes ribetes de cicatería y desconfianza. ¿Ha de ser siempre así en España?: no es que seamos mejores o peores que otros, sino que nos tenemos lástima; una penosa, lamentable variante del complejo de inferioridad, que residenciamos en quienes nos son más próximos/prójimos.

La periodicidad mensual de *Nueva Estafeta* obliga en ocasiones a sopesar miligramáticamente los positivos valores de obras tan logradas como las dos dichas, y acaso alguna otra, para elegir la que ha de ser objeto de comentario, con silenciamiento de las demás.

Si la balanza se ha pronunciado ahora de la parte de *Ejercicios para equilibristas* ha sido porque, considerada como hecho teatral y no exclusivamente como texto escenificado, su dramatización resulta potenciada por muy diversos factores complementarios, como habrá de verse.

APERTURA A VARIAS

En las dos piezas de Luis Matilla el texto es prioritario, porque en todo buen teatro sucede que «en el principio era el Verbo»... Prioritario, mas no excluyente ni, mucho menos, exclusivo. Para la cabal comprensión de las cualidades de teatro abierto a muy diversas formulaciones escénicas, la previa publicación de las dos piezas de *Ejercicios para equilibristas* —junto con otra titulada *El monumento erecto*, excluida del estreno— en la revista teatral *Pipirijaina*, ha supuesto una clarificadora ayuda para críticos, extensible a los espectadores que hayan leído el número 14 de dicha publicación, pues tanto los varios efectos sonoros o plásticos como las ilustraciones musicales son susceptibles de diversas interpretaciones, aun a partir de las muy pormenorizadas acotaciones de Matilla, habilidosa muestra de precisión detallista que deja, siempre o casi, portalones abiertos a la libre imaginación de los escenificadores. El cotejo entre dichas acotaciones y el resultante escénico del Bellas Artes pone de manifiesto que allí se ha producido una absoluta —y siempre deseable— coherencia de autor, director, intérpretes, músicos y escenógrafo, en perfecta aplicación de la interdependencia que debe existir entre sus parcelas artísticas para el mejor logro del empeño en su totalidad.

Párrafo aparte merece, nada secundario en esta ocasión, el tratamiento plástico de Ops, que con base en los estilos de Magritte y de Topor, consigue dar verosimilitud a una atmósfera irreal o poco menos que absurda, haciendo que a los ojos de los espectadores resulte reveladora de las temerosas premoniciones que en la trama aletean. Entre los muchos aciertos de Juan Margallo, no es el menor la elección de Ops como escenógrafo.

SURREALISMO Y DENUNCIA

Difícil concurrencia de elementos dispares ésta, limpiamente lograda por Luis Matilla en sus *Ejercicios para equilibristas*. Desde ahora los teóricos del teatro —incluido el trío directivo del C.D.N., tan avizorante— deberán tener muy en cuenta esta dicotomía, en apariencia contradictoria, si de veras quieren buscar cauces innovadores de la dramaturgia..., aunque sólo sea por no dejar para fin de temporada, en futuras programaciones, la fórmula que más y mejor se aproxima al propósito, dejando de requerir fuera lo que tenemos en casa. Y no claro, en razón de nacionalismos de coral, que el arte carece de fronteras, sino por la mera comodidad que supone abastecerse de productos propios, tanto más cuando, como en este caso, implica una tardía compensación al prolongado mutismo en el que forzosamente vegetaron «los últimos exiliados».

En el primero de los *Ejercicios*, una pareja de súbditos —que no ciudadanos— es objeto de permanente observación, incluso en su intimidad y sin motivo aparente, en espionaje que pudiéramos llamar preventivo: no han hecho nada ilegal, como no lo sea el pensar por cuenta propia, pero un observador vigila a la pareja día y noche. La sensación de ahogo de una sociedad así, meticulosamente acotada por el autor, exige imaginación desbordante en los efectos escenográficos: paredes rígidas que se truecan en plástico desmoronado; sonido del agua que brota del teléfono y borbotea en torno a los vigilados, etc., como indicios de la real-irreal situación de la pareja, apresada en una gran pecera sumergida en el mar, según se deduce del efecto subacuático último.

El segundo *Ejercicio* tiene también como marco un ámbito cerrado y hostil —en ambos resulta perceptible la huella de Sartre en *Huis clos*—; el tema es el de la penuria de viviendas, con visión mágica y surrealista que aporta innovaciones radicales al tratamiento que al mismo dieron los autores realistas de los años cincuenta. (Uno recuerda, por ejemplo, *La madriguera*, de Rodríguez Buded.)

LA ESCENIFICACION: UN TRASPLANTE SIN RECHAZO

La escenificación de las dos piezas de Matilla en el Bellas Artes ha supuesto un vital trasplante del aguerrido equipo titular de El Gayo Vallecano desde su marginación de sala de barrio al Centro Dramático Nacional. La operación se efectuó sin rechace y con positivo signos revitalizadores, desde la admirable tarea de coordinación escénica de Juan Margallo —que ha sabido rodearse de intérpretes convincentes, con mención sobresaliente para Petra Martínez, José Pedro Carrión y Jesús Sastre—, hasta la música de Pedro Ojesto y Jaime Muela, eficaz subrayadora de la acción. Más que impecables, prodigiosos de imaginación e inventiva, el vestuario y la compleja escenografía de Ops, según podría deducir el lector por lo escrito en esta crónica.

Y, con todo, uno se pregunta por las razones que han demorado la dicha «operación trasplante». De haberse efectuado en el cogollo de la temporada, todos hubiéramos salido beneficiados. Así..., ya no se sabe sí la magnanimidad del C.D.N., recabando la cooperación de organismo tan revitalizador como el equipo de El Gayo Vallecano, no se habrá visto enturbiada por una cierta desconfianza en la eficacia de la intervención.

Y les han dado sopas con honda.

DE SAN PASCUAL A SAN GIL
de Domingo Miras

Con el estreno de la obra *De San Pascual a San Gil* tuvo efecto la auténtica reapertura del Español tras el incendio y la incuria subsiguiente. Cierto que antecedieron representaciones a modo de aberrante y sietemesino contrahomenaje a Calderón, cuyo tercer centenario conmemoraremos el año que viene. El menopáusico antojo de una actriz hizo de la obra de nuestro clásico *El José de las mujeres* una adaptación tan libre como soporífera, titulada *La dama de Alejandría*, echándole al invento muchos cojines —con i, claro—, y en acopio tal de insensateces como para que los Reyes de España comiencen a detestar el teatro..., aunque su buen criterio les habrá hecho comprender que «aquello» no era norma, sino excepción.

Y vamos con la real, aunque sin Rey, reapertura del teatro.

Domingo Miras, autor que obtuvo el Lope de Vega de 1975 con *De San Pascual a San Gil*, tiene escritas otras cuatro obras, tres de ellas también premiadas: *La Saturna* —un crítico y estremecedor friso de la sociedad española en una de sus etapas más oscuras—, *La Venta del Ahorcado* —estrenada en la corajuda sala Cadarso—, *Las brujas de Barahona* y *Las alumbradas de la Encarnación Benita*.

La compañía teatral El Búho, que ahora la ha estrenado en el Español, lo hiciera ya el año pasado en el Real Coliseo Carlos III, de El Escorial. Pero, si el conjunto es el mismo, sus circunstancias difieren: Lola Gaos, la actriz encargada de corporeizar a la milagrera «monja de las llagas», Sor Patrocinio, se ha quedado sin voz en el entre tanto, según creo por una torpeza quirúrgica.

Bien comprendo que, por solidaridad en el infortunio, tanto el autor como sus compañeros de El Búho no haya querido sustituirla en la ocasión grande del Español, mas ignoro hasta qué punto los espectadores han de sufrir las deficiencias que tal lealtad conlleva. Estaba en las primeras filas de butacas, y ni la ayuda del micrófono inalámbrico logró que los párrafos de la actriz resultaran audibles. ¡Cómo la iban a oír los ocupantes de los pisos altos!

Considérese, además, que el personaje apenas sale de escena en toda la representación, pues entre el convento de San Pascual, en el que residía la monja, y el cuartel artillero de San Gil y su «sargentada», con esporádicas escenas palaciegas, en las que también Sor Patrocinio estaba presente para «aconsejar» a la Reina Isabel II, transcurre el penoso período de nuestra historia, en el que Miras ha fijado su denuncia dramática, como antes lo hiciera, por ejemplo, Valle-Inclán en su *Farsa y licencia de la Reina castiza*, más comedia grotesca que esperpento, mientras que *De San Pascual a San Gil* quiere ser esperpéntica, y lo consigue, en muy contadas escenas, eficazmente ayudada por la goyesca escenografía de Gerardo Vera.

Por lo demás, Antonio Valencia, miembro del Jurado que premió la obra en 1975, nos confesó a Haro Tecglen y a mí veinticuatro horas después del estreno, que apenas la reconocía, por la añadidura de ingredientes —sobre todo en la acción—, tales como magreos consentidos con visible complacencia por Sor Patrocinio, etc., inexistentes en el texto primigenio y en las acotaciones al mismo.

De 1975 a hoy, España es otra, y otro ha de ser su teatro. Por tanto, nada que objetar al respecto: El Búho, con su causticidad recargada plásticamente, y el autor consintiendo tal exacerbación en los síntomas expresivos de la denuncia, han actuado según requerían las normas de la sociedad española, cambiantes a una velocidad impensable cinco años atrás..., a pesar de los pesares de núcleos inmovilistas, que tampoco faltan. Todo ello sin desdeñar la tesis de que la obra representada ahora tal y como se ha hecho resulte más próxima a la concepción inicial del autor, aunque entonces la presentase atemperada con algodones para eludir las que eufemísticamente se conocieron durante muchos años como «trabas administrativas».

Los componentes de El Búho rinden muy satisfactoriamente. Lola Gaos, aun sin voz, es actriz de comunicativa expresividad. Gerardo Malla dirige con plausible sentido de la coordinación general, y actúa en buen intérprete, al igual que el resto del conjunto; casi todos los cómicos desempeñan con notable acierto sus tres o más caracterizaciones distintas, sin que por ello padezca el ritmo escénico.

Tanto el vestuario como la escenografía que Gerardo Vera ha realizado como una aproximación a la concepción artística de Goya —sobre todo en las escenas de las barricadas—, son coherentes con la acción y el contenido de una pieza como la de Domingo Miras, con la que —toda insistencia parece poca— se debió verificar la reapertura del Español.

Otro siglo será.

DOÑA ROSITA LA SOLTERA
de Federico García Lorca

Si, ya sé: el segundo título de este «poema granadino del novecientos» que estrenara la compañía de Margarita Xirgú el 12 de diciembre de 1935 no es otro que *El lenguaje de las flores*. En esta crónica lo he sustituido por el que el lector habrá visto para resaltar desde el epígrafe lo que resulta más válido, a cuarenta y cinco años vista, es decir, el magisterio del lenguaje poético y —precisamente— granadino, que sirve de soporte a la acción dramática ideada por Federico García Lorca.

Se hace más patente este factor, tan imprescindible en todo buen teatro, cuanto que, ignoro si deliberadamente o no, el trío director del Centro Dramático Nacional lo ha puesto, para contrastador desafío, en manos de un director escénico nacido en Argentina y de formación artística francesa, Jorge Lavelli, y en las de un escenógrafo también extranjero: Max Bignens.

Este último ha diseñado un espacio escénico en semicírculo, que resultaría futurista a no ser por el invernadero del botánico que logró la rosa *mutábile* —eje de la trama—, visible tras la cortina transparente del foro, y por las plantas trepadoras que se precipitan sobre la escena, ya en premonitorio viaje de retorno. Una escenografía intemporal y geometrizante, antipódica de la muy realista de su estreno en 1935, a juzgar por la foto inserta en el programa de mano y que, hoy por hoy, parece tan de andar por casa, con sus cretonas, sus cuadros de bucólicos paisajes, etc., que sólo es concebible en una de esas inefables funciones de aficionados. Para más distanciamiento ambiental, los armarios de la sala semicircular son de estilo inequívocamente castellano, y en ellos acumula su nunca usado ajuar la protagonista.

Ante tan neutra escenografía, cierto estrenista desorientado me interrogó en el entreacto: «Pero, vamos a ver: ¿dónde está Granada en este poema granadino, para el que creo haber leído que el autor se inspiró en un suceso real?» Pude responderle: «Granada está dentro, por el calor» —la noche del 12 de septiembre era aún de ferragosto—, mas prefería aplazar la aclaración a sus dudas hasta esta crónica... y a la vez dar testimonio de cómo un lenguaje coloquial de gran calidad lírica y múltiples resonancias y giros estilísticos propios del habla granadina se impone a todo y a todo se superpone.

En el arriesgado reto que el Centro Dramático Nacional suscita, mandando a reñir sobre el escenario del María Guerrero un muy singular combate entre la armonía del genial lenguaje lorquiano y la neutra/geométrica escenografía resulta vencedor, de principio a fin y a pesar de la oposición de factores, en buena lógica coadyuvantes, el verbo del poeta, de tan indudable componente granadino.

Prodigio éste de la presencia constante de Granada, por obra y gracia de réplicas y contrarréplicas, decires y romances, cantes, danzas y modismos lingüísticos, hasta imponerse, no sólo al reto escenográfico, sino también al paralelismo que en el tratamiento teatral tiene este «poema granadino del novecientos» con algún notorio precedente de Chejov. El deterioro que el tiempo ido en acarreo de desencantos produce en los personajes está muy en la línea de la producción chejoviana y, dentro de ella, alcanza gemelas características con *El jardín de los cerezos* —estrenada también, si mal no recuerdo, en este mismo teatro María Guerrero—: incluso el patetismo del desenlace se consigue mediante efectos sonoros similares: en *El jardín...* es el ruido del hacha que tala los cerezos para dar paso a una urbanización, y en *Doña Rosita...*, el golpear de la puerta del invernadero, en el instante en que abandonan la que fuera su casa Doña Rosita, la tía y ese personaje de una pieza que es el Ama.

A pesar de tal similitud circunstancial, no cabe la menor posibilidad de influjo y menos de mimetismo, porque ante idénticas situaciones los personajes de Chejov reaccionan verbalmente en ruso, y los de García Lorca lo hacen en granadino, seguramente porque, como alecciona Peter Brook, «una palabra no comienza como palabra, sino que es producto final que se inicia como impulso, estimulado por la actitud y conducta que dictan la necesidad de expresión. Este proceso se realiza en el interior del dramaturgo y se repite dentro del actor».

Seguramente por eso, en mi ya lejana lectura de la pieza lorquiana, más atenta al lenguaje que a las acotaciones, se me pasó por alto dicha similitud, tan visible en la obra representada.

En cada frase, y no digamos en el romance de la rosa *mutábile* —que proporcionó al poeta una simbolización del destino de la protagonista—, está presente Granada, porque nacen como impulso estimulado por la estética más afín a su ciudad. Y eso, obviamente, no ocurre en Chejov, que va por otras veredas lingüísticas: las concernientes al espíritu eslavo.

Y es que cuando un genio poético elige áreas de la vivencia humana que fueron previamente objeto de distinta creatividad, las llena de sustancia propia o, para decirlo al modo burocrático, personal e intransferible, de tal modo que el mimetismo se queda en lo episódico. Y, antihamletianamente, el resto es palabra: las palabras fulgrantes, inimitables en su impetuosa torrentera de expresividad, como las que García Lorca pone al servicio del drama del tiempo en Granada, y de la añeja cursilería de sus solteronas, que hoy son ya especie a extinguir, por fortuna.

ESCENIFICACION

Como de cuanto antecede se colige, excelente en grado sumo. Jorge Lavelli realiza una gran tarea coordinadora, en la que, con total respeto al texto lorquiano, le añade sutiles y bien estudiados efectos que aproximan el verbo del poeta a la mentalidad actual. Y lo hace mediante efectos de tal convicción que todo en la escena parece deslizarse espontáneamente, sin batuta conductora. Y, como bien saben los lectores de estas crónicas, el mayor elogio que puedo hacer a un director escénico es el de que su labor pase inadvertida al público.

En la escenificación dirigida por Lavelli subsiste enteramente el drama de la joven que espera durante un cuarto de siglo al novio-primo y prepara su ajuar para cuando él regrese de América, pero la anécdota de tan sorprendente fidelidad resulta trascendida por el paso del tiempo en la familia. Por eso resalta Lavelli la creciente ruindad física de la tía y del ama, junto a la madurez de Rosita y el desolador vacío de la casa hipotecada, con su invernadero sin flores ya... Admirable y pormenorizada tarea la del director, muy bien asistida por Max Bignens, escenógrafo y diseñador del vestuario.

Las ilustraciones musicales de Antón García Abril, y en especial su composición para el poema *El lenguaje de las flores*, han de inscribirse entre los muchos aciertos de la comedia lorquiana.

Por lo que a los intérpretes respecta, es de justicia situar en cabeza a la cómica Encarna Paso, admirable ama capaz siempre de dotar a sus palabras del tono áspero-tierno que corresponde al personaje, insuflándolo de naturalidad. Es actriz que traspasa la batería como muy pocas lo consiguen hoy. A Nuria Espert le corresponde corporeizar a Doña Rosita, y sale más que airosa de la complejidad de un personaje por el que transcurren veinticinco años en dos horas. Su tarea, claro, resulta más convincente a medida que pasa el tiempo y los años de la protagonista se aproximan a los de la actriz. Pero esas escenas últimas, con los hombros hundidos por el peso de tanto soledad y la voz velada por el desamor ajeno..., cualifican a una actriz singularísima, eficaz y aguerrida, que puede con todo: hasta con un cuarto de siglo de espera y desesperanza. Al final, su simbiosis con la rosa *mutábile* es absoluta. Esa flor que es roja por la mañana y blanca de atardecida, hasta que cuando llega la noche «y las estrellas avanzan / mientras los aires se van, / en la raya de lo oscuro / se comienza a deshojar».

En el resto del conjunto ya no hay tanta identidad creativa: José Vivó acentúa el patetismo antes de tiempo. Carmen Bernardos es actriz de más registros que el solo y monocorde matiz dado en esta ocasión. Las tres solteronas —Oliva Cuesta, Ana Frau y Carmen Liaño—, insípidas, no pueden con las Manolas que interpretan Cristina Higueras Inés Morales y Verónica Luján con más profesionalidad, y quedan a la par de las Ayolas —Nuria Moreno y Covadonga Cadenas—, en el enfrentamiento generacional tan bien ideado por Lorca como resuelto por Lavelli. Gabriel Llopart da una cabal versión del profesor de Preceptiva y escritor fracasado don Martín —que tuvo existencia real: don Martín Scheroff—; resentido y paternal, dice lo más subversivo de la pieza. Y Joaquín Molina, que sobreactúa su breve intervención.

En definitiva, el mejor Lorca estrenado en el posfranquismo. Es bastante, ¿no?

EL RAYO COLGADO Y PESTE DE LOCO AMOR
de Francisco Nieva

El texto de este bienhumorado/agresivo ceremonial de ultratumba de Nieva se incluía en un volumen que, titulado genéricamente *Teatro furioso*, publicó varias de sus obras —Akal/Ayuso— en 1975, entre las piezas pertenecientes a su «teatro de farsa y calamidad». Cinco años desde su edición no han sido suficientes para que los empesarios del teatro comercial se fijasen en ella, y ha tenido que ser la Cooperativa Teatral Denok, de Vitoria, quien asumiera tal responsabilidad, en la Sala Olimpia y por sólo veinte días.

Según la introducción que para el citado libro escribió Moisés Pérez Coterillo, *El rayo colgado y peste de loco amor* es una de las primeras obras del dramaturgo: fue escrita, junto a pocas más, entre ellas —por citar la única estrenada —*El combate de Opalos y Tasia*, antes de su marcha a París, en 1953, becado por el Instituto Francés en su condición de pintor y dibujante.

Es decir, que esta obra anticonvencional, tan distinta al teatro realista vigente en los jóvenes dramaturgos españoles de entonces —quizá con la excepción de Arrabal—, fue concebida en los primeros años cincuenta por un Nieva que apenas había cumplido los veinticinco de su existencia.

Dato asombroso, puesto que todavía hoy, en 1980, *El rayo colgado, etc.*, resulta espectáculo revestido de novedad, y seguirá mereciendo idéntica calificación en años vendieros: los hallazgos humorísticos que envuelven el deletéreo ámbito —un convento de finales del siglo XVI, en el desierto salmantino de las Batuecas— han de dar mucho juego aún.

El regocijante tratamiento dado al fortuito encuentro de un ingeniero de hoy con las monjasbrujas, Hermanas de la Resignación Armenia, es el episodio que Nieva escenifica como un caso más de aquella secta heterodoxa nacida en España en el XVI y a cuyos componentes se conoció como «alumbrados» —aquí, «alumbradas»—, hasta que los inquisidores acabaron con la especie. Según los miembros de tal secta, una vez llegados a la suma perfección podían, sin pecar, cometer los actos más reprobables.

Dentro de la irrealidad de la farsa —o mejor, visión surrealista—, y sin abandonar un solo instante su estilo guasón, Nieva muestra haberse documentado a fondo en lo relativo a la secta, situando la acción, precisamente, en el desierto de las Batuecas, cuyos habitantes viven en condiciones primitivas y ha llegado a decirse de ellos que aún conservan caracteres de los antiguos íberos.

Un barreno estallado a destiempo introduce allí a un ingeniero que accede entre el estruendo y la polvareda a otro mundo y otros usos, en salto atrás de trescientos años y pico, para encontrarse con sor Prega, sor Isena, sor Coloreda y Porrerito, el diablo idiota. De la colisión entre las «alumbradas» y el ingeniero surgen chispas que el autor aprovecha para suscitar, en tiempo pasado, conflictos de hoy y que, dada la fecha de redacción de la obra, sólo mediante alusiones y circunloquios de toda guisa podía pasar.

No pasó, porque no era llegada aún la hora de Francisco Nieva, que en esta temporada prevé estrenar otro título —*La señora tártara*—, más la adaptación del

Don Alvaro, del duque de Rivas.

Tanto por su desbordante capacidad imaginativa como por una latente indiferencia hacia los valores comúnmente admitidos en sociedad, esta ritual pieza de Nieva está en el área de las invenciones de Jean Genet, aunque, —¿por qué no decirlo?— las réplicas de nuestro autor resultan más eficaces e incisivas.

Vayan algunos ejemplos: si el ingeniero Sabadeo muestra sus dudas sobre la bondad de sor Prega, ésta aduce: «De pequeña lo era más [buena]. Lo era tanto que en mi pueblo me otorgaron una beca para que subiera al cielo a expensas del ayuntamiento». Y él: «Imprudencias de administración. No sabían que había de terminar en bruja. Eso se lleva en la sangre». O ese otro diálogo entre los mismos personajes, revelador del fanatismo de la secta; la monja: «¿Qué piensa usted, que acostarse con el demonio es cosa del otro jueves? Cómo se ve que no es religioso y practicante». El: «¡Es una abominación! Hace trescientos años las hubieran quemado a todas en la plaza pública con un babero amarillo pintado de llamas rojas». Y sor Prega: «¡La bandera nacional! Con lo que yo la respeto».

Junto a ello, el frecuente —y lícito— uso de la paradoja, para acentuar la diferencia entre dos muy diversas concepciones de la vida: «No creo en lo que digo que creo, pero creo en cómo se debe creer. Soy un español honrado». O bien: «Para ser un buen creyente hay que no creer en nada, pero siempre con respeto. Lo contrario está mal visto». Y, todavía, ante el reproche del ingeniero a la desnudez incidental de las monjas, como «coristas del Apocalipsis», replica sor Prega: «Ahora intenta avergonzarnos. Pues sepa que éste es el traje de protocolo en la resurrección de la carne. No hay otro». O la traca de una letanía laica con resonancias eclesiales: «¡Peste levantina!» «¡Peste septembrina!» «¡Mi pecado material!» «¡Mi pecado actual!» «¡Mi pecado habitual!»

MONTAJE ESCENICO DE LA COOPERATIVA

Dirigida con tacto, agudeza y gran sentido de la medida por Juanjo Granda Marín, ayudado en su labor coordinadora por Cristina Vázquez Boedo, los intérpretes de la Cooperativa, que con sobrados méritos constituyen ya, a los tres años de su fundación, el teatro estable de Alava, corporeizaron con arrestos testificadores de profesionalidad los nada mollares cometidos de la farsa: Ana Lucía Villate y Pedro Felipe Arroyo comparten el protagonismo con impecable sumisión a sus personajes hasta llegar, en ella, a un desmedido afeamiento físico, bien secundados por Félix González Petite, Carmen Ruiz Corral y José María López Pedreira, en un justo y bien ideado espacio escénico que, con el barroco vestuario, han sido creados en el taller de la Cooperativa Denok.

Cuando esta crónica se publique, el espectáculo de Nieva ya habrá dejado de representarse en la Sala Olimpia. Como al comienzo escribí, su programación en ella tenía los días contados, y los de Denok habrán vuelto a Vitoria para actuar como organizadores del V Festival Internacional de Teatro de la capital alavesa. Pero su paso por Madrid y la obra que han traído de Nieva merecía ser recogido en estas páginas: por la calidad del texto y por lo arriscado de su escenificación, supone un hito a marcar con piedra blanca en el desconcertado panorama del teatro español actual.

SOL, SOLET
creación colectiva de «Comediants»

En la sala Olimpia, aledaña a Lavapiés, el grupo «Comediants», de Canet de Mar, ha escenificado durante pocos días un espectáculo de propia creación, con el que nuestro teatro resulta enriquecido por una estética popular de inusual belleza y adscrita en todo a las directrices últimas de la dramaturgia.

Mientras los empresarios del circuito comercial opinen que aquí-nada-ha-pasado y sus programaciones tengan cerradura de seguridad alienante cara al público y los que ellos creen sus inveterados gustos, el teatro mejor, que no es sólo actuación sino también y además vida, se desplazará a las salas marginales situadas en barrios populares, castizos y verbeneros. Como ha ocurrido en el caso del conjunto «Comediants», en el que populismo y modernidad hacen chamba aglutinadora, festiva y mayoritaria, sin mengua de la calidad... y hasta con ventaja —en algunos aspectos— sobre los más acreditados grupos teatrales del mundo, que seguirá siendo ancho, pero ya no tan ajeno, por obra y gracia de estos cómicos residentes en Canet de Mar, profesionales con larga visión de futuro, por el que apuestan en *Sol, solet* con formidable despliegue imaginativo.

Para encontrar paralelo a su espectáculo —un espectáculo cuyos intérpretes/personajes son el sol, la luna, las cuatro estaciones y sus respectivos fenómenos naturales: lluvia, nieve, caída de las hojas, ardores veraniegos—, tendríamos que buscarlo fuera de España, en dos de los conjuntos de mayor renombre internacional entre cuantos han indagado nuevos nortes para el arte escénico: «Bread and Puppet» y «San Francisco Mime Troup». En común con ambos, tiene «Comediants» su cualidad de teatro abierto, que actúa tanto en escenarios a la italiana como en la calle. Al igual que «Bread and Puppet» usa grandes muñecos, pero no inorgánicos, sino con articulación en sus brazos, para miedo y júbilo de la gente menuda. Y no está tan politizado como el «San Francisco Mime Troup»... o bien practica una política más sutil y no por eso menos eficaz.

Cuando esta crónica aparezca, ya no estarán en la sala Olimpia; pero quedará constancia de su paso por ella en *Nueva Estafeta*, para que estén más atentos a venideras actuaciones del grupo en Madrid los lectores aficionados a quienes esta oportunidad les pasó inadvertida o que, simplemente, en la duda optaron por la abstención.

Los miembros del grupo, mezclándose desde la calle con los transeúntes, les incitan mediante cánticos y voces de ánimo a entrar en la sala Olimpia, para en ella verles representar un escénico viaje que ellos describen así: «...un viaje que puede llevarte a los lugares más remotos y después despertarte de pronto tendido en un lecho, teniendo la sensación de no haberte movido de allí... *Sol, solet* es también una patraña del charlatán que pretende venderte un reloj sin cuerda; es comprar este reloj y creer que llegada la medianoche se pondrá en marcha; es mirar la luna llena que te llama guiñando un ojo... *Sol, solet* es cantar cuando ha llovido una canción mágica que hará salir el arcoiris. Es la piedra malintencionada que destroza el sucio cristal que oculta el vuelo de la primera golondrina».

Para conseguir que todo eso suceda, «Comediants» han recurrido a los más insólitos artilugios imaginables: sombras chinescas, el mar con ballenas recortadas en blanco catón, poblados en maqueta miniaturizada que con un simple giro pasan del verano al invierno, islas como de los mares del Sur y, presidiéndolo todo, el Sol de estatura gigantesca, risueño y mofletudo, y la nocherniega Luna; finalizada la representación, los dos muñecos saldrían a bailar a la plaza de Lavapiés —en compañía de dos gigantones provenientes de anteriores fastos que se hallaban en el vestíbulo de la sala—, para asombro de comadres que salen del metro, clientes de los bares que allí toman chatos, cervezas, cafés o copas, en testimonio jolgorioso y medido de la capacidad de convocatoria del teatro callejero y festivo, y su lograda expresión de una estética cultopopular.

Hay que decir que participan los espectadores —chicos y adultos— de manera total: escenario y sala se funden y confunden, para armar entrambos la marimorena festivalera, con la coda de los atónitos ojos y oídos de la buena gente de Lavapiés.

LA SATURNA
de Domingo Miras

Un retablo escénico extraído del *Buscón* quevediano, sí, constituye la almendra temática de la obra de Domingo Miras, estrenada con una década de retraso sobre la conclusión del texto definitivo. Las sinrazones que impidieron la escenificación entonces, en los iniciales años 70 —cuando hubiese armado la marimorena contestata-

ria— siguen influyendo negativamente en lo que respecta a la emocional aquiescencia del público, pues resulta indudable que el transcurso acelerado del tiempo le resta
novedad y, en no escasa dosis, audacia, aunque no enjundia dramática toda vez que
en su textura alcanzan predominio valores permanentes, muy inteligentemente dosi-
ficados en el transcurso de la acción escénica por el autor.

Este grande y eficaz retablo, de lacerante vivacidad, expresa en rojo y negro, rojo de sangre y negro de miserias, envidias y tenebrosa mezquindad, el envés de la
época imperial, su lado negativo, y para hacerlo, Miras ha utilizado el válido artificio de imaginar de la madre del pícaro Pablos, Aldonza Saturno, llamada «La Saturna», personaje que en *El buscón* aparece como progenitora del protagonista y poco
más que no sean sus elementales señas de identidad.

El aguafuerte dramático de Miras está, por su lenguaje, equidistante del más
denostador Quevedo y del esperpento valleinclanesco, en tanto que su concepción
dramática lo sitúa en la acera opuesta a la de las comedias de mesa-camilla y dimes y
diretes aburguesados del teatro costumbrista y/o de evasión, muy mayoritaramente
representado en España durante la posguerra. No puede reprochársele a Miras el
que se le haya ido a veces la mano en las tintas lóbregas, por cuanto supone un intento de recobrar el fiel de la balanza, tras cuatro décadas de extremosidad contraria e
impuesta a golpe de decreto.

La protagonista es humanísimo arquetipo que conoce las mil y una tretas de la
picaresca, capaz de todas las bajezas y ruindades, pero también de tan sublimes empeños como el que sirve de varillaje al desarrollo de la trama: un viaje a la corte para
que un influyente y rijoso caballero, con el que en ocasiones tuvo «La Saturna» trato
carnal, ponga los medios para que salgan de presidio el padre de Pablos, barbero y
ladrón, y su hijo menor, que a la vera del padre practicaba ambos oficios. Con toda
precisión léxica, de «vía crucis» califica el andariego recorrido de la protagonista el
propio autor, en los programas de mano, y a fe que lo es.

Domingo Miras testimonia aquí un dominio nada frecuente de la capacidad de
síntesis, tan esencial para la perfecta construcción de las piezas teatrales, y ello desde
la primera escena, en la que presenta a «La Saturna» ejerciendo —con el cauteriza-
dor naturalismo procedente— su habilidad como restauradora de ajenas doncelle-
ces: ese cuadro inicial del desmifiticador retablo escénico equivale a una pormenorizada descripción del talante de la protagonista, luego explicitado en su variopinto
caminar por descampados y cresterías serranas, hasta la culminación del encuentro,
ya en camino de retorno, con el mismísimo rey, en el pasaje sin duda más expresionista de la obra y, no obstante, en cabal ligazón con el naturalismo de los restantes
episodios, cuyo enfoque alterna el propósito ya apuntado de una tan irónica como
puntual desmitificación de las hazañas de un siglo dorado, especificando la medida
en la que tal calificativo venía dado por el brillo del oropel, con cuadros verdadera-

mente populares, de sentimientos varios, a la vez auténticos y elementales. De la alternancia de ambos enfoques consigue el autor su finalidad de fijar la acción, poco menos que paradigmáticamente, en la España del siglo XVI. Para ello se sirve de acompañamientos que, aparte del «protector» de su primo político, halla en los diversos trancos de su ruta caminera, bien sea con el grupo de arriscados cómicos ambulantes, bien con el fanfarrón soldado de los Tercios, que pregona crueles hazañas bélicas en Flandes, sobre todo con mujeres y niños, para resultar a la postre medrosico y sexualmente ambiguo.

Digresión atendible

La obra se ha estrenado en el Auditorio del Centro Cultural de la Villa de Madrid, es decir, al margen del circuito de los empresarios comerciales de teatro, y por la emérita Compañía Española de Teatro Clásico que dirige Manuel Canseco. Está bien... y permite comprobar la obsoleta visión de las empresas de fuste con la realidad.

Escenificación

En un espacio escénico ideado por él mismo con eficaz adecuación a las anómalas medidas del escenario de este Auditorio, Manuel Canseco dirige con impecable ritmo a los más de veinte personajes de la acción, de los que descuella muy en primer término, y no sólo por incorporar a la protagonista, Julia Trujillo, esa fenomenal cómica que es desde hace bastantes años, aunque solamente en los últimos haya alcanzado la frontera del general asentimiento público que su calidad interpretativa andaba requiriendo. Su nítida vocalización está siempre al servicio de un esforzado temple mediante el que acumula los bríos necesarios, en lo físico y en lo psíquico, para la corporeización de tan temperamental criatura escénica. Bien, muy bien, Julia Trujillo.

Igualmente es de justicia señalar el notable nivel medio del conjunto, con mención expresa para Francisco Piquer, María Jesús Hoyos, Trini Alonso, Charo Moreno, Teófilo Calle, Miguel Palenzuela y Alfonso del Real, aunque todos se muestran identificados con sus respectivas corporeizaciones y muy atentos a los cambios de ritmo de la trama, cuyas cadencias van de la lentitud interiorizada en los cuadros de ignominia, desolación, tortura y muerte, al frenético y festero son en los pasajes festoneados por el autor con regocijantes dichos populares y humorísticas situaciones propias del mundillo de la picaresca.

La obra arranca en una suerte de proemio con la presencia del propio don Francisco de Quevedo en trance de dar vida al *Buscón*: es homenaje que con dicha estampa rinde Domingo Miras al clásico, en este año conmemorativo del cuarto centenario de su nacimiento en un Madrid que todavía era poco más que un poblachón manchego.

LA VELADA EN BENICARLÓ
de Manuel Azaña, versión escénica de José Antonio Gabriel y Galán

La velada en Benicarló no era inicialmente teatro, como es bien sabido, sino unas reflexiones en forma dialogada que escribió en Barcelona, «dos semanas después de la insurrección de mayo de 1937», según precisa Azaña en el prólogo del libro.

Hay que decir, de entrada, que si no era teatro el diálogo original, tampoco acaba de serlo la adaptación de José Luis Gómez y José Antonio Gabriel y Galán, versión hecha después de desechar el primero de los adaptadores, también director de este espectáculo del Centro Dramático Nacional, la que había sido encargada al dramaturgo José Martín Elizondo, al parecer por el anterior director del CDN, y cuya publicación tiene anunciada Nuestra Cultura en su colección «Nueva Escena», con lo que tendremos oportunidad de analizar la viabilidad escénica de la versión rechazada.

Tampoco es teatro el espectáculo del Bellas Artes, pese a la sustitución del ámbito benicarlando por el de una estación presuntamente fronteriza, en cuya sala de espera los personajes sufren en cerco atosignate de los fragores bélicos, mientras pasan los trenes y van cediendo espacio vital al multiplicado desorden de papeleo burocrático y maletas del exilio, que han ideado sus adaptadores.

Y bien. Dicho esto, porque había que decirlo, procederá añadir que el cronista aconseja vivamente la asistencia al local donde se representa, porque en ese diálogo está el mejor testimonio de Azaña sobre nosotros, los españoles. Un testimonio lúcido que durante cuatro décadas permaneció prohibido, con excepción de dos frases: «España ha dejado de ser católica» y «Tiros a la barriga». Tras su audición, saldremos del teatro provistos de la mitad de españolía que nos faltaba; vagamente o con toda certeza la intuíamos, sin que pudiera expresarse sin tapujos, plenamente.

No es teatro, pero ¡qué lección, qué testimonio de liberalidad! Una reflexión así sobre los españoles hace que salgamos del teatro enriquecidos en nuestro ser y provistos, ¡por fin!, del medio lado que se nos cercenara.

Una escenografía poco menos que exenta —vencidos grises— de Dietlind Konold, y los acordes del cello introvertido que tanto gustaba a don Manuel Azaña, musicados por Luis de Pablo, agregan factores dinámicos al verificable carácter conversacional e inactivo de la pieza.

En casos así, la dicción de los intérpretes ha de ser nítida, como principal apoyatura de los espectadores, y es algo que se logra. José Luis Gómez recurre al impecable decir de José Bódalo, Juan José Otegui, Agustín González —al que, por voluntad de los adaptadores, correspondió la difícil tarea de ser a un tiempo moderado (Besteiro, Fernando de los Ríos) y radical (Largo Caballero), dentro de la gama socialista—. Junto a ellos, Fernando Delgado, Eduardo Calvo, Carlos Lucena, María Jesús Sirvent, Juan Antonio Gálvez y Fabían López-Tapia.

TRAGICOMEDIA DEL SERENISIMO PRINCIPE DON CARLOS
de Carlos Muñiz

Ocho años después de ser prohibida por la censura, no por unanimidad, sino por una nimiedad suficiente —un voto en primera lectura y mayoría simple posterior—, y a los seis de su aparición en la anticipadora colección Libros de Teatro, de *Cuadernos para el Diálogo*, «aunque sea bajo una forma imperfecta para la vida de un drama como es su publicación en forma de libro» —según escribe el autor en páginas introductorias del volumen, Carlos Muñiz ha podido estrenar su *Tragicomedia del Serenísimo Príncipe don Carlos*.

Tarde, pero sin daño, o con la sola mácula de que el acontecimiento haya tenido que producirse en el Auditorio del Centro Cultural de la Villa de Madrid, al igual que ocurrió con su antecesora allí, *La Saturna*, de Domingo Miras, que pasó por similares prohibiciones tiempo atrás. Una y otra han llegado al público en un local cuyo escenario no fue concebido para grandes espectáculos dramáticos... Y, mientras, los empresarios de más idóneas salas, tanto los de iniciativa privada como los de explotación oficial, persisten en su miopía programadora, hasta qué den revisión al «chivado» en el que figuran las recaudaciones obtenidas por los diversos teatros les haga tentarse los bolsillos y su visión mejore en muchas dioptrías menos, ya que no artísticas, al menos mercantiles.

Pese a lo que Muñiz define, y en efecto lo es, como «forma imperfecta para la vida de un drama», tenemos que felicitarnos de esa precedente aparición en libro, pues allí, en un clarificador estrambote que ocupa casi veinte páginas de apretado texto, da noticia el autor de las diversas y válidas fuentes que le han servido de basamento para la concepción de su tragicomedia, con citas provenientes de historiadores tan autorizados y sin vuelta de hoja como Menéndez Pidal, fray José de Sigüenza, González de Amezúa, Walsh, Gachard, Cassou, Giardini, etc., como propicia y plural coartada para los integristas que acusen al autor de parcialismo y deformación intencionada de los hechos.

Los acontecimientos sucedieron en su totalidad tal y como los escenifica Muñiz, aunque seleccionados según su personal y lícito criterio dramático y adobados con dosis catárticas —tanto en la exposición de los mismos como en el desenfado coloquial que, en réplicas y contrarréplicas, alcanza un seguro efecto purificador— que han de contribuir decisivamente tanto a la eficacia comunicativa como a la mayor teatralidad del espectáculo.

En consecuencia, debe desprenderse que el tratamiento esperpéntico referido en el título como una de las claves de esta pieza no obedece tanto a imágenes reflejadas por un espejo deformante como a la valerosa reflexión de un tiempo oscuro de España en el que las deformaciones habían adquirido carta de naturaleza, Es decir: la intención desmitificadora ha de entenderse como la vuelta a su ser real de criaturas históricas que han sido objeto de una previa y a todas luces impropia mitificación.

Por otra parte, no podemos echar en olvido la cooperación que para el logro de su empeño halla Carlos Muñiz en su concepto expresionista del teatro, constante en nuestro dramaturgo a partir de la tercera de sus obras estrenadas, *El tintero*. En definitiva, que no es tanto cuestión de mímesis como de coincidencia en módulos comunicativos.

Carlos Muñiz tiene sobradamente demostrados el buen oficio y la disciplina dramática. En nada sorprende al cronista, por tanto, su certero instinto para poner en labios del personaje adecuado los excesos lingüísticos. Así es el bufón quien se refiere a la regia prohibición del mercadeo de reliquias como «el comercio de menudillos de santos», para agregar desvergonzadamente: «De todos los Santos del Martirologio tenemos reliquias. Dedos, uñas, corazones, narices, pestañas, hígados admirablemente conservados, tibias y peronés de todos los tamaños». Y está en posesión de los lícitos recursos coloquiales para que, acto seguido, el prudente, tortuoso y fanático Felipe II arguya que, si lenguaraz en la forma, su bufón reseña datos verdaderos, y hasta hace recuento de reliquias que faltan en su colección, para que algún príncipe eclesial —uno quiere creer que más por servilismo que por convicciones— se le ofrezca para completar el surtido de despojos.

Siempre habrá quien confunda la gimnasia con la magnesia y la defensa de la fe y su práctica con la turbulencia de una fanática superstición. En su tragicomedia, Carlos Muñiz deslinda muy eficazmente ambas parcelas y, arrostrando presuntas y muy probables obcecaciones, deja el camino real limpio de polvo y paja, más allanado para cuantos quieran transitarlo.

Don Carlos, visionario y suspicaz, enfermizo y, por la consabida ley pendular de las generaciones, liberal, se erige en protagonista enfrentado al agonismo de un padre tan proclive al fanatismo como Felipe II y al de los incondicionales súbditos de éste, que le prometen reliquias impensables y difíciles —un camino de San Juan Evangelista, por ejemplo—, son los personajes que han servido a Carlos Muñiz para urdir la trama de un espectáculo cuyo contenido conserva hoy íntegra su vigencia, porque está construido con sentimientos hondamente enraizados en la condición humana y perdurables siempre. Los amores —o la lógica atracción mutua entre el Príncipe y la Reina, puesto que sólo un año separaba sus edades—, que en el drama de Schiller constituyen el eje de la acción, ocupan un discreto segundo plano en la tragicomedia de Muñiz, acorde con la óptica del autor, de mucho más amplio alcance.

Extraordinaria pieza teatral la estrenada por Carlos Muñiz después de tantas peripecias, bastante para situarlo en uno de los primerísimos puestos de la dramaturgia española contemporánea.

ESCENIFICACION

Alberto González Vergel ha sabido calibrar justamente la importancia del texto que el autor le ha confiado y, en un alarde infrecuente de imaginación, suple las deficiencias del espacio escénico con variados inventos, que van desde el friso de muñecos rotos, representativos de ciudadanos sacrificados por la Inquisición, hasta el gran órgano del foro al que Gustavo Ros imprime sonoridades por él mismo compuestas, en acompañamiento musical cuyos componentes místicos vienen a subrayar el texto hablado... o a ejercer sobre él un a modo de contrapunto irónico.

Seria, competente, reflexiva y meticulosa tarea coordinadora la de González Vergel, al mejor servicio del brioso texto de Muñiz, en una colaboración que viene de antiguo, puesto que al director escénico dedica el autor su tragicomedia, junto a Rafael Martos Jalón, «que tanto me estimularon para que concluyese esta pieza», en la citada edición de 1974.

INTERPRETACION

Cuando la dirección escénica es de González Vergel, el capítulo interpretativo acostumbra a alcanzar en conjunto la calificación de notable, y así ocurre en el drama objeto de esta crónica, con la penosa excepción de Simón Andréu, que en la corporeización de Felipe II se muestra a veces vacilante, envarado en ocasiones, y hasta incurre en tartamudeos y errores de dicción por imperdonable olvido de la letra. Son, quizá, defectos propios de actor predominantemente cinematográfico.

Y defectos que sobresalen espectacularmente cuando la réplica proviene de Manuel Galiana, más actor que nunca en su arriscada interpretación del joven Príncipe, que quiere ser rebelde y se queda en revoltoso —el ingenuo episodio de la relación de amigos y enemigos que le descubren es buen indicio—, y que aspira a poderes regios y ni siquiera consigue eludir la amalgama de males físicos y psíquicos que en él se ceba, además de Rey. Portentosa labor histriónica la de Manuel Galiana, dúctil y perfectamente matizada, a tono con la dignidad de una tragicomedia que no es tal, sino una muy válida reflexión sobre la tragedia de España.

Del resto de los cómicos descuellan José Caride, buen actor, al que se le reparte en esta oportunidad el papel de bufón, que es una perita en dulce, y Charo Zapardiel, en una Isabel de Valois que pone un punto de sosiego y serenidad en aquella corte donde toda desmesura tenía asiento.

LA SEÑORA TARTARA
de Francisco Nieva

Que nadie vea, por favor, matiz peyorativo alguno en esa adscripción del TEC a servicios auxiliares; por el contrario, lo resalto en el título como homenaje a la comprensiva humildad de que dan testimonio los excelentes profesionales que componen el Estable Castellano. Sin que lo sepa a ciencia cierta, supongo que sus miembros han reunido buen acopio de concesiones para dejar en manos y mente de Paco Nieva la responsabilidad absoluta, muy personal y subjetiva, del trabajo teatral que es basamento del estreno de *La señora tártara*. Igualmente habrá que considerarlos suficientemente compensados al advertir cómo su renuncia a muy firmes convicciones estéticas tenía como consecuencia uno de los espectáculos de más brillante teatralidad que hoy por hoy pueden verse en un escenario español.

No deja de ser significativa al respecto la ausencia en el programa de dos directores escénicos del TEC: Narros y Plaza. Figuran, en cambio, como «equipo de dirección» William Layton, tan eficaz como flexible en la coordinación interpretativa, y Arnold Taraborrelli, que habrá indicado a Nieva posibilidades coreográficas para la música del propio autor y de su ¿hermano? Ignacio Nieva.

Los demás, desde la creación de un lenguaje pletórico de hallazgos poéticos, humorísticos y abundantes en manifestaciones de un extremado dominio del léxico culto-popular, hasta la idea de que el decorado suponga una intemporal —que no anacrónica— figuración armónica en blanco y negro, enconmendada al fotógrafo Angel Ubeda —bien conocido de nuestros lectores—, con muchos metros cuadrados de sugestiva creatividad, pasando por el prodigioso sillón de paralítica usado por la ma-

dre del protagonista, con vestigios decimonónicos y audacias de anticipación
científica en sus líneas, todo es obra de Francisco Nieva, cabal hombre de teatro en
las varias facetas que constituyen el hecho escénico.

Y bien, se preguntará el lector: ¿qué hubiese ocurrido de no haber prescindido
el TEC de sus criterios estéticos? ¡El desmadre!, respondo. Habríamos contemplado
un espectáculo sometido al rígido corsé del método Sanilavski, que no le va en absoluto a esta farsa. La escenografía pudo simbolizar conceptos que el texto deja suficientemente explícitos..., y todo así: o desviación de la idea matriz, o enfadosas
—por innecesarias— reiteraciones.

Frente a uno y otro riesgo, se ha impuesto la firme voluntad de Nieva, para bien
del espectáculo y respiro de espectadores; su concepción de hombre de teatro responde sólo a exigencias subjetivas y de un individualismo tan pleno, que en ocasiones bordea la acracia..., aunque impide que caiga en ella su sentido del orden artístico, mediante el cual consigue la primacía de la palabra sobre el complicado y barroco artilugio escenográfico. Es como si tratara de echarse un pulso a sí mismo, para
lo que se sirve de la previa invención extorsionada de elementos visuales —títeres,
trebejos, artefacto crepuscular, vestimenta— y un espacio escénico en el que participa como factor esencial la macrofotografía de Angel Ubeda, ya citada. Un pulso en
el que vence —y convence— el léxico coloquial, lírico, sarcástico y bienhumorado de
Nieva, que en esta farsa de calamidad alcanza cimas de comunicación muy lúcidas y
cautivadoras para el auditorio, mediante el bien medido uso de paradojas, perífrasis
y otras figuras de dicción —échenle hilo a la cometa—, a la vez que voltea los lugares
comunes y nos los brinda desde una perspectiva tal, que es susceptible de modificar
su significado..., o lo trastrueca, sin más, ensanchando las fronteras comunicativas
del lenguaje hasta límites de infrecuente/lógica expresividad.

Ahora bien, tras el chisporroteo verbal, pródigo en hallazgos coloquiales y más
allá de lúcidas e irreales situaciones, carentes de toda verosimilitud que no sea la que
les otorga la eficacia coloquial de Nieva, revolotean y se ciernen sombras de protesta, pajarracos de disconformidad y sintomáticos indicios de acritud denunciadora.
En el pulso al que ya hice referencia, Nieva no pierde de vista en momento alguno
que el ingenio expresivo se queda en poco si no es heraldo de verdades que es conveniente hacer públicas, de anómalas realidades que han de ser objeto de consecuente
denuncia, a ser posible con algarabía, para que llegue lo más lejos posible y a toda
suerte de espectadores.

Para expresarlo, el autor no se para en más barras que las que su seguro instinto
de la medida le señala y recurre al teatro en el teatro, a cierto suicidio de inequívoco
cariz romántico en el que el candidato a difunto disfruta de salud cara al futuro y a
un contrastador personaje femenino, Laura, cuya rozagante ingenuidad es vehículo
para alertar a los espectadores de más reacias entendederas.

Y, por supuesto, a la muerte: la señora tártara —asexuada o bisexual, según el criterio y la óptica de cada cual— simboliza y es contrafigura de Thánatos.

¡Qué amalgama de estéticas varias o, acaso mejor, qué sucesiva a la vez coetánea compilación de estilos varios y uso de elementos disímiles para llegar con bien a la meta del teatro total, que Nieva persigue y logra!

Como ya queda escrito, la zambullida en el nihilismo resulta eludida en esta portentosa pieza dramática por el sutil sentido de la medida que en momento alguno abandona al autor y que hace posible la autolimitación dentro de la comarca creativa más barroca que imaginarse pueda, balanceándose de la sátira al humorismo y del sarcasmo al ingenio, hasta conseguir, como quien lava, el fiel de la comunicación deseada, fiel —y fin— que no hubiera sido factible sin la obediencia de los actores del TEC a la batuta autoritaria/flexible del autor y director escénico.

INTERPRETACION

Puesto que ya queda analizada la contribución de los restantes factores expresivos del hecho teatral —escenografía, ilustraciones musicales, sonidos al paño, etcétera—, será de estricta justicia resaltar de manera explícita ahora el quehacer de los cómicos del TEC, desde la insuperable expresividad de Ana María Ventura, que suple y hasta aventaja con la amplísima tesitura de su voz el apoyo corporal —físicamente inerte en su sillón de paralítica—, al impecable Nicolás Dueñas, clarificador del propio confusionismo en el que está inmerso su Aryston. Junto a ellos, y a igual nota de sobresaliente actuación, Tina Sáinz, en una corporeización de la dulce, irreflexiva y emocional Leona; Manuel de Blas, prodigioso y convincente intérprete de la señora tártara, y todos los demás: Carlos Hipólito, Francisco Vidal, Amaya Curieses, José Pedro Carrión, Juan Carlos Sánchez y Roberto Quintana.

Todos ellos, sin más método que el de su profesionalidad ni otra sujetadura que la que señala fronteras a su función creadora, coadyuvan a la memorable perfección escénica del invento teatral de Francisco Nieva.

LISTA DE ESTRENOS/MONTAJES

ALBERT, ESTEVE. *El retaule de sant Ermengol.* Misterio popular medieval, con dramaturgia del mencionado Esteve Albert. Dirección escénica: José Ingla. Guionista musical y melódico: Antonio Cagigós. Luminotecnia de Isidro José. Figurinista: Cirici Pellicer. Organista: Rvdo. A. Vives. Intérpretes: conjunto de aficionados de Seo de Urgel. Lugar de estreno: claustro románico de la catedral de Seo de Urgel, en mayo de 1960.

ALBERTI, RAFAEL. *El adefesio.* Dirección escénica: José Luis Alonso. Espacio escénico: Manuel Rivera, en realización de Alberto Valencia. Principales intérpretes: Laly Soldevila, María Casares, José María Prada, Tina Sáinz, Julia Martínez y Victoria Vera. Estreno: 24 de setiembre de 1976, en el Reina Victoria.

ALONSO ALCALDE, MANUEL. *Un golpe de Estado.* Dirección escénica: Manuel Gómez Herranz. Escenografía y su realización: Victoria Villar, Purificación Cilla, Mª Teresa Martínez Iturrioz y Lucía Galarza. Intérpretes: María Teresa Cortés, Amor Casajuana, Josefina Calatayud y Tino Díaz. Estreno: 1 de abril de 1969, en el Ateneo de Madrid.

ALONSO MILLAN, JUAN JOSÉ. *El cianuro, ¿sólo o con leche?* Dirección escénica: Cayetano Luca de Tena. Escenografía: Emilio Burgos, en realización de Manuel López. Intérpretes: Mari-Carmen Prendes, Isabel Pallares, Amparo Baró, Lola Gálvez, María Luisa Arias, Ana María Vidal, Guilermo Marín, José Morales, Pedro Espinosa, Luis Rosales y Rafael Gil Marcos. Estreno: 7 de junio de 1963, en el Infanta Beatriz.

_____. *El crimen al alcance de la clase media.* Dirección escénica del autor. Escenografía: «Pato», realizada por Manuel López. Intérpretes: Luchy Soto, Francisco Piquer, Susana Campos, María Bassó, Ricardo Merino y Antonio Jara. Estreno: 2 de abril de 1965, en el Club.

_____. *¡Ay...infeliz de la que nace hermosa!* Dirección escénica del autor. Escenografía: Carlos Viudes. Intérpretes: Amparo Soler Leal, Guillermo Marín, Rosario García Ortega, Pedro Osinaga, María José Román, Emilio Espinosa, Verónica Luján y Josefina Lamas. Estreno: 22 de diciembre de 1967, en el teatro de la Comedia.

_____. *Se vuelve a llevar la guerra larga.* Dirección escénica del autor. Escenografía: José Ramón Aguirre. Producción: Manuel Collado Sillero. Intérpretes: Mari Carmen Prendes, Rafael López Somoza, Rosario García Ortega, Ricardo Alpuente, Enrique Closas, Rogelia Madrid, Enrique Gurana, Adolfo Alises, Lorenzo Collado y Ana Radigaes. Estreno: 26 de febrero de 1974, en el Jacinto Benavente.

ARMILLAN, JAIME DE. *La pareja.* Dirección escénica: Cayetano Luca de Tena. Escenografía: Emilio Burgos, en realización de Manuel López. Intérpretes: María del Carmen Prendes, Amparo Baró, Alicia Hermida, Mara Goyanes, Guillermo Marín, Fernando Marín y Manuel Andrés. Estreno: 29 de noviembre de 1963, en el Infanta Beatriz.

ARRABAL, FERNANDO. *Ceremonia por un negro asesinado.* Dirección escénica, escenografía e interpretación: Grupo «Los Goliardos». Estreno: 8 de marzo de 1966, en el Ateneo de Madrid.

_____. *Fando y Lis* (Ensayo general con todo, incluso espectadores). Dirección escénica: José Manuel Sevilla. Música: José Luis Zamanillo. Luz y decorados: «Julito». Intérpretes: Sergio de Frutos, Ana María Casas, Carlos de Pinto, Antonio Casas y Rafael Casas. Estreno: 8 de marzo de 1975, en «Foro Teatral».

AZAÑA, MANUEL. *La velada en Benicarló.* Versión de José Luis Gómez y José Antonio Gabriel y Galán. Dirección escénica: José Luis Gómez. Ayudantes de dirección y dramaturgia: Emilio Hernández y María Ruiz. Escenografía: Diatlind Konold, en realización de Anselmo Alonso y Enrique López. Música: Luis de Pablo, interpretada por Pedro Gorostoga. Intérpretes: José Bódalo, Agustín González, María Jesus Sirvent, Fernando Delgado, Eduardo Calvo, Carlos Lucena, Juan Antonio Gálvez y Fabián López Tapia. Estreno: 5 de noviembre de 1980, en el Bellas Artes, por el Centro Dramático Nacional.

BELLIDO, JOSÉ MARÍA. *Milagro en Londres*. Dirección escénica: Luis Balaguer. Escenografía: Emilio Burgos. Intérpretes: José María Mompín, Paula Martel, María Isbert, Rosario García-Ortega, José María Caffarel y Nemy Gadalla. Estreno: 23 de julio de 1972, en el Goya.

_____. *Letras negras en los Andes*. Producción de «Corral de las Comedias». Dirección escénica: Luis Balaguer. Escenografía: Pablo Gago. Intérpretes: Manuel Tejada. Carmen de la Maza, Paco Algora, Jaime Redondo y Carlos Lemos. Estreno: 1 de marzo de 1973, en el Arlequín.

BELTRAN, PEDRO. *El hijo del jockey*. Dirección escénica: Manuel Vidal. Escenografía: Rafael Colomer. Intérpretes: Mimí Muñoz, Luis Lasala, Aparicio Ribero, Conchita Gregory y Chelo Villaseñor. Estreno: 11 de diciembre de 1969, en el café-teatro Lady Pepa.

BOADELLA, ALBERTO. *El diario*. Dirección escénica del autor. Escenografía: Roberto Llimós y Montserrat Torres. Efectos sonoros: Enrique Roig. Sonorización: Marta Boadella. Intérpretes: Montserrat Torres, Alberto Boadella, Gloria Rognoni, Enrique Vidal, Esperanza Fonta, Enrique Roig y Jorge Caralt. Estreno: 7 de enero de 1969, en el teatro Español, por el Teatro Nacional de Cámara y Ensayo.

_____. *El joc*. Dirección escénica y escenografía: «Els joglars». Intérpretes: Benvingut Moyà, Glòria Rognoni, Jaume Sorribas, Montserrat Torres y Josep María Vallverdú. Estreno: 23 de octubre de 1970, en el María Guerrero.

BUERO VALLEJO, ANTONIO. *Las Meninas*. Dirección escénica: José Tamayo. Escenografía y figurines: Emilio Burgos. Intérpretes: Victoria Rodríguez, Luisa Sala, Fernando Guillén, María Rus, Anastasio Alemán, Manuel Arbó, Gabriel Llopart, Javier Loyola, Carlos Ballesteros, Avelino Cánovas y otros. Estreno: 9 de diciembre de 1960, en el teatro Español.

_____. *El concierto de San Ovidio*. Dirección escénica: José Osuna. Música: Rafael Rodríguez Albert. Escenografía y figurines: Manuel Mampaso, en realización de Manuel López, López Sevilla y Alberto Valencia. Intérpretes: José María Rodero, José Calvo, Félix Lumbreras, Avelino Cánovas, Francisco Merino, Pedro Oliver, Manuel Andrés, Luisa Sala, María Rus, José Segura, Antonio Puga, Alberto Fernández, Sergio Vidal y otros. Estreno: 16 de noviembre de 1962, en el Goya.

_____. *El tragaluz*. Dirección escénica: José Osuna. Ayudante de dirección: Luis Balaguer. Escenografía: Sigfredo Burman, en realización de Vda. de López y Muñoz, Asensio y Anselmo Alonso. Intépretes: José María Rodero, Amparo Martí, Francisco Pierrá, Lola Cardona, Jesús Puente, Mari Merche Abreu, Norberto Minuesa, Carmen Fortuny y Sergio Vidal. Estreno: 7 de octubre de 1967, en el Bellas Artes.

_____. *El sueño de la razón*. Dirección escénica: José Osuna. Escenografía: Javier Artiñano, Diapositivas: Gyenes. Efectos de sonido: Syre. Luminotecnica: José Luis Rodríguez. Principales intérpretes: José Bódalo, María Asquerino, Antonio Puga, Paloma Lorena, Miguel Angel, Antonio Queipo y Ricardo Alpuente. Estreno: 6 de febrero de 1970, en el Reina Victoria.

_____. *Llegada de los dioses*. Dirección escénica: José Osuna. Escenografía: Burman. Intérpretes: Conchita Velasco, Juan Diego, Isabel Pradas, Francisco Piquer, Angel Terrón, Laly Romay, Yolanda Ríos, Betsabé Ruiz, Lola Lemos y Alfredo de Inocencio. Estreno: 17 de setiembre de 1971, en el Lara.

_____. *La Fundación*. Dirección escénica: José Osuna. Escenografía: Vicente Vela. Intérpretes: Francisco Valladares, Victoria Rodríguez, Pablo Sanz, Jesús Puente, Ernesto Aura, Luis García Ortega, Enrique Arredondo, Avelino Cánovas, José Albiach, José Solanes y Máximo Ruiz. Estreno: 15 de enero de 1974, en el Fígaro.

_____. *La doble historia del doctor Valmy*. Dirección escénica: Alberto González Vergel. Escenografía: Vicente Vela. Iluminación: José L. Rodríguez. Música: J.S. Bach. Organista: Alonso Cifuentes. Intérpretes: Marisa de Leza, Julio Núñez, Carmen Carbonell, Andrés Mejuto, Ana Marzoa, Carlos Oller, José Albiach, Carmen Guardón, María Abelenda, Guillermo Carmona, Santiago Herranz, José Alvarez y Primitivo Rojas. Estreno: 29 de enero de 1976, en el Jacinto Benavente.

_____. *La detonación*. Dirección: José Tamayo. Escenografía: Vicente Vela. Figurines y máscaras: Víctor María Cortezo. Principales intérpretes: Juan Diego, Pablo Sanz, Francisco Merino, Alfonso Goda, Francisco Portes, María Jesús Sirvent y Julio Oller. Estreno: 20 de setiembre de 1977, en el Bellas Artes.

_____. *Jueces en la noche*. Dirección escénica: Alberto González Vergel. Ayudante de dirección: Lorenzo Zaragoza. Espacio escénico: Alberto Valencia, en realización de Manuel López. Intérpretes: Marisa de Leza, Victoria Rodríguez, Francisco Piquer, Andrés Mejuto, Fernando Cebrián, Teresa Guaida, Angel Terrón, Pepe Lara y José Pagán. Estreno: 2 de octubre de 1979, en el Lara.

CALVO SOTELO, LUIS EMILIO. *Proceso de un régimen*. Dirección escénica: José María Loperena. Escenografía: Sigfrifo Burman. Ilustraciones Musicales: Tomás Marco. Figurines y ambientación: Matías Montero. Documentación cinematográfica: NO-DO y Cinemoteca Nacional. Información gráfica: Agencia Efe. Secuencias fílmicas: Manuel García. Principales intérpretes: Guillermo Marín, Sonsoles Benedicto, Antonio Medina, Roberto Martín, José Luis Pellicena, Cándida Losada, Enrique Cerro, Lola Cardona, Rafael Gil Marcos y Víctor Fuentes. Estreno: 28 de abril de 1971, en el teatro Español.

CALVO SOTELO, JOAQUÍN. *Micaela*, inspirada en un relato de Juan Antonio Zunzunegui. Dirección escénica: Adolfo Marsillach. Escenografía: Sigfredo y Wolfgang Burman. Intérpretes: Emma Penella, Carola Fernán-Gomez, Teresa Gisbert, Magda Rotger, Angel Picazo, Arturo López, Angel de la Fuente, Antonio Queipo y Manuel Torremocha. Estreno: 27 de setiembre de 1962, en el Lara.

_____. *El proceso del arzobispo Carranza*. Dirección escénica: José Luis Alonso. Escenografía y figurines: Emilio Burgos. Principales intérpretes: Manuel Dicenta, José Bódalo, Amelia de la Torre, Antonio Ferrandis, Valeriano Andrés, José Vivó, Agustín González, Fernando Nogueras, Vicente Soler, Margarita García Ortega y Rafaela Aparicio. Estreno: 14 de marzo de 1964, en el María Guerrero.

_____. *Una noche de lluvia*. Dirección escénica: Alberto Closas. Escenografía: Santiago Ontañón, en realización de Manuel López. Intérpretes: Julia Gutiérrez Caba, Alberto Closas, Clara Suñer, Manuel Collado, Ana Carvajal, Montserrat Julió, Ramón Pons, Rosita Palomar y Charo Fernández. Estreno: 8 de octubre de 1968, en el Lara.

_____. *Un hombre puro*. Dirección escénica: José Tamayo. Escenografía: Manuel Mampaso. Principales intérpretes: José María Guillén, Mercerdes Alonso, Luis Lasala, Margarita Calahorra, Ramón Durán y Pedro del Río. Estreno: 27 de setiembre de 1973, en el Bellas Artes.

CAMPOS GARCIA, JESÚS. *Nacimiento, pasión y muerte de... por ejemplo: tú.* Dirección escénica, escenografía y partícipe en la interpretación, el autor. Los restantes intérpretes, integrados en «Taller de Teatro»: Isa Escartín, Ana Viera, Angela Rosal, Angel de Andrés López, Alberto Casas, Martínez Mieres, Paco Moyano, Pedro Ojesto, Felipe Pérez y Julio Roso. Estreno: 17 de junio de 1975, en el Alfil.

CAMPS, JOSÉ MARÍA. *El edicto de gracia.* Dirección escénica: José Osuna. Escenografía: Vicente Vela. Ilustraciones musicales: Carmelo Bernaola. Principales intérpretes: José María Rodero, Encarna Paso, Enrique Vivó, María Vidal, José Caride, Laly Romay Ali Romay, Rafael Cores, Julia Lorente, Luis Lasala y Carmen Martínez Sierra. Estreno: 11 de octubre de 1974, en el María Guerrero.

CASONA, ALEJANDRO. *La dama del alba.* Dirección escénica: José Tamayo. Escenografía y figurines: Emilio Burgos, en realización de Manuel López, y Anselmo Alonso, Encarnación y Espinosa. Ambientación musical: «Coros y danzas» del Centro Asturiano de Madrid, dirigidos por el maestro Casanova. Intérpretes: Asunción Sancho, Milagros Leal, Ana María Noé, Julieta Serrano, Gemma Cuervo, Antonio Vico, Rafael Arcos, Antonio Medina y otros. Estreno: 22 de abril de 1962, en el Bellas Artes.

_____. *Los árboles mueren de pie.* Dirección escénica del autor. Escenografía de Sigfredo Burman, en realización de Manuel López. Ilustraciones musicales: Isidro Maiztegui. Intérpretes principales: Milagros Leal, Lola Cardona, Elena Montserrat, Carmen Luján. Esperanza Alonso, Luis Prendes, Francisco Pierrá, Fernando Guillén y Manuel Galiana. Estreno: 18 de diciembre de 1963, en el Bellas Artes.

_____. *El caballero de las espuelas de oro.* Dirección escénica: José Tamayo. Ayudante de dirección: Luis Balaguer. Ilustraciones musicales: Cristóbal Halfter. Escenografía y figurines: Emilio Burgos, en realización de viuda de López Muñoz, y Llorens, Anita, González y Juanita Batanero. Intérpretes principales: José María Rodero, Asunción Sancho, Esperanza Grases, María Jose Goyanes, Javier Loyola, Juan F. Margallo, Rafael Calvo, Julia Lorente, Juan J. Otegui, Simón Cabido, Antonio Medina y José Sacristán. Estreno: 1 de octubre de 1964, en el Bellas Artes.

—————————. *La sirena varada*. Dirección escénica: Mario Antolín. Escenografía. Gisfredo Burman, en realización de Vda. de López y Muñoz. Intérpretes: Mª Fernanda d'Ocón, Roberto Font, Carlos Estrada, Félix Dafauce, Pedro Porcel, Antonio Canal, Ricardo Merino y José Segura. Estreno: 18 de abril de 1965, en el Bellas Artes.

CASTRO, JUAN ANTONIO. *El infante Arnaldos*. Dirección escénica: Antonio Guirau. Escenografía: Matías Montero. Principales intérpretes: Esperanza Alonso, Ramón Corroto, Margarita Calahorra, Francisco Merino, Miguel Aristu, Javier de Campos y José Montijano. Estreno: 25 de abril de 1968, en el teatro Español.

—————————. *El juglarón* (sobre textos de León Felipe). Dirección escénica: Antonio Guirau. Escenografía y figurines: María Jesús Leza. Música: Felipe Cervera. Mimos y pantomimas: Emiliano Redondo. Principales intérpretes: Mary Paz Yáñez, Emiliano Redondo, Beatriz Carvajal, Javier de Campos y Miguel Aristu. Estreno. 24 de octubre de 1969, en el teatro Español.

—————————, RUIZ, JAVIER y ALARDO, CARLOS LUIS. *El niño y la locomotora*, con música de Angel Luis Ramírez. Escenografía: no consta. Intérpretes niños: José Luis Andrade, Aniceto de Casas, Angel Cepa, Pablo Tomás García, Otto Gornemamm, José A Hernández, Juan José Jiménez, Rafael J. Raurell, Angel de la Plaza, Emilio Sembi y Jesús Urzaiz; adultos: Carmen Esperón, Carlos Luis Alardo, Emilio Hernández y Tony Madigan. Estreno: 23 de febrero de 1974, en el Pequeño Teatro de Magallanes, 1.

—————————. *Tauromaquia*. Dirección escénica: Manuel Canseco. Escenografía: Javier Artiñano. Música: Pedro Luis Domingo. Principales intérpretes: Maruchi Fresno, Manuel de Blas, Sergio Vidal, Ethel Amat, Natalia Duarte y José Albiach. Estreno: 27 de mayo de 1975, en el Reina Victoria. Reposición, en el Monumental.

—————————(y creación colectiva). *De la buena crianza del gusano*. Dirección escénica: Franciso Heras. Escenografía: Angel L. Aragonés. Intérpretes: Laura Palacios, Máximo Valverde, Jesús Sastre y Jesús Cracio. Estreno: 19 de agosto de 1975, en el teatro de la Comedia, por la cooperativa teatral «El espolón del gallo».

«COMEDIANTS» (Colectivo). *Sol, solet*. Dirección escénica, escenografía e interpretación del colectivo «Comediants». Estreno: 7 de octubre de 1980, en la Sala Olimpia.

CELA, CAMILO JOSÉ. *El carro de heno o el inventor de la guillotina*. Dirección escénica: Ramón Ballesteros. Ayudante de dirección: Lorna Grayson. Intérpretes principales: Jaime Nervo, Rosa de Alba, Josefina Calatayud, Javier de Campos, Clara Heyman, Sergio de Frutos y Francisco Racionero, en lectura escenificada. Estreno: 21 de diciembre de 1971, en el Teatro Club Pueblo.

DICENTA, JOSÉ FERNANDO. *La jaula*. Dirección escénica: Vicente Amadeo. Escenografía: Manuel López. Ambientación y vestuario: Matías Montero. Música: Pablo Rodríguez. Principales intérpretes: Juan Sala, Manuel Dicenta, Manuel Díaz González, Miguel Angel, Tania Balleter, Silvia Roussin, Gaby Alvarez y Eugenio Navarro. Estreno: 29 de setiembre de 1972, en el María Guerrero.

DIEGO, GERARDO. *El cerezo y la palmera* (Tríptico de Navidad). Dirección escénica: José Luis Alonso. Escenografía y figurines: Pablo Gago. Glosas musicales: Gerardo Gombau y el autor. Intérpretes principales: María Massip, Esperanza Saavedra, Ana María Vidal, Rosario García Ortega, Antonio Ferrandis, Angel Terrón y José Vivó. Estreno: 22 de diciembre de 1962, en el María Guerrero.

DIOSDADO, ANA. *Olvida los tambores*. Dirección escénica: Ramón Ballesteros. Escenografía: Javier Artiñano. Música: Alberto Bourbon. Intérpretes: Mercedes Sampietro, Emilio Gutiérrez Caba, María José Alfonso, Juan Diego, Pastor Serrador y Jaime Blanch. Estreno: 4 de setiembre de 1970, en el teatro Valle-Inclán.

_____. *El Okapi*. Dirección escénica: Enrique Diosdado. Escenografía: Emilio Burgos. Ilustraciones musicales: Alberto Bourbón. Principales intérpretes: Amelia de la Torre, Enrique Diosdado, Carlos Casaravilla y Ernesto Aura. Estreno: 7 de setiembre de 1972, en el Lara.

_____. *Usted también puede disfrutar de ella*. Dirección escénica: José Antonio Páramo. Escenografía: Antonio Cortés. Luminotecnia: Francisco Fontanals. Intérpretes: María José Goyanes, Fernando Guillén, Emilio Gutiérrez Caba, Mercedes Sampietro y Luis Peña. Estreno: 22 de setiembre de 1973, en el Beatriz.

ESPRIU, SALVADOR. *Ronda de mort a Sinera*. Dramaturgia y dirección escénica: Ricard Salvat. Escenografía: Cardona Torrandell. Figurines: Lola Marquerie, Fabián Puigserrer, Rafols Casamada y Joan Salvat. Principales intérpretes: María Aurelia Campany, Alicia Noé, Juan Tena, Félix Fermosa, Marina Noney, Montserrat Roig, Manuel Trilla, Julián Navarro y Juan Urdeix. Estreno: 18 de mayo de 1966, en el Beatriz.

GALA, ANTONIO. *Los verdes campos del Edén*. Dirección escénica: José Luis Alonso. Escenografía: Pablo Gago. Intérpretes principales: Amelia de la Torre, José Bódalo, Julieta Serrano, Rafaela Aparicio, Antonio Ferrandis, José Vivó, Margarita García Ortega, Joaquín Molina, Silvia Roussin, Alfredo Landa, María Luisa Hermosa, Alfredo Cembreros y Margarita Paúl. Estreno: 20 de diciembre de 1963, en el María Guerrero.

_____. *El sol en el hormiguero*. Dirección escénica: José Luis Alonso. Escenografía: Wolfgang Burman. Vestuario: Miguel Narros. Principales intérpretes: Julia Gutiérrez Caba, Narciso Ibáñez Menta, Rafael Aparicio, Manuel Collado, Montserrat Carulla, Miguel Angel, Florinda Chico, Joaquín Molina, Antonia Más, Manuel Gallardo, Maribel Martín y Enrique Vivó. Estreno: 9 de enero de 1966, en el María Guerrero.

_____. *Noviembre y un poco de yerba*. Dirección escénica: Enrique Diosdado. Escenografía: F. de la Torre. Intérpretes: Amelia de la Torre, Gabriel Llopart, María Guerrero y Alberto Bové. Estreno: 14 de diciembre de 1967, en el Arlequín.

_____. *Los buenos días perdidos*. Dirección escénica: José Luis Alonso. Escenografía: Francisco Nieva. Intérpretes: Mari Carrillo, Amparo Baró, Manuel Galiana y Juan Luis Galiardo. Estreno: 11 de octubre de 1972, en el Lara.

_____. *Anillos para una dama*. Dirección escénica: José Luis Alonso. Escenografía: Vicente Vela. Vestuario: Elio Berhanyer. Intérpretes: María Asquerino, José Bódalo, Carlos Ballesteros, Pilar Velázquez, Margarita García Ortega y Estanis González. Estreno: 28 de setiembre de 1973, en el Eslava.

_____. *Las cítaras colgadas de los árboles*. Dirección escénica: José Luis Alonso. Escenografía y figurines: Manuel Mampaso. Efectos especiales: Pablo Pérez. Intérpretes principales: Manuel Dicenta, Conchita Velasco, Jesús Puente, Berta Riaza, Manuel Torremocha, Margarita García Ortega, Francisco Cecilio, María Luisa Armenteros y Antonio Cintado. Estreno: 19 de setiembre de 1974, en el teatro de la Comedia.

_____. ¿Por qué corres, Ulises?. Dirección escénica: Mario Camus. Escenografía: Vicente Vela. Vestuario: Elio Bernhanyer. Luminotecnia: Francisco Fontanals. Intérpretes: Alberto Closas, Mary Carrillo, Victoria Vera, Margarita Calahorra, Rosario García Ortega y Juan Duato. Estreno: 17 de octubre de 1975, en el Reina Victoria.

_____. Petra Regalada. Dirección escénica: Manuel Collado. Ayudante de dirección: Jesús Cracio. Escenografía y vestuario: Andrea D'Odorico. Intérpretes: Julia Gutiérrez Caba, Aurora Redondo, Juan Diego, Ismael Merlo, Javier Loyola, Carlos Canut y Gabriel Jiménez. Estreno: 15 de febrero de 1980, en el Príncipe.

GARCIA LORCA, FEDERICO. La zapatera prodigiosa. Dirección escénica: Alfredo Mañas. Coreografía: Pilar López. Escenografía: Concha Fernández Montesinos. Principales intérpretes: Amparo Soler Leal, Guillermo Marín, Beatriz Carvajal, Francisco Valladares, Esperanza Alonso, Pedro Mari Sánchez y Javier Loyola. Estreno: 23 de diciembre de 1965, en el Marquina.

_____. Mariana Pineda. Dirección escénica: Alfredo Mañas. Escenografía: Concha Fernández Montesinos, en realización de Manuel López. Principales intérpretes: María Dolores Pradera, Estanis González, Pastora Peña, Ricardo Merino, Rosa Luisa Goróstegui, Juan Sala, Pilar Puchol, Eusebio Poncela, Beatriz Carvajal, Avelino Cánovas, Pastora Mejías Peña y Manuel Arbó. Estreno: 10 de marzo de 1967, en el Marquina.

_____. La casa de Bernarda Alba. Dirección escénica: Angel Facio. Espacio escénico: José Rodríguez. Luminotecnia: Francisco Fontanals. Ilustraciones musicales: Nicolás Dueñas y cancionero popular. Cantaor: Antonio Fernández. Principales intérpretes: Ismael Merlo, Encarna Paso, Carmen Carbonell, Julieta Serrano, Asunción Sancho, Mercedes Sampietro, María José Goyanes, Paloma Lorena, Teresa Tomás y Fidel Almansa. Estreno: 17 de setiembre de 1976, en el Eslava.

_____. Doña Rosita la soltera o El lenguaje de las flores. Dirección escénica: Jorge Lavelli. Ayudante de dirección: Nuria Espert. Música: Antón García Abril. Escenografía y vestuario: Max Bignens. Intérpretes: Nuria Espert, Encarna Paso, Carmen Bernardos, José Vivó, Mario Gas, Esperanza Grases, Gabriel Llopart, Nuria Moreno, Cristina Higueras, Verónica Luján, Inés Morales, Covadonga Cadenas, Oliva Cuesta, Ana Frau, Joaquín Molina, Carmen Liaño, Menchu Nendizábal, José Roberto Añibarro, Jorge Vila Lamas y Manuel de Benito. Estreno: 12 de setiembre de 1980, en el María Guerrero, por el Centro Dramático Nacional.

—————. *Yerma.* Dirección escénica, concepción del espacio escénico y vestuario: Víctor García. Diseño visual y realización del vestuario: Fabià Puigsever. Ingeniero asesor: Miguel Montes. Constructor: Federico Tapiz. Luminotenia: Polo Villaseñor. Jefe electricista: Manuel Pita. Regidor: José María Labra. Jefe de maquinaria: Román Montezo. Ayudante de dirección: Nùria Espert. Intérpretes principales: Daniel Dicenta, Nùria Espert, José Luis Pellicena, Paloma Lorena, Amparo Valle y Rosa Vicente. Estreno: 29 de noviembre de 1971, en el teatro de la Comedia.

GIL ALBORS, JUAN ALFONSO. *El cubil.* Dirección escénica: José Francisco Tamarit. Ayudante de dirección: Maxi Martín. Principales intérpretes: Josefina Calatayud, Javier de Campos, Julia López Moreno, Tino Díaz y Miguel Aristu. Estreno: 9 de diciembre de 1969, en el Ateneo de Madrid.

GIL PARADELA, PEDRO. *El afán de cada noche.* Dirección escénica: Víctor Andrés Catena. Escenografía: Enrique Alarcón. Intérpretes: Javier Loyola, Araceli Conde, Mary Paz Pondal, Francisco Benlloch, Yolanda Ríos, Manuel Brera, Favio León. Francisco Balcells, José Morales, Beatriz Escudero, José María Portillo y Aurora Cervera. Estreno: 27 de junio de 1975, en el Teatro de la Comedia.

GOMEZ ARCOS, AGUSTÍN. *Diálogos de la herejía.* Dirección escénica: José María Morera. Escenografía: Enrique Alarcón, realizada por viuda de López Muñoz. Principales intérpretes: Gemma Cuervo, María Luisa Ponte, Alicia Hermida, Asunción Montijano, Terele Pávez, Julián Mateos, María Luisa Arias, Julia Avalos y Antonio Gandía. Estreno: 23 de mayo de 1964, en el Reina Victoria.

—————. *Los gatos.* Dirección escénica: Juan de Prat-Gay. Escenografía: Víctor María Cortezo. Intérpretes: Cándida Losada, Alicia Hermida, Luchy Soto, Teresa Hurtado, Carmen Luján, Josefina Lamas y Eduardo Montaner. Estreno: 24 de setiembre de 1965, en el Marquina.

GUAL, ADRIÀ. *Misterio de dolor*. Dirección escénica: Ricard Salvat. Escenografía: Jordi Palá. Principales intérpretes: María Tabau, Manuel Núñez, María Aurelia Campany, Enrique Arredondo, Ana María Simón y Luis Torné. Estreno: 1 de octubre de 1966, en el María Guerrero.

HERNANDEZ, MIGUEL. *El labrador de más aire*. Dirección escénica y decorados: Natalia Silva. Dirección coreográfica: Carmen Gordo. Música popular castellana recopilada por Manuel García Matos. Colaboración de la Rondalla de Pastrana. Principales intérpretes: Andrés Magdaleno, Natalia Silva, Joaquín Dicenta, María Guerrero, Angel Soler, Felipe Simón y César Barona. Estreno: 17 de octubre de 1972, en el Muñoz Seca.

HERNANDEZ, RODOLFO. *Tal vez un prodigio*. Dirección escénica: Trino Trives. Escenografía y figurines: Burman. Música: Sergio Aschero. Proyecciones fílmicas: NO-DO. Principales intérpretes: Guillermo Marín, María Jesús Lara, María Esperanza Navarro, Manuel Alexandre y Ricardo Tundidor. Estreno: 20 de setiembre de 1972, en el teatro Español.

HERRERO, PEDRO MARIO. *Balada de los tres inocentes*. Dirección escénica: Cayetano Luca de Tena. Escenografía: Emilio Burgos. Intérpretes: José Sacristán, Mary Paz Pondal, Roberto Camardiel, María Luisa Ponte, Joaquín Roa, Manuel de Blas y Alberto Cembreros. Estreno: 17 de enero de 1973, en el Jacinto Benavente.

JIMENEZ MORENO, ALFONSO. *Oratorio*. Dirección escénica: Juan Bernabé. Escenografía e intérpretes: Grupo «Teatro Lebrijano». Estreno: 16 de octubre de 1971, en la sala Plaza de Roma, N° 15. (II Festival Internacional de Teatro).

JIMENEZ ROMERO, ALFONSO, y TAVORA, SALVADOR. *Quejío*. Dirección escénica de los autores. Intérpretes: José Domínguez, Angelines Jiménez, Juan Romero, José Suero y Salvador Távora. Estreno: 14 de febrero de 1972, en el Pequeño Teatro de Magallanes, 1.

LAIN ENTRALGO, PEDRO. *Cuando se espera*. Dirección escénica: Fernando Fernán-Gómez, diseñador también de la escenografía, realizada por Manuel López. Ilustraciones musicales: maestro Parada. Intérpretes: Analía Gadé, Fernando Fernán-Gómez, Carmen Fortuny, Julio Navarro, José María Escuer,

Antonio Canal, Emilio Menéndez y Angel Gómez. Estreno: 27 de abril de 1967, en el Reina Victoria.

LOPEZ ARANDA, RICARDO. *Cerca de las estrellas.* Dirección escénica: José Luis Alonso. Escenografía: Sigfredo Burman. Intérpretes: Milagros Leal, Lola Cardona, María Enriqueta Carballeira, Ana María Vidal, Isabel Gómez, María Dolores Lana, Encarnación Merino, María Luisa Hermosa, Matilde Calvo, Pepita C. Velázquez, Isabel Ortega, Elsa Díez, José Bódalo, Antonio Ferrandis, Alberto Alonso, Gonzalo Cañas, Carlos Villafranca, Fernando Marín, Sonsoles Benedito, José Luis Matrán, Fernando Rojas, Manuel Galiana, Manuel Tejada y otros. Estreno: 5 de mayo de 1961, en el María Guerrero.

_____. *Noches de San Juan.* Dirección escénica: Angel Fernández Montesinos. Escenografía: Emilio Burgos. Música: Carmelo A. Barnaola. Principales intérpretes: Irene Gutiérrez Caba, Alicia Hermida, José Bódalo, Antonio Ferrandis, María Paz Molinero, Maribel Martín, Joaquín Molina, Vicente Ros, Pedro Valentín y Alberto Alonso. Estreno: 18 de abril de 1965, en el María Guerrero.

LOPEZ RUBIO, JOSÉ. *Nunca es tarde.* Dirección escénica: Enrique Diosdado. Escenografía: Burman, en realización de Redondela. Intérpretes: Amelia de la Torre, Ana María Vidal, Enrique Diosdado, Rafael Guerrero, Vicente Ariño, Antonio Armet y Federico Chacón. Estreno: 14 de octubre de 1964, en el Lara.

_____. *El corazón en la mano.* Dirección escénica: Ismael Merlo. Escenografía: no consta. Intérpretes: Viky Lagos, Ismael Merlo, Conchita Goyanes, Francisco Marsó, Vicente Haro y Marcial Gómez. Estreno: 23 de marzo de 1972, en el teatro Jacinto Benavente.

LOPEZ SANCHO, LORENZO. *Aurelia o la libertad de soñar.* Dirección escénica: José Luis Alonso. Escenografía: Emilio Burgos. Intérpretes: Amelia de la Torre, Guillermo Marín, Venancio Moreno, Marta Puig, Jaime Blanch, José Luis Lespe y Teresa Tomás. Estreno: 11 de octubre de 1971, en el teatro Jacinto Benavente.

LUCA DE TENA, TORCUATO. *Hay una luz sobre la cama.* Dirección escénica: José Tamayo. Escenografía: Sigfrido Burman. Ilustraciones musicales: Cristóbal Halffter. Principales intérpretes: Manuel Galiana, Amparo Pamplona, Gabriel Llopart, Francisco Pierrá, José Sancho Sterling, Víctor Blas y Jaime Segura. Estreno: 6 de setiembre de 1969, en el Bellas Artes.

LLOVET, ENRIQUE. *Sócrates*. Dirección escénica: Adolfo Marsillach. Espacio escénico: Vicente Rojo. Figurines: Emiliano Redondo. Expresión rítmica: Marta Selinca. Luminotecnia: Luis Cuadrado. Intérpretes: Adolfo Marsillach, Gerardo Malla, Juan Jesús Valverde, Francisco Melgares, Francisco Guijar, Emiliano Redondo, Vicente Cuesta, José Camacho, Francisco Balcells y Francisco Casares. Estreno: 17 de noviembre de 1972, en el teatro de la Comedia.

MADARIAGA, SALVADOR DE. *La donjuanía*. Dirección escénica: José Franco. Adaptaciones musicales: M. Angel Pompey. Intérpretes: Dionisio Salamanca, Mariano Romo, Antonio Cerro, Lucio Romero, Juan Vicario, Miguel Torres y Esperanza Alonso. Estreno: 12 de junio de 1974, en el Ateneo de Madrid, por el Teatro de Arte «La Carbonera», que dirige Piedad de Salas.

MAÑAS, ALFREDO. *La feria de come y calla*. Dirección escénica: Angel Fernández Montesinos. Dirección musical: Alberto Blancafort. Música: Carmelo A Bernaola. Escenografía: Redondo, Ballesteros, Guinovart, Cortezo, Sáinz de la Peña y Viola. Coreografía: Ricardo Ferrante. Intérpretes principales: Tina Sáinz, Charo Soriano, Pilar Laguna, Mara Goyanes, Manuel Andrés, Emiliano Redondo y Antonio Cerro. Estreno: 18 de octubre de 1964, en el María Guerrero, por «Los Títeres», Teatro Nacional de Juventudes.

MARTIN DESCALZO, JOSÉ LUIS. *La hoguera feliz*. Dirección escénica: Mario Antolín. Escenografía: La del ámbito escurialense. Intérpretes: María Fernanda d'Ocón y su compañía. Estreno: julio de 1963, en el Patio de los Reyes de El Escorial.

_____. *A dos barajas*. Dirección escénica: Vicente Amadeo. Escenografía: Manuel López. Intérpretes: Fernando Delgado, Lola Cardona, Enrique Cerro, José Hervás, Juan Cristóbal, Pedro Sempsom, Arturo López y Enrique Vivó. Estreno: 18 de agosto de 1972, en el teatro de la Comedia.

MARTIN RECUERDA, JOSÉ. *¿Quién quiere una copla del arcipreste de Hita?*. Dirección escénica: Adolfo Marsillach. Escenografía: José Caballero. Figurines: Víctor María Cortezo. Música: Carmelo A. Bernaola. Coreografía: Alberto Portillo. Principales intérpretes: José María Rodero, Mari Carrillo, Nuria Torray, Fernando Guillén, Florinda Chico, José Vivó, Paloma Hurtado, Fernando Marín, Charo Soriano, Luis Morris y Víctor Fuentes. Estreno: 16 de noviembre de 1965, en el teatro Español.

_____. *Las arrecogías del Beaterío de Santa María Egipcíaca.* Dirección escénica: Adolfo Marsillach. Director adjunto: Alberto Miralles. Escenografía y figurines: Montse Amenós e Isidro Prunes, en realización de Manuel López. Proyecto luminotécnico: Fontanals. Coregrafía: Mario Maya. Principales intérpretes: Concha Velasco, María Paz Ballesteros, María Luisa Ponte, Carmen Lozano, Pilar Bardem, Margarita García Ortega, Angela Grande, Pilar Muñoz, Antonio Iranzo y Francisco Marsó. Estreno: 4 de febrero de 1977, en el teatro de la Comedia.

MARTINEZ BALLESTEROS, ANTONIO. *Los esclavos.* Dirección escénica, interpretación y escenografía: trabajo colectivo del TEI. Estreno: 9 de julio de 1971, en el Pequeño Teatro de Magallanes, 1.

MARTINEZ MEDIERO, MANUEL. *El bebé furioso.* Dirección escénica: Angel García Moreno. Escenografía: Juan Antonio Cidrón, sobre una idea de Francisco Nieva, en realización de Viuda de López y Muñoz. Intérpretes: Carmen Rossi, Carmen de la Maza, Pedro Meyer, Pedro Civera, Miguel Juan Caiceo y la voz de Florencio Solchaga. Estreno: 8 de agosto de 1974, en el Alfil, por la Compañía Morgan.

_____. *Las hermanas de Búfalo Bill.* Dirección escénica: Francisco Abad. Escenografía: Pablo Gallo. Música y canciones: Víctor Manuel. Intérpretes: Berta Riaza, Tina Sáinz y Germán Cobos. Estreno: 8 de octubre de 1975, en el Valle-Inclán.

_____. *Mientras la gallina duerme.* Dirección escénica: Angel García Moreno. Escenografía: Sigfrido Burman. Principales intérpretes: José Sazatornil, Aurora Redondo, Elisenda Ribas y Julio Arroyo. Estreno: 1 de setiembre de 1976, en el Martín.

MATHIAS, JULIO. *Julieta tiene una desliz.* Dirección escénica: Carlos Vasallo. Decorado: Manuel López. Intérpretes: Charito Cremona, Adrián Ortega, Lilí Murati, María Montez y Pedro Valentín. Estreno: 5 de mayo de 1971, en el teatro Cómico.

_____. *Amor en blanco y negro*. Dirección escénica: Adrián Ortega. Escenografía: Manuel López. Intérpretes: Florinda Chico, Adrián Ortega, José Montijano, Rafael Guerrero, Josefina Robeda, Regine Gobin, Antonio Rosa y Alejandra Lorena. Estreno: 22 de junio de 1972, en el Alcázar.

MATILLA, LUIS. *Ejercicios para equilibristas*. Dirección escénica: Juan Margallo. Ayudantes de dirección: Angel Redondo y María Ruiz. Escenografía y vestuario: Ops. Música: Ojesto y Muela. Intérpretes: José Pedro Carrión, Petra Martínez, Roberto Pérez Peláez, Alfonso Asenjo, Antonio Chapero, Jesús Sastre, Miguel Gallardo y Malena Gutiérrez. Estreno: 13 de mayo de 1980, en el Bellas Artes, por el Centro Dramático Nacional.

MIHURA, MIGUEL. *La bella Dorotea*. Dirección escénica del autor. Escenografía: Sigfredo Burman. Figurines: Vicente Viudes. Intérpretes: Susana Canales, Angel Picazo, Elena María Tejeiro, Ana María Ventura, Emilio Laguna, Encarnita Paso, María Isabel Pallarés, Erasmo Pascual. Estreno: 25 de octubre de 1963, en el teatro de la Comedia.

_____. *Milagro en la casa de los López*. Dirección escénica del autor. Escenografía: Redondela. Intérpretes: Mari Carmen Prendes, Pedro Porcel, Julia Trujillo, Clara Suñer, José Sazatornil, Antonio Fernández y Fernando La Riva. Estreno: 5 de febrero de 1965, en el Lara.

_____. *La tetera*. Dirección escénica del autor. Escenografía: Burman. Interprétes: Amparo Baró, José Albayate, Luisa Rodrigo, Francisco Muñoz, Kety de la Cámara, Manuel Alexandre, Maribel Ayuso y Teresa Gisbert. Estreno: 3 de marzo de 1965, en el Infanta Isabel.

_____. *Ninette (Modas de París)*. Dirección escénica del autor. Escenografía: Vicente Viudes, en realización de Redondela. Intérpretes: Paula Martel, José María Mompín, Aurora Redondo, Rafael López Somoza, Clara Suñer, José Alfayate y Luis Morris. Estreno: 7 de setiembre de 1966, en el teatro de la Comedia.

_____. *La decente*. Dirección escénica del autor. Escenografía de Vicente Viudes, en realización de Manuel López. Intérpretes: Elena María Tejeiro, Manuel Gómez Bur, Rafaela Aparicio, Fernando Delgado, Mari Carmen Duque y Angel Cabeza. Estreno: 7 de setiembre de 1967, en el Infanta Isabel.

MINGOTE, ANTONIO. *El oso y el madrileño*, con música de Mario Clavell. Dirección escénica: Ricardo Lucia. Bocetos de decorados y trajes: Mingote. Coreografía: Miguel Ayones. Espacio lumínico: Fontanals. Principales intérpretes: Maruja Díaz, Manuel Otero, Mª Elena Flores, Pedro Valentín, Juan José Otegui, Mª José Prendes, Emilio Espinosa, Miguel Aristu y Alfonso Manuel Gil. Estreno: 2 de febrero de 1974, en el Reina Victoria.

AUTORES VARIOS (Textos refundidos). *Espectáculos cátaros 67*. Dirección escénica: Alberto Miralles. Intérpretes: Beatriz Becerra, Isabel Salisachs, Angela Rosal, Magda Navarro, Gloria Martí, Ramón Jorge Mesull, Luis Martret, Francisco Viader, Teodoro Donaire y José Montaner. Estreno: 31 de mayo de 1967, en el Beatriz, por la Compañía Experimental del Instituto del Teatro de Barcelona.

MIRALLES, ALBERTO. *Catarocolón o Versos de arte menor por un varón ilustre*. Dirección escénica del autor. Escenografía: inexistente. Interpretación: Grupo «Los cátaros», del Instituto del Teatro de Barcelona: Estreno: 11 de diciembre de 1968, en el teatro Español (Nacional de Cámara y Ensayo).

_____. *La guerra y el hombre*. Dirección escénica: Luis Masyebra. Luminotecnia: Julio Marcos. Diapositivas: Félix Acaso Jr. Piano: Josep Aragonés. Intérpretes: María Rosa Constans, Carlos González, José Ramón Marcet, Luis Masyebra, Emilio Mechero, Cristina Moreno, Juana Preciado, Angel Puerta, María Luisa Ramírez, Mila Roig y Nuria Soler. Estreno: 16 de mayo de 1975, en el Ateneo de Madrid, por el grupo escénico «Santiago Rusiñol», del Círculo Catalán.

MIRAS, DOMINGO. *De San Pascual a San Gil*. Dirección escénica: Gerardo Malla. Ayudante de dirección: Abel Vitón. Escenografía y vestuario: Gerardo Vera. Música: Javier Alejano. Coreografía: Antonio Llopis. Principales intérpretes: Lola Gaos, Gerardo Malla, Abel Vitón, Amparo Valle, Nicolás Mayo, Rodolfo Poveda, Vicente Gil y José Albiach. Estreno: 3 de junio de 1980, por «El Búho», Compañía de Teatro.

_____. *La Saturna*. Dirección escénica: Manuel Canseco. Ayudante de dirección: Olvido Lorente. Espacio escénico del director, sobre bocetos de Sendras realizados por Viuda de López y Muñoz. Vestuario: Peris Hermanos. Intérpretes: Julia Trujillo, Trini Alonso, Francisco Piquer, Alfonso del Real, María Carrasco, Francisco Merino, María Jesús Hoyos, Teófilo Calle, Miguel Palenzuela, María Mesa, Charo Moreno, Manuel Gómez Alvarez, Gabriel Calatayud, Carlos Aranda y David y Esther Frígols. Estreno: 8 de octubre de 1980, en el Centro Cultural de la Villa de Madrid.

MONCADA, SANTIAGO. *La muchacha sin retorno*. Dirección escénica: Cayetano Luca de Tena. Escenografía y vestuario: Emilio Burgos. Intérpretes: Rocío Durcal, Ismael Merlo, Aurora Redondo, Mari Carmen Prendes y Amelia de la Torre. Estreno: 13 de setiembre de 1974, en el Fígaro.

MONLEON, JOSÉ. *Proceso a Kafka*. Dirección escénica: José Manuel Sevilla. Intérpretes: Maite Marchante, Sergio de Frutos y Manolo de Pinto. Estreno: 24 de febrero de 1973, en Foro Teatral, por el grupo «Aristos».

MORALES, JOSÉ RICARDO. *La adaptación al medio* y *Cómo el poder de las noticias nos da noticias del poder*. Dirección escénica: Montserrat Julío. Escenografía: Ana Lezcano. Principales intérpretes: Gemma Grau, Mariano Romo, César Godoy, Antonio Gutiérrez y Mari Luz González. Estreno: 20 de junio de 1972, en el Alfil, por el Grupo «Ercilla».

MORRIS, ANDRÉS. *Oficio de hombres*. Dirección conjunta del Teatro Nacional de Honduras. Escenografía: Mario Castillo. Intérpretes: Mimí Figueroa, Andrés Morris, Belisario Romero, Armando Valeriano, Janine Villeda, Ricardo Redondo y Alba Dolores. Estreno: 7 de junio de 1973, en el María Guerrero.

MUÑIZ, CARLOS. *El tintero*. Dirección escénica: Julio Diamante. Escenografía: José Jardiel. Intérpretes: Mª Amparo Soler Leal, Magda Roger, Julia María Butrón, Agustín González, Antonio Casas, Manuel Torremocha, Antonio Quiepo, Roberto Llamas, Antonio Medina, Pedro del Río, Pablo Isasi, Enrique Navarro y Vicente Ros. Estreno: 15 de febrero de 1961, en el Recoletos.

_____. *El precio de los sueños*. Dirección escénica: Diego Serrano. Escenografía: Manuel López. Intérpretes: Montserrat Blanch, Francisco Morán, Carmen Lozano, Juan José Otegui, Ana María Paso, José Carabias, Magda Roger y Alfonso Gallardo. Estreno: 22 de marzo de 1966, en el Arniches.

_____. *Las viejas difíciles*. Dirección escénica: Julio Diamante. Escenografía: Pablo Sago. Música: Carmelo Bernaola. Principales intérpretes: Julieta Serrano, Anastasio Alemán, Társila Criado, Venancio Muro, Carola Fernán-Gómez, Fernando Sánchez-Polak, Rosa Luisa Goróstegui, Margarita Calahorra y Emilio Espinosa. Estreno: 7 de octubre de 1966, en el Beatriz, por el Teatro Nacional de Cámara y Ensayo.

—————. *Tragicomedia del Serenísimo Príncipe don Carlos*. Dirección escénica: Alberto González Vergel. Ayudante de dirección: Lorenzo Zaragorza: Escenografía y figurines: Emilio Burgos. Muñecos: Manuel Meroño. Música: Gustavo Ros. Principales intérpretes: Manuel Galiana, Simón Andreu, José García, Charo Zapardiel, Toni Velasco, Fabio león, Vicente Vega, Antonio Jabalera y Ana Hernando. Estreno: 12 de noviembre de 1980, en el Centro Cultural de la Villa de Madrid.

NIEVA, FRANCISCO. *Delirio del amor hostil o el barrio de doña Benita*. Dirección escénica: José Osuna. Esenografía y diseño de luces: Carlos Cytrynowski. Figurines: Juan Antonio Cidrón. Ilustraciones musicales: Giuseppe Verdi. Intérpretes: María Fernanda d'Ocón, Silvia Tortosa, Florinda Chico, Víctor Valverde, Daniel Dicenta, Alfonso Goda, Manuel Salamanca, Juan Llaneras y Juan Antonio Lebrero. Estreno: 24 de enero de 1978, en el Bellas Artes.

—————. *El rayo colgado y peste de loco amor*. Dirección escénica: Juanjo Grande Martín. Espacio escénico: Cooperativa Denok. Intérpretes: Ana Lucía Villate, José María López Pedreira, Carmen Ruiz Corral, Félix González Petit, Pedro Felipe Arroyo, Julia Pérez Aguilar, Cristina Vázquez Boedo y Carlos Fernández Castro. Estreno: 12 de setiembre de 1980, en la Sala Olimpia, por la Cooperativa Denok, de Vitoria-Gasteiz.

—————. *La señora Tártara*. Dirección escénica del TEC: William Layton y Arnold Taraborrelli. Trabajo teatral y escenografía del autor. Realización del decorado: Javier Navarro. Intérpretes: Ana María Ventura, Tina Sáinz, Nicolás Dueñas, Amaya Curieses, José Pedro Carrión, Francisco Vidal, Carlos Hipólito, Juan Carlos Sánchez, Roberto Quintana y Manuel de Blas. Estreno: 3 de diciembre de 1980, en el Marquina.

OLMO, LAURO. *La camisa*. Dirección escénica: Alberto González Vergel. Escenografía y ambientación: Manuel Mampaso. Intérpretes: Margarita Lozano, Carola Fernán-Gómez, María Paz Ballesteros, Tina Sáinz, Rosa Luisa Garóstegui, Emilia Cembrano, Manuel Torremocha, Alberto Fernández, Joaquín Dicenta, Emilio Laguna y otros. Estreno: 8 de marzo de 1962, en el Goya, por «Dido, Pequeño Teatro».

_____. *La pechuga de la sardina*. Dirección escénica: José Osuna. Escenografía: Emilio Burgos, en realización de Manuel López. Intérpretes principales: María Bassó, Ana María Noé, Mayrata O'Wisiedo, Charo Soriano, Belinda Cores, Emilio Laguna, Manuel Torremocha y Alberto Fernández. Estreno: 8 de junio de 1963, en el Goya.

_____. *El cuerpo*. Dirección escénica: Julio Diamante. Escenografía: Emilio Burgos. Intérpretes: María Luisa Ponte, Andrés Mejuto, Ana María Vidal, Juan Luis Galiardo, Marisol Ayuso y Manuel Manzanaque. Estreno: 4 de mayo de 1966, en el Goya.

_____. *Historia de un pechicidio*. Dirección escénica: Carlos Ballesteros. Música: Ramón Ricote. Conjunto musical: «Los Tíos». Escenografía y vestuario: Eda Bergman. Intérpretes: Carlos Ballesteros, Maribel Altes, Amparo Soto, Francisco Cecilio, Adrià Gual, Enrique Cazorla y Antonio Gutti. Estreno: 23 de julio de 1974, en el teatro de la Comedia.

PASO, ALFONSO. *Una tal Dulcinea*. Dirección escénica: Gustavo Pérez-Puig. Escenografía: Matías Montero, en realización de Manuel López. Intérpretes: Maite Blasco, José María Rodero, Ramón Corroto, José María Escuer, Antonio Martínez y José María Vilches. Estreno: 3 de junio de 1961, en el Recoletos.

_____. *Sí, quiero*. Dirección escénica del autor. Escenografía: Víctor María Cortezo, en realización de Ros. Intérpretes: María Cuadra, Rafael Arcos, Luisa Rodrigo, Rosita Palomar, Rafael Navarro, Ramón Elías y la voz de Santiago Córdoba. Estreno: 22 de noviembre de 1963, en el Infanta Isabel.

_____. *Educando a una idiota*. Dirección escénica: Juan José Menéndez. Escenografía: Vicente Sáinz de la Peña, en realización de Manuel López. Intérpretes: Juan José Menéndez, Conchita Núñez, Mª Victoria Clavero, José Calvo, Berta Labarga, Félix Navarro y Jesús Molina. Estreno: 17 de setiembre de 1965, en el Arniches.

_____. *Querido profesor*. Dirección escénica: Alberto Curado. Escenografía: Sigfrido Burman, en realización de Manuel López. Música: Montorio. Intérpretes: Alfonso Paso, Irene Gutiérrez Caba, Elisa Ramírez, Amparo Martí, Francisco Pierrá, Montserrat Noé, Eduardo Martínez y César Bonet. Estreno: 21 de octubre de 1965, en el Infante Isabel.

PEMAN, JOSÉ MARÍA. *El río se entró en Sevilla.* Dirección escénica: Lola Membrives. Escenografía: Sigfredo Burman, en realización de Redondela. Intérpretes: Lola Membrives, Amparo Martí, María José Alonso, Francisco Valladares, Lola Lemos, Angelines Puchol, Concha Campos, Manuel Torremocha, Rosa Luisa Goróstegui, María Antonia Tejedor, Antonio Martelo, Vicente Ariño y Francisco Taure. Estreno: 7 de noviembre de 1963, en el Goya.

_____. *Tres testigos.* Dirección escénica: Cayetano Luca de Tena. Escenografía: Emilio Burgos. Intérpretes: Angel Picazo, Ana María Vidal, Pablo Sanz y Manuel Toscano. Estreno: 28 de marzo de 1970, en el Arlequín.

«PEÑAFIEL, LUIS». *El agujerito.* Dirección escénica: Narciso Ibáñez Serrador. Escenografía y ambientación: Ramiro Gómez. Realización de decorados: Manuel López. Ilustraciones Musicales: Waldo de los Ríos. Vestuario: Dolores Salvador. Intérpretes: Mari Carmen Prendes, Narciso Ibáñez Serrador, Beatriz Savon, Marta Puig, Conchita Goyanes y Bárbara Lys. Estreno: 29 de marzo de 1970, en el Lara.

PEREZ GALDOS, BENITO. *Misericordia.* Adaptación: Alfredo Mañas. Dirección escénica: José Luis Alonso. Escenografía: Manuel Mampaso. Dirección musical: Manuel Díaz: Ayudante de dirección: Manuel Canseco. Principales intérpretes: María Fernanda d'Ocón, José Bódalo, Luisa Rodríguez, Carmen Segarra, Julia Trujillo, Gabriel Llopart, Félix Navarro, Ana María Ventura, Margarita García Ortega, José Luis Heredia, Francisco Cecilio, José Segura, Enrique Navarro, Joaquín Molina, Yolanda Cambreros y Luis García Ortega. Estreno: 17 de marzo de 1972, en el Teatro Nacional María Guerrero.

POMBO ANGULO, MANUEL. *Te espero ayer.* Dirección escénica: Miguel Narros. Escenografía: Wolfgang Burman. Intérpretes: Mari Carmen Prendes, Javier Loyola, Luchy Soto, José Luis Pellicena, Ana Belén, Narciso Ribas, María Jesús Hoyos y Rafael Guerrero. Estreno: 28 de febrero de 1969, en el teatro Español.

PREGO, ADOLFO. *Epitafio para un soñador.* Dirección escénica: José María Loperena. Escenografía: Sigfrido Burman, en realización de Manuel López. Intérpretes principales: María Asquerino, Victoria Rodríguez, Carlos Lemos, Francisco Pierrá, María José Fernández, María Rus, Ricardo Merino, José Franco, Anastasio Alemán, Jacinto Martín, José Caride y Francisco Casares. Estreno: 2 de febrero de 1965, en el teatro Español.

RIAZA, LUIS. *Los círculos.* Dirección escénica: Maruja López Gómez. Elementos cinematográficos: Ortiz Valiente. Intérpretes: Encarnita Aguilar, José Calvo, Enrique Cárceles, Juan Coto, Conchita de Frutos, Domingo del Hoyo, Manoli Lázaro, Gonzalo Medina. Mª Dolores Medina, Mª Jesús Medina, Eloísa Ontoria, Angela Ortega, Patricio Osorio, Araceli Pastor, Angel Prado y Antonio Viveros. Estreno: 10 de diciembre de 1973, por el «Grupo Teatro Aguilar», en el salón de la Editorial.

_____. *El desván de los machos y el sótano de las hembras.* Dirección escénica: Juan Antonio Quintana. Escenografía: Meri Maroto. Intérpretes: Juan Ignacio Miralles, Merino García, Angel Santaolaya y Rosa Marcos. Estreno: 5 de noviembre de 1975, en el Alfil, por la Compañía de Teatro Independiente Corral de Comedias, de Valladolid.

_____. *Retrato de dama con perrito.* Dirección escénicas: Miguel Narros. Ayudante de dirección: Francisco Melgares. Asistente de dirección: Marisa Fontaner. Escenografía: Andrea d'Odorico, en realización de Alberto Valencia. Figurines: Miguel Narros, realizados por Peris Hermanos. Iluminación: Francisco Fontanals. Máscaras y Fantoches: Gabriel Carrascal. Coregorafía: Arnold Taraborrelli. Música: Mariano Díez. Intérpretes: Berta Riaza, Socorro Anadón, Francisco Guijar e Imanol Arias. Estreno: 9 de marzo de 1979, en el Bellas Artes, por el Centro Dramático Nacional.

RODRIGUEZ BUDED, RICARDO. *La madriguera.* Dirección escénica: Modesto Higueras. Escenografía: Víctor María Cortezo. Intérpretes: Carmen González, María Alvarez, Margarita Calahorra, Isabel Ortega, Josefina Jartín, María Masip, Pilar Arenas, Lola Gálvez, Montserrat Blanch, Lola Cardona, Pedro del Río, Anastasio Campoy, José María Escuer, Rafael Sepúlveda, Agustín González, Federico Martín y Agustín Zaragoza. Estreno: 5 de diciembre de 1960, en el María Guerrero.

_____. *El Charlatán.* Dirección escénica: No consta (¿quizá del autor?). Escenografía: Redondela. Intérpretes: Berta Riaza, Rosa Luisa Garóstegui, Angel Picazo, Carlos Casaravilla y Angel de la Fuente. Estreno: 23 de febrero de 1962, en el Goya.

RODRIGUEZ MENDEZ, JOSÉ MARÍA. *Historia de unos cuantos.* Dirección escénica: Angel García Moreno. Escenografía: Juan Antonio Cidrón. Principales intérpretes: Vicki Lagos, Pedro Civera, Ramiro Oliveros, Mimí Muñoz,

Pilar Yegros, Antonio Acebal, Enrique Espinosa, María Saavadra y Javier Magariño. Estreno: 28 de noviembre de 1975, en el Alfil.

ROMERO, EMILIO. *Historias de media tarde.* Dirección escénica: Juan Guerrero Zamora. Escenografía: Matías Montero, en realización de López Sevilla. Intérpretes principales: Luisa Sala, Paula Martel, Andrés Mejuto, José Luis Pellicena, Jesús Puente, Juan Diego, Fernando Nogueras y Enrique Rincón. Estreno: 20 de setiembre de 1963, en el Reina Victoria.

_____. *Lola, su novio... y yo.* Dirección escénica: José María Morera. Escenografía: Emilio Burgos. Intérpretes: Sonia Bruno, Angel Picazo, Angeles Puchol, Eduardo Martínez y José María Navarro. Estreno: 18 de febrero de 1966, en el Arlequín.

_____. *Verde doncella.* Dirección escénica: José María Morera. Escenografía: Vicente Sáinz de la Peña. Ilustraciones musicales: José Ramón Aguirre. Intérpretes: María José Goyanes, Antonio Vico, Jorge Vico, José Luis Quintero y Antonio Lara. Estreno: 7 de abril de 1967, en el Valle-Inclán.

_____. *Sólo Dios puede juzgarme.* Dirección escénica: Ricardo Lucia. Escenografía: Sigfrido Burman, en realización de Manuel López. Intépretes: Encarna Paso, Vicente Parra, María Luisa Ponte, Armando Calvo y Luisa María Payán. Estreno: 14 de marzo de 1969, en el Infante Isabel.

ROMERO, ESTEO, MIGUEL. *Paraphernalia de la olla podrida, la misericordia y la mucha consolación.* Dirección escénica, escenografía e interpretación: Ditirambo Teatro-Studio. Estreno: 5 de febrero de 1973, en el Goya.

RUIBAL, JOSÉ. *Caf-Tea'69.* Dirección escénica: Gerardo Gimeno. Elementos escenografía: José Ollero. Efectos sonoros: Javier Luca de Tena y Rafa. Intérpretes: María José Torres, Clara Heyman y Paco Benlloch. Estreno: 2 de mayo de 1969, en el café-teatro Lady Pepa.

RUIZ IRIARTE, VÍCTOR. *El carrusel.* Dirección escénica: Enrique Diosdado. Escenografía: Eduardo Torre de la Fuente, en realización de Manuel López. Intérpretes: Amelia de la Torre, Enrique Diosdado, Ana María Vidal, Manuel Galiana, María del Carmen Yepes, Rafael Guerrero, María Jesús Lara y Vicente Ariño. Estreno: 4 de diciembre de 1964, en el Lara.

_____. *Un paraguas bajo la lluvia*. Dirección escénica del autor. Escenografía: Martín Zerolo. Música: Manuel Parada. Intérpretes: Gracita Morales, Alfredo Landa, Mabel Karr, Antonio Vico y Julia Caba Alba. Estreno: 14 de setiembre de 1965, en el teatro de la Comedia.

_____. *Historia de un adulterio*. Dirección escénica: Enrique Diosdado. Escenografía: E. Torre de la Fuente, en realización de Manuel López. Intérpretes: Amelia de la Torre, Enrique Diosdado, Gloria Cámara, Alberto Bové, Ana Isabel Diosdado, Joaquín Roa y Alberto Crespo. Estreno: 27 de febrero de 1969, en el Valle-Inclán.

SAGARRA, JOSÉ Mª DE. *Galatea*. Adaptación: Juan de Sagarra. Dirección escénica: Ricard Salvat. Escenografía: Yago Pericot. Figurines: Jorge Palá. Música: Manuel Valls. Luminotecnia: Pedro Balañá. Intérpretes: Ramón Durán, Teresa Cunillé, Alberto Socias, Olga Peiró, Jorge Serrat, Carmen Contreras, José Luis Lifante, María Jesús Andany, Carlos Lucena, Enrique Casamitjana, José Minguell, Mercedes Bruquetas, José María Doménech y Luis Nonell. Estreno: 19 de febrero de 1972, en el Teatro Español, por la compañía titular del teatro Nacional «Angel Guimerá», de Barcelona.

SAINZ, HERMÓGENES. *La madre*. Dirección escénica y escenografía: Vicente Sáinz de la Peña. Banda sonora: Francisco Guijar. Grabación sonido: Syre. Medios audiovisuales: Ministerio de Información y Turismo. Intérpretes: María Paz Ballesteros, Miguel A. Aristu, Ramón Pons, Luis Porcar, Carmen Segarra y Enrique Navarro. Estreno: 5 de mayo de 1971, en el teatro de la Comedia.

_____. *La niña Piedad*. Dirección escénica y decorados: Vicente Sáinz de la Peña. Principales intérpretes: María Paz Ballesteros, Concha Gregori, Enrique Arredondo, Miguel Aristu, Eduardo Mac Gregor, Miguel Martínez, Félix Rotaeta y Juan Lombardero. Estreno: 10 de junio de 1976, en el teatro de la Comedia.

SALOM, JAIME. *La casa de las chivas*. Dirección escénica: José María Loperena. Escenografía: Emilio Burgos, en realización de Manuel López. Música: Carlos Laporta. Intérpretes: Terele Pávez, María José Alfonso, Erasmo Pascual, Lorenzo Ramírez, Juan Lizárraga, Enrique Navarro, Mauricio de la Peña, Francisco Valladares y Manuel Torremocha. Estreno: 10 de enero de 1969, en el Marquina.

_____. *Los delfines*. Dirección escénica: José María Loperena. Escenografía: Burman. Figurines: Emilio Burgos. Intérpretes: Carmen Carbonell, Carlos Lemos, Ana María Barbany, Ramón Durán, Jorge Vico, Carla Martín, Paquita Ferrándiz, Carlos Lucena, Amparo Baró y Andrés Magdalena. Estreno: 1 de octubre de 1969, en el teatro Español.

_____. *La noche de los cien pájaros*. Dirección escénica: José María Loperena. Escenografía: Emilio Burgos, en realización de Manuel López. Música: José Solá. Intérpretes: Queta Claver, Luis Prendes, Elisa Montés, Antonio Vico, Rosa de Alba, Manuel Torremocha, Alvaro de Luna y Clara Baneyas. Estreno: 10 de febrero de 1972, en el Marquina.

_____. *Tiempo de espadas*. Dirección escénica: José María Loperena. Escenografía: Manuel Mampaso. Música: Gustav Mahler. Principales intérpretes: Sancho Gracia, Silvia Tortosa, Rafael Arcos, José María Guillén, Manuel Torremocha, Amparo Soto y Alvaro de Luna. Estreno: 27 de setiembre de 1972, en el Beatriz.

_____. *Nueve brindis por un rey*. Dirección escénica: Alberto González Vergel. Escenografía y figurines: Manuel Mampaso. Percusionistas: Javier José Bonet y José Avila. Principales intérpretes: Angel Picazo, Amparo Baró, José María Guillén, Carlos Casaravilla, Terele Pávez, Carlos Oller, Miguel Angel Aristu, Eugenio Navarro y Fernando Sánchez Polak. Estreno: 27 de setiembre de 1974, en el Beatriz.

SALVAT, RICARD. *Adrià Gual y su época*. Dirección escénica y dramaturgia: Ricard Salvat, sobre recopilación de textos de José A. Codina. Escenografía: Jordi Palá. Principales intérpretes: María Tabau, Enrique Arredondo, María Aurelia Capmany, Manuel Núñez, Adela Armengol, Luis Torné, Guillermina Motta, Carmen Fortuny y Carlos Ibarzábal. Estreno: 1 de octubre de 1966, en el María Guerrero.

SASTRE, ALFONSO. *En la red*. Dirección escénica: Juan Antonio Bardem. Escenografía: Javier Clavo. Intérpretes: Amparo Soler Leal, Magda Roger, Antonio Casas, Antonio Queipo, Francisco Faure, Agustín González, Manuel Torremocha, Antonio Cobos, Juan Luis, Manuel Muñoz y Juanjo Seoane. Estreno: 9 de marzo de 1961, en el Recoletos.

_____. *Oficio de tinieblas*. Dirección escénica: José María de Quinto. Esceno-

grafía: Santiago Ontañón, en realización de Redondela. Intérpretes: Julia
Martínez, Andrés Mejuto, Charo Soriano, Manuel Galiana, Javier Loyola y
Roberto Llamas. Estreno: 8 de febrero de 1967, en el teatro de la Comedia.

_____. *La sangre y la ceniza (Diálogos de Miguel Servet)*. Dirección escénica,
decorados, vestuario y música: Colectivo de teatro «El Búho»: Juan Margallo, Gerardo Vera, Abel Vitón, Petra Martínez, Juan Antonio Díaz, Luis Matilla, Santiago Ramos y Pedro Ojesto. Estreno: 6 de diciembre de 1977, en la
Sala Cadarso.

SENDER, RAMÓN JOSÉ. *La comedia del diantre*. Apunte de escenificación y escenografía: Antonio Díaz Merat. Material electrónico: Philips Ibérica. Intérpretes: José Hervás, José Antonio Correa, Juan Polo, Sergio de Frutos, Ra-
quel Ortuno, Miguel Ayones, Antonio Vera, Josefina Calatayud, Julio San-
chidrián, José Prada, Fernando Ransana y Manuel Luque. Estreno: 27 de junio de 1973, en el Teatro-Club «Pueblo».

SIGNES, MIGUEL. *Antonio Ramos, 1963*. Dirección escénica: Ricardo Lucia. Escenografía: Alberto Valencia, sobre bocetos de Ricardo Lucia. Principales
intérpretes: María Luisa Ponte, José María Celdrán, Alberto Alonso, Maruja Recio y Mario Abad. Estreno: 11 de enero de 1977, en el María Guerrero.

SUAREZ, MARCIAL. *Las monedas de Heliogábalo*. Dirección escénica: Modesto
Higueras. Ecenografía: Sigfredo y Wolfgang Burman. Principales intérpre-
tes: María Luisa Merlo, Carlos Larrañaga, Ana María Vidal, José Luis Here-
dia, Nela Conjiú, Marcela Yurfa, José Caride, Almudena Cotos, Avelino
Canovas, José Luis Izaguierre, Erasmo Pascual, Francisco Cecilio, José
Montijano, Javier Campos, Vicente Haro, Mario Abad y Francisco Casares.
Estreno: 27 de octubre de 1965, en el Beatriz.

GRUPO «TABANO» Y ORQUESTINA «LAS MADRES DEL CORDERO»
(Creación colectiva). *Castañuela 70*. Dirección escénica, escenografía e intérpretes. Grupo «Tábano». Acompañamiento musical: «Las Madres del Cordero». Estreno: 21 de agosto de 1970, en el teatro de la Comedia.

TAVORA, SALVADOR. *Andalucía amarga*. Dirección escénica del autor. Ayudante de dirección: Lilyane Drillón. Escenografía: Grupo «La Cuadra». Intérpretes: Manuel Alcántara, Mariano Cordero, Lilyane Drillon, Manolo
Montes, José Morillo, Juan José del Pozo y Salvador Távora. Estreno: 22 de

marzo de 1980, en el Martín, por el Grupo «La Cuadra».

TEIXIDOR, JORDI. *El retablo del flautista.* Dirección escénica, interpretación y escenografía: «Topo», colectivo de teatro. Música: Carles Berga. Estreno: 13 de noviembre de 1974, en el Jacinto Benavente.

TORRE, CLAUDIO DE LA. *El cerco.* Dirección escénica del autor. Escenografía: Emilio Burgos. Música: Manuel Parada. Principales intérpretes: Montserrat Carulla, José Bódalo, Rosario García Ortega, Antonio Ferrandis, María Paz Molinero, Miguel Angel, Silvia Roussin, José Vivó, José Luis Lespe, Margarita García Ortega, Vicente Ros, María Luisa Hermosa, Alfredo Cembrano, Margarita Díaz, Manuel Tejada, Joaquín Molina y Antonio Burgos. Estreno: 25 de febrero de 1965, en el María Guerrero.

UBILLOS, GERMÁN. *La tienda.* Dirección escénica: Vicente Amadeo. Escenografía: Pablo Gago. Música: Pedro Rodríguez. Intérpretes: Jesús Enguita, Francisco Merino y Emiliano Redondo. Estreno: 23 de marzo de 1971, en el María Guerrero, por el Teatro Nacional de Cámara y Ensayo.

UNAMUNO, MIGUEL DE. *Fedra.* Dirección escénica: Angel García Moreno. Escenografía: Jesús Quirós. Música: Carmelo Bernaola. Intérpretes: Maruchi Fresno, Marisa de Leza, Luis Prendes, Pedro Civera, Ana Frau y Miguel Arribas. Estreno: 4 de abril de 1973, en el teatro de la Comedia, por la Compañía «Ruiz de Alarcón».

VALLE-INCLAN, DON RAMÓN MARÍA DEL. *Divinas palabras*, en versión de Gonzalo Torrente Ballester. Dirección escénica: José Tamayo. Escenografía y figurines: Emilio Burgos, en realización de Manuel López. Ilustraciones musicales: Antón García Abril. Intérpretes: Nati Mistral, Angeles Hortelano, Pilar Bienert, Milagros Leal, Pilar Sala, Carmen López Lagar, María Rus, Laura Alcoriza, Mª Dolores Escario, Paquita Fajardo, Gerardo Orantes, Sonsoles Benedito, Manuel Dicenta, Julia Lorente, Anastasio Alemán, Carlos Ballesteros, Antonio Medina, Javier Loyola y otros. Estreno: 17 de noviembre de 1961, en el Bellas Artes. (Fecha de inauguración del nuevo teatro).

_____. *El retablo de la avaricia, la lujuria y la muerte.* Dirección escénica: Vicente Amadeo Ruiz. Principales intérpretes: Antonio Medina, Francisco Merino, Julio López Moreno y Pilar Pereira. Estreno: 3 de marzo de 1964, en el

Infante Beatriz, por el Teatro Nacional Universitario.

_____. *Aguila de blasón*. Dirección escénica: Adolfo Marsillach. Escenografía: Manuel Mampaso, en realización de Manuel López. Principales intérpretes: Nuria Torray, Antonio Casas, Gemma Cuervo, José María Prada, Carlos Ballesteros, Pilar Muñoz, Maruchi Fresno, Fernando Guillén, Marcela Yurfa, Fernando Morán y José Vivó. Estreno: 13 de abril de 1966, en el María Guerrero.

_____. *Cara de plata*. Dirección escénica: José María Loperena. Escenografía: Emilio Burgos. Música: Montsalvatge. Intérpretes: Eugenia Zúffoli, Luis Prendes, Silvia Tortosa, Vicente Parra, Paquita Ferrándiz, Ramón Durán, Clara Heyman, Luis Torner, José Cerro, Gloria Martí, Rafael Calvo, María Carrizo, Enrique Navas, Maruja Carrasco, Juan Montfort, Juan José Otegui, Joaquín Nicolau, Raúl Sender, Emilio González y Eusebio González. Estreno: 27 de marzo de 1968, en el Beatriz.

_____. *Romance de lobos*. Dirección escénica: José Luis Alonso. Escenografía: Francisco Nieva. Ambientación Musical: Cristóbal Halffter. Principales intérpretes: José Bódalo, José María Prada, Julia Trujillo, Mª Luisa Arias, Félix Dafance, Arturo López, Ricardo Merino y José Luis Heredia. Estreno: 24 de noviembre de 1970, en el María Guerrero.

_____. *Luces de bohemia*. Dirección escénica: José Tamayo. Escenografía y figurines: Emilio Burgos. Ilustraciones musicales: Antón García Abril. Principales intérpretes: Carlos Lemos, Agustín González, Margarita Calahorra, Mary González, Manuel Gallardo, José Antonio Correa, Fernando La Riva y Antonio Puga. Estreno: 1 de octubre de 1971, en el Bellas Artes.

_____. *Los cuernos de don Friolera*. Dirección escénica: José Tamayo. Escenografía: Mari Pepa Estrada. Vestuario: Víctor María Cortezo. Principales intérpretes: Antonio Garisa, Mari Carmen Ramírez, Juan Diego, Tota Alba, Servando Carbalar, Carmen Heyman, Alfonso Goda, Francisco Portes, Esperanza Grases, Julio Oller y José Salvador. Estreno: 25 de setiembre de 1976, en el Bellas Artes.

VIDAL ALCOVER, JAUME. *Manicomi d'estiu*. Dirección escénica: José A. Codina. Música y armonización: José Cercós. Intérpretes: Elisenda Ribas, Enric Casamitjana, Carmen Sansa y Josep Torrents. Estreno: 25 de mayo de 1969, en el café-teatro Lady Pepa.

_____. *Oratori per un home sobre la terra*. Dirección escénica: Josep Montanyès y Josep Mª Segarra. Música: Josep M. Arrizabalaga. Luces: Xavier Clot y Toni Salvà. Vestuario: Jordi Artigas. Principales intérpretes: Joan Nicolás, María Martínez. Carmen Solé, Matilde Miralles y Manuel Bertomeus. Estreno: 24 de marzo de 1970, en el teatro Español.

_____. *La fira de la mort*. Dirección escénica: Josep Montanyès. Música: Josep Arrizabalaga. Intérpretes: Grup d'Estudis Teatrals d'Horta. Estreno: 13 de octubre de 1971, en el teatro de la Zarzuela, dentro del II Festival Internacional de Teatro.

VILLALONGA, LLORENÇ. *Mort de dama*. Adaptación escénica: Biel Moll. Dirección escénica: Ricard Salvat. Ayudante de dirección: Jaume Coll. Escenografía: Avellí Artis Gener, en realización de Asensi, Bea y Mora. Principales intérpretes: Montserrat Julió, Josep Torréns, Elisenda Ribas, Jordi Serrat, Carme Sansa, Marta Martorell, Montserrat Carulla y Joan Vallés. Estreno: 28 de octubre de 1970, en el María Guerrero.

CONTENIDO

Date Due